T0402039

TODAS LAS MADRES ME ODIAN

Sarah Harman

TODAS LAS MADRES ME ODIAN

Traducción de
Librada Piñero

Papel certificado por el Forest Stewardship Council®

Título original: *All the Other Mothers Hate Me*

Primera edición: mayo de 2025

© 2025, Sarah Harman
© 2025, Penguin Random House Grupo Editorial, S. A. U.
Travessera de Gràcia, 47-49. 08021 Barcelona
© 2025, Librada Piñero, por la traducción

Printed in Spain – Impreso en España

ISBN: 978-84-10257-69-6
Depósito legal: B-4.767-2025

Impreso en Liberdúplex
Sant Llorenç d'Hortons (Barcelona)

SL 5 7 6 9 6

Para Jack, mi mejor ayudante

Prólogo

El chico desaparecido es Alfie Risby, de diez años, y, para ser del todo sincera, es un mierdecilla.

Ya sé que es horrible decir eso de un crío, más aún de uno que ha desaparecido, pero si hubiera tenido que escoger a un chaval de la clase de Dylan para que desapareciera a plena luz del día, Alfie habría sido el primero de la lista. No me siento orgullosa de ello.

Hay críos a los que te dan ganas de pegarles un puñetazo y Alfie es uno de ellos. Puede que sea por el pelo, de un tono rojizo claro que llamamos rubio cobrizo. O por los ojos apagados de color uva pasa. O por la apariencia inconfundible de hurón que le confieren sus dientecillos afilados.

Que son afilados es indiscutible: el año pasado mordió a Cecilia, su niñera, tan fuerte que tuvieron que darle puntos. Pasó semanas yendo a recogerle por la tarde como un fantasma en pena, agarrándose el antebrazo vendado.

La única vez que me ofrecí voluntaria como adulto acompañante en una excursión escolar, un pícnic en Hampstead Heath, Alfie se inclinó sobre una fuente de salchichas envueltas en hojaldre y me dijo con un aire totalmente despreocupado, como si fuéramos dos adultos en un bar, que le gustaban bastante «mis uñas de putilla».

Y luego está su familia. No son ricos normales y corrientes del St. Angeles. Esa gente juega en otra liga.

«Tienen más pasta que Dios», me susurró una madre durante la recaudación de fondos de primavera del año pasado, mientras colocábamos galletas de azúcar en unas bandejitas de plástico.

9

Aunque, sinceramente, mis sentimientos hacia Alfie no tienen nada que ver con su pelo, su dinero ni sus dientes de hurón. Mi aversión hacia Alfie proviene únicamente del modo en que trata a Dylan, mi precioso y sensible único hijo, como si fuera un bicho al que aplastar.

Y nadie aplasta a mi niño.

1

Me despierto con una canción de Noche de Chicas metida en la cabeza. A decir verdad, «The quake», el terremoto, nunca despegó como la discográfica esperaba. No ayudó mucho que la misma semana que lanzaron el sencillo, un devastador temblor de tierra de magnitud 8,9 arrasara el sur de California e hiciera desplomarse como un suflé un aparcamiento de varias plantas en el que quedaron atrapadas 346 personas. Aun así, la canción sigue siendo un temazo.

> *Eres como un terremoto,*
> *Me dejas con el corazón roto*
> *Me pides una pausa*
> *Y te vas con esa zorr...*

Tarareo bajo las sábanas mientras me imagino actuando en el estadio de Wembley con las entradas agotadas, y no a punto de darme una ducha tibia en la planta baja de una casa adosada de estilo victoriano. Que ni siquiera tengo la casa entera, joder.

—¡Dylan! —chillo—. ¡Levántate! ¡Vas a llegar tarde al cole!

Mi hijo aparece en la entrada, completamente vestido, incluso con la gorra y la corbata del St. Angeles.

—Jajaja, muy graciosa, mamá —dice, con los ojos en blanco, y me pone una lata fría de Red Bull en las manos.

Le doy un sorbo. Completado nuestro ritual matutino, vuelvo a taparme la cara con el edredón calentito.

—No, ahora en serio, ¿podemos no llegar tarde hoy? —me ruega—. La señora Schulz dice que esta vez el autocar no va a esperar.

En mi mente aflora el débil recuerdo de una autorización, de garabatear mis iniciales con un lápiz de ojos de color berenjena y marcar la casilla de «no disponible para ir como acompañante».

—¿Por la excursión al campo? —murmuro desde debajo del edredón.

—Sí. Al Centro de Humedales, a avistar pájaros. ¿Puedes levantarte ya, por favor?

—Vale. ¿Estás nervioso? —Yo voy tarde, pero él tiene más prisa que de costumbre. Quizá eso quiera decir que por fin han dejado de acosarle.

Dylan me mira con sus ojos verdes suplicantes.

—¿No puedo ir caminando yo solo? —medio pregunta medio gimotea.

Me quito el edredón de la cara por segunda vez. La luz apagada de finales de otoño se filtra a través de las persianas y me taladra las retinas. Me arrastro hasta ponerme en pie. ¿Por qué tiene que haber tanta luz por las mañanas?

—Dylan, ya lo hemos hablado. Tienes diez años. No vas a ir al cole solo. ¿Quieres acabar en el subterráneo de un pedófilo peludo y viejo? ¿Eh? ¿Quieres pasarte el resto de tu vida…?

Dylan me interrumpe.

—Aquí lo llaman sótano, mamá. Solo los norteamericanos dicen subterráneo.

El modo en que arruga la nariz al decir «norteamericano» es como si me clavaran un cuchillo diminuto en el corazón.

Doy unos cuantos tragos más a mi Red Bull y tiro la lata hacia la colección en expansión de mi cómoda. Dylan observa la hilera de latas vacías como si fueran cartuchos de óxido de uranio.

—¿Las reciclarás, verdad? El aluminio es uno de los materiales más demandados del planeta. El señor Foster me enseñó un documental…

—Para el carro, Greenpeace, que vamos a llegar tarde.

Ofendido, Dylan gime sonoramente de camino a la cocina.

—Vale —suspira—. Pero, mamá… —Su voz flota por el pasillo—. ¿Hoy puedes ponerte una camiseta normal, pooorfa? Como las otras madres…

Echo un vistazo a mi camiseta de la gira de 2008 de Noche de Chicas. De todas las camisetas de mi banda, esta es mi favorita. Es del principio, antes de la debacle de Rose. En la parte de delante tiene una foto serigrafiada de mi cara mucho más joven; en la de atrás, mi nombre, FLORENCE, escrito en mayúsculas, como si fuera la camiseta de un jugador de fútbol.

Me saco por la cabeza el atuendo ofensivo y dejo escapar un eructo teñido de taurina. Me llama la atención un top corto de un naranja vivo que hay en la pila del suelo.

—Ahí la tienes, nene.

2

Fuera el aire es frío y claro, ese periodo espantoso de mediados de noviembre en el que los relojes han retrocedido, pero las fiestas navideñas aún no han empezado.

Dylan sale corriendo por la puerta delante de mí, con la mochila balanceándose colgada al hombro. Nuestro vecino, el señor Foster, el ya mencionado fan del documental del aluminio, está de pie delante de su casa adosada, clasificando sus botellas de vidrio en un contenedor. Dylan le saluda con gesto entusiasmado. Yo hago una mueca. No me entusiasma que el fanático del reciclaje local de setenta y seis años sea el mejor amigo de mi hijo. Y me entusiasma aún menos que no pare de darle a Dylan grillos vivos para alimentar a su tortuga de tierra. Pero esa es una batalla para otro día.

—Ay, Florence —dice el señor Foster, levantando la vista de un montón de latas—. ¿Has visto que…?

—La verdad es que tenemos un poco de prisa —digo por encima del hombro sin detenerme. Si Dylan pierde ese autobús, se va a armar la gorda.

El señor Foster gruñe y vuelve a sus contenedores.

—Claro. No os entretengo.

Conforme nos vamos acercando al colegio de Dylan, los tugurios de pollo familiares y las casas de apuestas de nuestro barrio dan paso a carnicerías ecológicas y tiendas de vinos naturales. Al cabo de poco, Dylan y yo estamos pasando ante las grandes mansiones blancas que albergan la embajada uzbeka y a la familia Beckham. El colegio de Dylan está a unas pocas manzanas de eso, escondido en una calle sin salida.

El St. Angeles es un colegio masculino de primaria con ciento cincuenta años de antigüedad ubicado en una extensa mansión victoriana sacada directamente de una novela de Dickens. La única concesión a la modernidad es la incongruentemente alegre puerta azul, pintada apresuradamente después de que una empresa de capital privado tomara el mando varios años atrás y tratara de adaptarla al siglo XXI.

La llegada matutina al St. Angeles está coreografiada con la precisión de un desfile militar norcoreano. Está terminantemente prohibido llegar en coche a la puerta, lo que significa que todos los padres, por muy ocupados que estén o muy importantes que sean, se pelean por aparcar en la calle a varias manzanas de distancia y luego se acercan a las imponentes puertas de hierro a pie, como peregrinos religiosos que se dirigen a La Meca.

Para cuando llegamos nosotros, el desfile de solicitantes serpentea alrededor de la manzana. Vamos tarde, pero no tarde-tarde. Dylan estará a tiempo de coger el autobús y yo llegaré a mi próxima cita crucial. Solo tengo que evitar a la señora Dobbins, la nueva jefa de «cuidado pastoral». Llevo semanas esquivando sus llamadas. Sea lo que sea lo que quiera, no puede ser nada bueno.

Dylan y yo nos acomodamos en la fila detrás de Allegra Armstrong-Johnson y de su pálido hijo, Wolfie. Me quedo a una distancia saludable de ella, con la esperanza de que no se gire. No sería justo llamar a Allegra mi némesis, ese honor está reservado para Hope Grüber; y, de todas formas, no conozco a Allegra lo bastante bien como para odiarla. Pero es el tipo de madre del St. Angeles a la que intento evitar. De las de pelo castaño brillante, socia del Hurlingham Club y una granja de caballos de ochenta hectáreas en Norfolk. Su marido, Rupert, escribe biografías de Churchill, lo que al parecer no es un trabajo de verdad, pero sí uno que les permite vivir en una lujosa casa señorial en South Kensington.

—¿Otra vez tarde, Florence? —cacarea Allegra, toda alegría y falsa cortesía.

Levanto la vista. Esta mañana Allegra lleva unas botas de montar de Hermès, una chaqueta Barbour verde encerada y una expresión de absoluta autosatisfacción. Su anoréxico galgo inglés va sin correa y viste un chaleco acolchado.

Como no contesto, Allegra frunce los labios y dice en voz alta:

—Se te ve muy glamurosa esta mañana. ¿Tienes grandes planes después de dejar al niño?

Hay algo en su tono que me hace sentir como una niña a la que han enviado al despacho del director. No ayuda que yo sea diez años más joven que la mayoría de las madres del St. Angeles, ninguna de las cuales se quedó embarazada por accidente a los veinte.

Ignoro la pregunta de Allegra y le doy una palmadita en la cabeza a su horrible perro.

—Buen chico, Wolfie.

Se estremece.

—Wolfie es el nombre de nuestro hijo —dice frunciendo el ceño—. No el de nuestro perro.

Empiezo a tararear en voz baja los primeros compases de «You're So Vain». Cuando llego al estribillo, Dylan me lanza una mirada fulminante.

—¡Mamá! —sisea—. ¡Para!

—¿Qué pasa? —digo inocentemente—. ¡Carly Simon es un clásico!

Debería ser agradable con Allegra. La verdad es que es una especie en peligro de extinción por aquí: una británica de pura cepa en el St. Angeles. La mayoría de las de su clase, las que no tienen títulos aristocráticos ni maridos con fondos de cobertura, ya se han retirado a Surrey. Esta parte de Londres es así de rara, una mezcla exótica de gente con fuentes de ingresos misteriosas procedentes de todo el mundo. Francamente, es más probable que te codees con un príncipe de Bahrein o con la heredera de una naviera griega que con alguien de, digamos, Yorkshire. Hace un tiempo corría el rumor de que el St. Angeles hacía descuento en la matrícula a los pocos alumnos británicos que quedaban, casi como una beca para estudiantes necesitados. No es tan disparatado. Los padres extranjeros quieren creer que están recibiendo una «auténtica» experiencia inglesa cuando envían a sus hijos al colegio con calcetines hasta la rodilla y un sombrero de paja con una cinta. No tiene sentido convertir la educación de tus hijos en un largo ejercicio de nostalgia de vestimenta británica si los demás niños también son de Melbourne, París, Hong Kong o Helsinki.

Personalmente, toda esa obsesión inglesa por los colegios me parece absurda. Donde yo me crie, en un pisito de dos habitaciones ubicado en una zona de asfalto bañada por el sol a las afueras de Orlando, Florida, los niños y niñas iban al colegio que hubiera cerca de su casa. Y, desde luego, los adultos no pasaban veladas enteras tratando de averiguar dónde había aprendido las tablas de multiplicar su anfitrión.

Si de mí dependiera, Dylan iría a la escuela primaria del barrio, a una manzana de nuestro piso, y yo dormiría veinticinco minutos más cada mañana. Cuando se lo comenté a Will, mi exmarido, reaccionó como si le hubiera sugerido apartar a Dylan de la educación reglada y obligarle a hacer trabajos forzados en una granja comunitaria durante diez años. Will era un chico St. Angeles e insistió en que Dylan también lo fuera.

—Bueno —dije yo, encogiéndome de hombros—. Tú pagas.

De todos modos, el uniforme es mono.

Cuando llegamos a la verja de la entrada, la subdirectora, una brontosauria anciana llamada señora Schulz, nos ofrece una sonrisa tensa.

—Buenos días, Dylan —dice con delicadeza mientras levanta la vista hacia mí desde debajo de un casco de pelo cano permentado. Va vestida justo igual que la Señora Doubtfire y huele vagamente a naftalina.

—¡Que te diviertas, nene! —le digo a Dylan mientras cruza la verja y desaparece entre un mar de chicos todos vestidos con la misma americana—. ¡A por ellos!

La señora Schulz hace una mueca.

—Señora Palmer —dice, asintiendo en mi dirección.

—Es Grimes —le recuerdo—. Es Dylan quien es Palmer. Como su padre.

La mujer parpadea bajo sus gafas de ojo de lechuza.

—Desde luego —dice, con la mirada perdida. Como si no me hubiera visto todas las mañanas durante los últimos cinco años—. Discúlpeme. Que tenga un buen día.

Me alejo a toda prisa de la verja, deseando que no aparezca la señora Dobbins. A unos metros, Hope Grüber, la presidenta de la Asociación de Madres y Padres de Alumnos, entretiene a Farzanah Khan y Cleo Risby con la fascinante historia de que uno de sus trillizos ha obtenido la puntuación perfecta en un simulacro de examen de ingreso a St. Paul's.

—¡Ni siquiera lo preparó! —grazna Hope, haciendo aletear las extensiones de sus pestañas.

Hope es una pretenciosa trepadora social de Brisbane. Antes de conocer a su marido, un magnate inmobiliario austriaco treinta años mayor que ella, Hope era una modelo de catálogo en apuros que vivía encima de un fish and chips en Goldhawk Road. Cuando dejé Noche de Chicas frecuentamos los mismos círculos durante un tiempo. Nunca fuimos amigas, pero vivíamos vidas paralelas: Primark, de fiesta en Fabric, siempre con un ojo abierto para no perdernos la próxima cosa buena. La diferencia, supongo, es que Hope la encontró.

Hoy por hoy, Hope tiene tres hijos, conduce un Bentley azul celeste con matrícula personalizada BOYMUM y se define en Instagram como #Modelo, #Filántropa y #Jefa. Todavía habla con acento ordinario y lleva demasiado estampado de leopardo como para pasar del todo por miembro del «lujo silencioso», pero ha conseguido congraciarse con las demás madres del St. Angeles siendo aplicada en mayúsculas. ¿Que hay que organizar una gala para la beneficencia o una venta de pasteles? Hope es la indicada. Tampoco hace ningún daño que ella y Karl Theodor tengan un chalet de ocho habitaciones en Verbier que presta a las otras madres, incluso en temporada alta. A cambio, sus horribles trillizos —Trip, Teddy y, no sé, Terco— nunca se quedan fuera de una fiesta de cumpleaños. A diferencia de Dylan.

—¡La señora Dobbins dice que tiene un talento natural! —balbucea Hope. La sola mención de su nombre me produce un pequeño escalofrío. Tengo que salir de ahí.

A su lado, Farzanah levanta una ceja perfectamente arqueada, sin preocuparse por ocultar su escepticismo.

—¿Es eso cierto?

A diferencia de Hope, Farzanah tiene un trabajo de verdad como «dermatóloga de las estrellas», con una línea de cuidado de la piel en Harrods y sus propias oficinas en Harley Street. Farzanah es sin duda el ser humano más refinado que he visto de cerca en mi vida, de piel luminosa, dientes blancos y relucientes y una cortina de pelo oscuro tan brillante que prácticamente puedes verte reflejada en él. Su padre fue embajador de Pakistán en Londres a finales de los años noventa, y Farzanah asistió a un internado femenino en Berkshire, donde desarrolló la misma dicción nítida que la condesa viuda de Grantham. Por si fuera poco, su hijo Zain es un genio y ha ganado el concurso de ingeniería LEGO de la escuela tres años seguidos. Hope desprecia a Farzanah, pero de un modo completamente diferente a como me odia a mí.

Junto a ellas, Cleo Risby escucha solo a medias mientras rebusca algo en su enorme bolso. Cleo es la más guay de todas las madres del St. Angeles. Es casi un palmo más alta que las demás, tiene el pelo de color rubio hielo y una expresión de constante distracción, como una modelo que acabara de despertar de una ensoñación. Es algo así como una artista, aunque, que yo sepa, su trabajo solo consiste en fumar un cigarrillo tras otro en la puerta de varias galerías y ser fotografiada para *Vanity Fair*. Su marido es mayor que ella y extraordinariamente rico, heredero de una fortuna de los alimentos congelados.

Cleo no suele llevar a su hijo al colegio (tiene gente para eso), así que esta es una ocasión especial, sobre todo para Hope, que lo que más desea es ser la mejor amiga de Cleo. Por desgracia, Allegra Armstrong-Johnson se le adelantó varias décadas (compartían habitación en el colegio), así que Hope se ve obligada a tolerar a Farzanah y a entretenerse torturándome.

Hope me agarra del brazo cuando paso corriendo a su lado y sus labios de pez componen una expresión de preocupación.

—Ay, Florence. Aquí estás. La señora Dobbins andaba buscándote. Parecía bastante urgente.

—Bien, eh…, gracias —murmuro.

Farzanah chasquea la lengua siniestramente.

—Vaya… ¿Va todo bien con Dylan?

Ella y Hope intercambian miradas cómplices mientras yo acelero el paso. Solo unos metros más hasta la esquina, un giro a la izquierda, y estaré a salvo…, libre de la señora Dobbins, de las miradas sentenciosas de las otras madres y de lo que sea que Dylan haya hecho ahora.

Al final de la acera, justo cuando empiezo a respirar aliviada, noto un toque fuerte justo entre mis hombros.

Mierda.

Cuando me doy la vuelta, resulta que no es la señora Dobbins, sino una mujer asiática de pelo brillante que lleva un móvil en la mano y habla rápido con un marcado acento californiano.

—Así que le dije: hemos de tener cobertura desde Nueva York en esto, no es negociable…

Llevo casi media vida viviendo en este país y a veces se me olvida lo chocante que puede ser un acento norteamericano en todo su esplendor. El mío se ha ido diluyendo con los años, como el café instantáneo mezclado con té suave.

—Mmm, ¿hola? ¿Me has tocado?

La mujer se señala la oreja, indicando que está hablando por teléfono. Como si fuera yo quien acabara de darle un toque en la espalda.

—Claro. Sí. Al cien por cien. Oye, ahora te vuelvo a llamar —dice. Después se quita un auricular y extiende la mano—. Jenny Choi —se presenta, mientras me sacude el brazo arriba y abajo, como si acabáramos de negociar un acuerdo de libre comercio histórico—. Perdona. Intentaba facturar una hora más.

Al percatarse de mi expresión de desconcierto, añade:

—Soy abogada. Supongo que es un riesgo del trabajo.

—Ya… ¿Nos conocemos?

—No, no. Somos nuevos aquí. Pero la señora Schulz me ha dicho que había otra mamá norteamericana. —Jenny sonríe y carga el peso del cuerpo sobre la otra pierna. Es por lo menos diez años mayor que yo, tal vez veinte. No lleva nada de maquillaje y viste un atuendo corporativo andrógino que parece increíblemente caro. Es el tipo de mujer que se siente muy cómoda pidiendo hablar con el director.

—Soy la madre de los gemelos. Max y Charlie. Se suponía que iban a empezar en el Colegio Norteamericano de St. John's Wood, pero la entrevista…, bueno, los niños tuvieron un mal día. —Jenny se calla y fuerza una sonrisa—. En fin, tanto da. Ahora estamos aquí.

Asiento, tratando de procesar la descarga de información que he recibido a ritmo de ametralladora. A lo lejos, la señora Dobbins asoma por la verja del colegio y empieza a merodear.

—Bueno, bienvenida al St. Angeles —digo, retrocediendo antes de que la señora Dobbins se percate de mi presencia.

Jenny cruza los brazos sobre el pecho.

—Oye, dame tu número. Y quedamos para jugar.

—¿Para jugar? —Observo la cara tersa de Jenny, sus dientes perfectos, su melena lisa hasta la barbilla. Puede que tengamos el mismo pasaporte, pero casi seguro que eso es todo lo que tenemos en común. ¿Cuánto tardará en dejarme de lado al darse cuenta de mi estatus de persona *non grata* entre las madres del St. Angeles?

—Los niños —aclara Jenny—. Me encantaría que hicieran amigos.

La señora Dobbins ya me ha visto y viene hacia mí como un sabueso.

Jenny me pasa su teléfono.

—Toma. Pon tu número y te hago una llamada perdida para que tengas el mío también.

Joder, qué insistente. Escribo mi número lo más rápido que puedo. La señora Dobbins está a unos pocos metros de distancia y avanza con rapidez.

—Bueno, eh…, encantada de conocerte —murmuro, y me giro para marcharme. Pero ya es demasiado tarde. La señora Dobbins me ha puesto la mano en el hombro.

Me ha pillado.

—¡Señora Grimes! —dice en un tono un poco demasiado alto—. ¡Lamento interrumpir! ¿Puedo robarle un momento?

Eliza Dobbins es más joven que yo, de veintitantos, tiene unos grandes ojos redondos y el pelo negro azabache. Podría ser guapa si lo intentara, pero es evidente que no lo hace. Tiene manchas de rímel bajo las cejas y lleva una blusa de rayón monstruosa llena de migas de magdalena. No ayuda el hecho de que esté embarazada de unos ciento cincuenta meses y que su barriga parezca una fruta demasiado madura.

—Debería irme —dice Jenny, retrocediendo—. Encantada de conocerte.

Me vuelvo hacia la señora Dobbins.

—La verdad es que tengo un poco de prisa.

—No hay problema —trina—. ¿Hacia dónde se dirige? La acompaño —anuncia mientras se da unas palmaditas en el vientre—. Será un buen ejercicio. Paseo con charla.

Al cruzar la calle, noto que las otras madres nos observan, con los ojos clavados en mi espalda mientras especulan sobre lo que Dylan habrá hecho esta vez. Me digo que no he de girarme, pero entonces, como la mujer de Lot, no puedo resistirme: miro atrás a la puerta del colegio por última vez. Veo con alivio que Cleo se ha ido, pero Hope, Farzanah y Allegra siguen rondando cerca de la verja y estiran el cuello en dirección a mí.

La señora Dobbins se aclara la garganta.

—Llevo varios días tratando de ponerme en contacto con usted. ¿Va todo bien en casa? —Sus grandes ojos marrones son estanques de empatía líquida, cosa que solo hace que la odie más.

—¿A qué se refiere? —pregunto, inexpresiva.

—Al arrebato de Dylan de la semana pasada —dice, tocándome el brazo con suavidad. La piedra microscópica de su anillo de compromiso capta la luz mortecina y brilla como un botón viejo.

—Ah. Eso. —Intento no soltar una sonrisita—. Tiene que admitir que tuvo su gracia. Es decir, no me diga que nunca ha tenido ganas de vaciar un pupitre sobre el regazo de Teddy Grüber.

La señora Dobbins frunce los labios.

—Nos gustaría que evaluaran a Dylan —dice con una cadencia lenta y mesurada que parece calibrada justamente para no alterarme—. Un profesional externo. El doctor Lieber es un especialista muy cualificado en…

Una oleada de calor me recorre el cuerpo.

—Dylan está bien —le espeto—. No pienso enviarlo a un loquero para que ustedes puedan medicarlo hasta las trancas.

La señora Dobbins frunce el ceño.

—Le aseguro que no es esa mi intención. Es solo que… —Baja la voz hasta un susurro—. Después del incidente con la… tortuga, nos vemos obligados a tomarnos esos temas muy en serio.

Trago saliva. El Tortugagate. Al final del curso anterior, un grupo de niños, entre ellos Alfie y Dylan, estaban alrededor del estanque de kois, en un extremo del campus del colegio, admirando una tortuga de tierra. Según Dylan, Alfie había estado dando toques a la tortuga con un bate de críquet. Dylan le dijo que parara, que le estaba haciendo daño a la tortuga. Lo que ocurrió justo después es objeto de debate, pero el resultado innegable fue que a Alfie tuvieron que darle cuatro puntos de sutura en el corte que le sangraba por encima de la ceja derecha. A Dylan lo expulsaron tres días y lo pusieron en «libertad condicional por mal comportamiento». Me pareció un castigo excesivamente duro por algo que a todas luces había sido defensa propia. O al menos defensa animal. Así que accedí a que adoptara a la tortuga. Ahora Greta vive feliz en un terrario en su habitación.

Al otro lado de la calle, Farzanah y Hope han dejado de fingir que mantienen una conversación y miran sin tapujos, esforzándose por oír cada palabra.

Todo mi cuerpo se tensa.

—Esos otros chicos, Teddy, Alfie y Wolfie, ¡lo están acosando! —Me quito las gafas de sol y golpeo con el dedo índice la suave carne del esternón de la señora Dobbins—. ¿Por qué no va usted a perseguir a sus madres por la calle para organizar evaluaciones psiquiátricas?

La señora Dobbins me mira fijamente, pero no contesta. Abre y cierra la boca como un pez guppy.

—Ya me lo parecía —resoplo, y doy media vuelta.

Me persigue y me grita algo mientras me alejo. Pero, sea lo que sea, se pierde en el viento.

Me largo de Holland Park tan rápido como puedo. Me arden todos los músculos del cuerpo, como si acabara de hacer dos vídeos de entrenamiento de Chloe Ting seguidos. Hundo las manos en los bolsillos más aún y aparto de mi mente la cara de preocupación de la señora Dobbins. ¡Dylan está bien! Esa mujer no sabe nada de mi hijo.

Es cierto que Dylan siempre ha sido un poco… diferente. Oficialmente, culpo a Will por abandonarnos cuando él era un bebé, pero las señales estuvieron ahí desde el principio. Nunca balbuceó, ni siquiera un «mamá». Y entonces, un día que estábamos en el supermercado, apuntó con su dedo rollizo a un cartón de la estantería y dijo: «Mamá, ¿me das zumo, por favor?». Así, sin más, con un acento británico bien claro. Por poco no me desmayo en el pasillo.

Así que sí, Dylan no era como otros niños de su edad. Y tampoco es que estos le gustaran demasiado. De pequeño, cuando lo llevaba al parque, rehuía a los demás niños y sus juegos de pelota y prefería entablar conversación con un abuelo que esperaba, una niñera adolescente que estaba aburrida o una madre agotada. De hecho, cualquier adulto le servía. Yo no le culpaba. Los niños son monstruos.

Y sí, mi hijo tiene algo de mal genio. Pero hay que entender que proviene de su sentido absoluto del bien y del mal. Para Dylan todo es blanco o negro. Los buenos contra los malos; Greta contra ExxonMobil. He intentado explicarle que nadie es del todo bueno o del todo malo (salvo tal vez su padre, ja, ja) y que las motivaciones de la gente son complejas. Es inútil. Si Dylan fuera un tribunal, todos los casos acabarían con la pena de muerte o con la absolución total. Para él no hay tonos de gris.

Cuando me acerco a la rotonda de Holland Park, la trampa mortal para peatones que separa el lujoso barrio del colegio de Dylan de la zona humilde donde vivimos, automáticamente empiezo a contener la respiración en un intento inconsciente de evitar el humo del tráfico de los cuatro carriles que avanzan lentamente junto a mí.

Hoy es un buen día, me recuerdo. Es viernes. La luna está en Júpiter, momento propicio para los nuevos comienzos. Y lo más importante, recuerdo con un chisporroteo de emoción: esta noche voy a ver a Elliott.

Todo está a punto de cambiar.

3

Técnicamente, Uñas Perfectas no abre hasta las diez, pero abro la puerta de todos modos, preparándome para el sonido electrónico del timbre.

—¿Me puedes coger sin cita? —pregunto al salón, que está a oscuras.

Linh está sentada con las piernas cruzadas en un sillón de masaje, vestida con una cazadora que parece hecha de papel de aluminio y viendo vídeos vietnamitas de TikTok sin auriculares.

—Está cerrado —ladra—. Vuelva a las once.

—Soy yo, tonta —digo, y arrojo mi bolso sobre mi silla de siempre.

Linh se levanta y finge desmayarse, un gesto dramático de desfallecimiento que me habría engañado si no lo hiciera semana sí, semana no.

—Nena, pensaba que te habías muerto. ¡Pasa!

La tensión acumulada en mis hombros se derrite. En Uñas Perfectas está todo exactamente como lo dejé: el olor acre, las sillas de plástico pegajoso, las dudosas botellas de crema de manos rellenadas. Es mi lugar feliz.

Me dejo caer en una silla y le muestro a Linh mis uñas descuidadas.

—¡Caray! —exclama Linh con una mueca, y añade—: ¡Al menos sé que no te has ido con otra!

—Es que he estado muy ocupada.

Es mentira, pero por suerte Linh no insiste. En lugar de eso, se pone a trabajar y rocía sus herramientas con desinfectante.

—¿Cómo van los estudios? —le pregunto. Además de ser especialista en manicura artística, Linh estudia segundo curso de diseño de moda en Central Saint Martins. Su madre, propietaria de Uñas Perfectas y de otros catorce salones de manicura en el oeste de Londres, cree que su única hija estudia finanzas internacionales en la London School of Economics y que algún día se hará cargo de su imperio. Es todo un tema.

—¡Shhh! —sisea Linh, señalando hacia el televisor que hay detrás de mi cabeza—. ¡Anoche pilló a otra!

Giro el cuello hacia el televisor. Una reportera de dientes torcidos que lleva una americana horrenda de color melocotón deambula por la carretera cerca del estadio Loftus, agarrada a un micrófono con seriedad.

—¿Qué? ¿Quién?

Linh frunce el ceño.

—El estrangulador de Shepherd's Bush. ¿No ves las noticias?

Lector, no lo hago.

—Y…, eh…, ¿qué ha pasado?

—Una mujer que volvía a casa caminando sola por la noche. Se le acercó sigilosamente por detrás. —Linh hace el gesto de estrangularse y se estremece—. Es la segunda este mes, ¿sabes? El estrangulador se está envalentonando.

—Pero ¿cómo es posible que pase eso? —Bajo la voz, aunque el salón de belleza está completamente vacío—. Si Londres está plagado de cámaras de videovigilancia…

—¡Ya! Es de locos, ¿verdad?

No sé si está indignada o emocionada. El entusiasmo de Linh por los crímenes solo tiene rival en su pasión por la moda conceptual. Estoy segura de que los pantalones que lleva fueron un paracaídas en su momento.

—No, en serio, ¿cómo…?

Linh me interrumpe levantando mi mano derecha ante mi cara.

—¿Por qué has hecho esto? —me pregunta. Me está sangrando la piel de alrededor de las uñas; ha sido un intento fallido de cortarme las cutículas—. ¿Sabes? Hay cosas que no puedes hacer tú sola. A veces necesitas ayuda.

Evito su mirada mientras con la mano libre hojeo las muestras de plástico de esmalte de uñas. Me decanto por un tono de rosa tan intenso que haría sonrojar a Barbie.

Linh frunce el ceño.

—¿En serio? ¿*Faux Ho*? ¿Tienes una cita o algo?

Al ver que no respondo, su voz se vuelve un sonsonete burlón.

—¡Uhhhh! ¡Florence tiene una ciiiiita! ¿Quién es el afortunado?

—No es eso.

Linh me da una palmada juguetona en el brazo.

—Ah, ¿así que es una mujer? Me alegro por ti.

—No, no…, no es…

—¡Mete las manos en el agua! —me espeta Linh, haciendo un gesto hacia el plato de agua tibia donde mis cutículas destrozadas deberían estar en remojo.

—Es una reunión. Con un mánager musical que conocía. Elliott. —Permitirme decirlo en voz alta es como reventarme un grano. El alivio es inmediato, puro.

—¡Ahhh! —exclama Lihn—. ¿Vas a volver a ser cantante?

Me estremezco y miro de nuevo las muestras de esmalte.

Linh hace una pausa, como si se diera cuenta de la gravedad de la situación.

—Bueno. —Chasquea la lengua, se agacha y por un momento desaparece tras el mostrador. Cuando reaparece lleva en la mano un frasco de esmalte de uñas rojo como si fuera un preciado rubí.

Ahogo un grito.

—¿Es eso lo que creo que es?

Linh asiente con rostro solemne.

—*Taco Party*. Imposible de encontrar, ni siquiera en eBay. Mi prima lo trajo de Dubái el año pasado.

Taco Party está ampliamente reconocido como el tono más perfecto de esmalte de uñas rojo jamás creado, el color de los caramelos de canela Red Hot mezclado con el de un Ferrari. Se dejó de fabricar cuando se descubrió que el tinte rojo procedía de las mariposas cristal amazónicas en peligro de extinción.

Linh destapa el esmalte con una floritura ceremonial e inhala profundamente.

—Como la leche materna —dice con una sonrisa—. ¡Venga! ¡Cuéntamelo todo!

La llamada había llegado tres días antes, justo después de dejar a Dylan en el colegio. Estaba tirada en el sofá viendo las reposiciones de *Polygamy Island* y separándome las puntas abiertas.

—¡Grandes noticias! —vibró la voz al otro lado del teléfono—. ¡Enormes!

—¿Quién es? —pregunté.

—Soy Elliott, tonta —dijo la voz—. ¿Te has olvidado de mí?

Habían pasado diez años enteros desde la última vez que había oído la voz de Elliott Rivera. Por aquel entonces, yo formaba parte de una prometedora banda de chicas y Elliott era el segundo ayudante del ejecutivo de una discográfica. Era un luchador de ojos muy abiertos, pelo engominado y zapatos relucientes que aspiraba a un despacho esquinero. Will y las otras chicas se burlaban de él, le llamaban «Elliott el Ansias», y cosas peores. Pero Elliott y yo siempre tuvimos una conexión, el vínculo de los marginados que son capaces de oler la desesperación mutua.

—¿Cómo diablos estás, Florence? —me dijo.

De leer *Variety* —vale, de ver los tuits de Variety—, sabía que ahora «Elliott el Ansias» era un gran mánager musical de Los Ángeles. Me lo imaginaba con los pies encima de una mesa de caoba, viendo Sunset Boulevard por la ventana y mirando cómo la gente correteaba allá abajo como hormigas. Al menos el sueño se había hecho realidad para uno de nosotros.

—Iré al grano —dijo—. Estoy en la ciudad y quiero comentarte una cosa. Una oportunidad.

Por fin, pensé. Por fin, joder. Era la llamada con la que llevaba diez años fantaseando, la que tenía el poder de volver a poner en marcha mi carrera por arte de magia.

—¿Qué tal la semana que viene? —pregunté, calculando ya cuántas visitas al salón de belleza podría en ese tiempo.

—Ay, no, cariño. Vuelvo a Los Ángeles el sábado por la mañana. Estamos preparando la temporada de premios. ¿Qué tal el viernes?

—¿Este viernes? ¿Quieres decir dentro de tres días? —Desde el punto de vista del tiempo no era ideal. Diez días es lo mínimo que necesito para hacerme chapa y pintura hasta recuperar algo parecido a mi antiguo esplendor. Pero si la única opción era el viernes, me apañaría—. Claro —dije rápidamente—. Pues el viernes.

—Estupendo. Uno de mis ayudantes te enviará los detalles.

Cuando colgamos, sentí como si todo mi cuerpo se hubiera llenado de helio. No tenía a nadie con quien compartir la buena noticia, así que hice tres capturas de pantalla de mi historial de llamadas para demostrarme a mí misma que había sucedido de verdad.

Al cabo de cuarenta minutos, el ayudante de Elliott (asst1@ elliottrivera.com) me envió un correo electrónico confirmando nuestra reserva para las 19.00 en Mr. Bang-Bang, un restaurante biodinámico de dim sum en Hackney donde se anima a los comensales a llevar sus propios palillos y ayudar al personal a lavar los platos.

Lo que siguieron fueron cuarenta y ocho horas de la preparación cosmética más intensa de mi vida. Empezó en un sótano frío y húmedo de Marylebone, donde una diminuta mujer rusa fue añadiendo uno a uno pelos negros a mis pestañas con la ayuda de unas pinzas. La intervención duró dos horas y me dejó grogui por el olor del pegamento. Lo siguiente fue un salón de belleza de Regent Street, donde agoté mi tarjeta de crédito para pagar a un «estilista de famosos» llamado Markk (con dos kas) que tejió treinta y ocho extensiones de media pulgada Remy platino a mi cuero cabelludo, lo que convirtió mi nubecilla de algodón de azúcar en una elegante cortina rubia. El toque final llegó por cortesía del Sun Express de mi barrio, donde rechacé el tanga de papel y giré como un pollo asado para que el «brillo de St. Tropez» penetrara por todos mis rincones.

El sonido de un silbido mecánico me devuelve al salón de belleza. Linh sonríe con picardía mientras sostiene en alto un aerógrafo.

—Tengo una idea —dice—. Nada descabellado, solo para que vean lo que se han estado perdiendo.

Debo de parecer indecisa, porque se apresura a añadir:

—Sin coste adicional.

Linh llena el aerógrafo con unas gotas de esmalte cuidadosamente decantadas y golpea el depósito con el dedo índice. Me invade una sensación de desapego zen. Me reclino en la silla de plástico. Algo cálido y húmedo resbala por mi mejilla. Una lágrima.

«Por Dios, Florence, cálmate».

Linh me pasa un pañuelo antes de bajarse las gafas protectoras.

—Irá bien. Tú confía.

Y por primera vez en mucho tiempo, lo hago.

Los primeros años de la década de 2000 fueron difíciles para Mariah Carey. Hacía poco que había dejado Sony Music tras divorciarse de su director ejecutivo y acababa de firmar un contrato histórico de ochenta millones de dólares con Virgin cuando sufrió una crisis nerviosa muy publicitada y fue hospitalizada por «agotamiento extremo». Pocas semanas después, su película *Glitter*, diseñada como vehículo para exhibir su fuerza como estrella, fracasó estrepitosamente. Una crítica en *The Guardian* señaló que Mariah quedaba «superada de largo por la encimera de madera de cerezo de su elegante apartamento de Manhattan». Su actuación fue galardonada con un Razzie. El álbum que acompañó la película tuvo una acogida tan pésima que Virgin puso fin a su contrato.

Su siguiente trabajo, *Charmbracelet*, publicado con Island Records, recibió duras críticas. En una de ellas se decía: «Toda la cruda integridad emocional de una tarjeta de: "Que te recuperes pronto"». Era el fin de la Reina de la Navidad. Estaba acabada. Era otra estrella del pop cuyo mejor momento había pasado.

Y luego se fue y lanzó *The Emancipation of Mimi*, un álbum tan perfecto que sus críticos más acérrimos se vieron obligados a arrepentirse públicamente de haberla despachado. No fue solo el regreso de la diva del siglo; fue una auténtica resurrección. *Mimi* redefinió a Mariah, como artista y como persona.

El encuentro de esta noche con Elliott va a ser mi momento de «Emancipación de Mimi». Pero antes me queda un recado humillante que tachar de mi lista.

Mi verdadero trabajo.

4

Cierro la mano en un puño y golpeo la puerta metálica.

—¡Adam! —grito—. ¡Te necesito!

Silencio.

Doy un paso atrás hacia el pequeño vestíbulo que separa nuestras puertas principales. En origen nuestros pisos eran una sola casa adosada que fue troceada como un pavo de Navidad por un promotor inmobiliario codicioso, un verdadero visionario que no se molestó en cosas aburridas como recolocar las cañerías de forma adecuada. Últimamente, cada vez que Adam se ducha en el piso de arriba, se produce un pequeño volcán en el fregadero de mi cocina y una sustancia marrón y viscosa brota como una fuente.

Presiono la oreja contra la puerta de Adam.

«¿Estará con alguien?». Barajo la posibilidad mientras admiro mis uñas, unos óvalos rojos recién pintados con delicadas efes blancas aerografiadas en cada dedo anular. Son perfectas. Linh me ha hecho llegar tarde, pero es una artista. No se le puede meter prisa.

—¡Adam! ¡Emergencia! —grito, golpeando la puerta con el puño cerrado.

Qué típico, de verdad. Desde que Marta lo dejó, Adam ha estado rondando activamente, rebosante de ofertas para «arreglar el fregadero» o «jugar a pelota con Dylan». Pero ahora que realmente le necesito, no hay donde encontrarlo. Así son los hombres.

Todavía estoy admirando mis uñas cuando se abre la puerta de Adam. El olor a sudor y a Old Spice llena el pequeño vestíbulo. Tiene la frente sudada y los rizos oscuros disparados en todas direcciones, como si le hubieran frotado el pelo con un globo.

—¿Flo? —dice con voz confusa.

Me recorre un escalofrío. Odio que me llamen Flo. Ya es malo que mi madre me pusiera ese nombre por una estrella de comedia de los años setenta que llevaba un corte de pelo *mullet*. ¿Mi apodo también tiene que sonar cursi?

—Lo siento, Flo —murmura Adam. Tiene la mirada distraída y vacía—. No es muy buen momento, la verdad.

Miro por encima de su hombro hacia su piso.

—¿Por qué? ¿Estás con alguien?

Que yo sepa, Adam no ha tenido ni una sola cita desde que Marta se fue. Estaba pilladísimo por ella, quizá rozando lo obsesivo. El tipo de novio que le compraba flores cada semana, que iba en coche hasta Hampstead para recogerla de la barbería cada vez que tenía que trabajar hasta tarde. Yo estaba segura de que se le declararía. A nadie le sorprendió más que a mí cuando me anunció que le había dejado de la noche a la mañana y que se había vuelto a Polonia.

Adam frunce el ceño, entra en el vestíbulo y cierra la puerta tras de sí. La puerta da un golpe fuerte que me hace dar un respingo.

—¿Qué? No, claro que no.

—No importa —digo, con toda la despreocupación de que soy capaz—. Llamaré a Matt B.

Matt B. (no confundir con Matt T.) es el que menos le gusta a Adam de mis ligues actuales. Es un corredor de divisas del Deutsche Bank cuya personalidad consiste íntegramente en ir a comer sashimi a restaurantes poco iluminados de Mayfair y luego reservar una suite en el Peninsula. Matt B. cree que no sé que tiene mujer y tres hijos escondidos en su casa de cinco dormitorios de las afueras de Oxfordshire, pero sí que lo sé. Lo que pasa es que me gusta mucho el buen sushi.

—Todo bien —dice Adam, entrelazando los dedos y crujiéndose los nudillos sonoramente. Sus manos son del tamaño de un jamón pequeño cada una—. ¿Qué pasa?

—¿Por qué estás tan sudado?

—Estoy trabajando en el fregadero —gruñe—. Se ha vuelto a atascar…

Noto que tiene un olor cáustico y químico pegado a la piel.

—Qué asco. Bueno, tengo que hacer una entrega de globos. ¿Crees que podrías llevarme?

—Creía que ibas a sacarte el carnet.

Eso es un golpe bajo. Adam sabe que he suspendido dos veces. La última, el dueño de la autoescuela, un hombre de Bangladesh de voz suave, me sugirió que no volviera hasta que me tomara «en serio» la seguridad vial.

—Mira, si no quieres ayudarme, dilo claro, ¿vale? Joder…

—Vamos, Florence —dice, cruzando los brazos sobre el pecho—. No seas así.

Inclino la cabeza y entrecierro los ojos. Adam no es feo. Tiene treinta y seis años, cinco más que yo, y aún luce una espesa cabellera oscura, lo cual, por desgracia, no es habitual en un hombre de su edad. Tiene los ojos de un azul vivo, enmarcados en unas pestañas gruesas. Y está en una forma física increíble, lo cual (casi) compensa su verdadero defecto: es bajito. No en plan napoleónico ni nada por el estilo, pero debe de medir metro setenta como mucho. Y ya sé que no se ha de discriminar a los bajitos, pero, si soy del todo sincera…, es la única razón por la que no nos hemos acostado nunca.

—¿Así que qué? ¿Puedes llevarme? —pregunto, sacando el labio inferior—. ¡Por favor! Serán veinte minutos como mucho.

Adam se queja y cambia el peso de pierna.

—¿Adónde hay que ir, pues?

—A Notting Hill. Artesian Village.

Adam echa un vistazo a su reloj, un Apple que te monitoriza el ritmo cardiaco y quién sabe qué más. Se para un momento, como si se lo estuviera pensando, pero yo ya sé que va a decir que sí. Adam siempre dice que sí, al menos a mí.

—Vale —dice. Levanta la barbilla hacia la calle, donde está aparcado su coche patrulla—. Puedo llevarte, pero tendrás que volver por tu cuenta.

—¡Genial! —chillo, y le rodeo con los brazos. Su cuerpo es cálido y sólido, como si abrazara un árbol.

—Solo tengo que inflar unos cuantos globos más. Dame diez minutos, ¿sí?

Adam abre la boca para protestar, pero yo ya estoy retrocediendo hacia mi piso sin hacer caso de la pila de revistas y cheques de derechos de autor de dos céntimos que se amontonan en mi felpudo.

—No abras el grifo todavía, ¿vale? —me dice Adam—. Y cinco minutos como mucho, que tengo que ir a un sitio.

Existe un tipo de persona muy concreto que se gasta seiscientas libras en globos para la fiesta del primer cumpleaños de su hijo, y puedo asegurar casi con total seguridad que se llama Charlotte. O Caroline. O puede que Caroline-Charlotte, CeCe como diminutivo.

En este caso, era simplemente Caroline.

Adam me deja delante de una casa adosada de cuatro pisos de color verde menta. Salgo del coche y cojo los globos del asiento trasero. Antes de que pueda decirle gracias o cerrar bien la puerta, Adam sale pitando calle abajo sin mirar siquiera por el retrovisor.

Llamo al timbre, que suena como un carrillón, y se oye el ladrido agudo de un perro.

Me abre una mujer alta y delgada que lleva unas mallas color lavanda y un top corto a juego. Tiene los abdominales marcados y la cara idéntica a la de sus fotos de Instagram: piel dorada, labios rojos e hinchados y nariz diminuta y respingona.

Caroline me evalúa durante medio segundo antes de girarse y gritar por encima del hombro:

—¡Es la chica de los globos!

Un coro de voces femeninas que parlotean y ríen se acerca a mí procedente de algún lugar del interior de la casa.

—Esperábamos a la instructora de Pilates —explica Caroline—. Pero pasa.

Me giro de lado, con cuidado de no reventar las ocho docenas de globos de color frambuesa que llevo.

Lo de los globos había sido idea de mi hermana Brooke: una condición previa para algún préstamo del pasado, ahora olvidado (espero).

—No puedes pasarte el día sentada en casa sin más, viendo *Parlamentarios sobre hielo* y esperando a que te lleguen cheques de derechos de autor —había insistido.

Para ella era fácil de decir. Su carrera como compradora de muebles para los grandes almacenes John Lewis no se había venido abajo espectacularmente. No entendía lo ofensivo que era sugerir que vender globos decadentes por Instagram pudiera constituir un desarrollo profesional positivo.

Tras la muerte de nuestra madre, Brooke se había pagado los estudios en la Universidad de Londres trabajando en una empresa de organización de fiestas de lujo. No paraba de hablar de los arcos de globos.

—¡No te creerías el beneficio que dan! Ni siquiera necesitas helio. Literalmente, solo globos, aire y cinta adhesiva.

Y a diferencia de muchos de sus otros planes a medias para arreglar mi vida, Brooke no dejó pasar aquel. Al final, ella misma creó la cuenta de Instagram con fotos de archivo de arcos de fiestas infantiles y anunciando la entrega gratuita en todo el código postal W2, el oeste de Londres. Recibió quince solicitudes en la primera hora. Eso fue hace siete años. Ahora llevo el negocio yo, solo en efectivo. Cada día que pasa, el nombre, Globos Estrella del ¡Pop!, parece menos un chiste irónico y más sal en una herida ya podrida. Por no hablar de la pesadilla logística que supone repartir arcos de globos por Londres sin tener coche. Pero es mejor eso que conseguir un trabajo de verdad, porque tampoco es que me sobren las ofertas.

Por dentro, la casa de Caroline es aún más grande de lo que parece desde la calle. Es una casa de época, pero el interior ha sido vaciado por completo y sustituido por líneas limpias y cristal. La mayor parte del techo es ahora una claraboya gigantesca; en un día claro, debe de dar la sensación de que caminas bajo un sol radiante. Pero hoy está nublado.

Caroline me conduce hacia una cocina-comedor abierta que da a un cuidado jardín. Media docena de mujeres rubias vestidas de sport descansan en una colección de sofás superacolchados de colores claros cual sirenas de Lululemon que hubieran encallado. Al fondo del jardín merodea un ama de llaves que corta melón y de vez en cuando le da un trozo a un bebé que está en una trona de diseño. Cada vez que lo hace, el bebé suelta una carcajada, como si le acabaran de contar un chiste divertidísimo. Toda la escena parece un anuncio de muebles Loaf, o quizá de fertilidad femenina en general.

35

Por un instante, me paraliza un ataque de celos visceral: ¿cómo sería pasar todo el día con mis amigas haciendo ejercicio suave y comiendo rodajas de fruta que te han servido ya cortada?

«Para eso habrías de tener amigas». La idea se me clava en el cerebro como un alambre de espino.

Me aclaro la garganta.

—¿Dónde quiere que instale el arco?

Los ojos de Caroline recorren la sala. Está claro que no ha pensado mucho en las seiscientas libras de aire y látex que me encargó.

—¿Cuánto vas a tardar? —pregunta una de las amigas desde el sofá—. Es que la instructora de Pilates llegará en cualquier momento. Vamos a hacer Pilates de postparto. Con Adriana. Hace visitas a domicilio, por si alguna vez buscas a alguien.

—Iré lo más rápido que pueda —digo sin darme la vuelta. Instalar un arco de globos no es difícil, pero sí tedioso. Muchos movimientos repetitivos. Pellizcar, pegar, pellizcar, pegar.

—¡Madre mía! —chilla una voz desde el sofá—. ¿Florence Grimes? ¿Eres tú?

Siento como si una araña peluda me recorriera la base del cuello. Me giro mecánicamente hacia el sofá. No hay duda: es ella. Lleva el pelo castaño brillante cortado a la altura de los hombros y se ha hecho algunos retoques, no todos buenos, observo con placer. Tiene los pómulos anormalmente altos y los labios con una ligera forma de pico de pato. Pero su voz es claramente la de siempre.

—Lacey —digo, esforzándome por sonreír. Fantaseo con derretirme allí mismo, en ese mismo instante, con que mi cuerpo se funda limpiamente con el parqué como un polo y deje tras de sí tan solo una mancha pegajosa de color púrpura.

—¡Ay, madre, eres tú! —chilla Lacey. Se levanta de un brinco del sofá y se abalanza sobre mí como si fuéramos dos amigas que hiciera mucho que no se ven—. ¡No te veía desde la boda de Jess! Eso fue hace… como diez años.

—Mmm. —Noto como si tuviera la lengua cubierta de arena. A lo largo de los años he imaginado muchas versiones diferentes de este reencuentro: en la alfombra roja de los Grammy, cuando me han nominado; o en la cancha, mientras veo un partido de los Lakers con mi mejor amiga, Mariah. Pero nunca había imaginado encontrarme cara a cara con Lacey mientras trabajaba como manitas con pretensiones en la lujosa casa de su amiga.

Me dan ganas de vomitar.

—¿Todavía juega Alfonso en el Arsenal? —consigo decir.

Lacey juguetea con su anillo de compromiso, un absurdo diamante talla princesa de cinco quilates sobre un finísimo aro de platino. Nos hizo probárnoslo a todas la noche en que Alfonso le propuso matrimonio y las cuatro chicas nos lo pasamos en la parte trasera del autobús como si fuera un talismán mágico. Aún noto su peso. Ahora Lacey lleva los dedos abarrotados de anillos pavé llenos de brillantes. Uno por cada vez que Alfonso la ha engañado, probablemente.

—No, se retiró el año pasado —dice—. Ahora estamos casi siempre en Somerset. Es mejor para los niños. Tenemos tres.

Intento asentir, pero mi cerebro se ha convertido en un cuenco de fideos blandos, flácidos y estúpidos.

—¿En qué andas ahora? —pregunta.

Dudo, tan solo un segundo. Lacey lanza una mirada a los globos y luego vuelve a mirarme. Le sigue una sonrisa, demasiado amplia.

—¡Ahhh, claro! ¡Qué bien! —exclama como si hablara con una niña pequeña, destilando condescendencia—. Qué bien, Florence. Has caído de pie, después de todo aquello.

Una de las sirenas del sofá arruga su nariz chata.

—Un momento, ¿de qué os conocéis?

Lacey traga saliva.

—Florence estaba en la banda con nosotras. Ella era la original, eh, antes de Rose, um, ya sabes… —explica, y se le va apagando la voz.

—Dejé la banda antes de que Noche de Chicas lo petara. La peor decisión de mi vida. —Es mi respuesta habitual, la he dado muchas veces, pero no por ello cuesta menos decirlo en voz alta.

A Lacey se le nota el alivio en la cara al darse cuenta de que no voy a ponérselo difícil.

—Salimos perdiendo nosotras —dice rápidamente.

—Ah, vale —dice una de las otras chicas mientras le da vueltas en el dedo a un mechón de pelo rubio cremoso—. ¿Y por qué la dejaste?

Noto que me mareo, como si toda la habitación estuviera bajo el agua. Alargo la mano y me agarro a la pared para aguantarme.

—Fue hace mucho tiempo —murmuro.

—Oye, Florence —dice Lacey, y su ceño con botox intenta poner expresión de preocupación—. Quiero decirte que lo que te pasó no estuvo bien.

Un cálido rubor se extiende por mi cara y las llamas se propagan por mi cuerpo como un incendio de cinco alarmas.

—No pasa nada, Lace —balbuceo alejándome de ella, y tropiezo con mi bolsa de globos. Varios estallan con fuerza, como una ráfaga de ametralladora. El bebé empieza a llorar.

—Eh… Me he olvidado una cosa en el coche. Vuelvo enseguida —digo por encima del hombro mientras salgo corriendo por la puerta.

Fuera ha empezado a llover. Cada gota gorda que me cae en la cabeza es como un insulto personal. La humedad es una grave amenaza para mi pelo recién alisado, pero me siento demasiado humillada como para que me importe. Vago ante casas de colores caramelo en un estado de fuga, con las palabras de Lacey repitiéndose en mi cabeza como una montaña rusa de vergüenza de la que no puedo bajarme. «¡Qué bien! ¡Qué bien! ¡Qué bien!».

En Notting Hill Gate, aparece ante mí un pub mugriento como un espejismo en el desierto. Noto como si me atrajera a su interior una energía magnética. Lo igual atrae a lo igual. La basura atrae a la basura.

El pub está poco iluminado y el suelo, pegajoso; mis pies mojados hacen ruiditos en el suelo al acercarme a la barra. El local está casi vacío. Solo hay otra mesa, un grupo de obreros de la construcción viendo los mejores momentos de la Premier League en un televisor de pantalla plana.

Tras la barra hay un hombre mayor abrillantando un tenedor con una servilleta.

—Un vodka con tónica —le digo.

Levanta la vista hacia mí con un aire de auténtica sorpresa, como si acabara de entrar en su salón y le hubiera pedido un masaje en los pies.

—¿Qué dices, cariño? —pregunta.

—Un vodka con tónica —repito, esta vez más alto.

Se da la vuelta y empieza a hacer tintinear botellas a ritmo de glaciar. Habremos muerto los dos antes de que me sirva la bebida.

—Bueno, vodka tengo —dice el camarero levantando una botella polvorienta de Smirnoff—. Pero tónica, me temo que no nos queda. ¿Qué tal una Fanta? —dice animadamente—. ¿Quieres un buen vodka con Fanta?

—Perdone, ¿esto no es un bar? —le suelto.

—Es Wetherspoons, cariño. Y apenas es la hora de comer. La mayoría de tíos solo quieren una pinta. —Lo dice con una voz tan amable que casi me parto en dos—. La furgoneta de reparto vendrá esta tarde a reabastecernos. Vuelve dentro de tres horas y te prepararé lo que quieras.

Me ablando.

—Vale. Un vodka con Fanta.

Dirijo mi atención a los obreros, intentando averiguar cuál es el más mono. Uno de ellos levanta la vista y le sonrío. Se sonroja y sus ojos vuelven rápidamente a la seguridad de la pantalla del televisor.

El camarero geriátrico deja mi bebida naranja incandescente sobre la barra. Me la bebo en tres tragos.

—Otro.

—Es uno de esos días, ¿eh? —dice con una sonrisa comprensiva.

Le ignoro y centro mi atención en el guapo, hasta que sus compañeros empiezan a darle codazos en las costillas y a cuchichear. Entonces se levanta y se dirige hacia mí. Es alto, observo con aprobación, y mucho más joven de lo que pensaba. Pero tanto da.

—¿Te pago otro? —dice Obrero de la Construcción Buenorro haciendo un gesto hacia mi bebida. Huele riquísimo: un aroma a madera, a tierra, como agujas de pino mezcladas con hierba húmeda. Lleva unos pantalones verdes con paneles de ventilación y rodillas reforzadas. Es jardinero, me percato, no obrero de la construcción.

«¿En serio, Florence?», dice una voz en mi cabeza. Una voz que suena sospechosamente como mi hermana Brooke. Sonrío.

—Tengo una idea mejor.

5

Cuando terminamos, se sube los pantalones verdes y sale tranquilamente del baño de señoras, con la camisa de poliéster desabrochada como la capa de un superhéroe.

Me apoyo en el lavabo. Ahora me siento mejor. No genial, no como Mariah bajando por las escaleras con su vestido dorado en el videoclip de «It's Like That». Pero sí mejor.

Me enjuago la boca con un poco de agua y estudio mi reflejo en el espejo. No está mal, la verdad, para pasar de los treinta. Podría ser mucho peor. Francamente, ha sido mucho peor. Como justo después de que Will nos dejara, cuando perdí diez kilos de golpe y las cejas casi por completo. Pero no importa. Eso es agua pasada.

Una vez, al principio de Noche de Chicas, una maquilladora me dijo que yo tenía la cara como una patata pelada y, aunque suene cruel, sabía exactamente a qué se refería. Al natural, soy prácticamente invisible. Mi pelo, mi piel y mis cejas son variaciones del mismo color de arena sucia. Nunca seré realmente guapa, a diferencia de mi hermana, pero con los años he aprendido todos los trucos: extensiones de pestañas, laminado de cejas, blanqueamiento dental, horas mecánicas de abdominales, sentadillas y subir escaleras. Estar buena se parece mucho a hacer arcos de globos. No es difícil, solo trabajo tedioso y repetitivo.

Hago una última gárgara y la escupo en el lavabo. Mi teléfono suena en el bolsillo.

Un nuevo mensaje de Brooke.

¡YA ESTOY AQUÍ!, dice el texto, seguido de una cara sonriente.

Subtexto: ¿Dónde estás?

«Mierda». La comida. Brooke. Ya llego tarde, lo cual es terrible porque toda la tontería fue idea mía.

Respondo con el emoticono de correr y salgo pitando del pub, de vuelta a la cruel luz del día.

Llego al pub Princess Royal treinta y seis minutos después de la hora acordada, resoplando. Brooke ya está colocada en un reservado, con una ensalada intacta delante. Lleva un jersey de rayas vagamente náuticas con botones dorados en el hombro y está enroscando un mechón de pelo de color maíz en el dedo.

—Perdón, perdón, perdón —murmuro, y me dejo caer frente a ella con estrépito.

Brooke levanta la vista de su teléfono.

—Aquí estás. He ido avanzando y he pedido.

Las palabras salen de su boca al ritmo confiado de los condados de alrededor de Londres. Al oírnos hablar, nadie diría que somos hermanas. A su lado, parezco Woody de *Toy Story*.

Brooke siempre ha sido la chica de oro. Llegó al mundo un día soleado de mayo como la versión de mí reajustada de fábrica. Nueva y mejorada, chata y con un pelo mejor. Nuestro padre, camionero de larga distancia, no estaba mucho en casa y, tres semanas después de nacer Brooke, desapareció para siempre. El clásico «fue a comprar tabaco y no volvió», salvo porque, como nos explicaría nuestra madre años más tarde, simplemente se fue en su camión por la I-95 con su «verdadera familia» de Scarsdale. Nunca culpé a Brooke, por supuesto que no. Pero costaba no relacionar su ruidosa llegada con la precipitada marcha de nuestro padre.

Nuestra madre era camarera en Denny's, el tipo de persona que «veía lo mejor» de la gente y de la que, en consecuencia, se aprovechaban constantemente. Las otras camareras la engatusaban para que aceptara sus turnos de mierda del almuerzo del sábado con historias inventadas que ella nunca cuestionaba. («Mostrad algo de compasión, chicas», nos reprendía cuando nos quejábamos de que nos hubiera vuelto a dejar solas en casa).

La naturaleza bondadosa de nuestra madre la convirtió en un imán para cierto tipo de estafadores astutos sin suerte, hombres con nombres como Dean, Ace y Billy, que se sienten atraídos por el estado de Florida como polillas por una farola. De los que siempre piden prestados unos cientos de dólares para «una nueva aventura empresarial» que nunca jamás funciona.

Brooke tenía catorce años y yo diecisiete cuando nuestra madre nos sentó en la mesa de un restaurante, pidió tres volcanes de chocolate y nos anunció que íbamos a cambiar la zona centro de Florida por Inglaterra y nuestra unidad familiar de tres por una nueva vida con Barry, un «artista» que había conocido en Match.com y que vivía «cerca de Windsor».

Me puse furiosa. Era el verano anterior a mi último año y por fin era popular.

—¿Y qué pasa con las animadoras? —grité, lanzando mi pastel contra la pared.

Brooke, en cambio, era una empollona de matrícula de honor sin ningún capital social que perder. Se había tomado la noticia estoicamente y los engranajes de su cabeza ya habían empezado a girar. Tres semanas más tarde, cuando nuestro avión aterrizó en el aeropuerto de Gatwick, Brooke ya se comía las erres, sostenía el tenedor con la mano izquierda y tramaba qué tocado llevar a Ascot.

No importaba que la casa de Barry «cerca de Windsor» resultara ser un piso municipal de dos camas en Slough que compartía con su anciana madre. Ni que su «arte» consistiera en pintar escaparates en un polígono industrial. Brooke había aprovechado el traslado para remodelar su lugar en el orden social, como una especie de hermana Brontë de pacotilla.

Nuestra madre siempre comentaba cuánto de sí misma veía en Brooke. «Tu hermana y yo somos almas gemelas», decía. Nadie tenía que decirme a quién le recordaba yo. A nuestro padre. Al malo, al que se había ido.

Cojo una nuez de la ensalada de Brooke.

—Perdona, B. Estaba atrapada en una cosa de padres.

Ella frunce el ceño.

—¿De verdad? Pensaba que las otras madres te odiaban.

—Es una larga historia. —Llamo al camarero y pido una hamburguesa doble con queso al plato.

Brooke observa mi cara como si intentara resolver un rompecabezas.

—Vas demasiado emperifollada —dice por fin. Mi hermana no cree en el maquillaje más allá del bálsamo labial y el rímel de vez en cuando. Francamente, si me pareciera a ella, yo haría igual.

—No todas podemos permitirnos vestir como jardineras campestres jubiladas, B.

Brooke se inclina hacia mí y olfatea.

—¿Has bebido? ¿Y eso que tienes en la manga es… tierra para macetas?

Cambio de tema.

—¿Cómo va lo de la boda?

Brooke se casa dentro de una semana en la iglesia de la Santísima Trinidad de Sloane Square, como culminación de su plan de décadas para lanzarse a la clase media-alta. La boda es su tema de conversación favorito.

—Uf —dice con un suspiro—. Muy estresante.

Ambas miramos reflexivamente el pegote de diamantes antiguos que lleva en el dedo. Julian, su prometido, es uno de esos ingleses sigilosos y pijos con unos modales tan refinados que ocultan su verdadera personalidad. Tardé dos años en darme cuenta de que realmente detesto a ese hombre.

—Ni te lo imaginas —dice Brooke, y luego se contiene—. Perdona. Quiero decir que…, bueno, para ti fue diferente.

Asiento tontamente. Sigo necesitando un favor.

—En fin, eso me recuerda… —dice Brooke, abriendo su agenda Smythson azul marino—. Una última prueba para las damas de honor. El lunes a las dos de la tarde. Es la única hora que le va bien a la hermana de Julian.

—Vale —digo, y cojo otra nuez de su plato.

Me mira con escepticismo.

—¿De verdad? ¿Te parece bien?

Recoloco el gesto en lo que espero que sea una expresión de simpatía.

—Claro, B. Ahora mismo estás bajo mucha presión. No quisiera añadir más.

—Bien, de acuerdo —dice, y cierra la agenda con un golpe seco—. ¿Qué pasa, Florence? Suéltalo. ¿Qué necesitas?

Me muerdo el labio.

—¿Por qué eres tan desconfiada siempre?

Se pone rígida.

—No soy desconfiada. Soy intuitiva, que es diferente.

—La cosa es que esta noche tengo una reunión muy importante. Y me preguntaba si podrías...

Brooke hace una mueca.

—Por Dios, dilo sin más: tienes una cita.

Me invade una oleada de frustración. Brooke no tiene ni una pizca de creatividad en su cuerpo. No entiende lo devastador que es para un artista que le arrebaten sus sueños, anhelar un escenario y no poder tenerlo. Si por ella fuera, trabajaría en la oscuridad, haciendo arcos de globos para siempre, o —mejor aún— me reciclaría como contable.

—¿Quién es el afortunado esta semana? —continúa—. ¿Un conserje? ¿Un apostador de deportes on line? Ay, ¿tal vez el estrangulador de Shepherd's Bush está soltero?

—No es una cita —replico—. Es una entrevista de trabajo.

Brooke resopla, abriendo los orificios de su nariz perfectamente respingona.

—Claro, ¿una entrevista de trabajo un viernes por la noche? Vamos, Florence. Sabes inventarte una mentira mejor que esa.

—¿No puedes ayudarme sin más? ¿Por una vez?

Brooke abre unos ojos como platos.

—¿«Por una vez»? ¿En serio acabas de decir «por una vez»? ¿Cómo te atreves? —Se está poniendo roja, un rubor color tomate que empieza en la coronilla y se extiende hasta la barbilla—. ¿Qué me dices de «la vez» que te presté cuatro mil libras? O «la vez» que dormiste un mes en mi sofá y trajiste a casa —baja la voz a un susurro— ¡un auténtico desfile de tíos!

Ahora Brooke está en racha y con cada palabra le salen motitas de saliva disparadas de la boca.

—¿Te morirás si actúas como una persona normal durante un minuto? ¡¿Solo hasta que acabe la boda?!

Vuelve la sensación de horno. Intento tragar, pero mi saliva se ha convertido en serrín.

—¡Ja! La boda. ¿Cómo podría olvidarme de ella? Hace por lo menos treinta segundos que no sacas el tema.

En la mesa de al lado, un grupo de mujeres de mediana edad empiezan a chasquear la lengua y se giran en sus asientos para ver a qué viene tanto alboroto. Brooke les lanza una mirada de disculpa y su indignación se ve atenuada por su eterno deseo de no montar una escena.

—¿Por qué a Dylan no puede vigilarlo Will? —sisea—. ¡Pensaba que se lo quedaba los fines de semana!

Me arde la cara. Tiene razón. Según nuestro acuerdo de custodia, Will debe recoger a Dylan todos los viernes a las seis de la tarde y quedárselo hasta el domingo a mediodía. Pero Will falla tan a menudo, normalmente los viernes por la tarde en el último momento, mucho después de que Dylan tenga la bolsa preparada y se haya ilusionado, que ya no cuento con él.

—Mira, siento que ayudar a tu hermana, tu única familia viva, sea un inconveniente tan grande para ti. Estoy segura de que mamá estaría muy orgullosa de cómo…

A Brooke se le desencaja la cara.

—¡Ni te atrevas a meter a mamá en esto! Si mamá estuviera aquí…

—Es broma, B —siseo—. Por lo que mamá sabe, y por lo que seguirá sabiendo, yo soy la triunfadora. —Cojo la última nuez de su ensalada y me la meto en la boca—. Eso te mata, ¿verdad?

Es un golpe bajo, incluso para mí. Brooke se desploma contra la pared del reservado y se acerca su plato.

—Deja de meter los dedos en mi comida.

Nuestro camarero reaparece y deposita mi hamburguesa al plato sobre la mesa del mismo modo en que uno le serviría la cena a un perro que acabara de mordisquear tus zapatillas favoritas. Le hinco el diente y dejo que el jugo me corra barbilla abajo.

Brooke frunce el ceño.

—Se supone que eres la hermana mayor, ¿lo sabes, verdad?

Mastico haciendo más ruido, solo para molestarla, y espero.

—Muy bien —dice Brooke—. Tú ganas. Seré yo la adulta, como de costumbre. Vigilaré a Dylan. Pero, para que lo sepas, lo hago por él, no por ti.

—Genial —digo, y alargo el brazo por encima de la mesa para dar un sorbo de su Coca-Cola light—. Nos vemos esta noche.

Dejo para Brooke el sablazo de la cuenta y salgo corriendo del restaurante en dirección a la estación de metro. Ha dejado de llover, pero el cielo está cargado de nubes grises que amenazan con volver a abrirse en cualquier momento. Me doy cuenta de que debería haberle cogido el paraguas a Brooke, pero ya es demasiado tarde.

Pelearme con Brooke siempre me pone de mal humor, incluso cuando gano yo. Y es que mi hermana, con su amor nada irónico por los jerséis Boden, las mallas Sweaty Betty y los libros de cocina de Jamie Oliver, es una persona básicamente normal. Una buena persona. Una persona incapaz de descender al lugar oscuro y feo que hace falta para ganar una discusión a cualquier precio. A diferencia de mí.

Evidentemente, puedo sonreír y morderme la lengua un par de horas, quizá incluso unos días. Pero nunca dura. La oscuridad nunca tarda en salir a la superficie borboteando. Una observación maliciosa aquí, un comentario cruel e innecesario allá… Brooke lo sabe. Y por eso me deja ganar, cada pequeña victoria es otra astilla bajo mi uña, un recordatorio dentado de la podredumbre que acecha en mi interior.

Miro el teléfono. Falta una hora y cuarenta y siete minutos para recoger a Dylan.

Tengo que darme prisa porque aún me queda un último recado que tachar de mi lista de tareas pendientes.

6

Doy un paso atrás y admiro mi reflejo en el espejo del probador. El body es perfecto: suave terciopelo negro, de manga larga y un escote en pico que me llega casi hasta el ombligo. Decididamente, no es el tipo de prenda con la que se puede llevar sujetador. Me alegro mucho de haberme puesto implantes cuando aún podía permitirme ese tipo de cosas.

Le doy la vuelta a la etiqueta y se me escapa un grito ahogado. ¡368 libras!

Entrecierro los ojos. ¿Puede que sea el precio en coronas?

Vuelvo a mirar.

368 libras.

No es solo que quiera ese body; es que lo necesito. Es imperativo que el conjunto que elija para esta noche hable por mí. Algo que le transmita sin palabras a Elliott que estoy lista. Que lo valgo. Este es mi maldito momento «Emancipación de Mimi».

Miro la etiqueta una vez más, solo para estar segura.

368 libras.

¿Quién tiene tanto dinero? El diagrama de Venn de la gente que puede permitirse este body y estar guapa con él ha de ser una única exmujer de un oligarca ruso.

Busco en el bolso y noto el disco metálico de veinticinco centímetros que encargué en eBay para una ocasión así. El metal está frío y suave en mis manos. Aunque he visto un par de vídeos en YouTube, hasta ahora nunca he utilizado un quitaetiquetas de seguridad.

«Esto no es robar», me recuerdo. Estamos hablando de un body hecho en un taller clandestino de Camboya por niños de la edad de Dylan. En todo caso, es un acto de disidencia política. Un rechazo consciente de las normas del capitalismo tardío.

Aun así, miro al techo para comprobar si hay cámaras de seguridad. Seguro que no ponen cámaras en los probadores, ¿verdad?

Con la mano izquierda sostengo el quitaetiquetas contra la etiqueta de seguridad y espero el clic, como en los tutoriales. Todavía estoy aguantando la respiración cuando tres alegres golpecitos en la puerta del probador me devuelven a la realidad.

—¿Qué tal va todo? —pregunta una voz acaramelada a través de la puerta.

Suelto el quitaetiquetas y cae al suelo como una nave extraterrestre que se estrella sobre la alfombra de felpa del probador de Selfridges. Menos mal que la puerta es de cuerpo entero.

—Estoy bien —digo en voz demasiado alta.

—Avíseme si necesita alguna otra talla —trina la voz—. Si está pensando en renovar su armario a lo grande, también ofrecemos un servicio de asistencia de compra personalizada con uno de nuestros entregados estilistas.

—Gracias —chillo. Mi corazón está haciendo un solo de batería en mi cavidad torácica. Puede que esto sea una mala idea. Corrección: es una pésima idea, sin lugar a dudas. Pero ¿qué otra opción tengo? Necesito este body.

Me siento en el banco tapizado y espero a que se aleje el sonido de los pasos de la dependienta del probador. Ya me imagino sentada frente a Elliott en un acogedor rincón, intercambiando chismes sobre quién se ha pasado con el Ozempic o quién se está divorciando por cuarta vez. En algún momento, apartará su copa de vino y me mirará a los ojos.

—En serio, Florence —me dirá—. Siempre fuiste la estrella de Noche de Chicas. ¿Hay alguna forma de tentarte para que vuelvas al estudio a grabar un disco en solitario?

La idea me produce un pequeño escalofrío de placer. En realidad no sé de qué quiere hablarme Elliott, por teléfono se ha mostrado muy reservado. Pero si me invita a cenar, nada menos que en su última noche en Londres, tiene que tratarse de algo bueno.

Bueno, no hay tiempo que perder. Inspiro profundamente y paso el disco de metal sobre la etiqueta de seguridad por segunda vez.

En el lado opuesto del probador, en mi teléfono empieza a sonar una ráfaga de notificaciones. Ping. Ping. Ping.

Lo cojo. Veintisiete mensajes, todos ellos del grupo de madres del St. Angeles. Esas zorras están chaladas, sobre todo Hope, pero ¿veintisiete mensajes? No es nada… habitual.

Abro el chat. Los mensajes entran más rápido de lo que puedo leerlos.

¡¡¡Emergencia en el colegio!!!

¡Venid enseguida!

Mis ojos recorren la pantalla mientras intento encontrar sentido a lo que sucede.

¡La policía está en camino!

Me invade una sensación de calor y mareo.

¿Qué pasa?, tecleo.

Nadie responde. Noto una sensación de zozobra en la boca del estómago. Lo intento de nuevo.

¿Qué pasa?

Pero las otras madres me ignoran. El chat se queda en silencio. Me pongo la sudadera encima del body y salgo corriendo del probador en dirección a las escaleras mecánicas. El corazón me martillea en el pecho mientras escribo un mensaje a Dylan en mi teléfono.

¿Estás bien? Contesta —le ordeno—. ¡Ahora mismo!

Me seco el sudor de la frente y miro fijamente el móvil, deseando que mi hijo responda.

Visto por última vez hace cuatro horas, se burla de mí su perfil.

Una vez perdí a Dylan en un centro comercial. Tenía cuatro o cinco años y lo había arrastrado, contra su voluntad, a Westfield para devolver un vestido que había estrenado en una cita. Estaba discutiendo con la estirada cajera sobre si tenía marcas de desodorante o no y le quité el ojo de encima un segundo. Literalmente un segundo. Miré hacia abajo y Dylan había desaparecido.

—¡Dylan! —grité. No hubo respuesta. La cajera me miró como diciendo: «¿Qué otra cosa se puede esperar de una madre de pacotilla que intenta devolver un vestido a todas luces usado?». Dejé el vestido y corrí por la tienda preguntando a desconocidos—: ¿Han visto a un niño pequeño, así de alto, con una camisa azul?

Había preguntado a unas cuatro personas, con el corazón latiéndome con fuerza en el pecho, cuando Dylan saltó de un perchero de ropa y gritó:

—¡Boo!

Por poco no vomito en mis propias manos. Inmediatamente, el alivio dio paso a la furia.

—Pero ¿qué pasa contigo? —grité—. ¡Creía que te había perdido!

Se echó a llorar. Ambos sollozamos en el autobús de vuelta a casa.

La parte inferior de la escalera mecánica de Selfridges llega como una sorpresa absoluta y me expele con una sacudida abrasadora que me devuelve al presente. Me abro paso entre los mostradores de perfumes de la planta baja, esquivando los aerosoles, hasta que llego a la señal elevada donde se lee: SALIDA DE OXFORD STREET.

Prorrumpo a la acera y respiro bocanadas de aire fresco. Manadas de turistas despistados taponan la acera como ganado, haciendo fotos idiotas de los adornos navideños, los escaparates de las tiendas y sus propias caras de tontos.

—¡Moveos! —chillo mientras me abro paso entre la masa de cuerpos para parar un taxi negro que pasa por allí.

—¡A Holland Park! —le ladro al conductor—. Lo más rápido que pueda.

Miro el móvil. No hay mensajes nuevos. Rezo en silencio. «Por favor, Señor, que esto sea como aquel día en el centro comercial. Que esté bien».

Ahora mi cuerpo está tenso como un tambor que golpea a un solo compás.

«Que no sea Dylan. Que no sea Dylan. Que no sea Dylan».

7

Todavía estoy a dos manzanas de la puerta del colegio cuando llega a mis oídos el primer grito.

Los chillidos vienen de todas partes, todos a la vez. Hay un grupito de niñeras a un lado, llorando y susurrando. Delante de ellas, más cerca de la puerta, hay otro grupo que vibra de indignación. Las madres.

Empiezo a oír un rugido sordo detrás de las orejas, como un avión despegando dentro de mi cráneo.

«Dylan».

Salgo corriendo.

La procesión de recogida, normalmente ordenada, ha hecho implosión. La directora de la escuela, Nicola Ivy, está de pie en la puerta principal con un portapapeles en la mano al que se aferra como a un bote salvavidas y con una expresión atormentada grabada en el rostro. Tiene cuarenta y tantos, el pelo castaño teñido en casa y boca de fumadora. Su presencia en la puerta es una señal de mal agüero: la señora Ivy suele dejar el día a día de la gestión del colegio a la señora Schulz y reserva sus apariciones para las grandes galas de recaudación de fondos. Sea lo que sea lo que ha pasado, es grave.

—Permítanme que les pida a los padres y cuidadores que... —empieza a decir la señora Ivy, gesticulando sin energía en dirección a la creciente multitud.

Frente a ella, una turba indignada de madres de quinto curso lanza preguntas cual granadas de mano.

—¡¿Dónde están nuestros hijos?! —ruge Allegra Armstrong-Johnson, que se esfuerza por controlar a su perro, que tira con fuerza de la correa.

Hope Grüber blande un bolso Bottega Veneta color galleta como si fuera un arma.

—¡Díganos qué ha pasado!

—El colegio está cerrado —dice la señora Ivy con debilidad. Después lanza una mirada desesperada a su ayudante, Helen Schulz, que ha abandonado toda pretensión de ayuda y está llorando abiertamente en un pañuelo.

Cleo Risby se adelanta.

—Alguien tiene que explicarnos qué sucede. ¡Ahora mismo!

Los ojos de la señora Ivy revolotean nerviosos entre la multitud de madres. Le tiemblan las manos. Sea lo que sea lo que tiene que decir, no es nada bueno.

Se aclara la garganta.

—Un alumno de quinto curso ha desaparecido… o, mejor dicho, parece ser… —Se calla y sus ojos se posan en Cleo—. La policía llegará enseguida. Tal vez sea mejor que los esperemos.

Las madres aúllan en señal de protesta. Al final, la señora Ivy continúa moviendo la boca, pero ya es demasiado tarde. Estoy sorda de pánico, todo mi cuerpo palpita con una única plegaria desesperada: «Que no sea Dylan. Que no sea Dylan. Que no sea Dylan».

Me abro paso entre la multitud y corro hacia la señora Ivy. Protesta débilmente cuando mi hombro roza el suyo, pero la empujo y me abro paso para entrar por la puerta. En lo alto de las escaleras, la señora Schulz está desplomada ante la puerta azul como la portera menos eficaz del mundo. Se le ha bajado una media calcetín beige y la tiene arrugada alrededor del tobillo, lo que deja a la vista una maraña de venas varicosas.

—Muévase —le digo, pero el sonido de sus propios sollozos le impiden oírme. Suenan sirenas a lo lejos.

—¡Que se mueva! —Insisto, esta vez más alto, y la mujer se aparta. Para mi sorpresa, la puerta azul cede fácilmente con un clic suave. La voz de la señora Ivy se va desvaneciendo detrás de mí:

—… investigación de personas desaparecidas … extremadamente inusual … cooperando con las autoridades …

Entro en un pasillo en penumbra que huele a calcetines viejos de gimnasia y a tiza fresca.

—¿Dylan? —grito a ciegas, incapaz de ver un metro por delante de mí.

Conforme mis ojos se van adaptando, la oscuridad retrocede para revelar un mar de chicos irrelevantes, ninguno de los cuales es Dylan. Todos están apoyados contra las paredes del pasillo, inquietos y susurrando entre ellos.

El profesor de biología, el señor Dempsey, se dirige hacia mí a toda velocidad agitando los brazos al aire.

—¿Cómo ha podido...? ¡Está cerrado! —grita, y se sube las gruesas gafas negras por la nariz—. No puede estar aquí.

Pero ya he pasado más allá de él y subo corriendo las escaleras hacia las aulas.

—¡Dylan! —grito en el vacío.

He perdido la visión periférica y ya no oigo al señor Dempsey, aunque soy vagamente consciente de que continúa detrás de mí. Siento como si mi alma hubiera abandonado por completo mi cuerpo. Si a Dylan le ha ocurrido algo, no hay razón para que yo siga en este mundo. Me tiraré directamente del tejado.

Meto la cabeza en el baño de estudiantes.

—¡Dylan! —grito—. ¿Estás aquí?

No soy nada magufa, pero juro que noto a Dylan, que percibo el peso de su alma mucho antes de que mi nervio óptico tenga la oportunidad de registrar su presencia y transmitírsela a mi cerebro en forma de pensamiento coherente. De repente soy consciente, a nivel molecular, de su piel pálida, de sus penetrantes ojos verdes, de las pecas que le salpican la nariz.

Mi único hijo está a salvo, perfecto, entero, apoyado en el radiador y revolviendo un mechón de pelo entre los dedos.

—Hola, mamá —me dice en tono sumamente despreocupado.

Se me relajan los hombros por primera vez desde el probador de Selfridges. Le rodeo con los brazos, asfixiándole con todo mi cuerpo. Me abruman las ganas de plegarlo como un cisne de origami y volver a meterlo en mi vientre, donde estará a salvo para siempre.

Dylan me mira con la cara pálida manchada de tierra y un rasguño rojo reciente sobre la ceja derecha.

—¿Lo han encontrado?

—¿A quién? —suelto. Mi sensación de alivio es tan plena que por un momento me deja amnésica. Pero, por supuesto, el hijo de otra persona continúa desaparecido, y el trayecto frenético de otra madre a través de esa puerta azul tendrá un final diferente y devastador.

—A Alfie —responde mi hijo sin levantar la mirada.

En mi cabeza empiezan a sonar alarmas. «¿Alfie Risby? ¿El niño de la tortuga?».

—Mierda.

A lo lejos, oigo unos pasos que suben las escaleras, seguidos de la voz del señor Dempsey gritando algo sobre «una madre intrusa». Le tiendo la mano a Dylan y tiro de él para que se ponga en pie.

—Vamos —digo, mientras un señor Dempsey con la cara colorada abre la puerta de golpe.

—¡Ajá! —grita. Está del color de una granada, con finos riachuelos de sudor resbalándole por la cara ancha y carnosa. Planta su cuerpo en el umbral de la puerta y nos arrincona en el baño.

Dejo caer la mano de Dylan y me acerco al señor Dempsey hasta estar lo bastante cerca como para oler su loción Boots para después del afeitado.

—Muévase —le digo con voz tranquila y fría.

—¿Se ha vuelto loca? La policía tiene que interrogar a todos los que...

—Muévase. Ya. —Me acerco más a él y le susurro al oído—: O monto un pollo de la hostia.

El señor Dempsey echa la cabeza hacia atrás, confundido.

—¿Qué? ¿Me está amenazando? Usted... Usted no tiene permiso para llevarse a su hijo —tartamudea, pero ya se está apartando de la puerta.

Me vuelvo hacia Dylan, le cojo la mochila y me la cuelgo al hombro.

—Vámonos —ladro. Sigo cogiendo a Dylan de la mano mientras bajamos corriendo las escaleras, abriéndonos paso entre las piernas estiradas de sus compañeros, todos vestidos con idénticos pantalones de lana gris.

—Voy a poner una denuncia en la policía —nos dice el señor Dempsey.

Al final del pasillo, empujo una pesada puerta en la que pone SOLO PERSONAL y entramos en una cocina comercial llena de brillantes mostradores de acero inoxidable y pilas de bandejas de plástico para la comida.

—Aquí atrás debe de haber algún tipo de entrada de servicio, ¿no? Para las entregas. —El corazón aún me martillea el pecho y me pregunto si Dylan se dará cuenta de lo aterrorizada que estoy.

—¿Cómo voy a saberlo? —dice Dylan, encogiéndose de hombros—. Nunca había estado aquí.

Escudriño la habitación. Mis ojos recorren los lavavajillas industriales, los cubos de detergente de un galón, las enormes botellas de kétchup y mostaza y los servilleteros. Entonces la veo. A un lado. Una señal verde de SALIDA. «Joder, menos mal».

Vuelvo a coger a Dylan de la mano.

—Allá vamos.

Fuera, el cielo empieza a oscurecerse. Hemos acabado en un muelle de reparto adyacente al aparcamiento del personal. Por un momento, ninguno de los dos dice nada. Todavía llevo la mochila de Dylan al hombro y su mano sudada en la mía. La idea de soltarlo me resulta insoportable, y él no se resiste. Oigo sirenas y gritos procedentes del otro lado del edificio. Alguien habla por un megáfono.

Rodeamos el edificio lentamente y el corazón empieza a aporrearme el pecho a medida que nos acercamos a la entrada del colegio. Me preparo para algo: una voz fuerte, una mano firme, alguien que nos vea y nos pare, pero nadie lo hace. Fuera hay una multitud congregada; hordas de reporteros se movilizan delante del colegio, como hormigas preparadas para coger las migas de un pícnic. Dos agentes de policía se han unido a la señora Ivy en las escaleras del colegio. Un agente con barba y acento norteño se dirige a la multitud en un tono monótono diseñado para disipar parte de la urgencia de la situación.

—Señoras y señores, esto es una investigación en activo...

Intento hacer que Dylan corra más, pero se detiene y se da la vuelta.

—¿Adónde se llevan a la madre de Alfie? —me pregunta tirándome de la manga.

Sigo su mirada hacia un bulto que hay en la acera de delante del colegio: un montón de ropa arrugada, pelo rubio y extremidades esbeltas que se sacuden. El bulto emite un gemido agudo. Tardo un segundo en comprender que se trata de una persona. «Cleo». Dos policías uniformados, un hombre y una mujer, están intentando sacarla de la acera, pero ella no se mueve. El estómago se me hunde hasta las rodillas y lucho contra las ganas de vomitar.

—Vámonos —digo, tirando de la mano de Dylan mientras me apresuro calle abajo—. Tenemos que salir de aquí.

La gente que vive en las elegantes casas de alrededor del colegio ha empezado a encender las luces y envían estanques de luz cálida que se derraman por la acera y transforman sus ventanales sin cortinas en teatros en miniatura: una madre ayudando con los deberes; un hombre cortando verduras; un niño practicando el piano. Todos ellos ajenos a la pesadilla que se desarrolla justo a unas manzanas de distancia.

Me detengo un momento y observo el rostro de Dylan. Su expresión es vacía, impasible. No se le ve especialmente molesto. «¿Debería estarlo?». Dylan se da cuenta de que lo estoy mirando.

—Mamá, yo…

Me llevo un dedo a los labios.

—Ni una palabra hasta que lleguemos a casa —digo—. Entonces querré saberlo todo.

Mantengo la expresión en calma: camino desenfadadamente, no demasiado deprisa. Pero el alivio que me invade empieza a dar paso a otra cosa: una sensación insistente en la boca del estómago, como la que se siente justo después de saltar de un trampolín. Ha desaparecido un niño y yo acabo de sacar a mi hijo de la escena delante de las narices de profesores, periodistas y policías. ¿En qué demonios estaba pensando?

Le cojo la mano con más fuerza, envolviendo su palma húmeda con mis dedos.

«A salvo. Perfecto. Entero».

8

Cuando llegamos a la puerta, me tiemblan tanto las manos que intento atinar a tientas en la cerradura. Dylan se pone nervioso («¡Uf, mamá, ya lo hago yo!») y toma el mando.

Sé lo que debería hacer, lo que haría una buena madre: enchufar el hervidor, sentar a Dylan en el sofá y obligarle a contármelo todo. Intento impulsarme hacia la cocina, pero noto el cuerpo entero como si fuera de plomo, como si me hubieran atado a las extremidades pesos que tiran de mí cada vez más hacia el fondo del océano. En lugar de la rutina del té y las galletas, me encuentro tumbada boca abajo en el sofá. Siento una necesidad de cerrar los ojos profunda, primaria. No es ni siquiera una opción.

Dylan va a la cocina y se sirve un vaso de agua.

—¿Puedo cruzar la calle y ver si el señor Foster está en casa?

—¿El señor Foster? —Le miro sin comprender.

Dylan deja el vaso en la encimera.

—Sí. Tiene grillos para Greta. Está a punto de hibernar.

Siento una oleada de rabia hacia la tortuga de Dylan y me obligo a incorporarme. Es como levantar el *Titanic*.

—¿Estás de broma?

Dylan me mira sin entender.

—No.

Por supuesto que no está de broma. Mi hijo es la persona más literal del mundo.

—Siéntate —le ordeno, y doy unas palmaditas en el sofá, a mi lado—. Cuéntame qué ha pasado hoy.

Al principio me da la impresión de que se va a sentar conmigo en el sofá. Pero entonces frunce el ceño y da un golpe en la encimera con el vaso de agua, que se rompe en mil pedazos.

—¡Lo estropeas todo! —grita. Después se va corriendo a su habitación y da un portazo.

No voy tras él. En lugar de eso, cojo la escoba y el recogedor y empiezo a barrer los cristales. Ha sido un día infernal; ¿quién podría culparle por estar tenso?

Me suena el teléfono justo cuando vuelvo a poner la escoba en el armario. Es un mensaje de Will.

Acabo de ver las noticias. ¿Qué demonios pasa?

Todo bien, Dylan está bien, respondo.

Aparecen tres puntos. Está escribiendo.

Estaré ahí a las 6. Tenlo preparado.

Cuando termino de barrer, voy de puntillas por el pasillo y llamo a la puerta de la habitación de Dylan. Le encuentro sentado en la cama deshecha, con la mirada perdida.

—¿Macarrones veganos con queso para cenar?

Niega con la cabeza.

Observo su rostro en busca de pistas ocultas. En la suavidad de sus mejillas veo rastros del bebé que era hace cinco minutos. Mis ojos recorren su habitación. Pasan por las novelas gráficas de Nadie Owens, por los montones de ropa apresuradamente doblada y ahora olvidada, por el telescopio demasiado caro (regalo de cumpleaños de Will, sin duda con la intención de resaltar la falta de oportunidades para observar las estrellas en nuestro piso).

—Oye, Dyl, sabes que estoy de tu parte, ¿verdad?

Asiente, pero no me mira a los ojos. Me siento en la cama deshecha y aliso con la mano las arrugadas sábanas de astronautas. Greta me mira fijamente desde dentro de su terrario poco iluminado, sin pestañear.

—Necesito saber qué ha pasado hoy.

Espero. La historia empieza a salir a cuentagotas, en ráfagas cortas y entrecortadas.

—Estábamos de excursión —dice Dylan en un tono monótono—. En el Centro de Humedales.

Me imagino a los chicos con sus botas de agua, caminando por pantanos que les llegan hasta la rodilla y maleza cenagosa, pasando por escondites de pájaros y embalses en desuso de la época victoriana.

—Vale, sí.

—El señor MacGregor nos dividió en parejas y nos dio unos prismáticos a cada pareja. Para buscar avetoros poco comunes. —Ahora le tiembla un poco la voz. Baja la mirada al suelo y sus ojos siguen el dibujo en forma de estrella de su alfombra—. Alfie y yo íbamos juntos.

Se me acelera el pulso.

—¿Que ibais juntos? ¿Solos tú y él?

—Ajá —responde Dylan.

Se me erizan los pelos de la nuca.

—Vale, ehhh…, muy bien. Continúa.

—Estábamos en el lado más alejado del pantano. Y vi…, vi basura en el suelo. Una lata de Coca-Cola y un envoltorio de Mars.

Al revivir la injusticia, cierra los puños.

—Alguien los había tirado al suelo. ¡Un pájaro se podría haber atragantado!

Me obligo a imaginarme un lago tranquilo, en calma. «Soy neutral. Soy Suiza».

—Vale. Muy bien. Continúa.

—Así que le dije a Alfie: «Voy a buscar una papelera». Y cuando volví, ya no estaba. —Deja caer la cabeza—. Pensaba que se había escondido o que me estaba gastando una broma.

—No lo entiendo. ¿No os contaron cuando regresasteis al autobús? ¿Cómo pudieron hacer todo el camino de vuelta al colegio sin Alfie?

Su rostro se vuelve ceniciento. La sensación de zozobra me vuelve a la boca del estómago. Ahora las piezas del rompecabezas van encajando, pero no me gusta la imagen que están creando.

—Así que… ¿tú sabías que Alfie no estaba en el autobús? —digo en voz baja, deseando que no sea verdad—. Y… ¿no dijiste nada?

Dylan clava la mirada en el suelo.

—No lo entiendo. ¿Cómo es que los adultos que os acompañaban no se dieron cuenta de que faltaba Alfie?

Mi hijo apenas puede mirarme.

—No lo sé —murmura.

—Dylan.

Suelta el aire, una respiración larga y lenta que parece durar horas.

—Estábamos todos en el autocar. El señor MacGregor estaba hablando con el conductor; uno de los padres acompañantes iba pasando lista, y los iba tachando. Cuando dijo el nombre de Alfie…

—¿Qué?

La voz de Dylan es tan bajita que parece salir del fondo mismo del océano.

—Dije: «¡Sí!».

Me quedo mirándole, incrédula.

—¿Que hiciste qué?

—¡Era una broma! —Por el rabillo del ojo se le escapa una lágrima gruesa.

Me quedo helada. Ver llorar a Dylan es la única cosa del mundo que me puede hacer llorar, y mis propias lágrimas solo lo alterarán más, cosa que nos atrapará a los dos en un círculo vicioso de mocos y sollozos. Lo rodeo con los brazos y me lo acerco para que no me vea la cara.

—Es culpa mía —suelta.

—No —digo por instinto, automáticamente—. No digas eso. No digas eso nunca.

Dylan y yo nos quedamos sentados juntos en su cama, sin movernos. Debajo de la sudadera sigo llevando el body negro de Selfridges. La tela parece una cota de malla que me aprieta, que me atrapa.

Dylan coge un mechón de pelo rubio entre los dedos y empieza a darle vueltas. Es un tic nervioso. Hay algo más, algo que no me está contando.

—Se me ha olvidado la mochila —murmura.

Me siento más erguida.

—¿Quieres decir en el colegio?

—No —dice en voz baja, sin dejar de darle vueltas al mechón. Levanta la vista de la alfombra y me mira—. En el Centro de Humedales.

Frunzo el ceño. Juraría que yo llevaba su mochila a cuestas de camino a casa. Pero da igual.

—No pasa nada. Supongo que el colegio estará cerrado los próximos días. Llamaré para ver si alguien la ha devuelto.

—Mamá...

—¿Sí?

—¿Crees que Alfie está muerto?

Una imagen cristalina parpadea ante mis ojos: un cuerpo del tamaño de Dylan hundiéndose hacia el fondo del pantano.

—No. No, cariño. Claro que no.

Por segunda vez esa tarde, rodeo a mi hijo con ambos brazos para que no vea mis lágrimas.

Remuevo los macarrones sin mucho entusiasmo y echo el polvo naranja fluorescente en la olla. Nunca creerías lo difícil que es encontrar los Mac & Cheese veganos de Kraft en Londres, y no es que Dylan lo agradezca. El sustituto vegetal de la mantequilla apenas ha empezado a derretirse cuando me suena el teléfono.

—¿Sí?

—¿Dice Max que ha pasado durante la excursión? ¡He oído que nadie se dio cuenta hasta que ya estaban de regreso en el colegio!

La voz no me resulta familiar. Me devano los sesos.

—Perdón, ¿quién es...?

La voz hace una pausa de un microsegundo y oigo el sonido de succión de un vaporizador.

—Soy Jenny. Jenny Choi. Nos conocimos esta mañana.

Me empieza a latir el corazón con fuerza. ¿Por qué me llama esa mujer a la que apenas conozco?

Prosigue.

—Mira, lo que no entiendo es... ¿dónde estaban los adultos acompañantes? —Su voz sube una octava, como una cantante de ópera haciendo escalas—. ¿Sabes a qué suena esto, Florence? Suena a demanda.

—Bueno, tal vez... —empiezo a decir, pero Jenny me pasa delante.

—O sea, ¿cómo es posible? —ladra—. ¿Es que no cuentan a los niños? ¿No es la enésima excursión que hacen?

Por un instante me permito imaginar que soy uno de los clientes de Jenny y que ese torrente de recta indignación se está desatando a mi favor. Cierro los ojos y visualizo toda la fuerza de su intelecto cayendo sobre todo aquel que me haya perjudicado alguna vez: Will, Rose…, sobretodo Rose. Me provoca una deliciosa sensación de mareo, como beber una taza de vino caliente especiado con el estómago vacío.

Jenny continúa hablando, como una ametralladora.

—¿Podría estar esto relacionado con aquel incidente —baja la voz— de tocamientos de hace unos años?

—¿Cómo te has enterado…? —empiezo a decir, pero Jenny no deja de hablar.

—Mi niñera dice que hoy a la hora de la recogida prácticamente ha habido disturbios. ¿Estabas allí?

—He estado muy poco tiempo. De hecho, Jenny…

—Ay, ¡revisa tu correo electrónico! —me interrumpe—. Mensaje de la señora Ivy.

—Mmm. Es que me pillas haciendo otra cosa. ¿Me lo lees?

Jenny empieza a leer, con la voz refinada de alguien que sin duda fue capitana del equipo de debate de su instituto.

Queridos padres de 5.º curso:

Ruego su asistencia a una reunión de padres de emergencia mañana a las 14 horas.
Frieth Road, Marlow, Buckinghamshire, SL7
Solo padres, por favor. Nada de niños, niñeras, abogados, etc.
Mientras tanto, por favor, no hablen con NINGÚN medio de comunicación.

Atentamente,
Nicola Ivy

Jenny suelta un silbido largo y grave. O tal vez se le esté acabando el vaporizador.

—¿Quieres que te recoja mañana? He oído que no conduces.

—Ehhh…, ehhh… —tartamudeo, incapaz de encontrar una excusa.

62

—Mándame un mensaje con tu dirección —me ordena, justo cuando la línea empieza a pitar con otra llamada.

—Perdona, Jenny, pero me están llamando…

—Ve, ve tranquila. Ya me dirás de qué te enteras.

La segunda llamada es de Hope Grüber.

—Flooooorence —arrulla, su voz suave como un caramelo de azúcar y mantequilla.

Me sobresalto. Hope nunca me llamaría sin motivo.

—¡Qué terrible lo de Alfie! Pobre Cleo —dice, aunque no parece lamentarlo en absoluto. Su voz tiene el tenor tenso y atolondrado de la entrometida del pueblo que por fin ha conseguido algo realmente jugoso. Me la imagino tumbada en un diván en un ático palaciego con vistas a Hyde Park, repasando la lista de teléfonos de la clase mientras una ayudante aterrorizada le da de comer avena a Karl Theodor.

—¿En qué puedo ayudarte? —pregunto escuetamente.

Hope chasquea la lengua.

—Solo quería saber cómo lo llevas.

—Ah, eh…

—Porque Teddy me ha dicho que Dylan y Alfie eran pareja hoy. En la excursión.

Se me cae el alma a los pies. «Mierda». Debería haberme dado cuenta de que esto era una trampa. Abortar. Abortar. Abortar.

Hope continúa.

—Y sé que ahí hay… una historia. Entre los chavales.

Busco una excusa a tientas.

—Perdona, pero es que me pillas haciendo otra cosa…

—¿Has pensado en acudir a la policía? Sería bueno que Dylan hablara con ellos ahora, mientras aún está fresco.

—Por supuesto —digo, aunque ayudar a los investigadores está en las antípodas de mi cabeza.

—Estoy segura de que no tiene nada que ocultar —ronronea—. Aunque tengo que decirte que se comentó en el chat del grupo. Ya sabes, lo del Tortugagate…

Me invade una oleada de vergüenza, seguida inmediatamente de confusión.

—¿Qué quieres decir? No ha habido ningún mensaje en el chat del grupo…

A menos que… Ah, claro. Debe de haber otro chat. En el que no estoy. El breve silencio que sigue confirma mis sospechas. Lo dejo pasar; ya no tiene sentido. Más me vale averiguar qué sabe.

—Entonces, eh… ¿Qué has oído?

Hope se aclara la garganta.

—Bueno, apenas he tenido tiempo de cotillear, Florence. Y, por supuesto, es una investigación policial, así que todo es muy secreto.

Me miro las uñas y espero. Hope no podría guardar un secreto aunque su vida dependiera de ello. La atención le resulta demasiado emocionante.

—Pero sí que sé que los Risby se están divorciando —susurra—. Una aventura, supuestamente. El padre… Bueno, seguro que ya lo sabes… Los Risby son básicamente los Rockefeller del pasillo de los congelados. Está en juego la fortuna familiar.

Se detiene un momento y se aclara la garganta.

—Por lo que he oído, es un divorcio especialmente desagradable. Aunque supongo que tú ya sabes de qué va eso. ¿Cómo está Will? Esas niñitas suyas son preciosas.

Me muerdo la lengua, dispuesta a no picar el anzuelo. No le daré esa satisfacción.

En lugar de eso, cambio de rumbo.

—Pobre Cleo.

—Pobre Cleo —repite Hope automáticamente—. Ay, eso me recuerda… el arreglo floral para los Risby. Bueno, la mayoría de los padres estamos poniendo cien libras, pero lo que puedas poner estará bien —dice con falsa benevolencia.

¡Cien putas libras para flores! En la clase de Dylan son dieciséis niños, menos Alfie, obviamente, lo que significa que Hope está recaudando aproximadamente el equivalente a un Opel usado para un puñado de claveles empapados. La desprecio con la fuerza de mil soles.

—Perdona, Hope, se corta la línea…

Dejo que mi voz se vaya apagando y luego cuelgo sin más.

Zorra.

9

Holland Park
Hace dos años

Evidentemente, hay un motivo para que todas las otras madres me odien.

Hace dos años, cometí un error bastante gordo, seguido de cerca por otro aún mayor, en la misma noche. Era la primera semana de diciembre. El St. Angeles estaba a punto de dejar libres a sus alumnos durante todo un mes de vacaciones de invierno, lo que creaba una sensación de expectación frenética en los niños y un temor intenso en los padres. La válvula de escape para liberar aquella presión era la Gala de Recaudación de Fondos de las Vacaciones, también conocida como GRFV. En teoría se celebraba para recaudar fondos para «un niño que necesita una beca», pero el supuesto beneficiario nunca llegaba a materializarse, y la velada servía sobre todo para dar brillo a la pátina de glamour que aún le quedara a la escuela.

El anodino título del acto contradecía su decadencia: una cena de cuatro platos servida por el propio Yotam y la actuación de un prometedor grupo musical, seguido de barra libre y el tipo de desenfreno que hacía que el último día de Glastonbury pareciera un té con la reina.

Como se celebraba el jueves por la noche antes del festival de los chicos, llegar al viernes a las 11 de la mañana, la hora a la que se alzaba el telón, con una resaca tremenda, formaba parte del postureo, un signo de que, evidentemente, habías estado en la diversión, cariiiño. Un año, un padre del St. Angeles fue descubierto a la mañana siguiente por un jardinero, sin pantalones y roncando en el armario de los abrigos.

Aunque Dylan iba al St. Angeles desde los cuatro años, yo no había asistido nunca a la GRFV. No era solo que las entradas fueran obscenamente caras, sino que además únicamente podían reservarse como mesa para ocho personas, es decir, cuatro parejas. La distribución de los asientos era objeto de una intensa competencia social. O bien pagabas una mesa entera y te apresurabas a invitar a las parejas «adecuadas» (Hope), o bien esperabas y rezabas para que te invitaran a una buena mesa. Ni que decir tiene que nadie me había invitado nunca. Pero ese año, dos días antes del acto, recibí una llamada aterrada de Hope. Se había extendido una cepa particularmente virulenta de gripe estomacal y había hecho estragos entre los miembros de la banda.

—Sé que tienes experiencia sobre el escenario —empezó. ¿Estaría yo dispuesta a interpretar una «canción festiva y no religiosa» para la GRFV?

No hubo oferta de pago, por supuesto, ni mención alguna a los abultados honorarios de la malograda banda. Pero en realidad no se trataba de eso.

Dije que sí. Elegí «Oh Santa!», de Mariah Carey, y me esforcé mucho, también monetariamente, para recrear el ceñido mono rojo y blanco de su vídeo «All I Want for Christmas Is You». Cuando subí al escenario aquella noche, con una familiar descarga de adrenalina corriendo por mis venas, por un momento volví a sentirme como la de antes. Y, francamente, lo clavé.

Después hubo el obligado aplauso cortés, un número considerable de miradas lascivas de los padres y algunos halagos ambiguos de las madres. Bajé del escenario, me empolvé la nariz y volví al comedor en busca de la tarjetita con mi nombre. Tras varios minutos de búsqueda, lo vi claro: el comité no me había reservado un sitio.

Hope se mostró terriblemente arrepentida. Por supuesto que no esperaban que comiera en la parte de atrás con el personal del catering. Había sido un malentendido. Lo sentía muchísimo.

Sentí que la vergüenza me quemaba en las mejillas mientras me la quitaba de encima y le decía que no pasaba nada. Además, tampoco tenía hambre. Sin saber qué hacer, me escabullí fuera a fumar un cigarrillo. En realidad no fumo: soy demasiado vanidosa y el tabaco destruye el colágeno facial; pero siempre llevo un paquete de Gauloises Blondes de emergencia en el bolso, por si acaso.

Así que allí estaba yo, fingiendo que fumaba, aunque en realidad solo daba caladas, cuando uno de los padres, un tipo a lo Draco Malfoy llamado Rollo Risby, se me acercó con una ceja arqueada y me dijo:

—¿Tienes uno de sobra?

Por si no lo sabes, en Londres los cigarrillos cuestan unas 27 libras cada uno. Solo un auténtico imbécil le pediría uno a alguien casi desconocido.

Le tendí el paquete y cogió uno, y al hacerlo su pequeño sello de oro brilló a la luz de la luna, como si de un villano de película de serie B de Bond se tratara. Estaba bueno, de un modo malvado.

—Ha sido todo un espectáculo —dijo mientras se metía en el bolsillo su encendedor con las iniciales «RR» grabadas en él. Su acento era tan meloso que podría haberlo untado en una tostada—. Hay que tener muchas agallas, siendo una chica de tu tamaño.

Recorrí su cuerpo con la mirada: el pelo color lino que le desaparecía en las entradas como un ejército en retirada, la ligera barriga de mediana edad metida en un esmoquin de color marfil. Casi oía a Cleo decir entre dientes que se parecía a Daniel Craig.

—¿Mi tamaño? —repetí, dejando que el humo de mi cigarrillo le fuera directamente a la cara pálida—. Vaya. Pues resulta que me gusta mi cuerpo. Pero, bueno, es un cumplido envenenado. A los chicos del club les encantará.

Rollo soltó una carcajada sorprendida y levantó las palmas de las manos en señal de rendición.

—Vale, vale —dijo, sonriendo como oferta de paz—. No me canceles, por favor.

Me quedé mirándole impávida.

—Dame cien libras.

Rollo volvió a reír, pero esta vez parecía menos seguro de sí mismo.

—Tengo una idea mejor —dijo con una sonrisa maliciosa dibujándose en su rostro.

Algo en el aire cambió y me di cuenta de lo que iba a venir después: la pregunta mágica, la que tiene el potencial de convertir una noche mediocre en la Gala de Recaudación de Fondos de las Vacaciones del colegio de tu hijo en una noche increíble.

—¿Sales de fiesta? —me preguntó levantando una ceja pálida.

En aquella época mis días de juerga ya casi habían quedado atrás. Pero la atención de Rollo era como hielo sobre una quemadura reciente. Me moría por pertenecer a algún sitio, por no estar allí de pie, incómoda y sin que nadie me deseara. Así que asentí.

Apagamos los cigarrillos a la vez y entramos sin decir palabra en los aseos de la escuela. Los cubículos eran increíblemente estrechos, diseñados para niños, pero nos metimos en uno juntos, riéndonos, encantados de nuestra propia audacia. Rollo hizo dos montoncitos y me indicó con un gesto que empezara yo. Qué caballeroso.

Primero me llegó el sabor metálico a la lengua. Luego vino la sensación frenética y acelerada de que todas mis neuronas empezaban a dispararse más rápido de lo que la naturaleza había previsto.

Fue entonces cuando cometí mi primer error: sonreí, una sonrisa real, tonta y feliz.

Rollo se lo tomó como una invitación y se abalanzó sobre mí. El cubículo era minúsculo, no había hacia dónde girarse. Intenté apartarlo, pero sus suaves manos de ternera estaban por todas partes, y me metió la lengua tan adentro en la garganta que noté el sabor de la salsa de su plato principal.

El tiempo se ralentizó y luego se detuvo. Recordé un documental que había visto con Dylan una vez sobre surfistas que habían sobrevivido a ataques de tiburones en la Gran Barrera de Coral. Apunta a la nariz y las branquias, decían.

Mi puño conectó con el tejido blando del cartílago nasal de Rollo antes siquiera de que me diera cuenta de lo que estaba haciendo. Su sangre, opaca y roja, empezó a encharcarse en el suelo como pintura goteando de un lienzo.

—Maldita zorra —aulló, agarrándose la nariz destrozada—. ¡Es un esmoquin a medida!

Quité el pestillo de la puerta mientras él gemía de dolor.

—Y lo luces muy bien, para ser un hombre de tu tamaño —dije por encima del hombro.

Pero ese no fue mi segundo error.

El segundo error fue volver al salón de baile y acercarme a su mujer, que llevaba varias copas de Chablis discutiendo acaloradamente con Farzanah Khan sobre la Exhibición de Flores de Chelsea.

Le di unos toquecitos en su hombro puntiagudo y dibujé una expresión de preocupación en mi rostro.

—Lamento interrumpir, Cleo —dije, tal vez algo más alto de lo estrictamente necesario—. Me temo que Rollo ha tenido un pequeño… accidente.

Cleo se levantó de un salto y derramó su copa de vino.

—¿Dónde está?

—En el baño de alumnos.

Hice una pausa y miré a todos los demás comensales de la mesa. Era la mesa de la directora, la plataforma preferida de Nicola Ivy para codearse con los padres más adinerados del St. Angeles. Ella y Allegra Armstrong-Johnson estaban enfrascadas en una conversación sobre los beneficios de la equinoterapia para los niños, mientras el marido de Allegra, Rupert, pronunciaba un farragoso monólogo al señor Ivy sobre la verdadera escala de las bajas británicas en Normandía. Hope y Karl Theodor Grüber estaban allí también, ya que recientemente habían hecho una donación para un estanque de kois que nadie había pedido (el mismo estanque de kois que más adelante se convertiría en el escenario del Tortugagate, lo digo sin acritud).

Todos ellos dejaron de hablar y levantaron la vista hacia mí.

—La adicción es muy puta —dije.

Se oyeron unos cuantos murmullos de asentimiento y luego toda la mesa clavó la vista en sus respectivas servilletas. Cleo ya había cruzado medio salón de baile, con sus escápulas huesudas asomando por su vestido Marchesa malva como las alas de un pájaro.

Tendría que haberme marchado justo entonces, tendría que haber pedido un taxi e irme directa a casa, pero la droga ya me había pegado y no tenía ganas de dar la noche por acabada. Así que volví a salir a las escaleras de la entrada, fingí fumarme otro cigarrillo y observé en la distancia cómo Cleo y un conductor uniformado se esforzaban por cargar a un Rollo nervioso y sangrante en el asiento trasero de un BMW Serie 7 negro.

Hope Grüber apareció de la nada junto a mí en las escaleras. Sus apagados ojos de pez apuntaban al rastro de sangre de mi mono.

—Ay, Dios —murmuró—. Cuánta sangre, ¿no?

—Sí, bueno. Se ha abalanzado sobre mí. ¿Qué iba a hacer yo?

—Mmm…

Hope recolocó su mohín de trucha en una expresión reflexiva. Y entonces, sin aparar la vista de Cleo, dijo:

—De todos modos, ¿qué estabais haciendo los dos en el lavabo?

Sus palabras me cayeron como una ducha de agua fría. En aquel preciso instante supe lo que me esperaría en la puerta del colegio pasadas las Navidades: silencio, miradas, boquitas puritanas de labios apretados, rumores susurrados, «he oído que le rompió la nariz».

En fin. No me importaba. Igualmente, nunca había querido formar parte de su club de madres de mallas a juego. Qué asco.

Pero la peor parte fue que al parecer a Rollo todo aquello le puso y a la mañana siguiente, mientras estaba en el festival de Navidad de Dylan, un repartidor dejó un ramo de cincuenta rosas blancas de tallo largo en mi puerta, junto con una nota escrita a mano:

¡Lo pasé en grande! ¿Repetimos el año que viene?

xxx

R

Nunca entenderé a los hombres ingleses.

10

Shepherd's Bush
Viernes, 17.56

Hago que Dylan venga a sentarse a la mesa de la cocina para cenar. No solemos comer juntos, pero me parece lo correcto dadas las circunstancias. Nos sentamos en un silencio tenso y vamos pinchando macarrones con queso. Por debajo de la mesa paso los titulares del *Daily Post* en mi teléfono. La desaparición de Alfie es la noticia principal, con titulares llamativos y lúbricos a partes iguales.

EXCURSIÓN DE CLASE ACABA EN PESADILLA
CUANDO UN NIÑO DESAPARECE A PLENA LUZ DEL DÍA

EL NIÑO DESAPARECIDO ES EL HEREDERO
DE UNA FORTUNA DE COMIDA CONGELADA

EN EL COLEGIO PRIVADO DEL NIÑO, QUE CUESTA 36.000 LIBRAS,
HABÍA NIÑOS DISFRUTANDO DE SUS CLASES DE ESGRIMA Y FLAUTA

En la parte superior de la página hay una cuenta atrás que muestra exactamente el tiempo trascurrido desde que se echó en falta a Alfie: *¡3 HORAS Y 56 MINUTOS!*

Levanto la vista hacia Dylan. Se ha quitado el uniforme del colegio y se ha puesto una camiseta de NO A LA CARNE, SÍ A LA REMOLACHA que le regaló Brooke las Navidades pasadas. Lo cual me recuerda que todavía llevo puesto el body de terciopelo debajo de la sudadera. Miro el reloj. Solo falta una hora y cuarenta minutos para mi reunión con Elliott. Para el caso, podría dejármelo puesto.

Me vuelvo hacia Dylan, que se está metiendo macarrones en la boca a un ritmo alarmante.

—¿Has visto algo sospechoso hoy? Cualquier cosa.

—No —responde Dylan, haciendo una pausa para tragar—. Ya te lo he dicho.

—¿Se ha comportado Alfie de un modo extraño?

—¿Qué quieres decir? —pregunta, y se mete otra cucharada de macarrones en la boca.

—Que si se le veía mal por algo. ¿Preocupado?

Dylan traga.

—¿Te refieres a que si se ha suicidado? Lo dudo, mamá. Después de todo, Alfie está bastante orgulloso de sí mismo.

—¡Dylan! —salto, dando una palmada en la mesa de madera—. Que el chaval ha desaparecido. ¡No puedes hablar así de él!

Mi hijo se encoje de hombros y sonríe con suficiencia, satisfecho. El modo en que se le curva la parte derecha del labio me recuerda tanto a su padre que he de apartar la vista.

Mi relación con Will empezó una fría noche de febrero, después de una actuación especialmente desastrosa en Leeds. Por aquel entonces Will era el representante de nuestra gira, un tipo de treinta y un años cansado del mundo con el ingrato trabajo de acompañar a Noche de Chicas a lugares como Newcastle y Nottingham, donde actuábamos como teloneras de otros grupos solo un poquito menos mierdosos que nosotras.

Ya entonces yo sabía que Noche de Chicas no era una gran banda. Aquello era para hacer dinero rápido, un intento cínico de una discográfica de segunda de recuperar la magia de las Spice Girls, diez años tarde. Nos habían seleccionado a las cuatro en una sola tarde en un concurso que se había celebrado en un centro comercial de Westfield. Rose era la guapa. Imani era la bailarina. Lacey era la todoterreno. Y yo era la cantante. Siempre había tenido buena voz; no increíble, no como Mariah, Whitney o Amy, pero sí buena voz. Sólida, clara, fuerte. Lo bastante como para sacarme de Slought, alejarme de Barry, de mi madre y de Brooke la perfecta.

Pero ir de gira con Noche de Chicas era como estar en una olla a presión de estrógenos. Hacíamos seis bolos a la semana por toda

Inglaterra, Escocia y Gales en un autocar que parecía una islita desconectada del mundo exterior. Nuestras fans eran todo chicas entre los ocho y los dieciséis años. Chicas en el autocar, chicas en las multitudes, chicas en el escenario. Will era el único hombre que había en nuestra órbita, aparte de un par de utileros canosos de cincuenta y tantos que se llamaban Rob. Pues claro que todas estábamos un poco enamoradas de Will. Era la única opción viable. Ligaba con todas nosotras, pero Rose era su favorita. Era la más guapa.

Una noche, después de una entrada de público especialmente decepcionante, Will llamó a la puerta de mi habitación de hotel. La discográfica había empezado a ponernos en habitaciones de dos en dos para ahorrar dinero. Rose y yo en una; Imani y Lacey en la otra.

Me estaba pintando las uñas de los pies de un verde azulado brillante que le había pedido prestado a Lacey. Las otras chicas habían salido a buscar hierba.

—¿Estás bien, Flo? —me preguntó Will, echando un vistazo a la habitación. Olí la IPA en su aliento.

No esperaba que Will me besara y cuando lo hizo me supo salado y amargo, como a cigarrillo mezclado con Doritos. Me sorprendió lo mucho que me gustó. No solo el beso, sino la atención. «Rose se va a poner muy celosa», pensé, y cerré los ojos y me acerqué más a él. De cerca, pude ver las canas diminutas que le crecían en las sienes.

Mientras estaba pasando, yo ya estaba planteando cómo le explicaría nuestro polvo a las chicas. (¡*Nunca adivinaríais lo que pasó anoche!*). No es que no me gustara el beso, ni lo que vino después. Estuvo bien. Pero sobre todo me entusiasmaba tener mi propio trozo de emoción para desenvolverlo durante los largos días de autobús.

Al cabo de cinco semanas empecé a vomitar como una posesa, justo cuando comenzaron los rumores de que la discográfica planeaba suspender nuestra gira. Para entonces estaba claro que Noche de Chicas tenía los días contados. Entonces el Opel Corsa verde de mi madre chocó contra un camión en la M25. Fue culpa suya; iba bebida. Brooke, Barry y yo la enterramos en una tumba pequeña en Slough, junto a la madre de Barry. Yo tenía veinte años. Era una huérfana preñada a punto de quedarse sin trabajo. Ni siquiera se me pasó por la cabeza no quedarme con el bebé. Era cuanto tenía.

Will había aceptado estoicamente la noticia de mi embarazo y, tras lo que sospecho que fue un severo sermón de su padre, se me declaró en un aparcamiento de Marks & Spencer. El anillo se lo había dado su madre y era una maravilla de los años 90 con zafiros y espirales de oro. Dos semanas después de declarárseme, la discográfica canceló nuestra gira. Casarme con Will a finales de verano me parecía como ganar un premio de consolación. Tuvimos una gran boda de penalti en casa de sus padres, en Hertfordshire. Volví a ser la estrella, con mi corona de flores y un vestido de encaje que presionaba mi barriga de embarazada. Las fotos salieron en la revista *¡Hola!* No en la portada, pero bueno. *Princesa del pop se casa con aspirante a magnate musical.* Lucí los celos de Rose como una medalla de honor, como una señal de que había ganado algo que merecía la pena tener.

Aunque la tortilla se acabaría girando contra mí, porque Will escondía su propio secreto.

Cuando regreso a la mesa, Dylan ha dejado el plato limpio.

—¿Puedo coger el postre? —me pregunta mientras ya corre hacia la nevera a sacar un polo.

Está jugando con el palo como si fuera una espada de samurai cuando suena el timbre.

—¡Es papá! —chilla, y se levanta de un brinco.

Miro el reloj. Las seis y diez. Por fin. Me encantaría hacer esperar a Will, pero tengo que estar en Hackney dentro de cincuenta minutos, y se tarda como mínimo una hora en llegar.

Dylan corre a su habitación para despedirse por última vez de Greta y yo salgo al vestíbulo y abro la puerta.

Will lleva su uniforme habitual: camisa blanca de botones en el cuello, pantalones cortos planchados y mocasines caoba sin calcetines. El olor a Acqua di Gio me golpea como una pared de ladrillos. ¿Cómo es posible que una persona emane tanto… aroma?

Will frunce el ceño y hace un gesto hacia su Porsche básico, que está junto al bordillo.

—¿Dónde está Dylan? Te pedí que lo tuvieras preparado. Ya sabes que no puedo aparcar aquí.

—Llegas tarde —le espeto, y le paso la bolsa con las cosas de Dylan de un empujón—. Esta noche tengo una reunión que no me puedo perder.

—¿Ah, sí? —Will se apoya en el marco de la puerta. De repente tiene todo el tiempo del mundo—. ¿Sobre el crío que ha desaparecido?

Su tono es ligeramente acusador, como si la desaparición de Alfie Risby fuera una molestia inoportuna que yo hubiera orquestado para incordiarle.

Estiro el cuello hacia casa.

—¡Dylan! Vamos. ¡Tu padre tiene prisa!

Will suspira y se pasa la mano por el pelo engominado.

—Así pues, ¿qué ha pasado? ¿El crío se ha desvanecido a plena luz del día?

Suelto un suspiro.

—No soy la policía. No tengo ni idea.

Will frunce el ceño, como si fuera él quien contara los minutos para irse a una reunión que le ha de cambiar la vida y yo quien impidiera que se acicalara adecuadamente.

—Bueno, seguro que el colegio ha dicho algo. ¿Lo han raptado?

—Te he dicho todo lo que sé. Si quieres, puedes llamar al colegio tú mismo. O, si no, mañana hay una reunión…

Will me interrumpe.

—¿Has hablado con Dylan? ¿Qué ha dicho?

—¡Pues claro que sí! Pero ya sabes cómo es Dylan…

Will salta.

—¿Qué se supone que significa eso?

Mi exmarido niega absolutamente que Dylan tenga un comportamiento excéntrico a veces. Cualquier mención a los problemas de nuestro hijo en el colegio es tratada como una prueba de lo chapucera que soy como madre.

Suelto otro suspiro.

—Solo digo que es frágil. Este año las cosas no han empezado bien, con todo aquello del Tortugagate. No quiero molestarle…

Antes de que pueda acabar, la puerta se abre.

—¡Papá! —grita Dylan, sonriendo y envolviendo a Will con el tipo de achuchón a dos brazos por el que yo mataría. De todas las tristezas de mi vida, el hecho de que Dylan adore sin reservas al inútil de su padre es la primera de la lista.

—Eh, colega —dice Will, dándole unas palmadas en la espalda. Will se arrodilla para ponerse a la altura de los ojos de Dylan, como si hablara con un niño pequeño—. ¿Te gustaría pasar toda una semana en el campo, conmigo, con Rose y con las niñas?

—¿De verdad? —chilla Dylan, dando puñetazos al aire de la alegría.

Me quedo mirando a Will, incrédula.

—¿Qué? ¿Ni siquiera me lo vas a preguntar a mí antes? Tenemos un acuerdo de custodia.

Will lanza una mirada conspiradora a Dylan.

—¡Ay, no! Colega, parece que tenemos problemas.

Se vuelve hacia mí y me lanza una mirada condescendiente.

—Calma. Solo es una oferta. Acaban de decir en la radio que han suspendido las clases toda la semana que viene.

Dylan me implora con la mirada.

—¡Por favooooooor, mamá! Nunca puedo ver a papá…

—Y eso, ¿de quién es culpa? —empiezo a decir, pero Will me interrumpe y le da a Dylan una palmada conciliadora en la espalda.

—Lo siento, colega —le dice—. Tu madre dice que no.

Me muerdo el labio. Es una trampa. Will cuenta con que diga que no. Para hacerme parecer la mala mientras él obtiene el máximo crédito a cambio del mínimo esfuerzo. «Pues hoy no va a pasar eso, Satán». Aprieto los dientes y pongo una sonrisa falsa.

—De hecho, me parece una gran idea.

Los ojos de Will se arrugan.

—¿En serio? ¿Estás segura? ¿Toda la semana?

—Y tanto —trino—. El aire del campo le hará bien. Y, como has dicho, han suspendido las clases. Mientras esté de vuelta a tiempo para la boda de Brooke el sábado que viene…

No voy a mentir. Una pequeña parte de mí está pensando en mi reunión con Elliott. No es que intente quitarme de encima a Dylan, pero ¿y si Elliott me pide que vuelva enseguida al estudio de grabación? Si de verdad suspenden las clases, Dylan se pasará toda la semana en casa sin nada que hacer.

Me giro hacia mi hijo.

—Ve a tu habitación y coge más calzoncillos y calcetines.

En cuanto desaparece, Will cruza los brazos y me mira con expresión severa.

—Mira, no sé qué has estado haciendo toda la tarde, pero tienes que tomarte esto más en serio. Ha desaparecido un crío. El colegio tiene que hacerse responsable. Desde que esos gilipollas de capital privado de Omega Plus se hicieron cargo de él, los estándares van cayendo. Francamente, después de un incidente como este..., bueno, me pregunto si deberíamos pagar la cuota completa el próximo trimestre. Creo que deberían hacernos un descuento.

—Will, no creo que sea el momento de...

Levanta las cejas.

—Claro. Estás ocupada. Con tu «reunión». —Hace el gesto de entrecomillar la palabra.

Me inunda una oleada de vergüenza. Incluso después de tantos años, Will continúa teniendo la capacidad de hacerme sentir pequeña, equivocada y mala.

Se da la vuelta para marcharse.

—Dile a Dylan que le espero en el coche. Ah, y Florence...

Le miro, expectante.

—La próxima vez tenlo preparado.

El secreto de Will salió a la luz atropelladamente una noche cuando Dylan tenía dos meses. Como me había instado a hacer una comadrona bien intencionada, yo le daba el pecho, o lo intentaba. Llevaba puesto el mismo albornoz de forro polar desde lo que a mí me parecían días. Notaba el pelo grasiento y apelmazado, y ninguno de nosotros dormía.

Will y yo estábamos gritándonos en la cocina, quién sabe sobre qué. Yo había estrellado una taza (*Leeds: ¡vívela, ámala!*) contra la pared y con la fuerza del gesto se me había abierto el albornoz, dejando a la vista una parte fofa de mi cuerpo gelatinoso de postparto.

Will se me quedó observando un momento con mirada distante. Y entonces dijo en voz baja:

—¿Sabes? Aquella noche iba buscando a Rose.

Me quedé allí, pasmada, boqueando como un pez gordo.

—Iba bebido y te eché un polvo a ti —dijo, más para sí mismo que para mí, como si estuviera despertando de un coma y luchara por descifrar las causas del accidente—. Pero esto... —Hizo un gesto hacia mí, hacia la cocina y, lo más imperdonable, hacia Dylan, que dormía en su moisés—. Nunca quise nada de esto.

Me miró directamente a los ojos.

—Siempre ha sido Rose.

Will se fue de casa antes de que a Dylan le saliera su primer diente. Apiló su pretenciosa colección de vinilos en la parte de atrás de una furgoneta alquilada y salió pitando de vuelta a casa de sus padres en Hertfordshire.

Para el primer cumpleaños de Dylan, Will y Rose ya tenían un hijo en camino y la custodia exclusiva de todo nuestro grupo de amigos. Al año siguiente, el padre de Will murió y él heredó dinero. Mucho dinero. Suficiente como para poner en marcha su propia discográfica. Como una completa idiota, yo ni siquiera me había dado cuenta de que sus padres eran ricos. Tener dinero en Inglaterra no era como tener dinero en Florida.

Will y Rose relanzaron Noche de Chicas sin mí. No se molestaron en reemplazarme. Con tres chicas, Rose podía estar siempre en medio. Tanto Lacey como Imani estuvieron de acuerdo. Necesitaban el dinero; no pude culparlas. Los tiempos de Will fueron impecables. La gira de regreso empezó justo cuando la primera oleada de nostalgia *millennial* de bandas de chicas. Una de sus canciones salió en un anuncio de Jetta.

«Siempre ha sido Rose...».

Incluso ahora, diez años después, apenas puedo recordar aquellas palabras sin que me inunden las lágrimas.

Con todo, no lamento que pasara. Dylan es lo mejor de mi vida, sin excepción.

En cuanto envío a Dylan al coche de Will, salgo corriendo hacia el baño para salvar mi apariencia. Ya son las seis y veinte. Ahora tendré que coger un taxi, y aun así llegaré algo tarde, pero perdonablemente tarde. Elegantemente tarde. Huele a grosella negra y a pelo quemado, la caótica fusión de una plancha de pelo caliente y una vela

Diptyque Baies que se me ha olvidado apagar. Me quito la sudadera, me aliso el body arrugado y tomo un sorbo de colutorio. A mi pelo le iría bien otra pasada de plancha, pero no hay tiempo. La parte de delante está bien; el problema es la de atrás. Me guardaré de girarme delante de Elliott.

Cojo un perfilador de labios e intento dibujar el contorno de mi boca, pero me tiemblan tanto las manos que tengo que desistir. Respiro hondo. Solo unas horas más. Puedo compartimentar unas cuantas horas más. Concéntrate en la reunión. Después ven a casa y ocúpate de lo de Alfie.

Pido un Uber por teléfono y me rocío con perfume. Llaman al timbre.

Dylan debe de haberse olvidado algo. Repaso la encimera del lavabo y lo veo enseguida: se ha dejado el cepillo de dientes. Me lo meto en el bolso y corro hacia la puerta. Se lo daré rápido y de cabeza al coche.

Al abrir la puerta, me encuentro con dos miradas desconocidas: un hombre joven con turbante oscuro y una mujer fornida de rizos canos cortados al rape.

Ambos llevan uniforme de la policía metropolitana y tienen idéntica expresión seria en la cara.

11

—Detective Glover —dice la mujer, tendiéndome una tarjeta. Tiene cincuenta y pocos, el pelo color polvo y un único pelo tieso en la barbilla—. ¿Podemos entrar?

Mi mente da vueltas, incapaz de procesar lo que tengo ante mí. Al otro lado de la calle, la cortina del señor Foster se abre de un tirón.

—Perdonen —digo, saliendo al porche—, pero no es un buen momento. Justo salía para una reunión…

El policía más joven, el del turbante, me interrumpe.

—Señora Grimes, soy el detective Singh. ¿Está Dylan en casa? Es muy importante que hablemos con él.

—Dylan está con su padre —digo, y trago saliva con fuerza—. En Hertfordshire.

La detective Glover levanta una ceja.

—¿Ah, sí? —dice, y garabatea algo en su libreta de notas.

Miro el móvil. Dos llamadas perdidas del conductor del Uber. Si lo pierdo, llegaré tarde tarde.

—Lo siento, pero estaba saliendo…

Singh vuelve a interrumpirme y apoya la mano en el marco de la puerta.

—Señora Grimes, ¿entiendo que esta tarde usted se ha llevado a su hijo del colegio antes de que la policía despejara el edificio?

Miro el móvil. *El conductor se marchará pronto. Se le cargará una tarifa de cancelación.*

El pánico se hace fuerte en mi garganta. No puedo llegar tarde. No voy a llegar tarde.

—Perdonen, ¿estoy detenida? —pregunto, mirando el bombín negro de la detective Glover.

Singh frunce el ceño, como si la pregunta le confundiera.

—¿Que si está detenida? —repite con voz incrédula.

—Sí. ¿Estoy detenida?

Noto su mirada taladrándome la cabeza. De repente hace mucho calor en el porche.

Mira a Glover antes de contestar.

—Eh…, no. Esto es un interrogatorio voluntario.

—Entonces creo que hemos acabado —digo. Pulso «buscar otro trayecto» y doy golpecitos con el pie mientras se carga.

Glover lanza una mirada recelosa a mi body de terciopelo negro y luego cierra de golpe su libreta de notas.

—Bien. Es su elección. Esta vez.

La tensión de su voz me hace subir un escalofrío por la espalda. Levanto la vista del móvil.

—Lo siento, es solo que, como he dicho, tengo una reunión importante que empieza en…

—No la entretenemos —dice Glover, que hace una gran exhibición de meterse la libreta de notas en el bolsillo de la chaqueta—. Tendrá noticias nuestras.

—¿Por qué? O sea, yo no he hecho nada.

Singh resopla, como si la respuesta fuera obvia.

—Señora Grimes, ha desaparecido un niño. Y su hijo fue la última persona que lo vio. La llamarán para hacerle un interrogatorio oficial.

Las palabras golpean mis oídos como piedras en una cristalera.

—¿Un interrogatorio oficial? —El pánico crece en mi garganta. No sé cómo funciona el sistema legal británico, pero eso suena serio—. ¿Necesito un abogado?

Glover chasquea la lengua.

—Me temo que no podemos ofrecerle consejo legal —dice, e indica a Singh que es hora de irse—. Si tiene preguntas, póngase en contacto con Asistencia jurídica gratuita.

Al llegar al pie de las escaleras del porche, Glover se da la vuelta.

—Buena suerte con su cita —dice, sin molestarse en esconder su sonrisita.

Para cuando se marchan, la aplicación de Uber ha dejado de responder. *Todos nuestros conductores están ocupados. Por favor, inténtelo de nuevo más tarde.* Salgo corriendo hacia Goldhawk Road e intento parar un taxi, pero ninguno se detiene. Es viernes por la noche: están todos reservados. Compruebo Citymapper. La línea Circle sufre «serios retrasos». «Mierda».

Tengo que llamar a Elliott, decirle que voy a llegar tarde, pero no tengo su número directo. Mientras voy hacia la parada del autobús, le mando un correo electrónico a su ayudante: LLEGO TARDE, ESTOY DE CAMINO. Al instante me llega un mensaje automático: ESTARÉ FUERA DE LA OFICINA HASTA EL LUNES. LE RESPONDERÉ A MI REGRESO. «Mierda».

Miro el teléfono: las 18.35. Aunque me meta en un taxi ahora mismo, todavía me queda al menos una hora hasta el restaurante.

Justo cuando empiezo a entrar en pánico aparece el autobús 94, como si lo condujera la mano invisible del destino. La esperanza me recorre las venas. Tal vez funcione. Puede que aún lo consiga.

Subo corriendo al piso de arriba del autobús y busco el teléfono del restaurante en el móvil. Pueden darle un mensaje a Elliott, hacerle saber que llego tarde. Le molestará, claro, pero me esperará.

El teléfono suena tres veces antes de que lo cojan.

—Gracias por llamar a Mr. Bang-Bang, estamos…

—Hola, ¿podría darle un mensaje a mi amigo? Llego tarde. No ha sido culpa mía, pero ya estoy de camino. Si pudiera darle un mensaje…

Se oye un clic y me callo.

—¿Hola? ¿Me oye? Se llama Elliott Rivera. Tenemos una reserva para las siete y me está esperando, pero no tengo su número de teléfono…

Otra vez el clic. Me doy cuenta de que estaba hablando con el contestador de Mr. Bang-Bang.

Cuelgo y miro por la ventana. Me permito dejar caer la cabeza contra el cristal. A mi alrededor, el autobús se va llenando de gente que se va de marcha a la ciudad: chicas con vestidos brillantes y tacones, chicos bañados en colonia barata.

Tamborileo con los dedos en el cristal y me imagino a Elliott sentado solo en la mesa, preguntándose dónde estoy, poniéndose cada vez más impaciente y después enfadándose. Seguro que Elliott tiene mi número, ¿no? No es posible que su ayudante haga todas las llamadas por él. En algún momento me llamará y entonces podré explicárselo todo.

En Shepherd's Bush Green, el altavoz cobra vida. Una voz pregrabada dice: «Estimados pasajeros, este autobús termina en la siguiente parada».

Una queja colectiva se extiende por el piso superior. El conductor habla por el altavoz y nos informa de que en «unos quince minutos» vendrá otro autobús para continuar el trayecto.

Se abren las puertas. Bajo del autobús con dificultad y salgo a la oscuridad a esperar.

A las 18.47 todavía no ha llegado el autobús de sustitución. Todavía estoy en Shepherd's Bush Green, a al menos una hora del restaurante en taxi o, como me informa Google amablemente, «a tres horas y media andando». Noto la decepción físicamente, como si una apisonadora me aplastara las extremidades.

Me suena el móvil y casi se me sale el corazón del pecho, pero no es Elliott. Es Brooke. No contesto. Lo último que quiero es oír su «útil» consejo: que siempre puedo llamar al ayudante de Elliott el lunes y explicarle lo sucedido, o enviarle unas flores de disculpa a su oficina de Los Ángeles, o intentar hacer la reunión por Zoom. Brooke no lo entenderá. Llevo diez años esperando una segunda oportunidad. ¿Cuántos años más tendré que esperar para que llegue una tercera?

Me rindo y decido volver a casa andando. Por el camino paro en una tienda de licores y compro dos latas plateadas de gin-tonic. Me las bebo sola en la oscuridad, odiando a todo el mundo: a la policía y sus sonrisas engreídas; a Will y su mirada de condescendencia; al ayudante ilocalizable de Elliott. Pero sobre todo me odio a mí misma. Por todo.

Regreso a una casa silenciosa y a un enfadado mensaje de voz de Brooke, que se había presentado para cuidar de Dylan y se ha encontrado la casa vacía y a oscuras. «Uy». No hay nada de Elliott.

Puede que no tenga mi número, después de todo. Voy de puntillas a la habitación de Dylan y abro la puerta muy lentamente, como cuando era un bebé y me colaba para ponerle el dedo debajo de la nariz y esperaba aquel soplido de aliento que me confirmara que seguía vivo.

Me meto en su cama vacía y me envuelvo en su edredón de astronautas. Las sábanas huelen a sudor de niño y a calcetines húmedos. Se me escapa una lágrima caliente que se desliza mejilla abajo. Me tapo la cabeza con el edredón antes de permitirme sollozar en su almohada.

Quiero rebobinar. Quiero volver atrás. No entiendo cómo ha sucedido esto, cómo las ocho últimas horas se han desmoronado de un modo tan espectacular. Se suponía que este iba a ser mi momento. No tenía que estar esquivando a la policía y preguntándome si mi hijo ha tenido algo que ver en un incidente turbio. Ahora mismo debería estar sentada con Elliott bebiendo champán y brindando por mi brillante nuevo futuro.

Elliott. Solo de pensar en él sentado solo en el restaurante, preguntándose dónde demonios estoy… es demasiado.

Las lágrimas se mezclan con el rímel y forman un charco sucio sobre la almohada, una pringue fangosa que me pica en los ojos. Me bajo de la cama de Dylan al suelo y me llevo el edredón enredado en mí. Por entre las cortinas abiertas de Dylan, la luna llena se alza en dirección al cielo negro, redonda como un melón. Debería levantarme y lavarme la cara, pero me apetece mucho más estar tirada en el suelo. Me quedó ahí mucho rato, el suficiente para darme cuenta del polvo del suelo, de los calcetines hechos una bola. Y entonces veo otra cosa. Algo que sale de debajo de la cama de Dylan. Quizá sea un cinturón, o una especie de correa. Sin pensarlo, tiro de él. Pesa. Vuelvo a tirar de él.

Es una mochila.

Una descarga de adrenalina me barre el cuerpo. «La mochila de Dylan». Está aquí. No se la ha olvidado en el Humedal. Todo ha sido un gran malentendido. Ya sabía yo que la había llevado a cuestas desde el colegio, tenía razón. Puede que todo lo demás haya sido un gran malentendido también.

Enciendo la lámpara y examino la mochila. Huele a tierra y ligeramente a humedad, como si la hubieran dejado a la intemperie en un jardín. Abro la cremallera y vacío el contenido sobre la cama. Hay varias libretas que no había visto nunca antes. Un libro de ejercicios de *Bonjour France 2*. Una botella de agua azul que no me suena de nada. Un estuche desconocido. Un *Diario de sentimientos* lleno de garabatos infantiles que no reconozco.

Empiezo a notar un zumbido sordo en los oídos mientras escudriño los artículos desconocidos que hay esparcidos sobre la cama de mi hijo. Se me ocurre lentamente, mucho más lentamente de lo que debería:

No es la mochila de Dylan.

Le doy la vuelta al *Diario de sentimientos*. Es de tacto cálido, como si irradiara su propio calor.

Propiedad de Alfie Risby.

12

Al fondo de la garganta se me empieza a formar una sensación abrasadora, un nudo invisible que se va cerrando alrededor de mi cuello. ¿Por qué tiene mi hijo bajo la cama la mochila del chico que ha desaparecido?

Echo un vistazo a las páginas. La caligrafía de Alfie es temblorosa, y está hecha alternativamente en lápiz de punta gruesa y en pluma estilográfica. La mayoría de las entradas son quejas: sobre un entrenador de tenis «abusador» que le hizo dar vueltas corriendo, sobre una empleada doméstica «incompetente» que le quemó la tostada del desayuno, y sobre la pura injusticia de tener que asistir a clases particulares los sábados por la mañana.

> 17 de septiembre
> ¡¡¡Los deberes de matemáticas son una mierda!!!

> 22 de octubre
> El amorfo rechoncho conocido como señor Dempsey me ha quitado dos puntos por reírme en la capilla.

Ja. El señor Dempsey es un amorfo. El chaval tiene razón. Pero la siguiente entrada me deja helada.

> 9 de noviembre
> Dylan Palmer me ha dicho que va a matarme...

Miro la fecha de la entrada: hace cuatro días. Me recorre una oleada horrible y nauseabunda. Me arrastro a cuatro patas hasta el lavabo. El vómito no tarda en llegar; es del color de un marcador naranja fluorescente y dura lo que parecen horas. Cuando he vaciado todo el estómago, me tumbo boca arriba en el frío suelo de baldosas y me quedo mirando el techo.

«¿Podría Dylan…?».

Cierro los ojos con fuerza e intento esconderme de mis propios pensamientos errantes.

«¿Podría Dylan…?».

Se me aparece la sonrisita de la cena de Dylan, pero aparto el pensamiento. Tiene que haber una explicación. Solo tiene diez años. No es capaz de matar ni a una araña. De ningún modo le haría daño a otro niño. ¿Verdad que no?

Me arrastro hasta la bañera, abro el grifo y dejo que el chorro de agua abrasadora caiga en la antigua bañera con antideslizante en forma de pezuñas. Compré este piso con la bonificación por cantar en Noche de Chicas, en la que quizá sea la única decisión financiera inteligente que haya hecho en mi vida. Pese a estar hecho polvo, ser húmedo y encontrarse en un rincón nada de moda de Shepherd's Bush, todavía era un poco más de lo que me podía permitir cómodamente. Pero era mío. Tenía toda la intención de reformarlo, de cambiar la vieja bañera por una ducha de lluvia, cuando lo petara. Pero entonces todo hizo implosión, fueron pasando los años y mi regreso no se materializó. Ahora me alegro de haber mantenido la bañera: es el único lugar donde puedo pensar.

Echo en el agua una bomba de baño de lavanda y me sumerjo. Mi moreno de mentira tiñe al instante la espuma de color marrón barro. Me quedo sentada en silencio, vagando por los límites de la pregunta que no puedo obligarme a hacer.

«¿Qué has hecho, Dylan?».

Hace diez años, cuando estaba embarazada, pasé los últimos días de gestación preguntándome cómo sería Dylan. ¿Tendría la cabeza llena de pelo? ¿Los ojos marrones como Will o grises como yo? ¿Nariz chata o narizota?

Lo que de verdad me preguntaba para mis adentros era: «¿Será mono?». ¿O será uno de esos bebés arrugados como una pasa que parecen viejitos? O peor: ¿uno lleno de manchas, arrugado y chillón? Todo el mundo me aseguraba que las madres siempre encuentran guapos a sus hijos. «Aunque sea feo —decían— no lo sabrás».

«Te cegará el amor de madre».

Solo que no lo hizo.

Dylan se encalló en el canal de parto y tuvieron que sacarlo succionándolo. Salió débil y gris, y la ventosa que utilizaron para la succión le dejó en la coronilla una ciruela roja que latía, como un segundo cerebro externo.

El bulto desapareció por completo al cabo de unas cuantas horas, tal como había prometido el amable doctor del Sistema Nacional de Salud, y no le dejó ninguna cicatriz.

Pero cuando bajé la vista y miré aquella masa amorfa que lloraba en mis brazos, lo supe. No puedo hablar por todas las madres del mundo. Pero ¿en lo que a mí respecta?

Supe que mi bebé no era mono.

Al final el agua caliente hace su trabajo y me abrasa los pensamientos hasta que solo puedo pensar en mi carne fundiéndose, quemando el músculo, la grasa y los tendones hasta que solo queda el esqueleto.

Fantaseo con parar un taxi, ir a casa de Will y agarrar a mi hijo por los hombros. «¿Qué has hecho, Dylan?». Pero apenas puedo formar esas palabras en mi cabeza, mucho menos decirlas en voz alta a mi único hijo. Es un niño muy frágil.

Cojo una pastilla de jabón y empiezo a frotarme la piel oscura de alrededor de los tobillos, donde se han encharcado las manchas de moreno de mentira.

¿Qué sabe la policía? El colegio entregará el historial disciplinario de Dylan. Se enterarán del Tortugagate. Eso no lo verán bien.

Podría conseguir un abogado, intentar luchar, pero Dylan no es el tipo de niño que lo haría bien en un estrado. Además, apenas puedo pagarme la manicura, mucho menos un abogado defensor de primera. Will tiene dinero, pero no suficiente como para ganar a los abogados de los Risby.

Podríamos marcharnos del país. Podría coger a Dylan y subirnos al primer avión que saliera de Heathrow. Rumbo a Sudamérica o puede que a Francia. Empezar de nuevo en un tranquilo pueblecito de la Provenza. Sin embargo, está el acuerdo de custodia; necesito permiso escrito de Will para sacar a Dylan del país. Además, los padres de Alfie son ricos. El dinero tiene las piernas largas. Podrían contratar a una banda de matones fornidos, tipo mafiosos, para que nos siguieran la pista. Supongo que, llegado el momento, preferiría que Dylan se quedara aquí y se enfrentara al sistema judicial británico, facilito, con sus sentencias suspendidas y sus penas reducidas, que pasar el resto de nuestras vidas mirando por encima del hombro por si aparece un gorila con gorra de béisbol.

Mi mente divaga hasta la mochila de Alfie. ¿Por qué está en la habitación de Dylan? ¿Y dónde está la mochila de Dylan? Nada de ello tiene ningún sentido. Dylan nunca le haría daño a propósito a otro niño, ni siquiera a un mocoso como Alfie. A menos, claro está, que tuviera un buen motivo para hacerlo. O que se produjera algún tipo de malentendido. Como el Tortugagate. Ay, Dios. ¿Y si Alfie estaba molestando a un ganso en su nido o algo así, y a Dylan no le gustó y lo empujó, y Alfie tropezó y se cayó al pantano? No puedo descartarlo al cien por cien.

Me muero por llamar a alguien y explicarle las opciones. Pero ¿a quién? Es más de medianoche. Adam está dormido. Brooke me dirá que me busque un abogado. Jenny apenas me conoce. Y todas las otras madres me odian. Estoy sola, completamente sola.

Me duele la cabeza; es el comienzo de lo que promete ser una migraña intensa. Me hundo más en la bañera, hasta que el cráneo queda debajo de la superficie del agua. Que les den a las extensiones.

Bajo el agua todo se queda en silencio y a oscuras. Cierro los ojos y me da la bienvenida la visión de un chico de uniforme que agita los brazos de forma espeluznante mientras se hunde hacia el fondo de un pantano, lastrado por una mochila del St. Angeles. El agua es negra y gélida y, cuando el chico se da la vuelta, me doy cuenta, horrorizada, de que no se trata de Alfie, sino de Dylan. La boca aterrorizada de mi hijo forma una O perfecta al gritar pidiendo ayuda.

Pero estoy paralizada observando cómo mi hijo traga agua a bocanadas. Y cada trago le manda más al fondo, hasta que desaparece de la vista. Todo cuanto queda son unas cuantas burbujas solitarias.

Saco la cabeza del agua violentamente en busca de aire. Salgo de la bañera trepando, sin preocuparme de coger una toalla, y corro desnuda y goteando hacia la habitación de Dylan.

De nuevo en el baño, coloco el *Diario de sentimientos* de Alfie en el lavabo, como si fuera un sacrificio en un altar. En el espejo veo el reflejo de mi body negro arrugado en el suelo, una reliquia de otra vida.

Enciendo una cerilla. El cuaderno arde deprisa y la ceniza queda en el lavabo. Esa noche quemo las ciento dos páginas, pero no antes de encomendar a la memoria las más condenatorias.

13

Me despierto en mi cama. La luna se ha ido y la ha reemplazado un sol apagado y plano que lucha por abrirse paso en el horizonte. Los desastres de ayer vuelven a inundar mi cabeza uno a uno. Mi retorno frustrado, la policía, la mochila de Alfie, el *Diario de sentimientos*.

«Mierda».

Me levanto apoyándome en una almohada y evalúo mi habitación. Hay pintalabios desechados, sombras de ojos y pinceles de maquillaje esparcidos sobre todas las superficies disponibles. El ambiente es denso y estancado, y el suelo está lleno de zapatos de tacón y prendas moldeadoras. Parece la escena de un crimen patrocinada por Estée Lauder.

Esto no va a funcionar. Ahora las apariencias importan. Sobre todo si vuelve la policía. Cojo aire, me remango y empiezo a meter prendas en el cesto de la ropa sucia, a agitar el edredón, a abrir las ventanas.

Barro mi colección de latas vacías de Red Bull a un cesto de plástico para la colada y lo saco al contenedor de reciclaje. Al otro lado de la calle, en casa del señor Foster, se mueve una cortina. Más me vale darme prisa o me atrapará con uno de sus tediosos monólogos sobre los males de las minas de cobalto o la producción de combustibles fósiles. Tiro las latas lo más rápido que puedo, pero voy demasiado lenta. El señor Foster se dirige hacia mí. El tejido de su anorak gris cruje siniestramente.

—Florence —dice con expresión preocupada—. Anoche no pude evitar ver el coche de policía. ¿Va todo bien?

La intensidad de su mirada es perturbadora. Me enojo. ¿Qué coño le importa a él?

—Sí. No fue más que un malentendido.

—¿Está Dylan en casa? —me pregunta. Lleva en la mano una lata amarilla con imágenes de insectos—. Tengo una cosa para él. Esperaba que se pasara por casa ayer después de clase.

—Dylan está en casa de su padre.

Las cejas blancas y pobladas del señor Foster salen disparadas hacia arriba.

—Ah…, de acuerdo. Debe de ser un buen tipo. Dylan habla mucho de él.

—Mire. —Me aclaro la garganta—. Estoy segura de que ya ha oído la noticia. Ayer desapareció un compañero de clase de Dylan. En una excursión.

El señor Foster cambia el peso de pierna. Si está sorprendido, no lo parece.

—¿Ah, sí? Es terrible.

—Sí, bueno. En cualquier caso, lo de la policía… fue un tema de procedimiento. Iban a la misma clase.

—Bueno —dice el señor Foster—. Eso dijiste.

Parece como si estuviera esperando algo. Una invitación, quizá. No tengo tiempo para esto. Tengo trabajo que hacer.

Al final, el señor Foster me pasa la lata.

—Bueno. Entonces te dejo esto a ti.

Zoo Med, reza la etiqueta. *Lata de grillos*. Repugnante. Me lo quedo mirando como una idiota. No le sigo.

—Son para Greta —dice lentamente—. La tortuga de Dylan. Tendrá que darle de comer usted. Está a punto de hibernar. —El señor Foster me mira con una expresión ilegible en su cara gris—. Necesitará unos cuantos cada día, pero no demasiados o se quedará inactiva.

—Vale. Entendido. —Alargo la mano de mala gana. La lata es sorprendentemente pesada.

De nuevo en casa, saco el portátil y encargo el ramo de rosas amarillas más grande que encuentro para enviarlo a la oficina de Elliott en Santa Mónica. En el espacio para los mensajes tecleo una disculpa: SIENTO MUCHO NO HABER IDO A LA CENA: EMERGENCIA familiar. Veámonos por Zoom y charlemos. XXX Florence. El precio me hace estremecer —podría ponerme Botox en toda la cara por esa cantidad—, pero estarán esperándole en su mesa el lunes por la mañana. Puede que no lo arregle todo, pero es un comienzo. Una oportunidad.

Tiro la lata de grillos dentro de la habitación de Dylan: ya le daré de comer a Greta más tarde. O puede hacerlo Dylan cuando vuelva de casa de su padre.

Ahora mismo tengo algo más importante que hacer: deshacerme de la mochila de Alfie.

Un cuarto de hora después estoy en el asiento de atrás de un taxi, serpenteando por un atasco de tráfico matutino del sábado. La mochila de Alfie descansa a salvo a mis pies, metida en una bolsa verde de Marks & Spencer.

La entrada al Centro de Humedales está en Barnes, un tranquilo y adinerado rincón del sur de Londres lleno del tipo de gilipollas que quieren fingir que viven en un pueblo mientras siguen disfrutando de café vertido a ocho libras y de la tintorería con entrega el mismo día. He estado en el Humedal una vez, en una cita de Raya con un tipo que afirmaba tener «mucho interés por los pájaros», pero que en lo único que tenía interés era en tener sexo al aire libre. El sitio estaba bien, aunque era un poco aburrido: decenas y decenas de hectáreas de marismas salvajes y hierba hasta la cintura metidos en un meandro del río Támesis, interrumpidos por algún jubilado ocasional aferrado a unos prismáticos.

El taxista escucha la radio. Hablan de Alfie y un oyente especula con que el estrangulador de Shepherd's Bush pueda tener algún tipo de implicación en el asunto aunque, como apunta el presentador, hasta ahora el estrangulador nunca ha tenido a un niño como objetivo.

Cuando llegamos a Church Road, el tráfico pasa a un ralentí. Minutos después se evidencia el motivo del atasco: a media manzana de la entrada, en lo que parece un campo de rugby, hay seis enormes tiendas blancas para medios de comunicación. Reporteros y equipos de cámara, todos de aspecto extenuado, van de acá para allá entre las tiendas y los camiones de las noticias por satélite que están aparcados a lo largo de la calle.

El taxista suelta un silbido largo y grave.

—Menudo circo —dice, tamborileando con los dedos en el volante.

Se me enfrían las manos, como si las hubiera metido en un cubo de hielo. Cuando me imaginé devolviendo la mochila de Alfie al Humedal, pensé que la tiraría por encima de la verja y ya está. Ahora mi plan parece penosamente ingenuo, incluso estúpido.

—¿Adónde va exactamente? —pregunta el taxista.

—Aquí está bien —respondo—. Me bajo aquí.

—¿En serio? ¿Aquí?

Abro la puerta antes de poder cambiar de opinión y me meto la bolsa de la compra debajo del brazo. Está chispeando, una buena llovizna inglesa. Al acercarme al primer cordón policial, me ajusto más la chaqueta.

«Confianza —me recuerdo—. Mariah Carey. Barbilla arriba, hombros relajados, cuello estirado».

Hay dos agentes de policía de pie delante de una fila de vallas de control de multitudes. Hablan con una reportera de televisión rubia que lleva un chubasquero rojo. Al acercarme, uno de los agentes, un tipo alto de pelo rubio arenoso que lleva puesta la chaqueta de alta visibilidad, levanta la mano para indicarme que me detenga.

—Buenos días —dice el agente—. ¿Prensa escrita o retransmisión?

—¿Eh?

Me repite la pregunta más despacio, por si yo fuera clínicamente tonta.

—¿Retransmisión de noticias o prensa escrita?

—Ah. Ninguna de las dos, de hecho. Soy una madre. Una madre del St. Angeles. Mi hijo…

Una mirada de indignación le cruza la cara y me corta con un movimiento de la mano.

—Esta es la zona de prensa. Solo medios acreditados.

—Solo quería ver si había…

Se lleva la mano a la cadera y veo el destello plateado de unas esposas.

—Ya me ha oído. Nada de mirones.

Me sonrojo de la vergüenza. Doy media vuelta y empiezo a caminar por el barro de regreso a la calle, con la bolsa de la compra golpeándome las espinillas.

Al final de la calle hay un pub, el Red Lion. Un trago no me hará daño.

El interior es caliente y acogedor, con un fuego vivo y un menú escrito en una pizarra donde se detallan las ofertas especiales para la comida. Todavía es temprano y el local se encuentra vacío, a excepción de un hombre de mediana edad con un jersey del West Ham que está en la barra.

Me siento y el hombre levanta la barbilla en dirección a mí.

—Reportera, ¿verdad? ¿Por el chico desaparecido?

—¿Tengo pinta de reportera? —le espeto.

—Tienes la pinta para pasar un buen rato —dice con mirada lujuriosa.

—Que te den.

Me pido un vodka con soda y me lo bebo despacio. Mi cuerpo todavía irradia vergüenza y las palabras del policía resuenan en mis oídos. «Nada de mirones». ¿Por qué soy tan pringada? Si fuera otro tipo de persona, un tipo mejor, una Persona Seria, con carrera universitaria, un plan de pensiones y un carnet de conducir válido, habría pasado ese cordón policial y la mochila de Alfie no estaría debajo de mi taburete.

—Te diré lo que he oído —dice el hombre, arrastrando ligeramente las palabras—. Ha sido un crimen interno. La familia está forrada.

Le huelo el aliento a cerveza, incluso desde el otro lado de la sala. Deslizo el pie por el suelo hasta notar el peso tranquilizador de la bolsa de la compra. Sigue ahí. Bien.

—¿Ah, sí? —digo.

El hombre asiente.

—Algún tipo de seguro. Calculo que al chaval lo metieron directamente en un jet privado rumbo a las Islas Vírgenes. Como Epstein, ¿sabes?

Se me ponen los ojos vidriosos. Miro fijamente la barra y admiro las ordenadas filas de botellas de licor con pico vertedor, los cubiletes de rodajas de limón y hielo picado. Tal vez podría dejar la mochila de Alfie en el baño del pub. Aunque eso podría plantear otras preguntas cuando la encontraran. El pub seguramente esté lleno de cámaras. No, si voy a hacer esto, lo haré bien. Esta estúpida mochila volverá al Humedal, donde pertenece.

—O eso es lo que he oído —prosigue el hombre, y suelta un sonoro eructo—. Claro que, ¿qué sé yo? La periodista eres tú.

—Yo no soy…

Mis ojos se posan en una pila de libretas de camarero que hay junto a la caja registradora.

Una periodista. Eso es.

Me inclino sobre el mostrador y cojo un bloc y dos lápices. Me limpio el carmín con la palma de la mano, me recojo el pelo en un moño bajo y me pongo uno de los lápices detrás de la oreja.

Me vuelvo hacia el borracho.

—Me has pillado. Y acabo de recordar que tengo un plazo que cumplir.

Fuera, la hierba húmeda cruje bajo mis pies. Los dos agentes de antes ya no están; los sustituye una mujer de aspecto aburrido que lleva un bombín de la policía metropolitana. Cuando me acerco a la barrera, saco el móvil y empiezo a imitar a Jenny con todas las palabras de reportera que conozco.

—Les he dicho que es imperativo que cumplamos el plazo…

La agente levanta la mano.

—¿Pase de prensa?

—Mierda —digo, palpándome los bolsillos, fingiendo frustración—. Me lo habré dejado…

Tapo el micro con la mano y sonrío a la agente con impotencia.

—He venido hace un rato. Se acuerda, ¿verdad? Lo siento, es que mi editor es… Pongo los ojos en blanco, con cara de «no puedo creerme que ese tío…».

La agente suspira, como si no pudiera creerse lo tontos que son los periodistas, y me hace pasar la barrera metálica.

Lo único que me separa ahora de la entrada del Centro de Humedales son quince metros de campo abierto. Ni un solo árbol o edificio entre los que esconderme. Voy a tener que ir a pata.

«Mariah Carey», me recuerdo a mí misma. Cabeza alta, hombros relajados.

Paso por debajo de la barrera. Puedo hacerlo. Doce metros hasta el borde de los árboles. Solo necesito adentrarme lo suficiente para tirar la mochila de Alfie por ahí. Entonces toda esta estupidez desaparecerá. Y podré llamar a Elliott y tratar de salvar mi regreso, antes de que sea demasiado tarde.

Seis metros. Tres metros. No puedo creer que nadie me haya visto. Acelero campo a través con la bolsa de la compra golpeándome las espinillas. Si consigo avanzar unos metros más…

Una mano me aprieta el hombro, más fuerte de lo estrictamente necesario. Es el agente de pelo rubio de antes.

—Creía haberle dicho que no volviera por aquí.

14

La comisaría de policía parece un departamento de vehículos motorizados norteamericano, con linóleo desconchado y sillas de plástico atornilladas al suelo para que nadie pueda cogerlas y lanzarlas. Detrás del mostrador de guardia, una agente novata de aspecto aburrido que lleva una cola de caballo demasiado tirante navega desganada con su ordenador de sobremesa y me ignora con toda la intención, pese a que soy la única persona que hay en la sala.

Carraspeo nerviosa, aferrándome a la esperanza de que la Agente Bebé no haya mirado dentro de la bolsa de plástico que llevaba cuando me metieron en el coche patrulla. La bolsa que contiene la mochila de Alfie. La que no me han devuelto todavía.

—Y bien…, eh…, ¿puedo hacer mi llamada telefónica? —me aventuro.

La agente me mira y suelta un bufido cínico.

—¿Su llamada? Esto no funciona así. De todos modos, como ya le he dicho, no está usted detenida. Utilice su propio teléfono.

Echo un vistazo al móvil que tengo en la mano. ¿Llamo a Brooke? Ya puedo oír el sermón condescendiente que me va a soltar. Adam debe de estar en el trabajo y no le va a gustar nada que haya «infringido la ley». Recorro mi lista de contactos dos veces antes de decidirme por Jenny. No me conoce lo bastante como para decirme que no. Además, es abogada de verdad.

Me salta directamente el buzón de voz: «Ha llamado al buzón de Jenny Choi, socia directora de Colson y Casey. Por favor, deje su mensaje al oír la señal».

—Eh…, bueno…, me han detenido. Por allanamiento de morada. ¿Podrías venir a la comisaría de Barnes? Ah, soy Florence Grimes, la madre de Dylan, del cole. ¡Gracias!

Cuando cuelgo el teléfono y me vuelvo a mirar a la agente de guardia, me sudan las manos. Sus ojos permanecen fijos en la pantalla del ordenador. Estiro el cuello para ver qué está mirando. La página web de Zara. Vestidos de vacaciones.

Me apoyo en el mostrador.

—Mi abogada está de camino —digo, intentando sonar profesional—. Así que si pudiera devolverme mis pertenencias…

—Ajá —dice la policía sin apartar la mirada de la pantalla—. Como le he dicho, no se van a presentar cargos contra usted. —El cursor se cierne sobre un mono dorado de lentejuelas—. El jefe cree que presentar cargos contra una de las madres del colegio nos daría mala publicidad. Puede irse.

Se me relajan los hombros.

—¿De veras? Estupendo.

No levanta la vista.

—Sí, puede esperar fuera a que la vengan a buscar o lo que sea.

Escudriño el espacio de detrás de su escritorio en busca de la bolsa de la compra verde, con la esperanza de que no la hayan registrado como prueba.

—Entonces ¿puedo coger mi…?

La agente aparta por fin los ojos de la pantalla y me mira.

—¿Y ahora qué pasa?

Y entonces la veo. La tiene debajo de los pies.

—Eh… necesito mi bolsa de la compra —digo, señalando la bolsa de Marks & Spencer.

La mujer mira hacia abajo y se percata de su presencia por primera vez.

—Ah. Eh… Creo que tenía que enviarla a procesar.

Me da un vuelco el corazón.

—Espere un momento. —Descuelga el teléfono fijo y a punto estoy de tirarme sobre el mostrador.

—Un mono genial, por cierto —digo, señalando la pantalla—. Aunque con Zara hay que ir con cuidado. Lo que pones en el carrito no queda reservado. Justo la semana pasada perdí un minivestido increíble así. Alguien se lanzó en picado y me quitó el último de las manos.

Bajo sus gruesas gafas, sus ojos se abren como pelotas de golf.

—¿Ah, sí?

Asiento enérgicamente.

—Vamos, acabe la compra. De verdad. No me importa esperar.

Me lanza una sonrisa nerviosa y vuelve rápidamente a la página de Zara para completar su compra.

—Ya está —dice con un suspiro de felicidad cuando aparece la pantalla de confirmación—. Gracias.

Vuelve a coger el teléfono de la mesa, pero después parece cambiar de idea. Se agacha, desaparece un instante y luego pone la bolsa de plástico verde sobre el mostrador.

—¿Es esta?

Asiento, con el corazón latiéndome tan fuerte que estoy segura de que ella puede oírlo.

La agente me pasa un viejo portapapeles marrón que tiene un bolígrafo atado a la parte superior con un trozo de cuerda.

—Firme aquí para confirmar que le hemos devuelto sus pertenencias.

Intento no sonreír mientras garabateo mi nombre lo más rápido que puedo.

—Pues muy bien —dice ella, con los ojos de nuevo fijos en la pantalla del ordenador—. Intente no saltarse más cordones policiales.

Media hora más tarde, Jenny se detiene ante la comisaría de Barnes en un Tesla reluciente que parece recién sacado del papel de celofán.

Abro la puerta del acompañante y Jenny me mira confundida.

—Un momento, creía que te habían detenido. ¿Te han soltado?

—Ha sido un malentendido —explico, y hago un gesto despectivo con las manos—. Vámonos de aquí.

Jenny frunce el ceño. Teniendo en cuenta que tiene gemelos, llama la atención que en su coche no haya rastro alguno de niños. Ni una miga, ni un juguete, ni una huella grasienta a la vista. Me hundo en el mullido asiento de cuero vegano y noto que empiezo a relajarme.

—Así pues, ¿qué ha pasado? —pregunta.

Miro por la ventanilla hacia el aparcamiento de la comisaría. La llovizna gris de la mañana ha sido sustituida por un radiante sol de invierno. Ojalá tuviera mis gafas de sol.

—Nada, la verdad. solo un malentendido.

A Jenny se le salen un poco los ojos de las órbitas.

—Mira, yo no soy un servicio de taxis. Pensé que necesitabas ayuda legal. ¿No tienes amigos a los que puedas llamar para que te lleven?

Me miro las uñas y finjo observar la manicura artística de Linh.

—La verdad es que no…

Jenny suelta una carcajada de sorpresa.

—¡Ostras! Vale, bueno, ya que estamos siendo sinceras, yo tampoco. Es liberador admitirlo.

Arranca el coche y salimos del aparcamiento en dirección a Mortlake High Street.

—Y ¿a qué te dedicas, Florence?

Me quedo helada. Es una prueba. Seguramente me habrá buscado en Google, habrá visto mis antiguos videos de Noche de Chicas y se habrá reído de mis medias de rejilla rosas y de nuestros pasos de baile torpones.

—Pues estuve en una banda de chicas durante un tiempo. Ahora estoy por mi cuenta.

Jenny abre unos ojos como platos.

—¡Qué guay!

Su entusiasmo parece… ¿auténtico? Tal vez no me haya buscado en internet.

—Sí, eh…, fue divertido. Lo dejé antes de que se hicieran famosas. ¿Qué me dices de ti?

Jenny empieza a recitar su biografía: padres inmigrantes coreanos, infancia en la región de la bahía de San Francisco, bachillerato en Stanford, derecho en Harvard, bufete de prestigio, ahora es una especie de especialista en riesgos de seguros corporativos, bla, bla, bla. Habla en tono relajado, como si estuviera narrando la trama de una película conocida.

—Vaya —digo cuando termina—. Suena muy… serio.

Se encoge de hombros.

—Sí. La ley de seguros no es necesariamente lo que soñaba hacer con mi vida. Pero resulta que se me da bien.

Por la ventana aparece a mi derecha el gris opaco del Támesis. Entorno los ojos, tratando de mirar debajo de su superficie turbia. Pienso en Alfie y luego en el cuerpo hinchado de Alfie, flotando en algún lugar debajo de esa lámina vidriosa.

Jenny mira el río y chasquea la lengua, como si leyera mis pensamientos.

—He oído que la policía ni siquiera ha puesto perros a rastrear la zona. Porque es una reserva natural, o algo así. ¿Te lo puedes creer?

Trago saliva con fuerza.

—Sí. Qué fuerte.

Jenny rebusca en la guantera y saca un vapeador.

—¿Qué? —pregunta.

—Nada. Simplemente pensaba que eras más de zumos verdes.

—Sí, bueno, ha sido una semana horrible…

—No te juzgo.

Da una calada profunda.

—Así pues, ¿qué te ha contado Dylan?

Aprieto la mandíbula.

—No mucho. Estaba muy afectado, claro —me apresuro a añadir.

—Claro —dice, y baja la ventanilla para sacar el humo, o el vapor, o lo que sea que emitan los cigarrillos electrónicos.

—¿Y qué hay de…, eh…?

—¿Max y Charlie? Bueno, nada. Solo llevan en el colegio…, ¿qué? ¿Tres semanas? Ni siquiera estoy segura de que conocieran al chico. —Jenny hace una pausa—. La pobre madre. ¿Te imaginas?

La imagen de Cleo desplomada frente a las puertas de la escuela aparece en mi mente, y trato de alejarla. Nos quedamos en silencio un momento, reflexionando sobre lo indescriptible.

Jenny se aclara la garganta.

—¿Cómo es? Alfie, quiero decir.

Me esfuerzo por encontrar una respuesta adecuada. Apenas ha pasado un día, pero Alfie ya parece haber adquirido una especie de halo borroso.

—Bueno, era… pelirrojo —digo, tratando de ser diplomática.

Jenny frunce ligeramente el ceño y da otra calada a su vapeador.

—Ay, vamos. Ya sabes a qué me refiero. ¿Es problemático?

Dudo un momento.

—Bueno, para ser sincera…, era un poco imbécil.

Se le escapa una carcajada, pero enseguida recupera la compostura.

—¡Caray! Vale, dime lo que piensas realmente.

—O sea, el chaval le pegó a una tortuga con un bate de críquet. No me malinterpretes, nunca habría deseado que le pasara esto. Pero tampoco es precisamente el *boy scout* que todos están pintando. —Me miro las uñas—. En fin, estoy segura de que la policía lo encontrará pronto.

—Síííí —dice Jenny, alargando la palabra—. Bueno, yo no estaría tan segura.

—¿A qué te refieres?

—Ay, por favor. ¿No ves las noticias? ¿La policía metropolitana? ¡Un montón de ellos son violadores! No van a resolverlo.

Antes de que pueda pensar una respuesta adecuada, Jenny vuelve a rebuscar en la guantera. Saca un paquete de chicles y me ofrece uno antes de coger otro para ella.

—Espera, ¿Big Red? Eran mis favoritos. ¿Sabías que aquí ni siquiera se pueden conseguir?

Jenny me guiña un ojo.

—Quédese conmigo, señora. Me traje una caja entera.

Enciende la radio en una emisora de jazz y nos quedamos en un silencio cómodo. La calefacción del asiento está a tope y noto el cuerpo como una nube de azúcar sobre una llama, tostada y pegajosa.

En el puente de Chiswick, cruzamos el camino de sirga del Támesis. Miro las ordenadas casas que dan al río y los pubs con nombres como El Barco y La Barcaza. Todo parece muy tranquilo y pintoresco. La idea de tener que salir del coche calentito de Jenny y volver a mi piso frío y vacío me resulta visceralmente dolorosa.

—¿Sabes qué? En realidad esta mañana he ido allí, al Humedal.

Abre los ojos de par en par.

—¿Que has hecho qué? ¿Es por eso por lo que te han detenido?

Afirmo con la cabeza.

—Ha sido una estupidez, la verdad. —Mis ojos se dirigen sin querer hacia la bolsa en la que está la mochila de Alfie—. Supongo que... quería verlo por mí misma.

A Jenny se le ilumina la cara.

—Madre mía, ¡deberías habérmelo dicho! Habría ido contigo. —Su seriedad teje una grieta profunda entre sus cejas. «Conozco a alguien que podría arreglarte eso», pienso, pero decido no mencionarlo. Todavía no somos amigas.

Su rostro se vuelve melancólico.

—Siempre quise ser detective. De hecho, hice prácticas con un investigador privado en San Francisco. El verano antes de entrar a la facultad de Derecho.

Reprimo mi sorpresa.

—¿Cómo?

—Sí, fue genial. Vigilancias, prismáticos, todo el paquete. Maridos infieles, principalmente. —Sonríe y tamborilea con los dedos sobre el volante—. En fin, fue hace mucho tiempo.

—Y ¿entonces? ¿Por qué no lo hiciste? Ser detective, quiero decir.

Desecha la idea con un gesto de la mano.

—Sobre todo por dinero. Ser investigador privado no es precisamente una carrera lucrativa.

Siento una especie de aleteo en el pecho, una sensación que más tarde reconoceré como una oportunidad, un portal mágico conjurado exactamente en el momento que más lo necesito. Porque Jenny, con su cabello liso, su ropa sin arrugas y su coche impoluto, es exactamente el tipo de Persona Seria que podría atravesar un cordón policial hablando. El tipo de persona que podría ayudarme a averiguar qué le pasó realmente a Alfie. Si pudiera convencerla de que me ayudara, podría proteger a mi hijo y, tal vez, solo tal vez, encontrar una forma de salvar la situación con Elliott.

—Oye —digo, luchando por contener la emoción—, tal vez tú y yo deberíamos investigar todo este asunto de Alfie. Ya sabes, juntas.

Jenny frunce el ceño.

—¿Qué? ¿Como jugar a detectives?

Mi corazón empieza a latir con fuerza. Pienso en la sonrisa burlona de Dylan, en la mirada condescendiente de la agente Glover,

en la expresión exasperada de «¿y-ahora-qué-has-hecho-Florence?».
Me muerdo el labio, desesperada por que no note lo desesperada que
estoy.

—¿Sabes? Mi vecino de arriba, Adam, es policía. Estoy segura
de que podría ayudarnos a conseguir información…

—Tengo un trabajo —me interrumpe Jenny—. Y mellizos.
—Niega con la cabeza—. Es una idea bonita, pero no puedo encar-
garme de una investigación autónoma de personas desaparecidas.

Noto que me desinflo. «Por supuesto que no quiere jugar a
detectives contigo, Florence. Qué idiota eres».

Al otro lado de la ventanilla empieza a verse Shepherd's Bush
Green. Las luces resplandecientes han desaparecido y han sido reem-
plazadas por sirenas de policía, bocinazos y el olor a kebab mezclado
con el humo de los autobuses.

—Olvídalo —digo rápidamente, como si todo fuera una broma—. Era una idea tonta.

Jenny se relaja visiblemente.

—Sí. Tal vez en otra vida.

Mira el Patek Philippe plateado de su muñeca y gira bruscamente el volante hacia la izquierda.

—Además, ya llegamos tarde a la reunión de padres.

15

Marlow, Buckinghamshire
Sábado, 13.58

—En dos metros, gire a la derecha —dice la voz del GPS.

Jenny ahoga un grito y gira el volante bruscamente, obligando al coche a salir de la carretera y a mi frente a entrar en un breve y doloroso contacto con el parabrisas. Sobre nosotras aparece un dosel de pesadas ramas de árbol que crea una sensación artificial de anochecer. Levanto la vista justo a tiempo para ver una enorme casa en el horizonte. Parece la ilustración de un cuento de hadas, o del suplemento Casas del *Sunday Times*: una mansión de ladrillos rojos con dos torretas, rodeada de verdes ondulantes. La casa de la señora Ivy.

Jenny suelta un silbido grave.

—Caramba. Supongo que aquí los profesores están mejor pagados.

Trago saliva. Me vuelven a sudar las palmas de las manos. Para ser sincera, me suda todo el cuerpo. No había planeado asistir a la reunión de padres. Y ahora estoy a punto de entrar por la puerta con la mochila del niño desaparecido en una bolsa de la compra de plástico. Seguramente sea mejor dejarla en el coche.

Aparcamos en un camino circular lleno de tantos todoterrenos de lujo que parece un concesionario. Aparece un aparcacoches que lleva puesto un cortavientos azul y le pide a Jenny las llaves con un gesto, a cambio de las cuales le entrega un papelito verde. La grava cruje amenazadoramente bajo nuestros pies mientras nos dirigimos a la puerta principal. Rezo en silencio para que Hope no saque a colación lo de que «Dylan y Alfie tienen una historia» delante de las otras madres.

En el porche, me vuelvo hacia Jenny, intentando evitar que la ansiedad se apodere de mi voz.

—Por cierto, ¿se ha puesto en contacto contigo la policía?

Jenny frunce el ceño.

—No. ¿Por qué iban a hacerlo?

—Bueno, para hablar con Max y Charlie, para ver si vieron algo.

Niega con la cabeza justo cuando se abre la imponente puerta principal. Una mujer corpulenta con cara de hacha de guerra nos mira.

—¿Nombres?

Hace una pausa para cotejar nuestras respuestas con su lista antes de hacernos pasar a un vestíbulo en penumbra. La casa huele a crisantemos recién cortados y a madera vieja. El suelo está cubierto de alfombras persas de tamaños extraños; las paredes están llenas de óleos de frutas y niños de mirada ausente. Jenny busca mi mirada y pronuncia en silencio la palabra «Espantoso».

Pese a los nervios, sonrío. Es verdad. Aquí, cuanto más viejo es el dinero, más apestoso el papel pintado, más apolillados los cojines y más penetrante la humedad. Un inglés verdaderamente pijo no necesita *Casa & Jardín*; el desaliño es su propio alarde silencioso.

Aparece un hombre regordete con un traje raído y nos hace un gesto para que le acompañemos. Jenny arquea una ceja mientras le seguimos por un largo pasillo.

—¿Es un mayordomo? —susurra.

Al final del pasillo, el hombre nos deja con una inclinación torpe.

—La salita —murmura antes de irse corriendo.

La habitación está pintada de color sangre seca y en ella hace al menos diez grados menos que en el resto de la casa. Hay colocadas hileras de sillas plegables para los padres. Delante se ve un atril de plexiglás, detrás del cual Nicola Ivy camina con nerviosismo. A su lado hay un agente de policía. La señora Schulz brilla por su ausencia.

—En parte reunión del consejo escolar, en parte ejecución pública —susurra Jenny mientras pasamos entre los padres hasta la última fila de sillas plegables, como dos alumnas que llegan tarde después de que suene el timbre.

Los demás padres se han organizado más o menos de acuerdo al rango social. Con la ausencia de los Risby, Allegra y Rupert se han colocado en primera posición y ahora ocupan los asientos de primera fila más cercanos al atril de la señora Ivy. Junto a ellos están Farzanah y su marido, Kyle, un escandaloso técnico canadiense. Hope y Karl Theodor están al final de la fila. Hope lleva unas grandes gafas de sol Jackie O., un vestido de cóctel negro y botas hasta la rodilla, como si asistiera al funeral de una de las Real Housewives. Me apostaría dinero a que ha llegado pronto solo para conseguir un asiento en la parte de delante. Pese a todo, le dedico una sonrisa algo más amistosa de lo habitual al pasar. Puede que la desprecie, pero no soy tan estúpida como para provocarla.

La señorita Ivy se aclara la garganta.

—¿Empezamos, pues?

El aura de frenesí que desprendía ayer ha desaparecido, sustituida por una profesionalidad serena y entrenada. Su pelo, normalmente alborotado, está amansado en un peinado elegante y lleva un sobrio traje pantalón azul marino que parece completamente nuevo.

Le doy un golpecito a Jenny.

—¿Soy yo o se ha dado un baño de resplandor?

Jenny asiente.

—Es probable que el colegio haya contratado un asesor de imagen. Supongo que en los próximos días aparecerá mucho en prensa.

En la parte delantera de la sala, la señora Ivy levanta la barbilla hacia una mesa plegable en la que hay sándwiches de huevo y portapapeles. Un hombre delgado con una desafortunada perilla y una mujer con un coletero de raso revolotean cerca. Sus ropas contienen demasiado poliéster para que sean padres del St. Angeles.

—Esos son relaciones públicas de crisis —susurra Jenny—, y probablemente legales.

En el momento justo, la señora Ivy dice:

—Elise y Alan trabajan para Banyon, una empresa contratada por la escuela para ayudarnos a responder a este incidente.

Elise y Alan saludan sombríamente y empiezan a repartir portapapeles y bolígrafos.

—Acuerdos de confidencialidad —susurra Jenny sin mirar siquiera las palabras escritas en las páginas.

Abro unos ojos como platos. El papeleo me aterroriza.

—¿Tenemos que firmar?

—Bien podríamos —dice Jenny, y destapa un bolígrafo mientras se encoge de hombros—. Aunque difícilmente nos pueden obligar.

—Soy consciente de que este es un día difícil —empieza la señora Ivy, hablando en un tono monótono preparado que sugiere que se ha aprendido de memoria esta parte del discurso—. Sé que tienen muchas preguntas. Por eso le he pedido al agente Thompson de la policía que nos acompañe. Ha prometido compartir toda la información que le sea posible.

El agente asiente y se acerca al atril. Parece un Idris Elba en versión barata, si Idris dejara de ir al gimnasio y empezara a comprar gafas de lectura en Poundland.

—Gracias, Nicola —dice el agente Thompson. Mira a la audiencia y evalúa a los padres—. Hace quince años que soy agente de enlace comunitario de la Policía Metropolitana y puedo decirles que días como este siempre son igual de difíciles.

Un murmullo de reconocimiento se extiende entre los padres.

—Sé que ahora mismo hay mucha preocupación. Frustración, incluso. Es comprensible. Pero les prometo una cosa: ustedes, la comunidad del St. Angeles, son mi absoluta prioridad. Mi colega, la agente Davis, les va a dar mi número privado.

Al fondo de la sala, una segunda agente, una mujer más joven a la que no había visto hasta ahora, se pone en pie y empieza a repartir tiras de papel. Los padres se relajan visiblemente. El trato especial siempre funciona con esta tropa.

—A cambio, he de pedirles a todos ustedes una cosa —dice el agente Thompson, haciendo una pausa para conseguir efecto—. Nada de medios de comunicación. ¿Que tienen una pregunta, un dato, una preocupación a media noche? Me llaman a mí, al agente Thompson. No al *Daily Post*, ¿de acuerdo? ¿Tenemos un trato?

Un coro de acuerdo revolotea entre los padres.

—Uh, es bueno —susurra Jenny—. Como ver desactivar una bomba a uno de esos tíos de *En tierra hostil*.

—Bien —prosigue Thompson—. Ahora que hemos dejado eso claro, permítanme explicarles qué tenemos delante. Después responderé a sus preguntas.

Thompson hace una pausa, toma un sorbo de agua y luego empieza a exponer los hechos del caso.

—Como sin duda saben, un alumno desapareció el viernes durante una excursión escolar al Centro de Humedales de Londres. Por desgracia, su desaparición no se confirmó hasta que el autocar estuvo de regreso en la escuela, aproximadamente a las catorce horas.

Me muevo en mi asiento, incómoda, con la esperanza de que nadie mencione que se pasó lista en el autobús o que Dylan y Alfie iban juntos. Miro de reojo a Hope, deseando mentalmente que mantenga la boca cerrada.

Thompson continúa:

—Las imágenes de videovigilancia del aparcamiento muestran que el autocar llegó hacia las once de la mañana. El periodo que se investiga es entre las once cuarenta y cinco, cuando los chicos se dispersaron para empezar la tarea de observación de aves, y aproximadamente las dos cuarenta de la tarde, cuando la policía acordonó la entrada al Centro de Humedales.

Thompson levanta la mirada hacia el fondo de la sala.

—Agente Davis, el mapa, por favor.

La policía más joven empieza a arrastrar hacia delante un caballete con fotografías aéreas del Humedal, movimiento que queda entorpecido por las alfombras. Thompson se saca un puntero láser del bolsillo y señala un área grande en el mapa.

—El radio de búsqueda es de casi cuarenta hectáreas. La mayor parte es agua. Tenemos cuatro embalses principales, además del río Támesis, que conforma el límite oriental de la propiedad. Ya tenemos varios equipos de buzos en la zona. Si el desaparecido está en el agua, lo encontraremos.

Un silencio contenido invade la sala mientras los padres asimilan lo que implica esta frase.

Thompson se guarda el puntero láser en el bolsillo.

—Entenderán que no pueda revelar detalles de una investigación en curso. Pero parte de mi trabajo es intentar tranquilizarles a ustedes, la comunidad. Así que, si tienen preguntas, haré lo posible por responderlas ahora.

Veinte manos se levantan al aire, incluida la de Jenny. Thompson parece desconcertado, como si no hubiera anticipado tanta participación por parte de los padres.

—Bien —dice—. Me alegra ver tanto entusiasmo. A ver...

Jenny me da un codazo.

—Levanta la mano.

—¿Yo? —Preferiría que me hirvieran viva antes que hacer una pregunta y darle a las otras madres más razones para criticarme—. Nah, tira tú. No se me da bien hablar en público.

Jenny pone los ojos en blanco.

—Pues me cedes el turno a mí. Pero levanta la mano.

Thompson escanea la multitud.

—Muy bien, empecemos por delante. Eh..., sí, usted, el caballero de la chaqueta de tweed.

El esposo de Allegra, Rupert, se alza, moviéndose incómodo en sus mocasines marrones. Tiene la postura de un académico y conserva un aura ligeramente encorvada incluso estando de pie.

—Soy Rupert Armstrong-Johnson. Soy el padre de... Wolfie. En fin, me preguntaba sobre las cámaras de videovigilancia. Si las cámaras han dado alguna pista interesante, por así decirlo.

Thompson asiente.

—Gracias por su pregunta. Lamentablemente, hay muy poca cobertura de videovigilancia dentro del parque. Casi nada, de hecho, aparte de la cámara para las garzas. Pero tenemos imágenes del aparcamiento y de la cafetería.

Jenny me pincha en las costillas con el dedo.

—¿Cámaras de videovigilancia? ¿Qué clase de pregunta es esa? —sisea—. ¡Lo que yo quiero saber para empezar es cómo puede ser que el colegio perdiera un niño!

El marido de Farzanah, Kyle, interviene inmediatamente sin levantar la mano. Kyle era un vendedor de software de nivel medio que se convirtió en millonario de la noche a la mañana cuando la empresa de apuestas deportivas en línea para la que trabajaba salió a bolsa. Ahora pasa su tiempo libre dando charlas TED no remuneradas y tratando de que le contraten en Bloomberg TV. Esta tarde lleva puesto un atuendo de tenis completamente blanco, tan sumamente inapropiado que parece un gesto de ostentación.

—¿Qué hay de los drones? —ladra Kyle.

—Perdón, no entiendo —responde Thompson.

Kyle no puede estar más encantado de explicarlo.

—Una de mis empresas emergentes…, yo soy lo que llaman un inversor ángel…, está desarrollando unos drones con infrarrojos. Arrasan con la basura china. Aunque todavía no están oficialmente en el mercado, debido a algunos problemas de normativa, podría mover algunos hilos.

Thompson frunce el ceño.

—Eh…, es interesante. Gracias, señor. Quizá podamos hablarlo después.

Kyle asiente con confianza, levantando la barbilla.

—Lo que podamos hacer para ayudar, amigo.

A mi lado, Jenny hierve de rabia.

—¿Esto va en serio? ¡La escuela perdió a un niño! ¿Por qué están todos en plan… útil?

Carraspeo.

—Por las pruebas de admisión, seguramente.

—¿Qué?

Me cubro la boca con la mano y bajo la voz.

—O sea, el examen es importante, pero la recomendación de la señora Ivy sigue contando mucho. Nadie quiere arriesgarse a perder el colegio de primera elección de su hijo.

Jenny pone los ojos en blanco, indignada, y levanta la mano más alto, pero ya es demasiado tarde. El marido de Hope, Karl Theodor, está alzándose lentamente. Karl Theodor es uno de los Papás Mayores, un grupo de hombres de aspecto desgastado que van por su segunda o tercera esposa y que rara vez aparecen en los actos escolares y, cuando lo hacen, parecen vagamente confundidos y empiezan a repartir caramelos de azúcar y mantequilla. Casi se le oye la artritis al ponerse de pie.

—¿Y qué pasa con ese conserje? —suelta Karl Theodor—. El rumano ese, el señor Papa… sozy, ¿no? Ese tipo siempre me ha dado una, bueno…, ya se sabe, es una cultura diferente. Tienen valores diferentes.

Hope se pone del color de mi pintalabios Mac favorito y golpea a su esposo en el brazo con su bolso Fendi baguette.

—¡Siéntate ahora mismo! —le sisea.

Karl Theodor se encoge de hombros, desconcertado.

—¿Qué pasa? ¿Se supone que no he de decirlo?

En la parte delantera de la sala, Thompson ya está desviando la conversación con habilidad.

—Gracias, señor —dice, juntando las manos—. Puedo asegurarles que todo el personal será entrevistado a su debido tiempo. ¿Qué tal si escuchamos ahora a algunas de las madres?

Desde la primera fila, Farzanah levanta dos dedos en el aire, como si estuviera pidiendo la cuenta al camarero. Se pone de pie y se presenta como «doctora Khan». Hope deja escapar un gemido audible.

—Solo una pregunta —dice Farzanah. Su piel está tan radiante que parece que lleve consigo su propio aro de luz—. ¿Es cierto que encontraron sus botas de agua?

A Thompson le cambia el gesto. Si pensaba que las madres iban a ser más fáciles de manejar, le han fallado los cálculos.

—Perdone, ¿dónde ha oído eso? —dice, cambiando de postura.

Farzanah se coloca un mechón de su pelo increíblemente brillante detrás de una oreja, dejando a la vista un solitario de diamantes del tamaño de una bola de chicle.

—Un viejo amigo mío del colegio es subdirector del *Times*. ¿Es cierto?

Thompson parece inquieto.

—Bueno, eh... —Hace una pausa y se sube las gafas—. Puedo confirmar que hemos recuperado varios objetos que creemos que podrían haber pertenecido al chico. Sin embargo, no puedo decir nada definitivo en este momento.

Un silencio lúgubre se apodera de los padres. Farzanah se sienta y consigue parecer elegante en su silla plegable. Al instante empieza a escribir un mensaje en su teléfono.

Jenny reanuda el lanzamiento de su mano al aire, justo cuando Hope se pone de pie en primera fila, claramente ansiosa por expiar los comentarios de Karl Theodor.

—Buenas —dice con el acento australiano que nunca ha perdido del todo—. Soy Hope Grüber, de la Asociación de Madres y Padres de Alumnos. Tengo tres hijos en el St. Angeles, así que supongo que podría decirse que este colegio es como parte de la familia. —Lanza una mirada de reojo a la señora Ivy—. Y me pregunto, en un momento tan difícil, ¿qué podemos hacer para ayudar?

En el rostro del agente Thompson se dibuja una expresión de alivio. Eso está mejor.

—Muchas gracias, señora Grüber. Se lo agradezco. Debido a la naturaleza de la zona de búsqueda, me temo que no podemos permitir voluntarios sobre el terreno. Sin embargo, hoy al atardecer vamos a celebrar una vigilia en la puerta del colegio. Sería estupendo que nos mostrara su apoyo allí.

Hope sonríe y Thompson mira su reloj, murmurando algo sobre que se está acabando el tiempo. Suspiro aliviada. La reunión está a punto de terminar y el nombre de Dylan no ha salido ni una vez.

Sin embargo, Jenny no ha terminado. Levanta la mano hacia el techo y la agita con insistencia. Al no verla Thompson, se pone de pie.

—Jenny Choi —dice con la voz cargada de electricidad. Todos se giran y estiran el cuello para ver de dónde proviene la voz—. Mi pregunta es para la señora Ivy. Me pregunto cómo puede ser que el autobús regresara al colegio sin Alfie. En términos de logística. ¿No contaron a los niños?

Una expresión amarga cruza el rostro de la señora Ivy y un murmullo recorre al grupo, como una aleta de tiburón que corta la superficie del océano.

Thompson frunce el ceño.

—Yo me encargo de esta, Nicola. ¿Cómo ha dicho que se llamaba?

—Jenny. Jenny Choi.

—Bien. Señora Choi. Entiende que el objetivo de este ejercicio no es repartir culpas, ¿verdad?

Jenny carraspea, sin dejarse intimidar.

—Lo reformularé. ¿Existe una amenaza activa para la seguridad de nuestros hijos?

Thompson lanza una mirada nerviosa a la señora Ivy antes de responder.

—Bueno, señora Choi, creemos que se trata de un… incidente aislado. Es lo único que puedo decir.

Jenny no está satisfecha.

—Bueno, me gustaría saber qué medidas están tomando...

Thompson se aclara la garganta.

—Bien. Me temo que se nos ha acabado el tiempo. Espero verlos a todos esta noche en la vigilia. Cuídense, estén atentos y, recuerden: nada de medios de comunicación.

Jenny sacude la cabeza con los ojos brillándole de rabia. Me da un toque en el hombro con el dedo.

—Larguémonos de aquí —dice, indicando la puerta con un gesto brusco de la cabeza—. Qué pantomima más inútil.

Una vez fuera, Jenny arranca la llave de las manos del aparcacoches y cierra su puerta de un golpe fuerte.

Se abrocha el cinturón de seguridad y se gira hacia mí, con el rostro encendido de rabia.

—Están ocultando algo. O sea, es obvio, ¿no? Esa empresa de relaciones públicas de crisis, un enlace comunitario específico... Pasa algo.

Me muerdo el labio y miro por la ventanilla. Ahora está lloviendo. Los otros padres se apresuran hacia sus coches para no mojarse.

—¿Por qué hacernos venir hasta aquí y luego no decirnos nada? ¡Y por qué tiene mayordomo la directora de un colegio! —Saca su vapeador de la guantera—. Te digo una cosa: si hay algo que no soporto en absoluto es que me mientan.

Ahí está. Esta es mi oportunidad. Fijo la mirada en el rostro sincero de Jenny y hago un último intento de salvar a mi hijo.

—¿Sabes? Tal vez deberíamos investigar todo este asunto de Alfie —digo, cuidando de no demostrar lo mucho que me importa en realidad—. Porque tienes razón. Aquí hay algo raro. Y, como has dicho, la Policía Metropolitana es incompetente. ¿No se merece Alfie una búsqueda de verdad? —Al ver que no responde, añado—: Podría haber sido uno de nuestros hijos.

Jenny mira por el parabrisas, perdida en sus pensamientos.

—Has de saber —dice sin mirarme— que cuando hago algo me entrego por completo. Me comprometo. Y gano.

Asiento vigorosamente.

—Ah, totalmente, yo lo mismo. Me encanta ganar.

No parece convencida.

—¿Estás segura de que quieres hacerlo? Una investigación de personas desaparecidas requiere mucho trabajo. Empezaríamos desde cero.

Mi corazón empieza a latir con fuerza.

—¿Eso es un sí? ¿Estás diciendo que sí?

Jenny se gira para mirarme y sus ojos oscuros se clavan en los míos.

—¿Y tu trabajo? ¿Puedes tomarte el tiempo libre?

—¿Mi trabajo? Oh, de hecho no… —empiezo a decir, pero me detengo—. Sí. Claro. Tengo tiempo libre.

—Una semana —dice finalmente Jenny—. Y más vale que nadie acabe detenido.

16

Vamos por la autopista de regreso a Londres. Ha dejado de llover. Medio arcoíris apagado se ha alojado entre dos nubes. Deseo desesperadamente que sea una señal, pero no soporto hacerme ilusiones después de la aplastante decepción de las últimas veinticuatro horas.

—Empezaremos con entrevistas —dice Jenny mientras echa un vistazo por el retrovisor—. Hablar con las personas más cercanas a él. Amigos, profesores. ¿Tienes una lista de clase? A mí no me han dado ninguna.

Trago saliva. La bolsa de la compra con la mochila de Alfie está apoyada contra mi pierna, y parece como si estuviera llena de desaprobación.

—Eh... Tendría que mirarlo.

Jenny asiente.

—Ah, y tenemos que hablar con la señora Schulz. Es extraño que no estuviera en la reunión de padres, ¿verdad?

—Sí. ¿Por qué será?

Jenny cambia de carril sin dejar de hablar.

—Aunque lo de las botas de agua es interesante, ¿no?

—¿Qué quieres decir?

—Bueno, no es probable que se quitara los zapatos. Los fugitivos no suelen hacerlo. Además, ¿no dijiste que la familia del chico era rica?

—Uy, sí. ¿Los Asados Risby? Son como la familia Kennedy de las cenas ultracongeladas.

Jenny levanta las cejas y asiente, como si acabara de confirmar sus peores temores.

—¿Has oído hablar del secuestro tigre?

—¿Del qué?

Baja la voz, a pesar de que estamos solas en el coche.

—Básicamente, es la peor pesadilla de una compañía de seguros. Primero secuestran a alguien a quien amas, lo cogen como rehén. Luego te obligan a cometer otro delito y utilizan a tu ser querido como garantía.

—No lo entiendo. ¿Por qué no cometer el crimen tú mismo desde el principio?

—Hay cosas que cuesta hacer desde fuera.

—¿Como qué?

Se encoge de hombros.

—No sé. ¿Robar códigos nucleares?

—¿Crees que a Alfie le han hecho un secuestro tigre por códigos nucleares?

Jenny frunce el ceño.

—No, claro que no. Solo estoy haciendo una lluvia de ideas. Pero después de esa pequeña actuación, estoy convencida al cien por cien de que el colegio, esa señora Ivy, oculta algo. Es que no…

Le suena el móvil. Jenny mira hacia abajo, aparta la vista de la carretera y nos desviamos ligeramente a la izquierda.

—¡Argh! —Lee el mensaje y golpea el volante con las manos—. Belinda tiene que irse. Voy a tener que pasar por casa a recoger a los niños.

—¿Belinda? ¿Es tu, eh…, compañera?

—Belinda es la niñera —dice Jenny con un suspiro—. No puedo dejar a los niños solos en casa, ¿verdad?

Fuerzo una carcajada.

—Claro que no. Es solo que he pensado que quizá tendrías… a alguien.

Jenny niega con la cabeza.

—No. Vuelo sola. Los niños fueron un regalo que me hice por mi treinta y seis cumpleaños. Justo después de que me hicieran socia.

—Ah, vaya, así que eres mucho mayor que… —me callo—. Es decir, así que también eres madre soltera.

Jenny le da al intermitente y asiente.

—Sí. Es mucho, ¿verdad? Hay días que me pregunto si… —Su pensamiento se ve interrumpido por su teléfono, que vuelve a sonar. Mira hacia abajo, distraída.

—Perdona, pero voy a tener que acelerar un poco.

La casa, explica Jenny, es un alquiler subvencionado por la empresa. Se acaba de mudar, de ahí todo el «desorden». Aparcamos delante de una imponente hilera de casas adosadas georgianas de cuatro pisos que está a la vuelta de la esquina del St. Angeles. Jenny aprieta un botón que hay en el volante y la puerta de la entrada se abre automáticamente.

—Joder, tía. ¿Qué clase de abogada eres?

Jenny frunce el ceño.

—Ya te lo he dicho, trabajo en una corporación…

—¡Cállate y acepta un cumplido!

—Ah —dice ella, nerviosa—. Vale. Gracias.

Le da una última calada a su vapeador, lo tira en la guantera y luego me lanza una mirada severa.

—Los niños no lo saben, ¿vale? Es mi único vicio. Nunca fumo delante de ellos.

Hago el gesto de cerrarme los labios como si fueran una cremallera.

—Tu secreto está a salvo conmigo.

A lo largo de la calle hay decenas de furgonetas de la prensa con antenas parabólicas alineadas alrededor del perímetro de la escuela, en previsión de la vigilia.

—¿Quieres esperar en el coche? —dice Jenny—. ¡Iré rápido!

«Ni hablar», pienso. Jenny lleva pocas semanas en este país; probablemente todavía tenga todo tipo de buenas recetas norteamericanas en sus armarios. Mataría por un Xanax ahora mismo.

—De hecho, tengo muchas ganas de ir al baño —digo, descruzando las piernas—. ¿Te importa si entro?

En el interior, la casa está aún más inmaculada de lo que esperaba. En la moqueta pálida se ven líneas de haber pasado el aspirador y no hay ni una caja de mudanza a la vista.

—Perdona tanto beige —dice Jenny con una mueca—. Es el mobiliario que pone la empresa, ya sabes. El baño de invitados está al final del pasillo. No tardo ni un minuto.

No puedo creer la suerte que tengo: estoy sola en casa de Jenny.

La primera puerta que abro resulta ser una especie de vestidor. Inspiro hondo y asimilo el olor a cedro y lana. A mi alrededor hay estantes y estantes de portatrajes de Celine, pantalones de sastrería de Joseph, abrigos de lana de Row. Todo andrógino, chic corporativo y, de todo, lo mejor.

Me miro en el espejo triple: mi plumífero naranja, un top corto brillante y extensiones de pelo rubio miel hasta el sujetador. Cuando me vestí así esta mañana me sentí divertida, juguetona, pero ahora de repente me siento como una muñeca trol desaliñada.

Me invade una tristeza desgarradora, por motivos que no sé explicar del todo. No es tanto celos como un recordatorio de que hay otro terreno de juego y yo no estoy en él.

Cierro la puerta del vestidor y voy directa al baño, pero el botiquín de Jenny está decepcionantemente vacío. Solo hay un vial naranja de Lexapro, un tubo de protector solar de graduación médica y un Waterpik. Vaya mierda.

Me lavo las manos dos veces con su elegante jabón Aesop y luego me siento en el borde de la bañera mientras refresco el *Daily Post* en mi teléfono.

SE CREE QUE LAS BOTAS ENCONTRADAS EN EL HUMEDAL PERTENECEN AL NIÑO DESAPARECIDO

¡25 HORAS DESAPARECIDO!, grita el teletipo rojo intermitente de la parte inferior. Vuelvo a notar la sensación de mareo en la boca del estómago.

Cuando vuelvo al salón, Jenny da golpecitos impacientes con el pie. A su lado hay dos niños morenos con abrigos azul marino a juego.

—Max, Charlie, ¿qué se dice? —les pregunta Jenny.

—Encantado de conocerte —corean los niños al unísono.

Seré sincera: no me gustan los gemelos, y menos aún los idénticos. Me ponen los pelos de punta.

—Eh..., hola, chicos —balbuceo—. ¿Listos para la vigilia?

«"¿Listos para la vigilia?" ¿De verdad que acabo de decir eso?».
Jenny frunce el ceño y se echa el bolso al hombro.

—¿Nos vamos?

Llegamos a la puerta del colegio justo cuando el sol de invierno se
dispone a ocultarse tras el horizonte. Los gemelos caminan detrás de
nosotras, enfurruñados porque Jenny se ha negado a dejarles traer
sus iPads. («¡No, no podéis jugar a Minecraft durante la vigilia por
vuestro compañero desaparecido!»).

Se me hace extraño asistir sin Dylan, y por un instante me pregunto si ir sin él parece sospechoso, como si estuviéramos ocultando
algo. Pero es lo mejor. Después de todo, todavía llevo conmigo la
bolsa verde de la compra con la mochila de Alfie. Lo que no es precisamente lo ideal. Además, ¿y si Hope intentara interrogar a Dylan
delante de todos? ¿Y si Dylan hiciera un chiste torpe e inoportuno
y las otras madres se abalanzaran sobre él? No, está más seguro en
casa de Will. «Ojos que no ven, corazón que no siente».

Delante de la puerta del colegio, decenas de personas se arre-
molinan con carteles hechos en casa con la cara de Alfie. La señora
Dobbins está allí, envuelta en un abrigo de maternidad del tamaño
de un saco de dormir y sentada en una silla de camping.

—Qué concurrido —dice Jenny, con un silbido. Detrás de ella,
los gemelos juegan a darse golpes muy fuertes en la espalda y luego
partirse de risa.

—¡Niños! —dice ella, tajante.

Los medios de comunicación han sido apartados a un lado,
separados de los asistentes a la vigilia por un cordón metálico que
parece que va a saltar por los aires en cualquier momento. Las cámaras de la prensa apuntan expectantes a un atril de madera enmarcado
por grandes carteles con la foto escolar más reciente de Alfie. La
ominosa palabra «DESAPARECIDO» aparece impresa en rojo sobre su cabeza. Al mirarla se me erizan los vellos de los brazos.

Observo a la multitud. Ya casi ha oscurecido y hace mucho
frío. Ojalá fuera abrigada.

Jenny me da un codazo.

—Mira —dice señalando hacia la puerta del colegio.

Sigo su mirada. Dentro de la verja hay dos mujeres acurrucadas junto a los aparcabicis que mantienen lo que parece una tensa conversación. Una de ellas es sin duda la señora Schulz. Reconocería esos notables zapatos marrones en cualquier sitio. La otra está de espaldas a nosotras y agita las manos furiosamente.

Se me abren unos ojos como platos.

—Vamos, a ver si podemos acercarnos.

—¡Niños! —ladra Jenny, haciéndoles un gesto para que la sigan.

Los cuatro nos abrimos paso a empujones entre un mar de cuerpos, hasta llegar a la pared del colegio, en el lugar donde la obra de ladrillos se encuentra con la verja de hierro.

La silueta se gira. Es Nicola Ivy. Tiene la cara lívida y señala a la señora Schulz con un largo dedo enguantado en cuero.

—Sigo sin oír nada —susurro, esforzándome por distinguir algún fragmento de su conversación. Antes de que podamos acercarnos, algo me roza el hombro. Me doy la vuelta y veo a Hope Grüber, que me sonríe.

—¡Aquí estás! —cacarea, como si acabara de ganar una larga partida al escondite—. Pero ¿dónde está Dylan? —añade con preocupación fingida.

Trago saliva, intentando parecer relajada.

—Con su padre. En Hertfordshire.

—Bueno, en ese caso… —Hope se vuelve hacia Jenny—. Nunca se me ocurriría pedirle esto a una madre de gemelos, sé que estás muy ocupada esta tarde, pero esperaba que Florence pudiera ayudarnos en la mesa de las velas. ¿Te importa?

Jenny frunce el ceño.

—¿Por qué no se lo preguntas tú misma?

Hope continúa, aún hablando con Jenny:

—Verás, lamentablemente hoy nos falta una madre. A Farzanah, o debería decir la «doctora Khan», la han llamado del trabajo. Por una urgencia dermatológica, aunque parezca increíble.

Hope cruza los brazos y al fin se dirige a mí.

—Es que las otras madres necesitan estar con sus hijos esta tarde. Lo entiendes, ¿verdad?

Antes de que pueda responderle, me pone una mano con la manicura francesa hecha sobre el hombro y empieza a arrastrarme a la fuerza hacia una mesa plegable de madera. La bolsa de la compra me golpea las pantorrillas. Allegra Armstrong-Johnson está sentada detrás de la mesa, colocando velas LED de plástico en unas hileras bien ordenadas. Lleva el pelo castaño recogido en un moño bien arreglado y frunce el ceño mientras cuenta en voz baja.

—Ay, hola, Florence —dice con voz sorprendida—. Creo que he conseguido poner todas las pilas. —Se recuesta en la silla—. ¿No ha venido Dylan?

—Está con su padre.

Meto la bolsa debajo de la mesa y me desplomo en una silla plegable a su lado. Maldita Hope. Lo estropea todo.

—¿No deberías estar en tu granja de caballos?

Allegra frunce el ceño.

—¿Granja de caballos? Ah, te refieres a los establos Norfolk. —Sacude la cabeza—. ¡No podría! No cuando Cleo… ¿Sabes que somos amigas desde que teníamos once años? Uno nunca imagina… —Se le entrecorta la voz y los ojos se le llenan de lágrimas—. Toda esta situación es espantosa.

Asiento con un gruñido mientras busco entre la multitud a la señorita Ivy o a Jenny y los gemelos, pero todo el mundo se ha fundido en una masa de cuerpos imposibles de distinguir, todos bien tapados con abrigos gruesos, gorros y bufandas.

Allegra se aclara la garganta.

—Le decía antes a la señora Ivy que quizá a algunos de los chicos les gustaría venir a Norfolk para hacer terapia equina. Es milagroso lo que consiguen unas horas con un caballo. ¿Podría interesarle a Dylan?

Me estremezco. Es una trampa, seguro.

—Pues…, eh…

Antes de que se me ocurra una excusa regresa Hope.

—¡Ya es la hora! ¿Están listas las velas? —ladra—. Estamos a punto de empezar.

En la mesa se forma una cola de padres y Allegra se afana a repartir las velitas. Me recuesto en la silla y empiezo a darle al botoncito de encender y apagar de una vela de plástico hasta que se acaba la pila.

Finalmente, tras lo que parece una eternidad, empieza la vigilia. Hope se acerca al micrófono y un silencio expectante se apodera de la multitud.

—Buenas tardes —dice Hope, con la voz ligeramente tembloresa—. Estoy aquí hoy no solo como su presidenta de la Asociación de Madres y Padres de Alumnos, sino también como amiga personal de Cleo Risby.

—Ya le gustaría —murmuro, y por el rabillo del ojo veo a Allegra reprimir una sonrisa. Mmm. Quizá me haya hecho una idea equivocada de ella. Tal vez tenga sentido del humor, después de todo.

Hope continúa hablando.

—Alfie Risby es un miembro muy querido de la comunidad del St. Angeles. Todo el que lo conozca se lo dirá: Alfie tiene algo especial. —Hace una pausa para dejarnos aplaudir la profundidad de sus palabras—. El color favorito de Alfie es el azul. Por favor, únanse a la familia del St. Angeles vistiendo de azul hasta que Alfie regrese a su casa sano y salvo.

El sol se ha puesto por completo. En la oscuridad, mi mente vaga hacia Dylan. ¿Qué estará haciendo ahora con Will y Rose? ¿Me echará de menos? ¿Estará asustado?

Hope ha acabado por fin. Un coro de la escuela hermana del St. Angeles, el Lady Margaret, se adelanta y comienza una interpretación a capela de «Amazing Grace», y sus pequeñas voces de soprano resuenan en el aire frío de la noche.

«Una vez me perdí, pero ahora me he encontrado».

Confieso que la letra cae de otro modo con un niño desaparecido de por medio. El efecto es inquietante y extrañamente conmovedor. Me muerdo el labio, decidida a no llorar en público.

La segunda estrofa se ve interrumpida por el chirrido de unos neumáticos. Una berlina oscura de lujo avanza rugiendo por la calzada, violando flagrantemente la norma de no pasar por la calle. La puerta del coche se abre de golpe y la multitud se abre como el Mar Rojo. Del coche bajan cuatro personas: primero un guardaespaldas, luego un hombre de mediana edad con aspecto de abogado y, por último, los padres de Alfie.

Mientras Rollo y Cleo caminan hacia el podio, la multitud empieza a aplaudir. Al principio suavemente, y luego más fuerte, un estruendoso torrente de apoyo. Al otro lado de la barrera de prensa, cientos de lentes de cámara zumban al unísono, enfocando para capturar la imagen que más venderá: los devastados padres del niño desaparecido, suplicando al público.

El abogado da unos golpecitos al micrófono.

—La familia quiere decir unas palabras.

Rollo Risby es el primero en acercarse al podio y me da un vuelco el corazón. No se parece en nada al hombre al que golpeé en la fiesta de Navidad: tiene la cara demacrada y apagada, consumida por el dolor.

A Cleo se la ve aún peor. Su cabello ha pasado de rubio a blanco en una noche y forma un halo etéreo alrededor de su rostro atormentado. Rollo da una palmada sobre el hombro del abogado en señal de agradecimiento. Luego se gira hacia la multitud y agarra el atril con ambas manos.

—Lo que ocurrió ayer es la peor pesadilla de cualquier padre. Mi único hijo, desaparecido. —Hace una pausa y se saca del bolsillo del abrigo una hoja con anotaciones—. Si tienen alguna información, por pequeña que sea, pónganse en contacto con la policía, por favor. Hemos establecido una línea de ayuda específica, atendida las veinticuatro horas por voluntarios. Les aseguro que su llamada puede mantenerse en el más absoluto anonimato. —Rollo hace una pausa, tratando de contener la emoción—. Alfie, colega. No pararemos hasta encontrarte.

La multitud rompe en un aplauso estruendoso. Las cámaras de los noticieros disparan. Rollo se seca una lágrima.

Entonces, Cleo se acerca al micrófono tambaleándose. Siempre ha sido delgada, pero esta noche parece absolutamente esquelética; el abrigo le cuelga de los hombros huesudos, como si cada gramo de carne hubiera desaparecido junto con su hijo.

—Buenas noches —murmura. Mira al mar de rostros con una expresión de búsqueda, como si su hijo pudiera estar escondido entre la multitud.

—Alfie —empieza, y se le quiebra la voz. El abogado se le acerca y le pone una mano en el brazo.

—No pasa nada —dice el hombre—. Es duro.

—No —jadea Cleo, y se retuerce para apartarse—. Necesito decirlo.

Se aclara la garganta.

—Si lo tienen —dice con el rostro distorsionado por la angustia—, devuélvanlo. Haré lo que sea. Lo que sea. —Se gira hacia las cámaras—. ¿Lo entienden? Lo que sea. Si lo hacen por dinero, pongan el precio.

Rollo se le acerca rápidamente, intentando intervenir, pero Cleo lo aparta a él también.

—Devuélvanlo. —El sonido que sigue es el peor que he escuchado en mi vida: un lamento grave y triste, como de un animal moribundo. Cleo se desploma sobre el atril, que cede bajo su peso y se estrella contra el suelo. Rollo corre a ayudarla mientras las cámaras capturan cada segundo, inhalando el crudo dolor.

No es que yo simpatice mucho con Cleo Risby, pero esto es demasiado. Demasiado real. Las lágrimas calientes me arden en los ojos. Empujo mi silla hacia atrás y me levanto de un salto, casi olvidando la bolsa de la compra.

—¿Dónde vas? —pregunta Allegra—. Tenemos que recoger las velas cuando esto termine.

Cojo la bolsa y paso junto a ella sin responder. Huyo del colegio y de los motores de las unidades móviles. Las súplicas desesperadas de Cleo resuenan en mis oídos: «Haré lo que sea, lo que sea». Sé exactamente cómo se siente.

Giro a la derecha, luego a la izquierda, y luego otra vez a la derecha. Las hojas secas crujen bajo mis pies mientras doblo la esquina. Las calles están inusualmente vacías. Todas las casas ante las que paso tienen las persianas cerradas. La voz de Linh resuena en mi cabeza. «¡El estrangulador se está envalentonando!». A lo lejos, el tubo de escape de un coche hace ruido y doy un salto.

Cuando finalmente levanto la vista, estoy en una especie de plaza ajardinada iluminada por el tenue resplandor de las farolas. El sonido del llanto de Cleo todavía me retumba en los oídos. Y se va haciendo más fuerte. «¿Estoy teniendo alucinaciones?». Ahora el llanto me rodea. Pero ¿qué demonios?

Me giro rápidamente, intentando identificar de dónde proviene. Mis ojos se detienen en una silueta que está desplomada en un banco del parque. Tiene la cara oculta por un gran pañuelo blanco, pero la corona de cabello cano encrespado me resulta extrañamente familiar.

—¿Señora Schulz?

Se sobresalta al oír mi voz.

Me acerco más a ella.

—Soy yo. Florence. La madre de Dylan.

La señora Schulz entrecierra los ojos en dirección a mí y frunce el ceño.

—Ah, sí. Sí. El niño de la tortu... —Se detiene—. Sí, ya sé quién es.

—¿Se encuentra bien? —pregunto suavemente.

—Debería regresar —dice, pero no se mueve. Una sirena aúlla en la distancia, ahogando por un instante el sonido de un helicóptero que pasa sobre nosotras.

Me siento junto a ella. El banco es duro y está algo húmedo. Es un lugar extraño para ponerse a sollozar.

—¿Por qué llora?

La señora Schulz me mira.

—Conozco a la familia Risby desde hace cincuenta años. Medio siglo. ¿Se lo imagina?

Me observa por encima de sus gafas redondas como de búho, como si me viera por primera vez.

—¿Qué hace usted aquí? ¿Por qué no está en la vigilia con las otras madres?

Hago una pausa. Más vale ser sincera.

—El discurso de Cleo. Ha sido... demasiado.

Los ojos de la señora Schulz se abren más. Puedo ver girar los engranajes en su cabeza.

—Un momento. ¿No es usted la que intentó algo con Rollo en la Gala de Recaudación de Fondos de las Vacaciones hace unos años? —Me repasa con la mirada, evaluándome—. Sin duda es usted su tipo, ¿verdad? Sí, supongo que eso hace que todo esto sea un poco incómodo.

Me ruborizo.

—No fue así en absoluto. ¿Quién le ha contado eso?

—Uy, se sorprendería de cuántas cosas oye por casualidad una vieja como yo. —Echa un vistazo por encima del hombro—. Debería regresar. Nicola me querrá cerca. —Se levanta y se alisa el abrigo con la mano—. Puede que necesite a alguien que le lleve el bolso.

El sarcasmo me toma por sorpresa. ¿Quién hubiera pensado que formaba parte de ella?

—Vi cómo le gritaba.

—Sí, bueno. Es un momento difícil. Sobre todo para una nueva directora ambiciosa que acaba de perder al alumno más destacado de la escuela.

—Sabe, Jenny y yo…, la verdad es que estamos intentando averiguar qué le ha pasado. A Alfie.

La señora Schulz arruga la nariz.

—¿Qué, como detectives? Ay, ustedes los norteamericanos. Siempre creen que pueden arreglarlo todo.

—Tal vez podría ayudarnos. Usted sabe más que nadie sobre esta escuela —añado rápidamente—. Dudo incluso que la señora Ivy sepa los nombres de todos los niños.

La señora Schulz se guarda el pañuelo en el bolsillo del abrigo y suspira.

—Bueno, en eso no se equivoca.

—¿Qué tal si la acompaño de regreso a la vigilia? Podría contarme lo que sabe sobre los Risby.

La señora Schulz chasquea la lengua.

—Creo que no, querida.

Se me hunden los hombros. Pues claro que no iba a ser tan fácil. Hago un esfuerzo mental por pensar en algo que pueda atraerla. ¿Qué les gusta a los ancianos británicos?

—¿Qué me dice de un té? —Sale disparado de mi boca antes de que pueda siquiera pensarlo bien.

La señora Schulz se detiene. Casi puedo oír los engranajes girando de nuevo en su cabeza.

—¿Un té?

—Sí. Como el té de la tarde. El té del resopón. Como sea que lo llamen. Donde a usted le vaya bien.

—Bueno, bueno… —dice, frunciendo los labios como si ya pudiera saborear los bollitos—. Me encanta un buen té con bollitos. Y el Ritz ofrece una oferta encantadora.

—Hecho —digo rápidamente, antes de que cambie de opinión—. ¿Mañana a la una?

—¿A la una? ¿Para un té de la tarde? —Se ríe, un sonido agudo y chirriante como tiza rechinando en una pizarra—. Ay, no, querida. Un buen té de la tarde se sirve a las cuatro.

—De acuerdo. A las cuatro. Nos veremos allí —me apresuro a convenir.

—Reserve con antelación, querida —dice mientras se aleja—. El Ritz siempre se llena los fines de semana.

Regreso a un piso en silencio. Adam debe de haber salido; su destartalado Volkswagen Polo blanco no está aparcado en nuestra calle. Me ha dejado una nota en la puerta: «Las tuberías deberían estar despejadas, pero no tires por el fregadero nada que no sea agua».

Meto la bolsa de plástico con la mochila de Alfie debajo del fregadero. No es lo ideal, pero ya pensaré en un plan mejor por la mañana, cuando haya dormido. Me dejo caer en el sofá y le envío un mensaje a Jenny con las buenas noticias sobre la señora Schulz. Espero que me felicite o al menos se emocione, pero, en lugar de eso, parece recelosa.

¿LA SEÑORA SCHULZ? ¿LA SUBDIRECTORA? ¿POR QUÉ IBA A HABLAR CON NOSOTRAS?

Su reacción me molesta y me pongo a la defensiva al instante. «¿Por qué nada de lo que hago le parece nunca bien a nadie?».

NO SÉ. PUEDE QUE SE SIENTA MAL POR TODO LO QUE HA PASADO. EN CUALQUIER CASO, ES UN COMIENZO.

Enciendo la tele, ansiosa de algo que me distraiga. La casa se nota vacía sin Dylan. Me pregunto si será demasiado tarde para llamarle. Rose es estricta con la hora de irse a dormir. Pero, qué demonios, soy su madre.

Dylan contesta al segundo timbre.

—Hola, mamá.

Al oír su voz se me ablanda el corazón. Todo lo que he estado imaginando, todo lo que he construido en mi cabeza, no se parece en nada a esto.

—Hola, cariño. ¿Qué tal?

—Bueno, bien.

No es que hable mucho, mi hijo. Me lo imagino dándole vueltas a un mechón de pelo rubio arenoso alrededor del dedo índice y mirando al vacío.

—¿Qué tal? ¿Te estás llevando bien con Dee y Andi?

—Ajá.

—Esta tarde he ido a una vigilia por Alfie.

Gruñe.

—Cariño, sobre Alfie, yo…

Dylan exhala sonoramente.

—Ya te lo dije, no sé qué le pasó.

—Ya lo sé, cariño. Es solo que he pensado…

—No me crees, ¿verdad?

—¡Dylan! Claro que te creo. Y haré lo que sea para ayudarte. Lo que sea. Solo necesito que me digas…

—¿Le has dado de comer a Greta?

«Mierda». Mi mente vuela a la lata de grillos, todavía intacta en la habitación de Dylan.

—Sí —miento—. Claro que sí. Está genial. Te echa de menos. Igual que yo.

Le oigo respirar, sopesando si creerme o no.

—Valeee… No te olvides de darle de comer. Está a punto de hibernar.

—Eso he oído.

—¿Eh?

—Me lo ha dicho el señor Foster.

—¿Has visto al señor Foster?

—Sí, me ha dado…

La voz de Will me interrumpe.

—Hora de ir a dormir, campeón.

Se acabó. Es ahora o nunca. Llevo ensayando mentalmente estas palabras las últimas veinticuatro horas. «¿Qué hacía la mochila de Alfie debajo de tu cama?». Pero ahora que tengo la oportunidad, me da demasiado miedo la respuesta. Enfrentarme a Dylan hará que todo sea definitivo. Final. Si no se lo pregunto, todavía hay esperanza. Todavía puede haber una explicación perfectamente razonable e inocente.

Así que no se lo pregunto. En su lugar, digo:

—Te echo de menos, cariño.

—Yo también te echo de menos, mamá. Tengo que prepararme para irme a la cama. Y, en serio, no te olvides de darle de comer a Greta.

—Lo tengo presente.

Dylan cuelga primero.

17

El teléfono empieza a sonar a las 9 de la mañana en punto. Todavía estoy boca abajo en mi almohada de seda, la que se supone que previene las arrugas del sueño. Durante un breve y dichoso instante, estoy consciente, pero aún no del todo, felizmente ajena al horror de las últimas cuarenta y ocho horas. Pero mientras mi teléfono sigue sonando, se viene todo abajo. Dylan. Alfie. La mochila.

Presiono la fría pantalla de cristal contra la cara.

—Estoy dormida —miento. Pero Jenny no se inmuta.

—Vístete —ladra. Se oyen unos gritos agitados de fondo. El sonido de un desayuno familiar en rápida evolución—. Max, ¡no! No se pega.

Me quito el antifaz de raso verde y me froto los ojos. Tengo tantos restos de rímel pegados a las pestañas que es como masajear una tarántula peluda. He dormido fatal. Cada vez que empezaba a coger el sueño, me despertaba sobresaltada por una visión de Dylan vestido con un pequeño mono naranja.

Me aclaro la garganta.

—La verdad es que no me encuentro...

—Levántate. Ya estoy de camino —dice Jenny, acallando mis protestas.

Al cabo de veinte minutos, aparece vestida para hacer ejercicio, con una coleta alta y unos pantalones cortos naranjas lo bastante llamativos como para disuadir tanto al tráfico que se aproxima como a los posibles piropeadores. Despojada de su armadura profesional, parece más pequeña, más vulnerable. Me la imagino claramente hace veinte años, arrasando en la facultad de Derecho, con la mano en alto, presidiendo el proyecto de grupo con un rotulador fluorescente.

—¿Vas a correr o algo?

—Solo una carrera rapidita. Veinticinco kilómetros.

—Ufff… —Nunca he entendido eso de correr; parece aburridísimo—. ¿Estás en la crisis de la mediana edad? ¿Debería preocuparme?

Jenny sonríe.

—Deberías probarlo. Las endorfinas son buenas.

—A lo mejor tú deberías probar a echar un polvo.

—¿Echar un polvo? ¿Qué eres, un tío de una fraternidad? —Se sienta a la mesa de la cocina y me mira, expectante.

—Ay, perdona. Eh…, ¿quieres un poco de agua? —Hace años que no tengo más invitados que Brooke y Adam; he olvidado todas las formalidades. Me apresuro hacia el fregadero con la esperanza de que el grifo vuelva a funcionar.

—Pues… —dice Jenny, inclinándose hacia delante en su silla como una niña con un secreto—, tengo una noticia buena y otra mejor. ¿Cuál quieres primero?

—La buena, creo.

Se levanta y empuja hacia mí una pesada bolsa de lona de Daunt Books.

—La buena noticia es que te he traído una cosa.

Miro dentro de la bolsa. *Técnicas de vigilancia para tontos. MI6 Espionaje para civiles. Guía del agente de campo para el trabajo encubierto.*

—¿Me estás poniendo deberes?

—¿Qué? No. No es que espere que leas cada palabra. He marcado las partes más importantes. Está codificado por colores: el verde es «vital»…

Un cálido rubor de vergüenza empieza a recorrerme la cara. No soy persona que lea por diversión, no habiendo YouTube, Hayu y ciento ochenta canales de contenido con aspiraciones de mejorar el hogar.

—Caramba. ¿Conviertes todo lo que haces en un informe de investigación?

Jenny cruza los brazos sobre el pecho.

—Resulta que me gusta hacer las cosas bien.

—No tenemos tiempo para estas… tonterías de ratón de biblioteca. —Le devuelvo la bolsa—. Esto es el mundo real, ¿vale? No necesitamos un montón de teorías y casos prácticos. Lo que importa es la intuición y el don de gentes.

Jenny frunce el ceño.

—Algo de conocimiento nunca hace daño a nadie. —Deja la bolsa en una silla vacía y se vuelve hacia mí—. Lo dejo aquí por si cambias de opinión. Y ahora, ¿quieres saber cuál es la noticia mejor?

Suspiro.

—¿Me has conseguido el carné de la biblioteca?

—No. Una dirección. La del señor Papasizi.

—¿Quién?

—El encargado de mantenimiento. ¿Te acuerdas? Al que el viejo marido racista de Hope intentaba culpar en la reunión de ayer. Probablemente no sirva de nada, pero por algún sitio tenemos que empezar. Vive en Camden, así que podemos pasarnos antes de reunirnos con la señora Schulz en el Ritz esta tarde.

—¿Pasarnos y hacer qué?

—Interrogarlo, tonta. Conocer su versión de los hechos. —Se detiene y mira mi pijama de raso—. ¿Cómo es que no te has vestido todavía?

Camden un domingo por la mañana parece una zona de guerra hedonista. La acera está llena de botellas de cristal rotas, montones de vómito y regueros de orín.

El señor Papasizi vive en la segunda planta de un edificio gris y destartalado, en una zona del distrito donde los punkis viejos y los trabajadores de la Europa del Este manchados de pintura han forjado una paz incómoda con los *zillennials* que compran productos naturales y ecológicos en Whole Foods.

Jenny se ha cambiado la ropa de correr por un vestido negro holgado y una americana azul marino, como si fuera a presidir una reunión sorpresa del consejo de administración.

Mientras conducimos, repasa el currículum de Mariu Papasizi.

Tiene cuarenta y muchos. Emigró de Rumanía. No tiene antecedentes policiales. Trabajaba en la construcción, se lesionó la espalda, condujo un camión y luego fue conserje en un colegio. Es una gran información, pero me asusta la facilidad con la que ha rastreado cada detalle de la vida de ese hombre.

—Oye, ¿los abogados podéis hacer eso? ¿Hay algún tipo de base de datos central?

Jenny se encoge de hombros.

—Hay un departamento de investigación, pero son los ayudantes quienes se encargan de eso. No estoy segura de cómo funciona hoy en día. Evidentemente, por si alguien preguntara, lo hemos encontrado en Google, ¿vale?

Asiento. Me suena todo a un mundo lejano. Ayudantes, departamentos de investigación… Gente cuyo único trabajo es hacerte la vida más fácil.

Jenny levanta la vista y señala a través del parabrisas un mísero edificio de hormigón.

—En fin, ya hemos llegado. Parece el lugar donde va a morir la esperanza.

Me encojo de hombros. A mí no me parece tan malo. La arquitectura me recuerda a la de un motel barato de Florida, con pasarelas exteriores que conectan cada unidad y donde todas las puertas dan a un gran aparcamiento central. De hecho, no es tan diferente del complejo de apartamentos donde me crie.

Jenny se aclara la garganta. Ella parece verdaderamente cautivada por la tarea que tiene por delante.

—Recuerdas el plan, ¿verdad? Tenemos que averiguar si el viernes vio algo sospechoso o fuera de lo normal. Pero lo primero es tratar de establecer algo de sintonía con él. Y entonces, cuando se sienta cómodo, le preguntamos por Alfie.

Me quito el cinturón de seguridad.

—Confía un poco en mí. Si hay algo que se me da bien, es hablar con viejos.

Jenny frunce el ceño.

—Sé profesional, ¿vale?

Abro la puerta del acompañante.

—Venga. Vamos a buscar a Alfie Risby.

El señor Papasizi abre la puerta de su casa vestido de pies a cabeza con la equipación del Tottenham. Tiene un pelo lacio y oscuro que le cuelga sobre los ojos y una cara que nunca se ha exfoliado.

—¿Sí? —dice con recelo. Se oye la televisión de fondo, con los deportes a todo volumen.

Jenny sonríe.

—Hola, soy Jenny. Esta es Florence.

Nos lanza una mirada cansada.

—¿Sí?

—Nos gustaría hablar con usted. Sobre Alfie Risby. —Jenny cambia el peso del cuerpo a la otra pierna. A todas luces, no es la bienvenida que ella esperaba.

El rostro rubicundo del hombre palidece.

—Ya he hablado con la policía…

—No somos policías —interrumpo, moviendo las pestañas y ofreciéndole mi mejor sonrisa escénica—. Somos madres. Madres del St. Angeles.

Nos mira un momento, como si intentara decidir qué es más peligroso: dejarnos entrar o no.

Finalmente hace un pequeño gesto de cabeza.

—Vale, pasen.

El piso es pequeño pero está ordenado. Nos sentamos en la salita, el señor Papasizi en una butaca reclinable marrón y Jenny y yo en un pequeño sofá de piel. La tele continúa encendida: dos hombres en pantalón corto se lanzan el uno al otro por un cuadrilátero de boxeo.

—Está a punto de acabar —dice, casi disculpándose. Habla con un leve acento y la dicción breve y cortante de alguien que se esfuerza por no equivocarse.

—Claro —respondo con entusiasmo—. Déjelo encendido. Esperaremos.

—¿Quieren un refresco?

—Estamos bien —responde Jenny, justo cuando yo digo—: Una Coca-Cola estaría genial. O un Red Bull, si tiene.

Jenny y yo nos quedamos sentadas en un silencio incómodo mientras la lucha continúa. En cuanto el combate entra en un descanso para la publicidad, el señor Papasizi le quita el volumen al televisor y desaparece hacia la cocina. Regresa con una lata de bebida energética genérica. La abro y doy un sorbo. No está mal.

—Bien… —dice, mirándonos, expectante.

Me aclaro la garganta.

—Nos preguntábamos si vio usted algo… sospechoso el viernes. Algo fuera de lo normal.

El señor Papasizi se tensa.

—Siempre el extranjero, ¿eh?

Me sonrojo.

—¿Cómo? Oh no, no es eso lo que…, no. Nosotras también somos extranjeras, de hecho. Norteamericanas. De todos modos, solo queremos saber la verdad. Por el bien de Alfie.

—Ya hablé con la policía. Durante cuatro horas. Sin bebidas, sin descanso. —Se encoge de hombros—. No tengo nada que esconder.

Miro a Jenny, esperando que intervenga y arregle esto.

—Señor —dice Jenny con voz firme y controlada—. No está usted en problemas, ¿de acuerdo? No le estamos acusando de nada. Solo estamos intentando obtener más información sobre lo que pasó.

Él resopla.

—¿Que no estoy en problemas? ¿Cómo puede decir eso? ¿Es usted la policía? ¿Es usted mi abogada?

Jenny se aclara la garganta.

—De hecho también soy abogada.

Le lanzo una mirada a Jenny. «¡Eso no ayuda!».

El señor Papasizi abre unos ojos como platos.

—¡Han dicho que eran madres!

Jenny empieza a recoger cable.

—Señor, no estoy aquí a título oficial. Por favor, solo queremos información.

El señor Papasizi la ignora y me mira a mí.

—¿Y usted? ¿También es abogada?

Arrugo la nariz.

—Para nada. Apenas terminé el bachillerato. No me fío de los abogados. Excepto de Jenny. Ella está bien.

El hombre se recuesta en la butaca y parece pensárselo.

Jenny se levanta y empieza a pasear por la habitación.

—Por favor, debió de ver algo.

El señor Papasizi aparta la mirada del televisor y sacude la cabeza.

—¿Que qué vi? Vi cómo tratan a los profesores en ese colegio. ¿Y a mí? Solo soy el encargado de mantenimiento. Siete años más para la jubilación. Mi pensión. ¿Lo entiende?

Jenny salta.

—¿Qué quiere decir con «cómo tratan a los profesores»? —pregunta en un tono cortante, como si estuviera interrogando a un testigo que no coopera. Le lanzo una mirada suplicante, pero no parece captarla.

Le ofrezco al señor Papasizi una sonrisa comprensiva.

—Quizá podría ayudarnos a entender lo que quiere decir —le digo con la mayor delicadeza posible.

Pero el señor Papasizi no habla. El combate empieza de nuevo y él vuelve a dar el volumen al televisor.

En la siguiente pausa, se levanta, coge una foto enmarcada de la estantería y la lanza hacia nosotros. En ella aparece una chica morena, de unos veinte años, con un birrete de graduación.

—Es mi hija —dice con orgullo—. Elena. Se acaba de licenciar en la Universidad de Sheffield.

—Enhorabuena —le digo.

Sonríe.

—Ella no tendrá que limpiar lo que ensucien esos mocosos malcriados... —Se calla, al darse cuenta de que esos mocosos malcriados en realidad son nuestros hijos—. Eh..., lo siento.

—Le entiendo —digo con despreocupación—. Mi madre era camarera. La gente puede ser horrible.

Jenny me mira, sorprendida, pero yo mantengo la mirada fija en el señor Papasizi.

—Todos queremos lo mejor para nuestros hijos —añado.

El señor Papasizi asiente con la cabeza y sube más el volumen del televisor. Los tres nos quedamos mirando cómo unos hombres con unos pantalones cortos minúsculos se pegan mutuamente hasta que uno de ellos golpea el suelo tres veces. En la siguiente pausa, me giro hacia Jenny.

—¿Sabes? Creo que me he dejado el móvil en el coche. ¿Te importaría ir a buscarlo?

—¿Por qué no puedes…?

Levanto las cejas.

—Creo que sería mejor que lo fueras a buscar tú —murmuro, mirando hacia la puerta.

—Vale. Pero no hables de nada importante mientras no estoy.

En cuanto se cierra la puerta, me vuelvo hacia el señor Papasizi.

—Escuche, vamos a dejar de molestarle, a dejarle disfrutar del resto del combate. Pero, antes de irnos, solo una cosa: ¿qué opina de Helen Schulz?

—¿Helen?

—Sí. La subdirectora. Pelo cano, hombros encorvados, lleva allí mil años. ¿Qué pasa con ella?

Se queda tan callado durante un minuto que pienso que no ha entendido la pregunta. Luego, por fin levanta la vista hacia mí.

—¿Ha oído hablar del señor Sexton?

Me incorporo.

—Sí. Es al que despidieron por hacer tocamientos a un niño hace un par de años. Se enteró todo el mundo.

—Pregúntele a Helen —dice sin levantar la mirada del televisor—. Ella lo sabe.

—¿Qué es lo que sabe?

Coge el mando a distancia, silencia el televisor y se vuelve hacia mí. En la pantalla, un hombre ensangrentado baila por el ring, moviendo el puño a modo de celebración. Su oponente yace desplomado sobre la lona. El público enloquece.

—¿A qué se refiere con que «Ella lo sabe»? ¿Qué es lo que sabe?

Justo cuando hace ademán de hablar, la puerta de la calle se abre de golpe y entra Jenny agitando mi teléfono en el aire con aire triunfal.

—¡Lo encontré! —cacarea, y se pone delante del televisor.

El señor Papasizi frunce el ceño y le vuelve a dar volumen a la tele. El combate vuelve a la vida.

Levanta la barbilla hacia Jenny.

—Que lo descubra la abogada.

De vuelta en el coche, Jenny se vuelve hacia mí con expectación.

—¿Y? ¿Qué has averiguado?

—Ah, eh… —Esperaba que le hubiera molestado que la dejara fuera de la conversación, pero parece que le da absolutamente igual—. Me ha dicho que hable con Helen. Algo sobre aquel profesor al que despidieron por hacer tocamientos a un niño, hace unos años.

Jenny asiente.

—Vale. Bueno, eso es útil, teniendo en cuenta que vamos a reunirnos con la señora Schulz en unas horas. —Mete la mano en la guantera, saca un paquete de Big Red y me ofrece uno—. Buen trabajo ahí dentro, por cierto. Estaba claro que no iba a abrirse conmigo.

—Ah. Eh… Gracias.

Jenny mira el reloj.

—Todavía nos quedan unas horas. ¿Quieres ir a hacer un brunch?

—¿Un brunch? —No recuerdo la última vez que fui a hacer un brunch. El brunch es para otra gente. Gente que organiza baby showers y que se van de vacaciones a una mansión compartida y que tiene cadenas de mensajes de texto en grupos con veinte de sus mejores amigas.

—Claro —digo, tragándome mis dudas—. Un brunch suena genial.

Jenny sonríe.

—Estupendo. Ya he reservado mesa, por si acaso. Hay un libanés que quiero probar. A los niños no les gustan nada ese tipo de cosas, y es imposible reservar para uno, ¿sabes?

Tres horas más tarde, después de que Jenny haya pedido demasiados platos de shakshuka, labneh especiado y huevos fritos machacados con baba ghanoush, nos dirigimos al Ritz para tomar el té con la señora Schulz.

En el perímetro del edificio hay alineada una flota de porteros con sombrero de copa que reciben a los vehículos con chófer y llevan a sus ancianos pasajeros al interior.

Los hoteles de lujo siempre me han intimidado. Una vez, después de que Noche de Chicas firmara nuestro segundo contrato discográfico, Rose, Lacey, Imani y yo intentamos ir al Mandarin Bar a tomar una copa para celebrarlo. No conseguimos pasar del vestíbulo. El conserje nos echó un vistazo —llevábamos nuestras mejores medias de rejilla y minifaldas de vinilo— y nos informó de que el bar estaba «cerrado por un evento privado».

Pero hoy no pasa eso. Hoy, un portero con sombrero de copa se apresura a abrirnos a Jenny y a mí la ornamentada puerta de madera. El aroma de neroli y jazmín me golpea la cara como una sartén.

—Bienvenidas al Ritz —dice con una pequeña reverencia.

El salón de té del Ritz es una sinfonía dorada de papel pintado brocado y vajilla de porcelana Wedgwood. En un rincón, alguien toca un arpa de verdad.

Jenny pone los ojos en blanco.

—Dios, qué cursi es este sitio. Como si lo hubiera diseñado Liberace para impresionar a turistas y ancianos del medio oeste.

Un maître vestido de esmoquin blanco toma nota de nuestros nombres y busca con gran ceremonia nuestra reserva en un libro encuadernado en cuero.

—Por aquí —dice—. Creo que una de sus acompañantes ya ha llegado.

La sala está llena de ancianas de pelo morado que llevan anillos de diamantes como pelotas de golf y elegantes bolsas de tiendas, pero localizo a la señora Schulz inmediatamente. Va vestida para la ocasión, con un traje de falda color melocotón y un pintalabios coral que le ha manchado las arrugas de alrededor de la boca.

—Hola, señora Schulz —la llamo, y ella se sobresalta, jadea y empuja su silla hacia atrás, lo que provoca que un montón de bolsas de la compra de Liberty de la mesa vecina se desparramen por la moqueta de felpa.

Se recupera rápidamente, cosa que la honra.

—Usted debe de ser Jenny —dice, tendiéndole la mano—. Helen Schulz. Encantada de conocerla. Ya le he dicho a Florence que me parece estupendo que hagan preguntas. Qué buena iniciativa.

Cuesta decir si se trata de un cumplido auténtico o de una de esas pullitas disfrazadas de cumplido que siempre lanzan los británicos, pero, en cualquier caso, Jenny no se inmuta.

—Gracias —dice Jenny con una sonrisa tensa—. Le agradecemos que hable con nosotras.

Nos acomodamos en unas sillas de respaldo alto y de color merengue. Como por arte de magia, aparece un camarero con otras dos grandes cartas encuadernadas en cuero.

Jenny se aclara la garganta.

—Quizá podríamos empezar por el viernes…

La señora Schulz la interrumpe.

—¿Pedimos antes, querida?

Aparece nuestro servil camarero y procede a explicarnos las dieciocho variedades diferentes de Darjeeling de la carta, con completas notas de cata. La señora Schulz se toma su tiempo, hace preguntas, vacila. Jenny empieza a clavarse las uñas en la palma de la mano, cerrando y abriendo el puño como un corazón palpitante. Puede que sea la persona más inteligente que conozco, pero también la más impaciente.

—Tomaré el orange pekoe —dice Schulz—. No, el formosa assam. No, el de menta y bergamota. No, la verdad es que me quedo con el orange pekoe. —Por fin cierra la carta.

El camarero asiente.

—Excelente elección, señora.

—Para mí, la mezcla de la casa —dice Jenny, y cierra la carta de golpe.

El camarero se vuelve hacia mí, expectante. Odio el té, lo odio con todas mis fuerzas. No entiendo por qué alguien bebería intencionadamente agua de hoja marrón.

—¿Puedo tomar un chocolate caliente? —pregunto.

El camarero frunce el ceño.

—¿Un chocolate caliente?

—Bueno, sinceramente, cualquier cosa que no sea té.

—Tendría que consultarlo en cocina —dice—. Creo que en el menú infantil tenemos zumo.

—De lujo —suelta Jenny—. Tomará un zumo.

Cuando el camarero desaparece, Jenny se inclina hacia delante y apoya los codos en la mesa.

—Bueno —dice, ansiosa—. ¿Qué puede contarnos sobre Alfie Risby?

La señora Schulz coge su servilleta y la alisa sobre su regazo.

—¿Sabían que me crie en Escocia?

—Oh —dice Jenny, claramente sorprendida—. Qué... interesante. Perdone, pero ¿qué tiene eso que ver con Alfie?

La señora Schulz frunce el ceño, justo cuando el camarero regresa con una gran bandeja de plata con dos teteras y un vasito de zumo de naranja. Lo coloca todo sobre la mesa con gran ceremonia y nos dice cuánto tiempo tiene que reposar cada variedad.

—Perdón —dice Jenny rápidamente—. Continúe, por favor.

La señora Schulz se toma su tiempo para añadir a su té tres, cuatro y finalmente cinco cucharadas de azúcar y removerlo lentamente.

—Era bastante idílico. Mi padre trabajaba en un internado escocés. Nuestra familia vivía en una casita de campo. Mi hermana menor, Mary, y yo tuvimos la infancia más encantadora que se pueda imaginar. Corriendo por los arroyos, jugando en el bosque. Nada que ver con los niños de hoy en día, con sus iPads, sus *fidget spinners* y sus pastillas para la ansiedad.

—Suena encantador —digo, ansiosa por que vaya al grano.

La señora Schulz deja de remover y coloca la cuchara en el plato.

—No lo creerán, pero Rollo Risby era alumno de aquel colegio. Era bastante atractivo por aquel entonces. Tanto a Mary como a mí nos gustaba.

A punto estoy de escupir el zumo.

—Un momento, ¿Rollo y usted tienen la misma edad?

Jenny me lanza una mirada fulminante pero, antes de que la señora Schulz pueda responder, el camarero vuelve con una torre de sándwiches sin corteza y una larga explicación de cada uno de ellos: jamón con mostaza de grano sobre brioche; salmón ahumado con mantequilla de limón sobre masa madre; y bollos con confitura de fresa y crema espesa inglesa de una lechería de Cornualles.

Jenny se aclara la garganta.

—Continúe —la insta.

La señora Schulz da otro sorbo a su té, que ahora debe de tener la consistencia de un sirope.

—Bueno, cumplí dieciocho años, me fui a la escuela de Magisterio y cuando volví…, no van a creerlo…

—¿Qué? —prácticamente chillo, incapaz de soportar el suspense.

—Rolly —dice la señora Schulz, haciendo otra pausa para limpiarse los labios con la servilleta de tela— había dejado embarazada a la hija del jefe de cuadras. ¿Se lo imaginan? Fue todo un escándalo. Él tenía diecisiete años. Ella solo tenía dieciséis. En fin, la chica se quedó con el bebé. En aquella época las mujeres tenían menos opciones. Fue un niño.

Jenny se inclina hacia adelante en su silla.

—¿Estás diciendo que Rollo Risby tiene un hijo secreto? ¿Que Alfie tiene un hermano?

La señora Schulz frunce los labios.

—Un medio hermano. Sí. Ahora debe de rondar los cuarenta.

Me aclaro la garganta.

—¿Por qué lloraba usted anoche? ¿En la vigilia?

La señora Schulz mira su servilleta.

—Escuchar a Rolly allí arriba, pregonando todas aquellas tonterías de «mi único hijo»… Bueno, me pareció bastante perturbador. A Nicola no le gustaría que lo dijera, pero…

—¿Qué? —pregunta Jenny.

La señora Schulz mira por encima del hombro y luego se inclina hacia nosotras, su voz apenas un susurro.

—Creo que lo he visto.

—¿A quién? ¿A Alfie?

La señora Schulz frunce el ceño.

—No. Desde luego que no. Al otro. Al hijo secreto. Estaba en la vigilia.

Me muerdo el labio.

—Eso no tiene ningún sentido. ¿Cómo sabe siquiera qué aspecto tiene?

La señora Schulz empieza a juguetear con su cucharilla.

—Al principio no estaba segura. Llevaba unos auriculares de esos enormes que usan todos los jóvenes ahora. Pero su cara… era igual que la de Rolly. Y el mismo pelo pálido. Era inquietante.

Jenny mira fijamente a la señora Schulz.

—No lo entiendo. ¿Por qué nos está contando todo esto? ¿Por qué no ir a la policía?

—¿Y decirles qué, querida? ¿«Aquí tienen un bocado de cotilleo antiguo»? ¡No hay ninguna ley que prohíba tener un hijo secreto! Además, a una vieja como yo no le harían ni caso.

Jenny me mira y luego vuelve a mirar a la señora Schulz.

—¿Cree que estuvo involucrado?

Schulz se encoge de hombros.

—Lo dudo. Pero puede que sepa algo útil. —Levanta las palmas de las manos—. En fin, ya les he contado lo que sé. —Se vuelve hacia el despliegue que tenemos delante—. Saben, me apetece bastante un bollito.

Le paso la cesta y coge uno con sus manos delgadas.

—Ah, de hecho hay otra cosa. —La señora Schulz hace una pausa para dejar que aumente el suspense mientras corta el bollo por la mitad y le unta una gruesa capa de crema espesa, seguida de una capa igual de gruesa de mermelada—: Los Risby no son una familia cualquiera. Conocen a gente. ¿Me entienden?

Jenny da un respingo, como una marioneta a la que le acabaran de tensar las cuerdas.

—¿Qué quiere decir?

La señora Schulz deja el bollito en su plato y nos mira.

—Quiero decir que ustedes dos no pueden ir por ahí sin más anunciando a Dios y al mundo entero que están investigando. —Sacude la cabeza—. Eso es buscarse problemas, ¿verdad que sí, chicas?

Con el corazón acelerado, salgo del hotel con Jenny en dirección a la estación de metro de Green Park. El aire fresco de noviembre es como una bofetada en la cara después de la cálida incandescencia del Ritz. Siento un hormigueo en los dedos de la emoción.

—¡Hostia puta! —chillo, volviéndome hacia Jenny—. ¡Nuestra primera pista!

Me froto las manos y le doy una palmada en los hombros.

—¿Me has oído? ¡Tenemos nuestra primera pista!

Jenny se zafa de mis manos y lanza una mirada nerviosa por encima del hombro.

—Aquí no, ¿vale?

—Oh, vamos. ¿Como si la señora Schulz fuera a seguirnos? Esa viejuna apenas podía levantarse de la silla.

Nos metemos en Green Park, que está desierto salvo por una bandada de palomas y algunos corredores. A lo lejos, los paneles dorados de hierro forjado de la Puerta de Canadá asoman entre los árboles desnudos.

—¿Suficientemente vacío para ti?

—¡Hemos de tener cuidado! —sisea Jenny—. Ya has oído lo que ha dicho sobre los Risby.

No la escucho. Una sensación de delicioso vértigo ha descendido sobre mí. Rollo Risby tiene un hijo secreto. Un hijo secreto muy sospechoso. Y Dylan tiene una salida.

Jenny se cruje los nudillos, un tic nervioso que me hace estremecer.

—Si Rollo tuvo otro hijo —empieza Jenny—, ¿lo sabía Cleo? ¿Quizá lo descubrió? ¿Quizá por eso se divorciaron?

—Hay muchos motivos para divorciarse de Rollo Risby —bromeo, pero Jenny continúa con el ceño fruncido, ensimismada.

En el césped cercano, una paloma ha conseguido sacar un panecillo de hamburguesa de una caja de cartón. Emprende un vuelo victorioso y otras palomas empiezan a perseguirla, intentando robarle su recompensa.

—¿Y ahora qué? —dice Jenny—. ¿Vamos a la policía?

—¿Qué? —replico. Nada de esto va a funcionar si Jenny insiste en ir a la policía cada vez que tenemos una pista. Suavizo el tono—. Tú misma lo has dicho, la policía no sirve para nada. Además, como ha dicho la señora Schulz, tener un hijo secreto no es delito.

Jenny no contesta. Se mete las manos en los bolsillos. Puedo verla dándole vueltas y más vueltas a la conversación en su cabeza, como un guijarro brillante, examinándola desde todos los ángulos.

—¿No es extraño que la señora Schulz nos haya contado todo esto? —musita—. Apenas nos conoce.

—¡Es una anciana que quiere sentirse importante! Tenemos una pista. ¡Eso es genial! Ahora solo nos hace falta encontrar a ese hombre.

Jenny echa la cabeza hacia atrás abruptamente.

—¿Genial? Estamos hablando de un niño desaparecido, Florence. Nada de esto es genial.

—Claro, claro —me apresuro a decir. Respiro hondo e intento poner una expresión solemne—. Solo digo que tú puedes hacerlo, ¿vale? Que los investigadores de tu empresa, o quienes sean, pueden buscar la pista de ese hijo secreto, ¿no?

Jenny se muerde el labio y mira las palomas. Ahora han dejado el panecillo de hamburguesa y se pelean por un rollo de salchicha de Greggs a medio comer.

—Necesito pensarlo, Florence. Esto es… mucho.

18

En mi casa, todas las luces permanecen encendidas. Cosa extraña, porque las apagué al irme esta mañana. Desde la acera intento mirar por mi ventana, pero las persianas están cerradas. El corazón me late con fuerza. La policía. ¿Puede ser que hayan vuelto para registrar mi piso?

Meto la llave en la cerradura y abro la puerta de golpe. Oigo voces y algo que parece música.

—¿Hola? —grito.

Oigo una voz de mujer que murmura algo que no consigo descifrar. ¿Está la detective Glover en mi piso?

—¿Hola? —vuelvo a gritar. Doy dos pasos inciertos más, hasta que me planto en medio del salón.

Brooke está sentada en mi sofá, con el teléfono en la oreja. Una oleada de alivio inunda mi cuerpo.

—¡Brooke! ¿Qué haces aquí?

—Te llamo luego, ¿sí? —Brooke cuelga y me lanza una mirada indignada—. Te dije que necesitaba quedarme a dormir esta noche. Julian está en su despedida de soltero y tengo a los albañiles volviendo a colocar los azulejos de la cocina, ¿recuerdas? Hay una cantidad de polvo atroz.

Afirmo con la cabeza. No me acuerdo de nada de eso, pero estoy tan aliviada que no me importa.

Brooke me clava la mirada.

—¿Estás bien? Te comportas de un modo un poco raro.

—Estoy bien. Perfectamente bien.

Brooke coge el mando para poner la tele en silencio.

—¿Alguna novedad?

—¿Sobre qué?

Frunce el ceño.

—Sobre el niño desaparecido. Florence, de veras creo que deberías llamar al padre de Julian. Es abogado. Podría ayudar.

Mierda. No debería haberle dicho que vino la policía. Fue un momento de debilidad, pero ahora que tiene la información va a usarla para castigarme.

—No pasa nada —le digo, dejándome caer en el sofá junto a ella—. La visita del viernes fue rutinaria. De trámite. De todos modos, Jenny y yo estamos investigando.

—¿Jenny?

—Mi nueva amiga. De hecho, es abogada. Inteligentísima. Te gustaría. En fin, estamos investigando todo el asunto.

Brooke frunce el ceño.

—¿Tienes una amiga?

—Qué cabr…

Brooke me agarra del brazo antes de que pueda terminar.

—Florence —susurra entre dientes—. Necesitas un abogado de verdad. Y no deberías estar «investigando» nada. Parece que Dylan es sospechoso.

Me suelto de su mano sudada.

—¡No lo es! ¿Cómo te atreves?

Se levanta.

—Estás en fase de negación, Florence. Como la última vez, cuando Dylan le tiró el escritorio encima a aquel niño. O cuando le pegó a otro con el bate de críquet. ¿Cuántos puntos tuvieron que darle?

Se me calienta la cara.

—¡Eso no es lo que pasó! Estaba defendiendo a un animal desamparado.

—Tienes que hablar con un abogado. Un abogado de verdad, no una mami amiga tuya. Llama al padre de Julian. Es lo que haría una persona responsable, una madre responsable.

—«Es lo que haría una madre responsable» —repito como un loro, imitando su voz aguda.

Brooke me lanza una mirada penetrante.

—Muy bien. Haz lo que te dé la gana. Como siempre. Pero dime una cosa: ¿por qué sigue Dylan en casa de Will?

Se me llena la boca del sabor seco del polvo y la ceniza.

—Will es su padre. Es bueno para él.

Brooke sacude la cabeza.

—Vuelves a estar en fase de negación.

Su rollo de «hermana mayor responsable» está empezando a irritarme. La hermana mayor soy yo, maldita sea.

—No necesito tu ayuda, ¿vale? Esto no es como antes… —empiezo a decir, pero Brooke me corta.

—Lo creas o no, esperaba que esta noche pudiéramos hablar de cosas de la boda. Pero veo que mis planes van a tener que pasar a un segundo plano, como siempre.

Brooke va hacia mi dormitorio haciendo aspavientos.

—¿Adónde vas? —pregunto.

—Me voy a la cama, porque, a diferencia de ti, mañana tengo que madrugar. ¡Para trabajar!

Suspiro, me dejo caer en el sofá y miro el móvil. Ojalá Dylan me llamara y me diera alguna explicación razonable para todo. Eso haría que todo desapareciera. Como mínimo, podría explicarme lo de la mochila debajo de su cama.

Fantaseo con llamar a un taxi, ir hasta casa de Will, coger a mi hijo por los hombros y conseguir unas cuantas respuestas.

En lugar de eso, me quedo sentada en el sofá y me depilo las cejas compulsivamente con las pinzas en un espejo de diez aumentos, obligándome a hacer ridículos retos mentales como: «Si miro hacia abajo, a las pinzas, y veo un número par de pelos, es que Dylan no lo hizo».

Cuando fallo repetidamente me digo que debo de haber contado mal. En fin, es un juego estúpido.

Me despierto con el ruido de cristales rompiéndose y un grito agudo y desgarrador.

Brooke, vestida con mi albornoz rosa de nido de abeja, chilla blandiendo un rizador de pelo como si fuera un arma.

Abro la puerta de mi piso y salgo al vestíbulo de la casa. Los paneles de vidrieras que enmarcan la puerta de entrada que compartimos Adam y yo están en el suelo hechos añicos. El objeto que los ha roto descansa inocentemente en el suelo. Parece una pelota de béisbol gigante. («¡Una pelota de críquet!», explicará Adam más tarde con exasperación).

—Está bien, no pasa nada —digo por instinto, a nadie en particular, aunque no tengo ni idea de si es cierto. En algún momento de los dos últimos días, el mundo entero ha dejado de tener sentido.

Brooke se acerca lentamente a la puerta, blandiendo el rizador por encima de la cabeza como la cazafantasmas menos amenazadora del mundo.

Cojo la pelota del suelo. Tiene algo enrollado alrededor. Es una simple hoja de papel de impresora sujeta con una goma roja. Con cuidado, saco el papel de la goma.

¡¡¡MÉTETE EN TUS ASUNTOS O TE VAS A ENTERAR!!!

Así, con tres signos de exclamación.

Brooke abre los ojos de par en par.

—¿Lo ves? —me suelta—. Un abogado. Ya.

Antes de que mi hermana pueda coger el teléfono, el ruido sordo de unos pasos anuncia la llegada de Adam. Lleva pantalones de chándal azul marino y una linterna potente en la mano.

—¿Florence? —grita, y entra en el vestíbulo compartido—. ¿Estás bien?

—Cuidado con los pies —le digo. No hay suficiente espacio para los tres. Huelo la colonia de Adam y un ligero tufillo a whisky en su aliento.

Adam examina los daños y suelta un silbido largo y grave.

—La ventana nos va a costar bastante.

—Mira esto —digo, desplegando el papel.

Adam coge la nota y mis hombros empiezan a acercarse a mis orejas; noto que se me tensan los músculos de la vergüenza.

—Métete en tus asuntos —lee, mirándome—. ¿Qué significa eso?

—Ni idea. —Eso es mentira. Sé exactamente lo que significa, y de pronto noto como si cada fibra de mi cuerpo estuviera ardiendo. Siento una tensión en la nuca que me va bajando por la espalda a cada segundo que pasa.

Brooke se dirige a Adam.

—Eres policía, ¿verdad? ¿No podéis hacer algo?

Adam suspira y observa los cristales rotos.

—Odio decirlo, pero dudo que manden a nadie por una ventana rota.

—¡Una ventana rota y una amenaza! —resopla Brooke—. Podría estar relacionado —baja la voz a un susurro— ¡con lo del crío desaparecido!

—Con gusto haré una llamada, si quieres —dice Adam, metiendo sus carnosas manos en los bolsillos de sus pantalones de chándal—. Pero ¿por daños a la propiedad? Te dirán que rellenes el formulario online y llames a tu compañía de seguros.

Brooke frunce el ceño y abre la puerta de mi piso de un empujón.

—Bueno, voy a encender el hervidor —dice, sacudiéndose el miedo y poniéndose en modo organizadora—. Venga, que aquí fuera hace un frío que pela.

Adam y yo la seguimos. Aún me tiemblan las manos. Me abruma el deseo de llamar a Jenny, de que su voz tranquila y distante dé sentido a este lío. Pero son las dos de la madrugada. Jenny estará metida entre sus sábanas planchadas, profundamente dormida. Y no puedo arriesgarme a asustarla.

—¿Estarás bien? ¿Quieres que duerma en el sofá? —La voz de Adam me devuelve a la sala de estar.

—¿Eh? Ah, no, no pasa nada. Brooke está aquí.

Adam se me queda mirando un buen rato, como si estuviera tratando de decidir qué pensar.

—Florence, ¿hay… algo que quieras decirme?

—¿Como qué? —le suelto—. ¿Que lo hice yo? ¿Que yo maté a Alfie?

—Vale. Es tarde. Todos estamos cansados. —Coge la pelota de críquet—. Puedo llevarme esto a comisaría mañana.

—Vale, vale —digo, demasiado cansada para protestar.

Adam se mete la pelota en el bolsillo y da media vuelta para marcharse.

—Echa el cerrojo cuando salga.

19

Jenny observa los cristales rotos en el porche de mi casa. Brooke ha usado el número de julio de *Vogue* para empapelar el punto en que la pelota de críquet hizo contacto con la ventana y ahora un editorial sobre escapadas a islas sostenibles ondea con la brisa allí donde antes había una vidriera.

—¡Ostras! —dice Jenny, inspeccionando los fragmentos—. ¿Qué ha pasado aquí?

«Mierda».

—No te preocupes por eso. —La acompaño hasta el umbral. Aunque me encantaría descargar todas mis preocupaciones en ella, es demasiado arriesgado. Si Jenny descubre que estoy recibiendo notas de amenaza por la ventana, eso podría hacer que abandonara la investigación—. Los chicos del barrio, nada más —añado, con lo que espero que sea un encogimiento de hombros despreocupado—. La gran pregunta es: ¿qué pasa con tu vestimenta?

Jenny ha cambiado su habitual atuendo elegante por un vestido midi de estampado floral y unas zapatillas de deporte blancas de esas que Kate Middleton lleva siempre que la hacen practicar deporte en público. Se ve raro, incluso chirría, verla vestida de color pastel. En la mano izquierda lleva dos grandes bolsas de la compra, como una madre de las afueras que acaba de volver del centro comercial.

Jenny arquea las cejas.

—Uy, ya verás —dice con una sonrisa—. Pero, primero, échale un vistazo a esto.

Se sienta a la mesa de la cocina y me acerca un papel. Es un documento oficial. Entorno los ojos para recordar si los británicos ponen primero el mes o el día, pero los números bailan por la página, se reorganizan, se burlan de mí.

—No sé muy bien qué estoy mirando —admito.

—Es un certificado de nacimiento —dice—. De Ian Risby. El hijo de Rollo.

A Jenny se le ensancha la sonrisa. Se recuesta en la silla y cruza los brazos sobre el pecho. Me invade una sensación deslumbrante.

—¿Existe? —Medio esperaba que todo eso del «hijo secreto» fuera una especie de malentendido, que una demente señora Schulz nos hubiera contado por error la trama de una telenovela.

—Aún mejora —dice Jenny—. Creo que sé dónde vive. Bueno, solo es un código postal, no una dirección exacta. Pero podríamos ir a comprobarlo, llamar a algunas puertas.

Me retuerzo. Mis ojos se dirigen involuntariamente hacia la ventana, hacia los cristales rotos.

—¿No te parece, no sé, un poco arriesgado? ¿No deberías estar trabajando?

Jenny entorna los ojos.

—Me he tomado la semana libre. ¿Y qué quieres decir con «un poco arriesgado»? Ayer prácticamente me estabas suplicando...

Su respuesta se ve interrumpida por tres golpes secos y seguros en la puerta de la calle.

—Está abierto —grito, y me siento algo más recta—. Mi vecino.

Adam entra por la puerta con la cara húmeda de sudor. Lleva una camiseta descolorida de CrossFit Hammersmith y una bolsa de la compra de Argos en la mano. En su rostro se dibuja una expresión de sorpresa.

—No pongas esa cara —le suelto—. Tengo amigas, ¿sabes?

—Claro —dice Adam, y deja la bolsa en el suelo para ofrecerle la mano a Jenny.

—Soy Adam —dice, y le encaja la mano vigorosamente—. El vecino de arriba.

—Encantada —dice Jenny con voz una octava más aguda—. Yo soy Jenny. Una madre del colegio.

Adam se vuelve hacia mí.

—Te he traído una cosa.

Coge la bolsa y saca de ella una caja donde pone «Sistema de seguridad para timbres».

—No hacía falta que lo hicieras —le digo, y de veras lo pienso. No es ningún secreto que Adam está sin blanca. Que tiene un Volkswagen Polo, por el amor de Dios. No debería gastarse el dinero en mí, porque nunca me acostaré con él.

—¡No es molestia! —dice—. Toda precaución es poca, con todo lo que está pasando.

Me apresuro a llenar el silencio antes de que Adam mencione la ventana rota o la nota.

—Gracias, Adam. De verdad. Es muy amable por tu parte.

Él sonríe como un golden retriever que finalmente ha recibido una caricia en la cabeza.

Continúo.

—Pero ¿podríamos instalarlo mañana, tal vez? Es que… ahora mismo estamos un poco liadas.

—Ah, claro. —Adam empieza a recoger la bolsa—. Por supuesto. No quería interrumpir…

Jenny me lanza una mirada que dice «no seas ridícula», y luego se pone de pie.

—¡No, quédate! Solo estábamos haciendo un poco de lluvia de ideas. Tal vez puedas ayudarnos. Florence dice que eres policía, ¿verdad?

—Sí —resopla Adam, y vuelve a soltar la bolsa—. Pero no llevo este caso.

Me muerdo el labio. Ese es el eufemismo del siglo. Adam es un policía de tráfico glorificado. Hace años hubo un incidente. Él nunca ha entrado en detalles, pero mi impresión es que solo lo mantuvieron en el cuerpo como favor a su padre, una leyenda policial.

Jenny se inclina hacia delante en su silla.

—Vale, así que ya sabes que cuando una mujer desaparece…

—Siempre es el marido. O el novio, lo que sea —dice Adams, terminando su frase mientras empieza a abrir el sistema de seguridad para la puerta.

—¡Exacto! —exclama Jenny con un manotazo a la mesa—. Entonces ¿cuál es el equivalente de eso con el niño desaparecido?

Adam exhala sonoramente.

—Bueno, depende de la edad. Con niños mayores, adolescentes, a menudo se trata de una fuga. Por discusiones con los padres, ese tipo de cosas. —Mira al suelo—. Pero un niño de diez años... —Se le apaga la voz—. Tal vez un secuestro de un padre sin custodia. Algún tipo de accidente. O, ya sabes...

No le hace acabar la frase. Todos sabemos lo que viene después de la «o».

Adam sigue jugando con los componentes del timbre. Jenny lo observa atentamente, haciendo girar un mechón de pelo negro brillante alrededor de su dedo. No me interesa Adam de ese modo, de verdad que no, pero noto que aflora en mí una punzada de competitividad que me resulta familiar. Jenny es demasiado mayor para él. Se está poniendo en evidencia.

—De todos modos, imagino que en este caso trabajarán rápido —dice Adam—. Tienen mucha presión. Por ser el hijo de un multimillonario, y todo eso. Para finales de semana seguramente habrán detenido a alguien.

Me da un vuelco el estómago, como si mi cuerpo hubiera saltado del trampolín más alto sin él. Pienso en la mochila de Alfie, todavía enterrada en el fondo de una bolsa de la compra de Marks & Spencer en el fondo de mi armario.

—¿Tan rápido? —pregunto en tono agudo.

—Creo que sí —responde Adam. Se pone de pie y se limpia las manos en los pantalones de chándal—. Bueno, el timbre ya está. Solo tienes que descargarte la aplicación y podremos vigilar la fachada de la casa desde cualquier sitio.

Mira su Apple Watch y frunce el ceño.

—Se me hace tarde. Será mejor que me vaya.

Jenny se levanta de un brinco y le da un fuerte abrazo, como si fueran viejos amigos.

—Encantada de conocerte.

—Igualmente —dice Adam. Un leve rubor se extiende por su cara.

Cuando Adam se ha ido, Jenny se aclara la garganta.

—Bien —dice—. Volvamos a lo nuestro. ¿Estás lista?

Sin esperar mi respuesta, deja una de las bolsas de la compra sobre la mesa de la cocina. De ella salen un montón de chaquetas de punto abultadas y de clips para el pelo de plástico. Cojo entre los dedos un jersey marinero de rayas de color crema y azul marino.

—¿Qué es esto?

Jenny se echa hacia atrás en la silla.

—Vale, ¿te acuerdas de que, cuando los niños eran pequeños, si llevabas a un niño en un cochecito, era como si fueras invisible?

Asiento. Había usado el Bugaboo de Dylan para robar queso pijo en Waitrose: lo metía en la cesta de abajo entre palas de arena y botas de agua llenas de barro.

—Sí, ¿y qué?

Jenny sonríe.

—Pues que vamos de incógnito. Mamá con carrito. —Alcanza otra bolsa y me pasa una bolsa para pañales plastificada de Winnie the Pooh—. Tu nuevo bolso.

La miro boquiabierta.

—Hala. Esto es de otro nivel.

—Vamos —dice, ya a medio camino de la puerta de la calle—. Todavía no has visto lo mejor.

Una vez fuera, Jenny pulsa un botón en su llavero. En lugar de su Tesla, un Kia Picanto rojo emite dos pitidos. Cuando me acerco a él, veo que en el lateral del coche hay un gran imán rosa en el que se lee:

J&S Snacks para niños
Fácil. Ecológico. Saludable.
www.mama-snacks.co.uk

Frunzo el ceño.

—No te sigo.

—Para nuestro negocio —trina mientras se alisa el vestido—. ¿No lo ves? No solo somos mamás. Somos mamás emprendedoras. Si vamos a llamar a las puertas, ¿qué podría resultar menos amenazador que dos mujeres atrapadas en un negocio piramidal?

He de admitir que su compromiso es impresionante. Jenny ha puesto más ideas y esfuerzo en estos disfraces de lo que yo pongo en mi trabajo de verdad.

156

—¿De dónde has sacado todo esto?

—¿El cartel? Ah, lo he imprimido online. Por solo 39,99 libras, ¡incluyendo el envío de un día para otro!

Miro dentro del coche. En el asiento trasero, una muñeca de plástico sorprendentemente realista está atrapada en un asiento para bebés.

Una sonrisa se va dibujando lentamente en mi cara.

—Eres una verdadera genio —le digo, dándole una palmada en el hombro—. ¿Lo sabías?

Se sonroja.

—No es más que un poco de Primark y un coche de alquiler. Bueno, ya te lo advertí: Cuando me pongo, me pongo. Además —añade, y su sonrisa se desvanece—, es por una buena causa.

Vuelve la sensación de zozobra en la boca del estómago. Tiene razón. No debería estar disfrutando con esto. Alfie continúa desaparecido. Y Dylan es...

—Por supuesto. Una buena causa.

Jenny aplica una fina capa de saliva a la ventosa de un cartel amarillo de «Bebé a bordo» y lo pega a la luna trasera del coche.

—*Et voilà* —dice—. Nuestra capa de invisibilidad.

20

Barbican
Lunes, 12.18

Una hora más tarde, tras reempaquetar dos docenas de paquetes de snacks de frutas en bolsitas pequeñas de papel encerado («¡Necesitamos mercancía o no será creíble!»), Jenny y yo estamos delante del edificio más feo que he visto en mi vida. No es tanto un complejo de apartamentos como todo un pueblo brutalista, un laberinto interconectado de hormigón y pasarelas elevadas desarraigado de la Siberia soviética y plantado en el corazón de Londres.

—¿Así que el hijo secreto de Rollo vive… en un piso de protección oficial?

Jenny resopla.

—Esto es el Barbican. Es un edificio significativo desde el punto de vista arquitectónico.

Miro el lago artificial que hay en el centro del complejo, teñido de un tono verde antinatural.

—Parece el lugar donde George Jetson viviría si su ciudad del cielo futurista fuera también un gulag.

—La verdad es que es fascinante —dice Jenny, puesta en tono friki total—. Ese lago forma parte del sistema de refrigeración del edificio. Tienen que teñir el agua para que…

Desconecto. Examino los bloques de hormigón en busca de pruebas del hijo secreto de Rollo. Tras las nubes aparece un rayo de sol y una pequeña oleada de esperanza me recorre el pecho. Tenemos un sospechoso, uno que no es Dylan. Y estamos aquí. Juntas. Haciendo de detectives. Aparte de la nota rara y la pelota de críquet que atravesaron la ventana anoche, las cosas van mejorando.

—Toma, cógela tú —dice Jenny, pasándome el cochecito. Nuestra muñeca de plástico duerme profundamente bajo una manta de muselina rosa—. Voy a buscar el listín.

La sigo mientras voy meciendo suavemente el cochecito.

—¿Y si lo encontramos? A Alfie, me refiero. ¿Y si está sentado en uno de estos pisos, viendo dibujos animados? —continúo—. ¿Lo secuestramos pero a la inversa?

Jenny se da la vuelta con cara de incredulidad.

—¿Hablas en serio? Una cosa te digo: como lo encontremos esta tarde, te puedes quedar con todo el disfraz, incluida la bolsa para pañales.

Vuelve a mirar el listín y le saco la lengua por la espalda. No pienso dejar que su cinismo arruine mi buen humor.

Levanto la vista hacia las tres torres brutalistas que hacen cosquillas al cielo.

—¿Cuál es la de Ian?

Los ojos de Jenny van de su móvil al mapa que hay en la pared, con el ceño fruncido en señal de concentración.

—No lo sé —dice finalmente.

—¿Qué quieres decir?

—Quiero decir que tengo su código postal, no su dirección completa. Y al parecer todo el correo pasa por un punto de procesamiento central.

Me la quedo mirando fijamente, todavía sin comprender del todo.

—Así que... ¿no tenemos ni idea de en qué parte de este laberinto vive?

Jenny asiente.

Me siento como si me hubieran dado una patada en los riñones. Me imagino a Dylan en la cárcel, encorvado sobre un tazón de gachas, que probablemente no son veganas, viéndose obligado a cambiar su dinero del economato por protección.

—¡Pero si aquí habrá como mil pisos! No podemos llamar a todas las puertas.

—¿Mil pisos? —dice ella con despreocupación—. No, más bien como dos mil. —Vuelve a coger el cochecito y va hacia la rampa que comunica el patio con el primer bloque de pisos. Al llegar a ella, se da la vuelta y dice por encima del hombro—: Así que será mejor que empecemos.

Comenzamos en la parte superior del bloque oriental. La primera puerta es de metal marrón, el color exacto del emoji de la caca. El timbre es más fuerte de lo que esperaba, una reverberación ominosa y hueca que resuena por el pasillo.

No abre nadie.

—Bueno, no iba a ser la primera, ¿no? —dice Jenny, yendo ya hacia la siguiente puerta.

Pero tampoco contesta nadie. Ni a la siguiente. Llamamos a cuarenta y siete puertas y no contesta nadie. O están todos en el trabajo o todos tienen cámaras de timbre. Me estoy poniendo nerviosa, preocupada por que todo esto sea una gigantesca pérdida de tiempo, pero sin saber qué otra cosa podemos hacer.

—Esto es peor que intentar que Dylan haga los deberes de lectura —suspiro.

Jenny asiente.

—Dímelo a mí. No creo que Max haya terminado una hoja de matemáticas en todo el año. —Baja la voz—. Nunca se lo he dicho a nadie, pero a veces se la hago yo, cuando se va a la cama.

—Espera, ¿que tú qué?

Se encoge de hombros y levanta la mano para llamar a la puerta n.º 48.

—Después de un largo día de trabajo, no me queda mucha energía para seguir luchando. Me aseguro de hacer mal unas cuantas a propósito.

Me imagino a Jenny con su traje de poder, encorvada sobre los deberes de matemáticas de un niño de diez años, e intento no reírme.

—Espera, ¿sabe Max que eres quien se los hace? ¿O cree que hay un hada madrina de los deberes que viene y…

Antes de que pueda terminar la frase, se abre la puerta y aparece una mujer mayor con un mechón de pelo lila.

—¡Ya era hora! —exclama la anciana, apoyándose en el marco de la puerta—. ¡Llevo toda la mañana esperándolas!

Me esfuerzo por recordar qué era lo que se suponía que vendíamos.

—Pasen —dice, cada vez más impaciente—. ¡Este televisor no se va a arreglar solo!

—¿Perdón?

—Venís de Currys, ¿verdad? Para arreglar el televisor —dice la anciana.

Miro a Jenny, quien señala las bolsas de papel de debajo del carrito.

—En realidad, señora, vendemos snacks para niños pequeños.

—¿Snacks para niños pequeños? —La anciana suelta un bufido—. ¿No se los pueden comer los mayores? —Me mira entornando los ojos—. Un momento. Tú me resultas familiar. ¿De qué te conozco?

Me muerdo el labio.

—Ah, estuve en una banda de chicas. Hace mucho tiempo.

—¿Una banda, eh? ¿Eres amiga del DJ ese? —Frunce el ceño—. ¿De Ian como se llame?

—No —dice Jenny rápidamente—. No vivimos aquí.

Me quedo helada.

—¿Ian? ¿Ha dicho usted Ian?

La mujer asiente con cara de pocos amigos.

—Se llama así, ¿no? El chico rubio que vive dos pisos más arriba. El que pone esa música infernal todo el día. Díganle que, si no para, llamaré a la policía.

—¿En qué piso dice que...? —empiezo a preguntar, pero el sonido de pasos firmes e intensos me interrumpe.

—¡Buenas tardes, señoras! —Una voz de barítono resuena por el pasillo. Un guardia de seguridad con un chaleco reflectante se acerca a zancadas hacia nosotras.

—Déjamelo a mí —le susurro a Jenny.

Pongo mi mejor sonrisa de estrella del pop y parpadeo exageradamente con mis extensiones de pestañas.

—Hola, agente. ¿Le interesaría un snack para niños pequeños?

El guardia cambia el peso de pierna, evaluándonos.

—No está permitido vender en las instalaciones. Cojan sus..., eh..., snacks y desalojen la propiedad.

Agito un paquete de papel frente a su cara y ensancho mi sonrisa.

—¿Quiere una muestra gratis?

—Vamos, señorita —dice con voz cansada—. No lo complique.

—¿Está seguro? Son ecolóóóógicos.

Jenny ya está guardando las muestras, con una mirada tensa y decidida.

—Ya basta, Florence —dice en voz baja—. Vámonos.

De regreso en el mama-móvil, abro la puerta y tiro la muñeca al asiento trasero. Pues claro que no ha funcionado. A mí nunca me funciona nada.

—Esto aún no ha terminado, ¿eh? —dice Jenny, como si me leyera la mente—. Ya sabemos dónde vive. Volveremos.

No sé qué decir. Mi decepción es tan visceral que parece una tercera persona sentada con nosotras en el coche.

Jenny lo intenta de nuevo.

—Oye. El día ha estado bien, ¿vale? Hemos conseguido información nueva.

Suelto un suspiro y me hundo más en el asiento. Saber que alguien podría ser un DJ no es el tipo de descubrimiento que mantendrá a mi hijo libre de problemas. Aunque eso no se lo puedo explicar a Jenny.

Noto su mirada fija en el costado de mi cabeza.

—¿Puedo preguntarte una cosa? —dice.

—¿Hmm? —digo, sin mirarla.

—¿Siempre te rindes tan fácilmente?

Me remuevo en mi asiento.

—No, lo digo en serio. ¿Lo haces?

Me giro para mirar por la ventanilla. Es la hora del almuerzo; los oficinistas se apresuran por las aceras, con sus pequeñas bolsas blancas de Pret, de vuelta a sus mesas de trabajo. Una familia de turistas pasea con un niño más o menos de la edad de Dylan.

Jenny continúa:

—¿De verdad pensabas que Alfie iba a estar detrás de la primera puerta a la que llamáramos? —Imita una voz de niño—: ¡Estoy aquí, justo detrás de la puerta número uno! ¡Gracias por encontrarme, Florence!

—No —respondo—. No pensaba eso.

Jenny suelta una risa triste.

—Ay, madre. ¡Sí que lo pensabas! ¡Realmente creías que íbamos a entrar ahí como si nada a la primera e íbamos a ser las heroínas!

Me miro las cutículas sin decir nada. Nos movemos lentamente por las calles de Clerkenwell, pasando por elegantes almacenes reconvertidos, tiendas de muebles de diseño y gastropubs llenos de gente almorzando.

—Deja que te diga algo —dice Jenny, agarrando el volante con más fuerza—: tuve que presentarme al examen de abogacía de California dos veces. Al examen de conducir, tres. Necesité —traga saliva— seis tandas de FIV para tener a los gemelos. No sé cómo ha sido tu vida, pero yo nunca he podido pestañear y coquetear en plan «ay-gracias-agente» para conseguir nada. Todo lo que tengo lo he logrado arrastrándome sobre cristales rotos.

Me quedo allí inmóvil, dejando que sus palabras calen en mí. Nadie me había hablado así jamás.

Jenny se echa el cabello hacia atrás.

—Soy muchas cosas, Florence, pero no una rajada.

La forma en que dice esa palabra, «rajada», hace que suene como lo peor del mundo. «Abusadora de niños. Pateadora de cachorros. Rajada».

Hacemos el resto del trayecto en silencio.

Racionalmente sé que no es culpa de Jenny. Pero cada día que pasa y no encontramos a Alfie Risby hace que sea un poco más probable que las cosas que había en la habitación de Dylan signifiquen algo. Un poco más probable que la policía vuelva haciendo preguntas que no quiero responder.

Cuando nos detenemos frente a mi casa, Jenny pulsa el botón de seguridad infantil y mi puerta se desbloquea con un débil pitido.

—Regodéate en la autocompasión —dice Jenny, indicándome mi puerta con un gesto de cabeza—. Pero luego sácatela de encima y ponte los pantalones de gran chica. Aún nos queda mucho trabajo por hacer.

Apenas estoy cerrando la puerta cuando empieza a alejarse con el coche.

21

El sermón de Jenny todavía resuena en mis oídos cuando entro en la tienda de novias. El tema de la tienda es el blanco: suelos, vestidos, clientela. Lo bastante rústico para que una futura novia olvide que se está gastando el sueldo de un año en un vestido; lo bastante elegante para asegurar que no se encuentre con nadie que la juzgue por hacerlo.

Brooke había tenido la amabilidad de ofrecerse a posponer las últimas pruebas debido a los «acontecimientos recientes», pero le dije que no se preocupara. Todavía se casa el sábado; todavía tengo que llevar un vestido. Pero ahora que estoy a punto de entrar en el nido de víboras con Pandora y Tilly, me muero por estar en cualquier otro lugar.

Me armo de valor y empujo la puerta. El olor a fresias me inunda la nariz. Una empleada solitaria que parece una modelo de pasarela de diecinueve años está ocupada con una bandeja plateada llena de cintas.

—Usted debe de ser Florence —dice con voz melosa—. Su hermana dijo que llegaría tarde.

Me entrega una bata de seda y un protector de maquillaje desechable.

—Las demás ya están en el salón de novias. Ahora mismo le traigo su vestido.

La única razón por la que Brooke me pidió ser dama de honor es porque sabe que a los padres de Julian les parecería raro que no lo hiciera. Me hizo la «petición» junto con estrictas instrucciones de aceptar todo lo que Pandora y Tilly quisieran. Bajo ningún concepto debía «poner las cosas difíciles» o «hacer que giraran a mi alrededor».

En el salón de novias, Brooke está de pie en la pasarela iluminada de casi tres metros, girando con su vestido de recepción. Se la ve absolutamente radiante. Pandora y Tilly están sentadas como sapos en unos sillones mullidos, admirándola.

—Aquí estás, Florence —chilla Pandora—. Ya empezaba a preocuparme.

Pandora es la hermana de Julian. Los mismos rasgos que hacen que su hermano sea moderadamente atractivo —la mandíbula fuerte, el cabello oscuro, los ojos de búho melancólico— convierten el rostro de Pandora en algo inquietante, como una pintura cubista o una de las primas menores de la realeza. Más ofensiva que su apariencia, sin embargo, es su total falta de desprecio hacia sí misma. Pandora tiene la confianza ciega y despreocupada que solo se consigue naciendo rica.

Brooke me dedica una sonrisa forzada.

—¡Qué amable por tu parte unirte a nosotras! —Y luego—: ¿Ese jersey es mío?

—Hola, cariño —dice Tilly con dulzura.

Tilly es la mejor amiga de mi hermana, una chica de teatro con cabello rojo fuego que se casó con un bailarín argentino llamado Ramón cuando tenía poco más de veinte años. Se rumoreó mucho que su unión era un fraude de visado, pero, contra todo pronóstico, Tilly y Ramón han seguido casados: Tilly con una prole de niños pelirrojos en su gran casa en Harpenden; Ramón pasando la mayoría de las noches en el loft que mantiene en el West End «por trabajo».

—¿Te has quedado atascada en el tráfico? —pregunta Tilly.

—En una entrevista, en realidad.

—Ah, ¿de trabajo? ¡Me alegro por ti! —dice Tilly, asintiendo con entusiasmo—. Yo también he pensado en conseguir uno.

«Que te den, Tilly», pienso. Brooke me lanza una mirada de advertencia. Ha trabajado demasiado para congraciarse con este grupo como para permitir que yo lo arruine. Brooke conoció a Pandora y a Tilly hace nueve años, mientras hacía cola para los baños en una discoteca estudiantil de mala muerte junto al Primark de Tottenham

Court Road. Pandora estaba llorando, Tilly la consolaba, y Brooke, siempre preparada, le ofreció a Pandora una toallita desmaquillante desechable para limpiarse el rímel que se le había corrido. Más tarde, el trío descubrió que las tres estaban cursando estudios de marketing en la UCL. Aquella primavera, Pandora invitó a Brooke a pasar un fin de semana largo en la «granja» de sus padres en los Cotswolds, que resultó ser una casa señorial catalogada como de Grado II. Fue allí donde conoció al hermano de Pandora, Julian, quien acababa de licenciarse en Geografía en Durham y ahora estaba «trabajando en algunas ideas de empresas emergentes» mientras vivía en un piso que sus padres tenían en Islington.

Brooke se pasó los siguientes ocho años y medio esperando pacientemente a que Julian le propusiera matrimonio. Yo le dije que eso nunca sucedería; la familia de Julian era del tipo que tiene su nombre en un pedestal a la entrada del National Theatre, y Brooke era una chica de Florida de clase baja, aunque con un acento cuidadosamente construido. Pero resulta que Brooke era mucho mejor en marketing de lo que yo pensaba. En su fiesta de compromiso, la escuché contarle a una de las tías abuelas de Julian que nuestro padre había trabajado «en el transporte» y que nuestra madre había sido «una defensora de la cocina sureña». Por poco me atraganto con mi canapé. Supongo que es fácil blanquear la historia de los muertos; no regresan para perseguirte con verdades inconvenientes. Yo, por contra, era una granada esperando a explotar sobre su versión cuidadosamente saneada de nuestro pasado.

Vuelvo la mirada hacia Tilly, que me observa con expectación.

—Ah, no, no era una entrevista de trabajo. Era sobre el niño desaparecido. Digamos que estoy…, bueno, investigándolo.

Tilly levanta una ceja de color pelirrojo pálido.

—¿La policía te ha pedido ayuda?

—No, es más algo independiente.

Pandora frunce el ceño.

—O sea, que solo estás… ¿interfiriendo?

Brooke resopla en voz alta.

—¡Chicas! Se supone que es un día divertido, ¿de acuerdo? ¡Ya basta de hablar del niño desaparecido, por favor!

Como si fuera una señal, la dependienta de la tienda reaparece con una bandeja plateada sobre la que lleva copas de champán en equilibrio.

—Aquí tienen —dice con un guiño—. Para esos nervios previos a la boda.

Cojo una copa y la vacío.

—Otra, por favor.

Brooke me fulmina con la mirada. Hay que decir a favor de Pandora que intenta aligerar los ánimos.

—¡Seis días, B! —dice, cantarina—. ¿Me recuerdas dónde pasaréis la luna de miel Julian y tú?

—Una semana en Madagascar y luego una semana en Mauricio —responde Brooke.

—Oh, ¿vais a uno de esos pequeños bungalows que están en el agua, aguantados sobre pilotes? —grita Tilly emocionada—. ¿Sabes? Ramón y yo...

Desconecto de su charla y me dirijo hacia las pequeñas cabinas con cortinas que bordean el extremo de la habitación. Mi vestido ha aparecido por arte de magia en una percha de seda acolchada. Me meto en el probador y corro la cortina.

Las palabras de Jenny aún resuenan en mi cabeza. «Rajada. Rajada. Rajada». No está equivocada. Después de que la banda se desmoronara y Will se fuera, simplemente... abandoné toda mi vida. Habría habido muchas maneras de aprovechar una carrera en una banda femenina medianamente exitosa. Podría haber intentado conseguir un papel en un reality show, o salir con un futbolista o lanzar una línea de autobronceadores. Pero Dylan era tan pequeño, tan demandante, y ser madre soltera era muy absorbente. Había ciclos interminables y repetitivos de alimentar, cambiar, dormir. Y luego un día me levanté y Dylan ya tenía diez años, y yo todavía vendía globos a las mamás ricas de Instagram.

Al otro lado de la cortina, la charla ha girado hacia los méritos relativos de la Toscana frente a la Provenza.

Cojo mi teléfono. Hay varios mensajes nuevos en el grupo de WhatsApp de mamás del St. Angeles.

Allegra ha publicado el número de la «Línea de Información sobre Alfie Risby». ¡TOTALMENTE ANÓNIMA, POR SUPUESTO! LA COMPARTO POR SI ALGUIEN SABE ALGO.

¡No olvidéis el dinero de la recompensa!, interviene Hope para no quedarse atrás respecto a Allegra.

Me quedo helada. ¿Insinúan que yo, y Dylan, podríamos tener información? No, claro que no. Es un chat de grupo, no un recordatorio secreto para mí. Solo intentan ser útiles. Estoy paranoica.

Me hundo más en la silla acolchada del probador y abro Instagram. Hay varios mensajes frenéticos pidiendo arcos de globos «URGENTES» de última hora que borro de inmediato. Aunque si no acepto algunos trabajos pronto no podré hacer el pago mínimo de mi Amex a fin de mes. Pero ese es un problema para la Florence del futuro.

Aún tengo algunos amigos en la industria musical. Bueno, tal vez no exactamente amigos, pero gente a la que conozco. O a la que conocía. Envío un mensaje rápido a un puñado de conocidos: ¿Conoces a algún Dj llamado Ian Risby que viva en Londres?

Brooke asoma la cabeza por la cortina.

—¿Vas a ponértelo o qué?

Uf, el vestido. Me pinto una sonrisa en la cara.

—Claro, salgo enseguida.

Es nuestra tercera prueba de vestidos. La boda es el sábado. A estas alturas, la tienda solo está buscando cosas que arreglar para así poder cobrar más.

Deslizo la tela fría y elegante sobre mi cabeza. El vestido fue idea de Tilly, y es realmente horrendo. Un diseño moderno estilo eduardiano con un corpiño fruncido, pensado para «ocultar imperfecciones». El color es un verde salvia apagado, un tono que hace que cualquiera que no sea pelirroja parezca como si acabaran de envenenarla.

Salgo de mi cabina protectora y doy un giro dramático.

—¡No es justo! —dice Pandora, sacando la barbilla—. ¡A ti todo te queda fantástico!

«Porque entreno y me hago cirugías plásticas como una persona normal —pienso—. Si tuviera el dinero que tú tienes, tendría el aspecto de Giselle».

Brooke frunce el ceño.

—Pero llevarás sujetador, ¿verdad?

Asiento. Mi teléfono suena de nuevo en el probador.

Se me acelera el pulso.

—Claro. Sujetador. Lo que sea.

Ping.

—Mejor me lo quito ahora. No quiero estropearlo.

Antes de que pueda retirarme aparece una costurera y comienza a fruncir el entrecejo, pellizcando tela entre los dedos.

Empiezo a protestar.

—Está bien, de verdad…

Brooke me lanza una mirada de advertencia, de modo que me quedo inmóvil como una estatua y permito que la mujer, que lleva alfileres en la boca, chasquee la lengua, pellizque y pinche hasta que sonríe y dice:

—Mucho mejor.

—Quíteselo con cuidado, querida, no vaya a arañarse.

Asiento y corro hacia el probador. Mi teléfono está sobre la silla.

Un mensaje nuevo. Es de Hope. Hola, querida, solo quería comprobar si tienes pensado contribuir al arreglo floral para los Risby. He visto que aún no he recibido tu contribución.

Maldita sea. Tiro el teléfono contra la cortina del probador y se cae al suelo con un golpe suave.

Regreso a casa por mi cuenta desde la tienda de vestidos y me instalo en el sofá con medio litro de helado y el mando a distancia del televisor. No estoy regodeándome en la autocompasión. Solo me estoy relajando un segundo. «Deberías planteártelo, Jenny».

Ya había visto este episodio de *El tiburón de las propiedades*. Una pareja de mediana edad de Shropshire está convirtiendo un granero en un palacio de tres pisos para sus beagles rescatados.

Mi mente divaga hacia Elliott. Es lunes. ¿Habrán entregado ya las flores que encargué? ¿Qué hora será en California? Reviso mi teléfono por si me he perdido alguna llamada. Nada.

Me hundo más en el sofá y arranco otro trozo de helado de menta con chocolate con el tenedor. Trato de mantener la mirada en la pantalla, pero el programa no está teniendo el efecto somnífero que acostumbra.

Estoy nerviosa, inquieta y tengo la clara sensación de que me están observando. Me levanto y voy hacia la ventana de la cocina, la que da al jardín trasero. Miro hacia la oscuridad y veo dos ojos redondos y amarillos que me devuelven la mirada. Grito y los ojos desaparecen al instante, mientras una cola esponjosa retrocede en la oscuridad. Es un zorro. Solo era un zorro. Uno de los miles de zorros que vagan por Londres en cualquier momento. No es una señal.

«Tranquilízate, Florence».

Regreso al sofá y empiezo a revisar perfiles aleatorios de DJ en Instagram. Todas las fotos son iguales: bicicletas fixie, arte callejero del este de Londres, cafés con leche de cúrcuma con leyendas crípticas sobre nuevos comienzos.

En la televisión, la pareja está haciendo su gran revelación. El palacio de los beagles tiene suelos de madera antideslizante y un manantial de agua ecológica.

Me suena el teléfono y casi me muero del susto.

¿BUSCAS UNA LISTA DE INVITADOS ESTA NOCHE?

Es de Rory, un promotor de eventos con el que tonteé una vez en Glastonbury hace mil años. Rory es agente; el tipo de persona que pasa los veranos en Ibiza, tiene decenas de seguidores famosos en Instagram y se lleva de primera con los dueños de todos los clubes de moda y restaurantes en boga desde Los Ángeles hasta Tel Aviv. Siempre trata de hacer favores a la gente para que «le deban una».

Aparecen tres puntos en la pantalla. Rory está escribiendo.

HE VISTO TU MENSAJE DE INSTAGRAM. IANSQUARED ESTÁ EN WAREHOUSE ESTA NOCHE. TE PUEDO PONER EN LA LISTA DE INVITADOS.

Abro el perfil de IanSquared. Tiene todas las fotos típicas de un DJ: él de espaldas, encorvado sobre los tocadiscos frente a una multitud extasiada en Amnesia. Una pulsera de Coachella, un brazalete de energía magnética y un hilo rojo sin nada. Un café con leche con una hoja perfectamente dibujada en la espuma.

Amplío las fotos en la pantalla separando los dedos. Es imposible saber si el hombre de esas imágenes es el hijo secreto de Rollo Risby. Tiene el rostro oculto en todas las tomas, como si fuera la segunda venida de Avicii y necesitara mantener un perfil bajo para que las masas no lo reconocieran.

Me vuelve a sonar el móvil.

PODRÍAMOS ENCONTRARNOS ALLÍ… escribe Rory, y añade un emoji de un diablito púrpura.

Uf. ¿Por qué son tan decepcionantes los hombres? Le doy un último vistazo rápido y sin ganas a las fotos de IanSquared. Y entonces lo veo. En una de las fotos de los platos. Allí, en su meñique derecho, hay un sello dorado. Igual que el de Rollo.

Se me encoge el estómago.

Le escribo un mensaje a Jenny: ESTA NOCHE NOS VAMOS DE CLUB.

22

En alguna parte más allá de Hackney
Martes, 00.22

El bajo retumba contra las paredes de Warehouse. Chicos con purpurina en el cuerpo, camisetas tie-dye y monos vaqueros nos empu-
jan desde todos lados. El edificio en el que estamos era una planta
industrial de envasado de productos cárnicos. Ahora está lleno de
cientos de jóvenes de la Generación Z que vibran con una música
electrónica espantosa y sin letra.

Jenny se tira del top que le he prestado.

—No lo entiendo —dice, apoyándose contra la pared de hormigón no pulida—. ¿Dónde está?

Yo tampoco lo entiendo. La última vez que fui a un club, po-
nían a Rihanna, había servicio de botellas y una sección VIP. Me
siento tan vieja como el mar. ¿Cuándo se ha vuelto a poner de moda
la purpurina por el cuerpo?

La música está agresivamente fuerte. Nos limitamos a quedar-
nos en el borde de la pista de baile, gritándonos al oído.

—Esto es absurdo —grita Jenny—. ¿No podemos simplemente…?

Sus palabras son interrumpidas por alguien que lleva una pantalla
de lámpara en la cabeza y que choca con ella, luego se inclina disculpándose y continúa bailando. Jenny me mira con los ojos desorbitados.

—¿No podemos simplemente ir a su camerino?

—¿A su camerino? Mira a tu alrededor. ¡Esto no es el Royal
Albert Hall!

Los ojos de Jenny recorren la oscura habitación y su exasperación aumenta.

—¿Dónde están los adultos? ¿Quién organiza esto?

—Es una fiesta en un almacén. No la organiza nadie.

Jenny resopla.

—Sí, claro. ¿Crees que estos chavales se han tropezado sin más con un edificio abandonado que por arte de magia cumple con la normativa de incendios para actos públicos? ¿Con salidas claramente señalizadas y letreros de emergencia? Ni de broma.

Miro alrededor de la sala. Un letrero de salida verde brilla a través del hielo seco. «Joder». Tiene razón.

—Vale —digo, y le cojo la mano—. Vamos a preguntarle a un portero. Ellos lo saben todo.

Nos abrimos paso por la pista de baile principal de regreso hacia la puerta entre la cálida multitud de cuerpos. En el umbral entre la pista de baile y el guardarropía, un grupo de cuatro chicos con sudaderas y cadenas en el cuello nos rozan al pasar y me derraman encima mi bebida energética.

—¡Eh! —grito en medio de una nube de colonia Tom Ford—. ¡Se dice lo siento!

El líder se da la vuelta rápidamente. Es alto y rubio, con gafas estilo Buddy Holly y unos cascos gigantes alrededor del cuello.

—Perdona —dice con un leve acento escocés.

Cuando lo miro más de cerca, noto algo más: el sello de Rollo Risby en su meñique derecho.

Ahogo un grito y le doy codazos a Jenny.

—¡Sabemos quién eres! —grita ella por encima del estruendo de la música.

—¿Qué? —grita él de vuelta.

—¡Digo que sabemos quién eres! —le grita Jenny a la cara.

Nos guiña un ojo.

—Genial. Nos vemos en la pista de baile, chicas. —Después hace un gesto hacia su séquito y se dan la vuelta para irse.

Jenny se pone de puntillas y lo agarra del hombro.

—¡No somos tus fans! —grita, inclinándose hasta que su cara está a solo centímetros de la de él—. Estamos aquí por tu hermano Alfie. ¿Dónde podemos hablar?

Bajo las luces estroboscópicas, el rostro pálido de Ian empalidece aún más. Se gira hacia sus amigos, los despacha con un rápido intercambio de puñitos y «nos vemos luego». Nos hace un gesto para que lo sigamos y nos guía fuera de la pista de baile, a través de una puerta sin marcar y por un largo pasillo de hormigón. Ian tiene las piernas largas; Jenny y yo hemos de ir al trote para seguirle el ritmo. Cojea ligeramente y se apoya más en la pierna izquierda. Le doy un codazo a Jenny, pero ella ya se ha percatado.

Al final del pasillo, Ian le hace un gesto de cabeza a un fornido guardia de seguridad, quien le devuelve un gruñido. Ian empuja una última puerta metálica con un letrero que dice «Solo Talento».

Jenny me lanza una mirada que claramente significa: «Te lo dije».

El camerino de Ian no es mucho más grande que mi habitación. Hay un viejo sofá de cuero, dos sillas plegables de metal y una mesita de café de madera cubierta de papeles de liar y dos bolsas de patatas sabor cóctel de gambas. Una sola luz fluorescente cuelga de un fino cable negro, como en una sala de interrogatorios.

Bajo la luz intensa, Ian se parece menos a su padre de lo que la señora Schulz había insinuado. Tiene el mismo cabello pálido, pero sus ojos son diferentes, más amables. Si no fuera por el anillo, probablemente ni siquiera habría adivinado que eran familia.

—Y bien —dice Ian, doblando sus largas extremidades sobre el sofá de cuero y haciendo un gesto para que nos sentemos—, ¿quiénes son ustedes exactamente?

—Somos madres. Madres del St. Angeles —dice Jenny.

Ian frunce el ceño.

—¿Os envía Cleo? Mirad, si esto es por la carta, fue enviada por consejo de mi abogado. Un abogado que ya no trabaja para mí.

—¿Qué cart...? —empieza Jenny, pero la interrumpo.

—Esto es por tu hermano. Tu medio hermano. Alfie.

—Ya veo. —Ian se pone de pie, abre una mininevera y nos ofrece a cada una una botella de vidrio de té yerba mate con cafeína—. Ya no existe eso de los hijos secretos, supongo. No en la era de 23andMe.

Se saca un encendedor del bolsillo y lo usa para destapar nuestras botellas.

—Bueno, ¿qué queréis saber?

Jenny se inclina hacia adelante.

—Alguien te vio en la vigilia del sábado. ¿Por qué estabas ahí?

Ian da un sorbo lento.

—¿Que por qué estaba en la vigilia por mi medio hermano desaparecido? Eh, a ver. Supongo que fui para mostrar respeto. Solidaridad. No es que el viejo lo valorara ni nada. Pero a estas alturas no espero mucho, ¿sabéis?

Se le ve tan sinceramente triste que tengo que luchar contra el impulso de abrazarlo.

—Oh, no, está bien —dice al ver mi expresión—. Tengo treinta y ocho años. He ido a un montón de terapia. Y sí, a algunos retiros de ayahuasca. Y, de verdad, ya no me atormenta. Estoy en paz con ello.

—Entonces ¿no secuestraste a tu medio hermano secreto?

—De repente, decirlo en voz alta parece ridículo, descabellado.

Jenny chasquea la lengua.

—Florence, por favor…

Ian suelta una risa grave y sorda.

—¿Es eso lo que creéis? Sí, negativo. —Hace un gesto indicando la habitación—. No llevo un estilo de vida para tener un niño secuestrado, precisamente.

En la puerta aparece una joven rubia que lleva un portapapeles.

—Diez minutos, Ian.

Él le guiña un ojo.

—Gracias, Chels.

—Así pues, eh, ¿dónde estabas el viernes pasado? —pregunto.

Ian levanta la vista, como si se percatara de mi presencia por primera vez.

—Un momento, ¿te conozco de algo?

Noto cómo me sonrojo.

—Eh…, lo dudo.

Se levanta de un brinco, decidido a no dejar pasar el tema.

—Te juro que me resultas muy familiar. ¡Y tu voz! Esto va a sonar muy loco, pero me recuerda a la Mariah de los inicios…

—Probablemente sea solo el acento norteamericano —lo interrumpe Jenny—. ¿Podemos tratar de centrarnos en el tema? ¿Dónde estabas el viernes?

Me miro los zapatos.

—¡Me encanta Mariah! Y, eh…, también tengo un pasado musical —balbuceo.

Ian asiente, ignorando a Jenny por completo.

—¿Ves? Lo intuía.

Da unas palmadas en el espacio a su lado en el sofá.

—Ven aquí. Te mostraré dónde estuve el viernes.

Me uno a él en el sofá de cuero. Nuestra rodillas están a solo unos centímetros de distancia. Me pasa su teléfono y cuando sus dedos rozan los míos noto una pequeña descarga eléctrica entre nosotros.

—¿Ves eso? —dice, señalando la pantalla. Es un video de una especie de rave: luces negras, gente sudada, más de esa horrible música electrónica.

Ian se inclina más cerca de mí.

—Fire Factory, en Brixton —dice en voz baja.

De repente soy consciente del calor de su cuerpo, del calor de su aliento. Se me erizan todos los vellos del brazo. Ian no es mi tipo, para nada. Suelo inclinarme por banqueros del Credit Suisse con retraso emocional. Pero me descubro deseando acercarme aún más a él.

—¿Ahí es donde estuviste el viernes? ¿Todo el día? —La voz de Jenny atraviesa mis pensamientos como la espada de un verdugo.

Ian asiente, pero Jenny no ha terminado todavía.

—¿Y la cojera?

Una sonrisa divertida aparece en sus labios. Desliza su teléfono de vuelta al bolsillo y se gira hacia Jenny.

—¿Tan obvia es? Tuve un accidente haciendo snowboard. Cogí algo de nieve polvo en Zermatt la semana pasada y me caí.

Jenny se inclina hacia adelante en su silla plegable.

—Oye, ¿se te ocurre alguien que pueda querer hacerle daño a tu padre? ¿O a tu hermano?

—La verdad es que no lo sé. El viejo y yo no nos vemos mucho, aparte de la ocasional comida de San Esteban. Se supone que soy un secreto, ¿recuerdas? —Guiña un ojo.

Jenny frunce el ceño.

—Pero ¿te dio su anillo, no?

Ian baja la vista hacia el sello dorado de su dedo meñique.

—¿Cómo? No. Fue mi madre quien me dio este anillo. —Frunce el ceño—. Dos semanas antes de morir.

Jenny se esfuerza por ocultar su decepción.

—Entonces ¿no se te ocurre nadie que quiera hacerle daño a tu padre? ¿O a Alfie?

La expresión de Ian se vuelve pensativa.

—Bueno, tal vez... —Se le apaga la voz.

—¿Qué? —le pide Jenny.

—Vosotras sois del St. Angeles, ¿verdad? ¿Qué hay del profesor de matemáticas de hace unos años? Ese al que despidieron por intentar algo con un alumno.

Me enderezo de golpe al recordar mi conversación con el señor Papasizi.

—¿El señor Sexton?

—Sí, creo que se llamaba así. Fue una situación bastante jodida.

Jenny se levanta de su silla de un brinco.

—¿Alfie estuvo involucrado en aquello? Es decir, ¿era él el alumno?

Ian se muerde el labio.

—No debería estar hablando de esto. No es cosa mía...

—Pero ya lo has hecho —señalo.

—Bueno, ¿por qué creéis que despidieron a aquel tipo tan rápido?

Jenny interrumpe.

—¿Cómo es que sabes todo esto? Creía que habías dicho que tu padre no te prestaba mucha atención.

Parece como si a Ian le hubieran dado una bofetada. Le lanzo una mirada a Jenny.

—Vamos, Jenny, sé amable.

—¿Qué pasa? Es una buena pregunta.

Ian la observa con cautela.

—Probablemente me lo dijera Helen.

Jenny se lanza.

—¿Helen Schulz, la subdirectora? —pregunta con los ojos muy abiertos.

La puerta chirría al abrirse y vuelve a aparecer la mujer rubia.

—Te están esperando, Ian.

Él despliega sus largas piernas y se pone de pie.

—Será mejor que me vaya —dice. No se le ve triste en absoluto por escapar.

—Disculpa, ¿podrías solo…? —Jenny se levanta de su silla de un salto y va a bloquear la puerta, pero Ian ya ha recorrido media habitación.

Se detiene en el umbral, fijando sus ojos en mí, como si Jenny no estuviera allí.

—Un placer conoceros, chicas —dice con un guiño—. Podéis quedaros a la actuación, si queréis.

Tres Ubers me cancelan el trayecto antes de que finalmente pueda conseguir uno que nos lleve a casa. Para cuando nuestro Prius plateado se detiene frente al almacén, ya hay chicos colocados empezando a salir del club y entreteniéndose en grupitos antes de emparejarse para pasar la noche.

Jenny abre enérgicamente la puerta del asiento trasero y se desliza sobre él.

—¿Estás… enfadada conmigo? —pregunto tímidamente.

—¿Qué te ha hecho pensar eso, detective? —me espeta mientras se abrocha el cinturón de seguridad.

El conductor nos mira por el retrovisor, sopesando si vamos a darle problemas.

—¿Por qué? ¿Porque le he gustado?

Jenny se vuelve para mirarme.

—¿No has oído lo que ha dicho? La ha llamado «Helen». Lo que significa que la señora Schulz nos mintió. Actuó como si ni siquiera conociera a Ian. Y podríamos haber averiguado todavía más si no hubieras estado tan ocupada lanzándote sobre él.

Me pongo colorada.

—¡No me he lanzado sobre él! Estaba estableciendo contacto humano. ¿Por qué crees que nos ha dejado entrar en su camerino, para empezar? No somos la policía, ¿sabes? Tiene que querer hablar con nosotros.

Jenny me ignora; hurga en su bolso en busca del vaporizador. En el asiento delantero, el conductor frunce el ceño.

—No se puede fumar en el coche —dice.

Jenny da una lenta calada a su vapeador. La ira se evapora de ella en oleadas húmedas.

—Ser encantadora no es un delito, ¿vale? —le digo—. Podrías planteártelo alguna vez. De todos modos, Ian tiene coartada. Dos mil personas estuvieron viendo su actuación el viernes. No puedes creer en serio que un tío así…

—¿Un tío así? —suelta Jenny—. ¿Qué significa eso? ¿Te crees que la gente atractiva no comete crímenes? Florence, ¡iba cojo! Y tenía un motivo. Piénsalo: si Cleo y Rollo se divorcian y Alfie desaparece del mapa, Ian es el único heredero de Rollo. Es el heredero de millones.

—En serio, señora, no se puede fumar aquí —interviene el conductor.

—No estoy fumando. Es un vapeador. —Jenny le da una última calada antes de volver a meterlo en el bolso.

El conductor sacude la cabeza y baja las ventanillas. El aire fresco de la noche me baña la cara. Las luces de Canary Wharf pasan zumbando a lo lejos; dentro de poco las brillantes torres se llenarán de abejitas obreras.

Jenny se tira del top.

—¿Sabes? Colson y Casey facturan mi tiempo a 1.250 libras la hora. Con incrementos cada siete minutos. —Se mira el reloj—. Esta pequeña charla te habría costado… 450 libras.

El pánico me sube por la garganta. Pase lo que pase, no puedo permitirme perder a Jenny. Sin ella no hay investigación.

—¿Has leído siquiera alguno de los libros que te pasé? —pregunta.

Bajo la mirada hacia mis uñas, hacia los restos de la manicura de Linh.

—No. Todavía no, quiero decir.

Jenny mira por la ventanilla, inexpresiva. Lo que diga yo a continuación tiene el poder de cargárselo todo.

—Lo siento —digo en voz baja—. Por lo de antes. Realmente pensaba que estaba ayudando.

Ahora le estoy suplicando, rogándole con los ojos. «No me abandones».

Jenny se queda mirando por la ventanilla un buen rato. Canary Wharf ha quedado atrás. Más adelante, en el horizonte, empieza a verse la Torre de Londres, con las piedras antiguas iluminadas por focos brillantes.

Sube la ventanilla y se vuelve hacia mí.

—¿Puedo preguntarte una cosa? ¿Qué vas a hacer cuando dejes de ser guapa? ¿Tienes un plan alternativo? Porque todo esto tiene fecha de caducidad.

Sus palabras me queman en los oídos. Me muerdo el labio, deseando no ponerme a llorar.

London Bridge aparece a mi izquierda. Los turistas siempre confunden London Bridge con Tower Bridge. Tower Bridge es el lujoso puente que aparece en todas las postales y en las películas de James Bond. London Bridge es un pequeño paso elevado de hormigón y acero, construido en los años setenta para los viajeros de cercanías. No se molestan en iluminarlo por la noche.

Respiro hondo.

—Mira, hago lo que puedo, ¿vale?

—Tenemos que volver a hablar con la señora Schulz —dice por fin Jenny—. Nos mintió al decir que no conocía a Ian. Eso es sospechoso.

Mi ánimo se eleva.

—Sí. Y localizar al señor Sexton. Mañana a primera hora.

Jenny mira el reloj y suspira.

—Aclárate las ideas, Florence. Me he tomado una semana libre para esto. Para mí no es ninguna broma.

23

Shepherd's Bush
Miércoles, 3.18

Cuando regreso, la casa está en silencio. Adam debe de haber salido; su destartalado Volkswagen no está aparcado en la calle. Se me atasca la llave en la cerradura. La sacudo, pensando en el estrangulador, y tomo nota mental de preguntarle a Linh si lo han atrapado.

Una vez dentro, me dejo caer en el sofá y veo la pila de libros de detectives de Jenny. Tiene razón. Debería haber leído sus libros tontos. O al menos hojearlos.

Me inclino y elijo el más pequeño de la pila: *Técnicas de vigilancia para tontos*. En la portada, un tarado de mediana edad vestido con pantalones cortos caqui está usando una lente de largo alcance, presumiblemente para espiar a la que pronto será su exmujer. Hojeo los capítulos sobre vigilancia estática y grabación oculta. Todo parece tan inútil… No serán estas las habilidades que aparten a mi hijo del punto de mira.

Cambio el libro por el *Daily Post*. La desaparición de Alfie continúa siendo la noticia de primera plana. El periódico ha conseguido imágenes de videovigilancia del aparcamiento del Centro de Humedales. En la portada aparece un fotograma granulado en blanco y negro de un vídeo que muestra a una docena de chicos momentos después de salir del autocar aquella mañana. El *Daily Post* ha dibujado amablemente un círculo rojo alrededor de una figura solitaria que parece estar empujando a otro chico. El titular dice:

CHICO MISTERIOSO VISTO EMPUJANDO AL DESPARECIDO ALFIE
HORAS ANTES DE QUE SE DESVANECIERA

Vuelve a mí el dolor sordo en la boca del estómago, el que me ha invadido desde que recogí a Dylan el viernes. Amplío la foto hasta que ocupa toda la pantalla. «¿Es Dylan?». Parece él, pero cuesta asegurarlo. Todos los chicos llevan uniforme y han difuminado sus caras.

Hasta este preciso instante he conseguido evitar considerar lo que realmente le ocurrió a Alfie en el Centro de Humedales el viernes. Sí, la mochila de debajo de la cama de Dylan es sospechosa. Sí, lo que Alfie escribió en su *Diario de sentimientos* tiene mala pinta. Pero es como cuando te cortas por accidente y te duele mucho la mano, pero evitas mirar porque ver la herida real solo va a empeorar el dolor. Si confronto a Dylan con lo que he encontrado, su respuesta será definitiva, irrevocable, quedará fijada en mi mente para toda la eternidad. No he sido capaz de afrontarlo.

Pero sentada en mi sofá, mirando lo que casi seguro es la foto borrosa de mi hijo en la portada del periódico sensacionalista más importante del país, me doy cuenta de lo estúpida que he sido. Qué ingenua. ¿Cómo puedo proteger a Dylan si me hago la ciega? La única manera de mantenerlo a salvo es descubrir la verdad, toda la verdad, y mirarla cara a cara.

Avanzo por el pasillo y abro la puerta de la habitación de Dylan con decisión, disfrutando de los contornos familiares del espacio: la nave espacial de LEGO, los cómics, el ligero olor a zapatillas de deporte.

Cuando acciono el interruptor.de la luz, se oye un chasquido, seguido de un chisporroteo de alto voltaje, como el encendido de una silla eléctrica. Tardo un momento en darme cuenta de que es la bombilla. «Solo es la bombilla», digo en voz alta, intentando calmar los nervios.

Espero a que el corazón deje de aporrearme el pecho y entonces saco el móvil y empiezo a hacer fotos de la habitación. No hay forma de que recuerde dónde está cada cosa; necesito documentación si quiero tener alguna esperanza de volver a montarlo. Cuando estoy segura de haber registrado la ubicación de cada juguete y calcetín perdido, me remango y empiezo a desmontar la habitación de Dylan, pieza a pieza. Doy la vuelta al colchón, rebusco en la papelera y compruebo todas las cajas de LEGO. No sé qué estoy buscando, así que tengo que mirarlo todo.

Del escritorio de Dylan saco bolígrafos medio rotos, carpetas de matemáticas viejas, fotocopias de artículos sobre la experimentación con animales. «La lucha contra la crueldad con los conejos en los laboratorios». Las fotos son horripilantes. Maldito señor Foster. Nunca debí dejar que se juntaran. Ese viejo raro está haciendo a Dylan aún más raro de lo que ya es. Cuando vuelva de casa de Will, le daré la noticia: se acabó el señor Foster.

Paso a la cómoda de Dylan. Abro el cajón superior de un tirón y empiezo a sacar los calcetines y los pijamas. Paso los dedos por el borde interior para ver si tiene algo escondido. Rozo algo suave y húmedo, viscoso. Retrocedo y saco de golpe el cajón de la cómoda. Dentro hay un recipiente de plástico rojo abierto del tamaño y la forma aproximados de un huevo. Lo reconozco del «Científico Junior» de Dylan. Es el Experimento del Gran Limo. El que dejó un rastro de baba verde por toda la encimera de la cocina. Limo. Llevo más de una hora con esto y una taza de «Limo científico» es lo más incriminatorio que he encontrado en la habitación de mi hijo.

Me invade una oleada de vergüenza. ¿Qué estoy haciendo? Por supuesto que Dylan no tiene nada sospechoso en su habitación. Es un niño. Me odio por atreverme a imaginar lo contrario.

Vuelvo a colocarlo todo en su sitio y paso el resto de la noche en estado de fuga. Me planteo llamar a Matt B. para una ronda de omakase y sexo en el ascensor de un hotel, pero es demasiado tarde. Ya estará dormido. Brooke me preguntará si ya he llamado al abogado. La única persona con la que realmente quiero hablar es con Jenny, pero eso es imposible. Si supiera la verdadera razón por la que estaba haciendo todo esto, no me volvería a hablar en la vida.

En vez de eso, abro su estúpido libro sobre vigilancia y me lo leo entero, de cabo a rabo, deteniéndome solo cuando los rayos del sol empiezan a reptar por la ventana.

Me despierto más cerca del mediodía de lo que quería. Me duele la cabeza. Probablemente sea jaqueca por cafeína. Hay un mensaje de Brooke. ¡¿HAS LLAMADO YA A UN ABOGADO?!, seguido de dos signos de exclamación de color rojo chillón. Me pregunto si también habrá visto la página web del *Daily Post*.

Abro un Red Bull y miro la página de inicio. El titular sobre la pelea de los chicos ha desaparecido. En su lugar hay uno que dice:

UN MÉDIUM AFIRMA COMUNICARSE CON EL ALUMNO DESAPARECIDO

¡94 HORAS DESAPARECIDO!, anuncia el reloj de la cuenta atrás.

Hago clic en el artículo, pero antes de que pueda leerlo me suena el teléfono.

1 mensaje nuevo de Dylan.

Mi pecho se llena de esperanza. Podría ser el momento que estaba esperando. Mi hijo me lo va a explicar todo. Corro a abrir el mensaje, pero no hay palabras. Solo el emoji de una tortuga solitaria.

Greta.

«Mierda». Todavía no le he dado de comer a la puta tortuga.

Me dirijo a la cocina para ver el contenido de la nevera: una botella de vodka, tres limas, un recipiente con restos de comida india para llevar. Pongo unas cucharadas de aloo gobi en un plato, con las objeciones de Dylan resonando en mis oídos: «¡No puedes darle comida para llevar a una tortuga!».

«Y tú no puedes esconder la mochila de tu compañero de clase desaparecido debajo de la cama y no contármelo», replico en mi cabeza.

Greta está en la roca grande de la parte trasera de su tanque, tomando el sol cerca de su lámpara UV. Echo el curry en su tanque a cucharadas. Se me queda mirando con una expresión de absoluto desdén.

Me llama la atención la lata amarilla que hay sobre la mesa de Dylan. La del señor Foster, con los grillos. Uf. Vale, le daré a Greta lo que verdaderamente quiere.

La lata es sorprendentemente pesada. Me inclino sobre el tanque de la tortuga y me preparo para una oleada de insectos. Pero cuando quito la tapa no pasa nada. Inclino ligeramente la lata y le doy un golpecito y una lluvia de clavos cae en el tanque de Greta; no le dan por cuestión de centímetros. Greta me lanza una mirada apática, en plan: «Eres aún más inútil de lo que pensaba».

—No es culpa mía que ese viejo idiota me diera la lata equivocada —resoplo. «Maldito señor Foster». Viejo chocho. En cuanto solucione todo esto de Alfie, tendré unas palabras con él. Dylan necesita amigos normales de su misma edad.

Limpio el desastre tan rápido como puedo, recojo los clavos entre los dedos y los vuelvo a meter en la lata. Cuando termino, tiro el resto de la comida india en un rincón del tanque de Greta y salgo corriendo de la habitación de Dylan.

El bicho ni siquiera pestañea un gracias.

Jenny descuelga al tercer timbre.

—¿Sigues enfadada conmigo? —le suelto antes de que pueda decir nada—. Porque te echo de menos.

Es verdad. Las últimas horas han sido extrañamente solitarias. No me había dado cuenta de lo mucho que había llegado a depender de Jenny: para ir a los sitios, para tener compañía y, por supuesto, para la investigación.

—No estoy enfadada —dice Jenny en voz baja. Suena como si se encontrara a un millón de kilómetros de distancia; su voz es vaga y distraída.

—Ah, genial. ¿Vamos a hacer el brunch y hablamos de los próximos pasos? Podríamos volver a aquel libanés…

—No puedo, Florence. Ha surgido algo. Tuve que ponerme a trabajar y apagar un incendio.

—¿Cómo? Pensaba que estabas utilizando días de vacaciones.

Jenny suspira con fuerza.

—Bienvenida al mundo laboral.

Ignoro la indirecta: esto sigue siendo una misión de penitencia.

—Oye, he leído los libros que me diste. Bueno, al menos uno de ellos. El de la vigilancia.

—¿En serio? —Parece sorprendida.

Se oyen voces apagadas de fondo, quizá de colegas. Me doy cuenta de que ni siquiera sé dónde está la oficina de Jenny. ¿En el Soho? ¿En la City? Me pregunto si tendrá uno de esos despachos esquineros acristalados en un rascacielos, como los de las películas, con orquídeas sobre la mesa y ayudantes que van de un lado para otro trayendo cafés que nunca están lo bastante calientes. Debería preguntarle.

—Tengo que irme —dice Jenny—. Tú solo…, no sé…, haz lo que puedas. Tal vez podrías buscar una dirección o algún dato de contacto del señor Sexton. —Cuelga antes de que pueda despedirme.

Cuando llamo a la puerta de Adam, responde inmediatamente, recién duchado y con olor a champú de menta. Lleva un pantalón de chándal oscuro y el cuello en V de una camiseta blanca le marca el pecho musculoso.

—¡Flo! —dice con una sonrisa. Tiene la tele encendida y el olor untuoso a salchichas y huevos fritos se cuela por la puerta abierta—. Justo a tiempo. Estaba haciendo la comida. Pasa.

Hacía siglos que no subía a su casa, desde antes de que Marta se marchara. Normalmente nos vemos en la mía, que tiene la ventaja del jardín trasero y muebles en los que te apetece sentarte. La mitad de la casa de Adam la compró su padre, jefe de policía, a finales de los años noventa, sospecho que para tener un sitio donde llevar a sus ligues, y nunca se ha renovado. La cocina es todo armarios de roble pasados de moda y paredes de color magnolia descolorido. Recorro la cocina con la mirada. La mayor parte de la encimera está ocupada por botes de creatina en polvo de casi cuatro litros. Una de las citas inspiradoras de Marta en Instagram sigue enmarcada en la pared: «La vida es un lienzo. Píntalo con tus sueños».

Está inmaculado, eso sí; eso se lo reconozco. Cada superficie está limpia y reluciente.

—Joder, tío. ¿Tienes asistenta?

—No. La desordenada era Marta. Una cosa buena de que se fuera, supongo: por fin puedo vivir en un piso limpio.

—Mmm. —Marta nunca me pareció tan desordenada. Pero, bueno, tampoco es que fuéramos íntimas. Nuestra relación consistía enteramente en intercambiar comentarios sobre el tiempo cada vez que nos cruzábamos en el camino de entrada. Una Navidad llamó a mi puerta y me entregó un paquete envuelto para regalo que contenía un «diario personal inspirado en el superventas *El secreto*». Yo no le había comprado nada, así que le di una botella de prosecco sin envolver recién sacada de la nevera, pese a estar casi segura de que no bebía.

—¿También te dejó la olla? —pregunto, señalando una Le Creuset rosa pastel de imitación rebosante de judías en salsa de tomate.

Adam se encoge de hombros.

—Sí, pesaba demasiado para llevársela de vuelta a Polonia, supongo.

Me siento a la mesa de la cocina mientras Adam sirve los platos. En la tele, un reportero de Sky News que lleva una chaqueta encerada con cinturón está de pie delante de un pantano, explicando la «controversia» sobre el plan para drenar el embalse y buscar a Alfie, tras las preocupaciones de un grupo ecologista de que podría alterar los patrones de las aves migratorias.

Adam me pone delante un plato lleno de comida y hace un gesto hacia el televisor.

—¿Puedes creerlo? Todo este alboroto por un niño rico —dice moviendo la cabeza.

Asiento. No estoy de humor para uno de sus discursos de «todos somos iguales».

—¿Hoy tienes fiesta? —pregunto, intentando cambiar de tema.

—Sí —contesta—. Luego iré al gimnasio. Hoy toca piernas.

—Sigues haciendo eso…

Adam trae una botella de salsa HP.

—¿CrossFit? Y tanto. Tengo un montón de competiciones por venir. Probablemente esté fuera unos días.

Pone la salsa encima de la mesa y me hace un gesto para que coma. Me quedo mirando el plato y paseo los huevos con el tenedor.

—¿Cómo va tu… investigación? —pregunta antes de meterse una cucharada enorme de judías en la boca.

Aprieto la mandíbula.

—No muy bien, la verdad. Ninguna de nuestras pistas ha dado resultado. Ahora Jenny está enfadada conmigo.

Se mete otro bocado en la boca y frunce el ceño.

—¿Cómo puede alguien enfadarse contigo?

Me muerdo el labio. Seguro que sabe que el único motivo por el que alguien pueda no estar nunca enfadado conmigo es porque espere que me acueste con él.

—¿Tiene la sensación de que no haces tu parte, o qué?

—¿Cómo? ¿Has hablado con ella o…?

—No…, eh…, bueno, me la encontré ayer. En Nando's.

Siento que algo se rompe dentro de mí, una sinapsis extra o algo así.

—¿Cómo?

—¡Está muy bien! Tienen muchas opciones de proteínas, si estás aumentando volumen.

—No. Quiero decir que ¿por qué estabas por ahí con Jenny?

Adam frunce el ceño.

—Ay, vamos. Solo fue un poco de pollo. —Me tiende un plato—. ¿Tomate?

Sacudo la cabeza.

—No tiene importancia, Flo.

Pero sí que la tiene. Puede que Adam no sea mi novio, pero es mi plan de reserva. Su atención, sus favores, su lealtad… me pertenecen. Confío en ellos. Pero consigo apartar los celos a un lado, porque he venido a verle con una misión.

—Necesito tu ayuda.

Los redondos ojos azules de Adam se entornan hasta convertirse en dos hendiduras.

—¿Qué tipo de ayuda?

—Necesito demostrarle a Jenny que estoy contribuyendo a la investigación. Que no lo hace todo ella. ¿Puedes ayudarme a encontrar una dirección?

—¿Qué tipo de dirección?

—Se llama Robin Sexton. Era profesor en el St. Angeles. Le despidieron hace un par de años.

Adam exhala lentamente, sopesándolo.

—¿Y qué consigo yo a cambio?

Frunzo el ceño.

—Estamos hablando de un niño, Adam. Un niño de diez años. El hijo de alguien.

Adam hace un puchero y pincha una salchicha con el tenedor.

—Era broma, ¿vale?

—Así pues, ¿me ayudarás?

Se queja y sé que he ganado.

—Veré qué puedo hacer —dice—. No prometo nada. —Me acerca un plato de carne frita—. Oye, Flo…

—¿Sí?

—En serio, tienes que probar estas salchichas.

La dirección de Robin Sexton entra por la ranura del correo esa misma noche, garabateada con la letra de Adam en un trozo de papel de cuaderno. Le envío un mensaje a Jenny con la buena noticia sin mencionar cómo la he conseguido.

Si está impresionada por mi investigación, no lo demuestra; su única reacción es un emoticono de pulgar hacia arriba.

Vuelvo a intentarlo. ¿Quieres comprobarla? ¿Nos ponemos en marcha mañana a las 9h?

Bueno, responde unos minutos después. Me pregunto si sigue enfadada o es que está muy ocupada.

Belinda está enferma. Puede que tenga que traer a los niños, añade Jenny.

Trago saliva. Es una prueba.

No pasa nada, respondo, añadiendo una carita sonriente. ¡Cuantos más, mejor!

24

A la mañana siguiente, cuando salgo de casa, Jenny está sola en el coche rojo alquilado. Belinda, la niñera, se ha recuperado milagrosamente a última hora y me ha concedido un respiro del espectáculo de Max y Charlie. Pero Jenny está aún más tensa que de costumbre y alterna el crujirse los nudillos con dar grandes tragos a un café americano helado.

—¿Has estado alguna vez en Guildford? —le pregunto, con la esperanza de romper el hielo.

—Creo que se pronuncia Guil-ford —responde—. La «d» del medio es muda. ¿Estás lista?

Arranca el coche sin esperar mi respuesta. A medida que nos alejamos de Londres, las robustas casas de ladrillo rojo dan paso a pisos de nueva construcción y luego a grúas de construcción y franjas comerciales con carteles en polaco. Finalmente, los almacenes E-Z y las tiendas de envío de dinero dejan lugar a suaves colinas verdes.

Me esperaba una colmena de cercanías destartalada y sin alma a las afueras de Londres, pero Guildford resulta ser una encantadora ciudad de mercado con un castillo medieval.

Tenemos tiempo de sobra para admirar el castillo porque nos perdemos. Jenny discute a gritos con el GPS mientras damos infinitas vueltas a la rotonda de Guildford. («Técnicamente es un giratorio», me reprende). Nuestra relación es casi como antes, pero hay un trasfondo nuevo, una arista que antes no existía.

Cuando llegamos a Chestnut Road, el sol está alto y plano en el cielo. La calle está tranquila. La mayoría de los vecinos se han ido a trabajar. Es día de recogida de basuras y la acera está llena de escombros y contenedores vacíos.

La casa de Robin Sexton es el número 16, una ordenada casita victoriana de obrero. El exterior de ladrillo está pintado de blanco, con la puerta de entrada verde fresco y un olivo en maceta. Es francamente bonita. Nadie diría que allí vive alguien acusado de un delito monstruoso.

Aparcamos unas puertas más allá, bajo un árbol cuyas hojas han caído a la calle y han formado un gran montón.

Me vuelvo hacia Jenny.

—Y ahora, ¿qué?

—¿Qué quieres decir? Ya has leído el libro. Ahora esperamos. —Tamborilea con los dedos en el volante—. ¿Me pasas la foto otra vez?

Le enseño la foto del señor Sexton que he arrancado del antiguo anuario de Dylan.

—No tiene mal aspecto —sopesa Jenny, y he de darle la razón. Uno espera que alguien acusado de hacer tocamientos a un niño irradie un aspecto espeluznante, con gafas de pasta y una cabeza abovedada y brillante. Pero Robin Sexton, al menos el Robin Sexton de hace cuatro años, parece fresco e íntegro, con la mandíbula cuadrada, los hombros anchos y el pelo castaño ondulado. Parece como si jugara al lacrosse. Si no tuvieras un día especialmente ambicioso, podrías darle un me gusta.

Jenny me devuelve la foto.

—A ver, no es Adam… —dice, guiñándome el ojo—, pero no está mal.

Me sienta como un bofetón.

—¿Qué?

Jenny se desabrocha el cinturón y se gira para mirarme.

—Venga, va. ¿Vas a decirme que nunca habéis…? —Mueve las cejas sugerentemente.

Noto que me ruborizo.

—Ugh. ¡No!

Jenny se encoge de hombros.

—No sé. Es bastante mono.

—¿Qué? Ni siquiera es tu tipo —le espeto.

Jenny arruga la nariz.

—¿Qué sabrás tú cuál es «mi tipo»?

—No sé. Solo que te veo con alguien que lleve traje. Un hombre de negocios. O… una mujer —me apresuro a añadir.

Jenny resopla.

—¿Un hombre de negocios? ¿Qué significa eso, a ver?

Parece realmente ofendida, pero antes de que pueda suavizar la situación, nos interrumpe un golpe seco en la ventanilla del acompañante. Una mujer de cara ancha que lleva un perro pequeño nos hace un gesto para que bajemos la ventanilla.

—¡Buenos días! —dice—. ¿Puedo preguntarles por qué han aparcado aquí?

La miro con expresión impasible.

—¿Es usted la guardia de tráfico?

La mujer esboza una sonrisa falsa.

—Es solo que en esta calle hay una especie de orden de aparcamiento extraoficial. Para residentes. —Cambia el peso de lado, esperando a ver si captamos la indirecta—. Verán, normalmente yo aparco aquí —continúa la mujer—. Y supongo que podría coger otro sitio —señala la calle vacía—, pero causaría mucha confusión a todo el mundo. ¿Tal vez podrían ustedes retroceder unos metros? Ese es el sitio que solemos dejar libre para los visitantes.

El perrito de la mujer da un ladrido, como mostrando acuerdo con su dueña.

—No faltaba más, doña rarit… —empiezo a decir, pero Jenny me corta.

—No hay problema —dice. Después sube la ventanilla del acompañante, da marcha atrás y se vuelve hacia mí—. Entablar discusiones insignificantes con desconocidos no es una gran práctica encubierta. El objetivo es tener un perfil bajo.

Dicho esto, apaga el motor y empieza a morderse la uña del dedo índice derecho con una ansia feroz. Por alguna razón, eso me molesta.

—¿Desde cuándo te muerdes las uñas?

—¿Quizá desde que he dejado de vapear?

—¿Cómo? ¿Por qué?

—¿Cómo que por qué? Vapear es malísimo. Debería haberlo dejado hace mucho.

—No veo por qué… —empiezo a argumentar, pero me detengo a media frase porque un hombre en pantalón de chándal y chaqueta de cazador verde sale del número 16 con una gran bolsa de lona negra colgada al hombro—. Es él —grito—. ¡Es Robin!

Jenny abre unos ojos como platos.

—¿Eso es una bolsa de lona? Dios mío, graba esto…

Saco el móvil y me apresuro a abrir la aplicación de la cámara. Empiezo a grabar mientras Robin se dirige a una furgoneta blanca.

—¿Una furgoneta blanca? ¡Una furgoneta blanca de verdad! ¿Hay algo más sospechoso que eso? —chillo.

Jenny y yo vemos cómo Robin mira por encima del hombro, luego abre la puerta trasera de la furgoneta y deja caer la bolsa de lona en la parte de atrás dando un fuerte golpe. Pero en lugar de subir a la furgoneta y marcharse, cierra suavemente la puerta y entra en casa.

—¿Has visto eso? —le digo con los ojos muy abiertos—. ¿La bolsa?

Jenny asiente.

—Lo que sea que hubiera dentro pesaba mucho.

Antes de que ninguna pueda decir nada más, Robin reaparece cargando una segunda bolsa negra idéntica, que deposita junto a la primera. Después vuelve a entrar en su casa.

—Hostia puta. Hostia puta. ¿Lo estás viendo? —digo con incredulidad.

Jenny hace un gesto hacia mi teléfono.

—Lo estás grabando, ¿verdad?

Robin reaparece por tercera vez, cargando al hombro un enorme saco blanco de plástico. Entorno los ojos para ver lo que pone en el lateral del saco.

Jenny se pone las gafas.

—A-bo-no or-gá-ni-co —dice, con la voz rota.

Robin mete la bolsa en la parte de atrás de la furgoneta, cierra la puerta, se sienta en el asiento del conductor y arranca el motor. Dejo de grabar y meto el teléfono en el bolso.

—Se va —chillo. Tenemos que seguirle.

Un parpadeo de duda se dibuja en la cara de Jenny.

—¿Seguirle?

—¡Vamos! ¡Tenemos que ver adónde va!

Jenny gira la llave en el contacto y nuestro tanque de snacks cobra vida. El corazón me late con fuerza cuando salimos a la carretera principal. Jenny tiene cuidado de mantener una distancia de dos coches, tal como aconseja el libro de vigilancia. No es una persecución exactamente. Más bien un seguimiento muy legal y cuidadoso. Pero no deja de ser emocionante.

Lo seguimos durante un kilómetro, después tres, después cinco. Finalmente, Robin pone el intermitente.

—Está girando a la izquierda —anuncio—. ¡No le pierdas!

Robin entra en un centro comercial y aparca la furgoneta delante de una ferretería B&Q.

Jenny se vuelve hacia mí con voz temblorosa.

—Yo cojo el carro de la compra, tú coge la muñeca. Somos mamás tontas, ¿recuerdas? Actúa con despreocupación.

Jenny salta del coche antes de que pueda contestarle. Cojo la bolsa para pañales y forcejeo con el cinturón de seguridad del portabebés, pero no se mueve.

—Vamos —me dice Jenny, que ya ha cruzado la mitad del aparcamiento.

Le doy otro tirón al cinturón y por fin se suelta. Saco el portabebés, lo acoplo al cochecito, le pongo una muselina estampada por encima a nuestra muñeca de plástico y me apresuro a alcanzar a Jenny, con la bolsa para pañales golpeándome la cadera.

Dentro de la ferretería huele a goma y a plástico, con un toque de productos químicos. Es pleno día; los demás compradores son en su mayoría obreros con su mono de trabajo. Pasamos junto a latas de pintura, plantas de interior y lámparas, entablamos una conversación actoral y fingida sobre el destete del bebé mientras buscamos frenéticamente a Robin por los pasillos. De vez en cuando meto la mano bajo la muselina y tranquilizo a nuestra muñeca.

—Ya está, ya está —le digo a absolutamente nadie.

Cuando llegamos a la sección de herramientas sin rastro de él, Jenny sugiere que nos separemos.

—Yo me quedaré junto a la salida por si se marcha. Tú comprueba los pasillos. No te olvides del centro de jardinería —dice, señalando con la barbilla hacia las puertas del invernadero.

Me sitúo al principio del pasillo de los taladros y finjo examinar algunos destornilladores. No hay rastro de Robin. Sigo moviéndome y me detengo en el expositor de pinturas para admirar algunos trozos de pintura de alta calidad. Por el rabillo del ojo veo un destello verde oscuro. Robin. Está al final del pasillo, a menos de tres metros, junto a los rodillos de esponja. Me detengo un momento y estudio su rostro. ¿Es esa la cara de alguien que haría daño a un niño?

Mis ojos se dirigen a su carro a toda velocidad justo cuando un hombre con un mono manchado de pintura me roza y planta su ancho cuerpo exactamente delante de mí, de modo que me bloquea la vista.

—Disculpe —le digo, tratando de esquivarlo, pero no se mueve. Le doy un golpecito con el cochecito, solo un empujoncito, pero me paso. La bolsa para pañales que llevo colgada al hombro choca contra un estante de pintura Farrow & Ball. El albañil se da la vuelta, justo a tiempo para ver cómo una lata de tres litros y medio de Aliento de elefante se sale de la estantería y aterriza justo encima del cochecito, cubierto por una muselina, con un ruido sordo.

—¡Jesús, María y José! ¡El bebé! —grita el albañil, señalando horrorizado la lata, que ha quedado perfectamente encajada en la sillita.

Se oyen gritos ahogados. La tienda, que parecía prácticamente vacía, de repente está llena de decenas de personas que miran boquiabiertas a la madre irresponsable que ha tirado una lata de pintura sobre su bebé.

—No pasa nada —intento girar el cochecito para poder darme la vuelta, pero el pasillo se está llenando de compradores ansiosos por ver a qué viene tanto alboroto.

—La niña está bien —insisto.

Detrás del mostrador de pintura, un empleado con un polo naranja coge un walkie-talkie.

—Código 300 en pintura.

—¡Levanta la lata! —grita una mujer de pelo canoso. Se me acerca haciendo un gesto hacia el Aliento de Elefante—. ¡Pobre bebé!

Vacilando, levanto la lata de pintura del cochecito y levanto la esquinita de la muselina para echar un vistazo a la muñeca de plástico.

—Sip, todo bien —digo, fingiendo alivio—. No hay de qué preocuparse.

—¿A ver? —dice la mujer, apartándome de un codazo con sus brazos carnosos—. Fui enfermera.

Me abalanzo sobre la muñeca, pero la mujer es más rápida; aparta la muselina y coge el contenido del cochecito.

—Pero ¿qué...? ¡Si es de plástico! —grita, sosteniendo la muñeca en alto como si fuera una bomba que hubiera que detonar—. ¡Es un bebé de mentira!

El albañil retrocede y el asco se extiende por su rostro.

—¿Un bebé de mentira? ¿Quién lleva un bebé de mentira a B&Q?

La gente empieza a chasquear la lengua, a sacudir la cabeza, a alejarse de mí como si temieran que mi locura fuera contagiosa. Al final del pasillo, Robin se da cuenta de la conmoción y mira en dirección a mí. Me quedo paralizada. Han pasado un par de años desde que era profesor en el St. Angeles. Dudo que me reconozca, pero no puedo arriesgarme. Abandono el cochecito y al bebé y salgo corriendo del pasillo de la pintura.

—Señora, no puede dejar su... —me dice el empleado del polo naranja mientras corro por el pasillo hacia la salida.

Jenny está apoyada en la pared de detrás de las cajas, escrutando las registradoras.

—Vámonos —ladro—. Tenemos que irnos.

Frunce el ceño.

—¿Por qué? ¿Qué ha pasado?

—He chocado contra un expositor. Con el cochecito. Una lata de pintura ha caído sobre el bebé. Menuda escena.

A Jenny se le escapa una carcajada y corre a taparse la boca.

—Vale —dice, borrando la sonrisa de su cara y cogiéndome de la mano—. Larguémonos de aquí.

Nos vamos pitando de la tienda, cruzamos las puertas automáticas y salimos al aparcamiento. Cuando llegamos al coche alquilado, me tiemblan las rodillas. Me agacho para intentar recuperar el aliento.

—¡Madre mía, qué locura!

Jenny pone los ojos en blanco, con una expresión entre molesta y divertida.

—Eres una auténtica tarada del caos.

—Ya lo sé. Pero lo he visto.

—¿Y? ¿Qué estaba comprando?

—No he podido verlo. Estaba demasiado lejos.

Jenny sacude la cabeza y abre el coche. Empiezo a abrir la puerta del acompañante.

—De hecho —dice, señalando el asiento trasero—, tengo una idea. Apretújate en el espacio para los pies.

—¿Qué?

—Vamos. Ya que hemos llegado hasta aquí, terminemos el trabajo.

Quiero protestar, pero no me atrevo. Ya he armado bastante lío. Me subo al asiento trasero. El suelo huele a pies, a suciedad y a limpiamoquetas. Jenny me pasa unos prismáticos.

—Prepárate —me dice.

Miro por encima del borde de la ventanilla del coche e intento ajustar los prismáticos. Es inútil, todo está borroso, se ve doble y me estoy mareando.

—Está saliendo. ¡A tus once en punto! —dice Jenny desde el asiento del conductor.

—¡No consigo que este trasto funcione!

Jenny alarga la mano hasta el asiento trasero, coge los prismáticos y hace una serie de ajustes rápidos.

—Vale —dice, estirando el cuello para ver mejor—. Lo tengo.

—¿Y?

Palidece y empieza a respirar entrecortadamente. Los prismáticos se le caen de las manos y aterrizan en su regazo con un ruido sordo.

—¿Qué pasa?

Se vuelve para mirarme. Se le ha ido la sangre de la cara y le tiemblan ligeramente las manos.

—Una sierra —dice con voz ligera y sin aliento—. Robin Sexton acaba de comprar una sierra.

25

Jenny me pasa los prismáticos.

—Compruébalo tú misma.

Me asomo por el cristal, justo a tiempo para ver la sucia furgoneta blanca de Robin salir del aparcamiento de B&Q, con los neumáticos chirriando.

—¡Que se va! Síguelo.

Jenny gira la llave. Me preparo para que nuestro coche salga disparado tras él, pero no pasa nada. Suelto los prismáticos.

—Vamos —digo—. ¡Tenemos que ver a dónde va!

Jenny vuelve a girar la llave. Nada. Frunce el ceño.

—El coche no arranca.

Noto calor en la cara, que la temperatura en el coche aumenta.

—¿Qué? ¿Cómo puede ser? —pregunto con voz más aguda, más desesperada—. En serio, ¿qué coño?

—No lo sé —dice Jenny, respirando hondo—. No soy mecánico. Llamaré a la compañía de alquiler. Y deberíamos contactar con la policía, decirles lo que hemos visto. Sinceramente, es para bien. Si ese hombre realmente…, bueno, podría ser peligroso.

Me golpeo la cabeza contra el reposacabezas, demasiado furiosa para hablar. En contra de todas mis esperanzas más locas, hemos encontrado a un sospechoso vivo. Una persona que no solo no es Dylan, sino que es un pederasta confirmado. Y lo estamos dejando escapar.

—¿Qué coño? ¿Así que ahora vamos a rendirnos?

Jenny me mira con sorpresa.

—¿Por qué te flipas? Tampoco es que podamos enfrentarnos a él nosotras solas. A mí no pueden detenerme, Florence. Podría perder mi trabajo. Y he de pensar en los niños. Ese nunca fue el plan. La policía…

—¡Dios! ¡No me lo puedo creer! —estallo, y vuelvo a golpear el asiento. El cinturón de seguridad me aprieta demasiado, empieza a parecerme una camisa de fuerza. No puedo respirar—. ¿Es que no acabas de ver cómo un sobón de niños cargaba abono y una sierra en su espeluznante furgoneta blanca?

Jenny se mira las manos en el volante y frunce el ceño, como si intentara resolver un complicado problema matemático. Noto que está perdiendo la adrenalina de la persecución. La parte racional y escéptica de su cerebro está tomando el control, evaluando, dudando de todo lo que acabamos de ver.

—Escucha, todo eso es circunstancial. El hombre no tiene antecedentes criminales. No tiene antecedentes de violencia. Ni siquiera una infracción de tráfico.

—¡Le hizo tocamientos a un estudiante! Todo el mundo lo sabe.

Jenny sacude la cabeza.

—Robin Sexton nunca fue acusado. Lo he comprobado. No hay constancia de ninguna detención.

Ahora me arde la cara. Parpadeo para contener las lágrimas calientes.

—¿Por qué estás aquí? ¿Por qué has venido?

Mantiene la vista al frente, sin mirarme a los ojos.

—Creo que la verdadera pregunta es: ¿por qué tienes tantas ganas de que sea él? ¿Qué pasa, Florence?

La pregunta me hace sentir como si me estuvieran desollando viva. «Dylan», quiero gritar, pero no puedo.

En lugar de eso, clavo la vista en mis uñas; me niego a mirarla.

—Eh… Me importa Alfie. Pensaba que a ti también.

Jenny me pone una mano en el brazo.

—A mí me importa la verdad —dice en voz baja.

Me aparto de ella.

—No. Eh… ¿De verdad esperas que crea que has hecho todo esto, el mamá-móvil, los disfraces, esta persecución…, porque te importa «la verdad»? La verdad está ahí delante escapándose, y nosotras estamos aquí sentadas.

Jenny suspira.

—¿Qué quieres que te diga? ¿Que me sentía sola? ¿Que me gustaba estar contigo? No sé, era… ¿divertido? tener algo que no fuera mi agobiante trabajo, mis ingratos hijos y el insoportable y opresivo peso de la responsabilidad que me cae encima desde todas las direcciones. ¿Es un crimen querer hablar diez minutos con otro adulto?

El silencio se apodera del coche. Nos quedamos sentadas en el aparcamiento de B&Q, ambas en silencio.

Al final, Jenny se aclara la garganta.

—Voy a llamar a la grúa. Y después llamaré a ese detective, el de la reunión de padres, el agente Thompson. Deberíamos contarle lo que acabamos de…

Sus palabras se ven interrumpidas por el sonido de un teléfono, el mío. Noto como si me echaran un vaso de agua helada por la espalda.

NÚMERO OCULTO, dice la pantalla.

Respiro hondo.

—¿Hola?

—¿Señora Grimes? —dice una voz de hombre profunda, desconocida.

—Sí, soy yo.

—Soy el detective Singh. Hablamos el viernes, sobre su hijo.

Todo mi cuerpo se contrae. Un sabor metálico me llena la boca. Abro la puerta y salto del coche para que Jenny no pueda oír la conversación.

—Sí —chillo—. Lo recuerdo.

—Tenemos nueva información. Necesitamos que venga a comisaría.

Trago saliva. Por la ventana, Jenny me lanza una mirada preocupada.

—¿Ahora?

—Sí —dice—. ¿Cuánto tarda en llegar?

—¿Es…?

—Me temo que no son buenas noticias.

—¿Quién era? —pregunta Jenny cuando cuelgo.

Por un instante casi me derrumbo. Me muero por contarle lo de Dylan, la mochila, el *Diario de sentimientos*. Todo. Pero no puedo.

—Era Will —miento—. Dylan se ha quedado sin calcetines.

Jenny pone los ojos en blanco.

—Estoy tan contenta de no tener que lidiar con esa mierda del exmarido...

Miro por la ventanilla. En el horizonte empiezan a acumularse nubes negras.

—Parece que va a llover —dice Jenny.

Me esfuerzo por no llorar.

—Seguro que sí.

26

La comisaría de policía de Shepherd's Bush es todo luz chillona y asientos de plástico chirriantes. Hay un pequeño refrigerador de agua mugriento sin vasos de papel en el dispensador. El conjunto parece un espantoso anuncio del Partido Laborista diseñado para avergonzar a los políticos conservadores por la escasa financiación de los servicios públicos.

El detective Singh se reúne conmigo en el vestíbulo. Hoy parece mayor, más relajado en su terreno.

—Buenas tardes —me dice, y me conduce hasta su mesa, cubierta por un montón de papeles, carpetas de manila y tazas de café medio vacías—. Siéntese —me ordena, y da un sorbo a una de las muchas tazas—. Perdone, no le he ofrecido. ¿Quiere uno?

Niego con la cabeza y él suspira y se reclina en la silla.

—¿Cómo está Dylan?

—Bien. Preocupado, obviamente —añado enseguida.

El detective Singh estudia mi rostro y frunce el ceño ligeramente.

—¿Todavía está en casa de su padre?

—Sí.

Singh toma nota en un papelito y luego me mira.

—No hay un modo fácil de decir esto: vamos a traer a Dylan para un interrogatorio formal. Amparado por sus derechos. —Hace una pausa—. ¿Entiende lo que significa eso?

Empiezo a notar un zumbido en los oídos, como un helicóptero despegando.

—No —digo, esforzándome por mantener el rostro neutro y la voz tranquila.

Singh da un sorbo lento a su café antes de explicármelo.

—Significa que se grabarán sus respuestas y podrán utilizarse en futuros procesos penales.

—¡Tiene diez años!

—Sí. Obviamente, un adulto estará presente. Usted misma, o un representante. Bien, es importante que le diga que Dylan no está detenido en este momento. Pero diez años es la edad a la que empieza la responsabilidad penal en este país. Y este interrogatorio no es voluntario, señora Grimes. —Singh se inclina hacia delante y su silla cruje—. Si Dylan se niega a cooperar, podemos detenerlo y acusarlo para asegurar su cooperación.

Le miro fijamente, estupefacta.

—Un abogado —escupo—. Quiero un abogado.

—Puede contratar a un abogado —dice con calma—. De hecho, se lo recomiendo. —Mueve unas carpetas en su escritorio y continúa—. Si después de interrogar a Dylan creemos que hay pruebas suficientes para acusarlo, nos dirigiremos a la Fiscalía de la Corona para que lo acuse. Esto podría ocurrir inmediatamente después del interrogatorio o al cabo de unos días. —Me pasa una tarjeta por encima de la mesa—. Bien, veo que Dylan está con su padre en —mira sus notas— Hertfordshire, ¿no? Así que le concederé un día más para que haga los preparativos de viaje necesarios. Si surge cualquier problema con su ex, hágamelo saber y podemos tener unas palabras con él. Si no, les veré a usted y a Dylan aquí el viernes por la mañana. Digamos que ¿a las diez?

Intento decir algo, lo que sea, pero noto la boca como un algodón. He fracasado. Ha sido todo en vano.

—Bueno —dice Singh, levantándose y señalando la puerta con la cabeza—. Hasta entonces.

Cuando le doy la noticia a Will, se pone furioso. La culpa es mía, por supuesto.

—Por Dios, Florence. ¿Cómo has podido dejar que pasara esto?

Lo que sigue son las acusaciones habituales: si hubiera hablado, prestado más atención, contratado a un abogado, etcétera, todo esto podría haberse evitado.

No reacciono, dejo que las acusaciones de Will me resbalen. Al no obtener respuesta, se enfada aún más, hasta que se pone a gritar y a bramarme por teléfono. Entonces cambia bruscamente de táctica e intenta argumentar para salir del paso.

—¡Pero si no hay cadáver! —dice—. ¡No han encontrado ningún cuerpo!

Lo repite una y otra vez, como un mantra tranquilizador. «No hay cuerpo. No hay cuerpo. No hay cuerpo. No hay cuerpo».

Me aclaro la garganta.

—Oye, Will. Esto está pasando. Contrólate. Dylan necesita un abogado. Voy a llamar al padre de Julian para que me recomiende uno.

Hay una pausa, una breve pausa en el tsunami de acusaciones. Por un pequeñísimo momento, contemplo la posibilidad de contarle mi plan a Will. Me muero por confiar en alguien. Y seguramente, si alguien puede entender lo que estoy a punto de hacer, es el padre de Dylan. La persona que aparentemente le quiere tanto como yo.

Pero el sonido de la voz de mi exmarido me devuelve a la realidad.

—No me lo puedo creer —dice Will. Y luego—: Díselo tú. Eres tú quien le ha metido en este lío.

Sin previo aviso, le pasa el teléfono a Dylan. Mi mente se tambalea. Lucho por ordenar mis pensamientos.

—Hola, mamá.

—Hola, colega. —Trago saliva—. Tengo que contarte una cosa que puede molestarte.

—¿Es sobre Alfie? —pregunta con voz pequeña y asustada.

—No, cariño. Es sobre ti.

Después de colgar, me pongo manos a la obra.

Busco los horarios de salida de trenes en la página web de los ferrocarriles y anoto el precio del billete para poder pagarlo en efectivo en la estación. Hago el pedido de lo que necesito en Amazon y

Argos, seleccionando «click and collect» en Argos y pagando un extra por la entrega Prime en el mismo día. Luego abro la cuenta en línea de Dylan en Seesaw, donde los profesores cuelgan fotos de las excursiones y las exposiciones de la feria de ciencias. Retrocedo en el tiempo y veo a los niños rejuvenecer. Descargo las fotos que necesito y las transfiero a una memoria USB.

Hacia las 20.00, suena el teléfono y salgo de mi estado de meditación. Miro el identificador de llamada. Número extranjero. Probablemente sea una llamada basura. Echo un vistazo más de cerca: código de área 213.

«Elliott».

Una emoción de anticipación me recorre las venas mientras me abalanzo sobre el teléfono, pero es rápidamente subsumida por otro pensamiento: nada, absolutamente nada, es más importante que lo que estoy a punto de hacer. Permitirme distraerme, aunque sea brevemente, podría derivar en un error que pusiera en peligro toda la vida de mi hijo. Esta es mi última oportunidad. La última oportunidad de Dylan.

Echo una última y anhelante mirada al teléfono, que sigue sonando en mi mano, y dejo que la llamada salte al buzón de voz. Llamaré a Elliott mañana, cuando lo haya arreglado todo.

Me invade una calma inquietante e inexplicable. Por una vez en mi vida sé exactamente lo que tengo que hacer.

27

*Shepherd's Bush
Jueves, 7.18*

El jueves por la mañana, cuando sale el sol, yo ya lo estoy esperando. Todo se intensifica: los colores, los sonidos, los olores. Ya no soy una persona. Me siento antigua, primitiva; una criatura viscosa y prehistórica que acecha en el oscuro fondo marino. Sentada a la mesa de la cocina, marco el número de Jenny.

—Caramba —dice—. Has madrugado. —De fondo, oigo los sonidos de un desayuno familiar caótico: leche que se vierte, cucharas que chocan contra los cuencos, Max y Charlie discutiendo sobre quién tiene el cereal Weetabix más grande…

La cotidianidad de todo ello me parece una afrenta personal. Mañana a esta hora mi hijo estará de camino a un interrogatorio policial. La semana que viene podría estar sentado en una celda. Desayunando en la cárcel con otros menores detenidos. Pero no puedo decirle nada de eso. En su lugar le digo:

—Sé cómo podemos entrar en su casa.

—¿Qué? ¿De qué hablas?

Hay una pausa.

—Ya basta, Max —grita Jenny, y uno de los niños empieza a dar alaridos.

—De Robin Sexton. Tenemos que volver allí. Por favor, Jenny, tengo un presentimiento.

—Ya, no —resopla ella, golpeando la mesa con la mano—. ¡Max! ¡Manos amables! Perdona, pero voy a necesitar algo más que «un presentimiento» para ir.

—Piensa en Dyl… —¡Uy! Un lapsus freudiano—. En Alfie,

206

quiero decir. Piensa en Alfie. —Intento apelar a su curiosidad natural—. ¿No quieres saber qué hay en esas bolsas de lona?

Jenny suspira.

—Claro que quiero, pero nada ha cambiado desde ayer. No podemos entrar en la casa de ese hombre. —Hace una pausa—. En todo caso, seguramente deberíamos haber vuelto a ver a la señora Schulz y averiguar por qué mintió acerca de conocer a Ian.

Se me cae el alma a los pies. Yo sabía, en cierta medida, que Jenny nunca estaría de acuerdo, pero ahora me doy cuenta de lo mucho que me había permitido esperar.

—¿Has llamado al agente Thompson? —le pregunto, pese a saber la respuesta de antemano.

—Sí. Va a avisar a la cadena de mando.

Miro por la ventana de la cocina hacia el patio gris. En la hierba hay agujeros del tamaño de un balón de fútbol americano junto a monticulitos de tierra recién removida. El zorro ha vuelto.

—Pensaba que éramos amigas —digo con una vocecita suplicante.

Jenny resopla.

—Florence, esto no tiene nada que ver con ser amigas. —De fondo, un plato golpea contra una encimera de piedra—. Lo que me pides es una locura. —Ahora sube el tono de mosqueada a indignada—. Francamente, no puedo creer que me pongas en esta situación. Yo nunca...

—Vale. Olvídalo. En serio, olvida que te lo he pedido.

Cuelgo y me quedo mirando el jardín trasero por la ventana, con la esperanza de ver algún rastro del zorro. Sería un buen augurio. Una señal de que estoy haciendo lo correcto. Una brisa agita los arbustos. Una paloma se posa en el árbol del vecino. Pero eso es todo. No hay zorro. Ni rastro.

Miro el móvil, deseando que Jenny ceda, que me devuelva la llamada y cambie de opinión. Pero ya sé que no lo hará.

Ahora estoy sola.

Robin Sexton abre la puerta de su casa ataviado con un pantalón chino caqui, una camisa blanca y la expresión más tensa que he visto en mi vida. De cerca es menos atractivo que en foto: tiene la nariz respingona y el aire engreído y fastidioso de quien plancha los calzoncillos. Yo llevo un chaleco de seguridad amarillo fluorescente, un casco de plástico y un cordón verde con el girasol distintivo de discapacidades ocultas colgando del cuello. Sus ojos se detienen un momento en el cordón.

—¿Puedo ayudarla? —dice Robin en un tono que da a entender que no tiene intención de hacerlo. Apoya la mano en el marco de la puerta y no puedo evitar admirar sus uñas: inmaculadas, como si acabaran de arreglárselas.

—¿Es usted el residente de esta casa? —pregunto con mi mejor acento británico.

—¿Quién lo pregunta?

—Emily, eh…, Smith. De Aguas del Támesis. Estamos investigando informes sobre la mala calidad del agua en esta zona.

El hombre frunce el ceño.

—¿No suelen enviar una carta?

Noto una presión en el pecho, como si alguien me estuviera separando los músculos. No esperaba que fuera tan escéptico. Si no me deja entrar, estaré jodida; mejor dicho, Dylan estará jodido. Prefiero no pensar en eso.

Inspiro entre dientes y sacudo la cabeza.

—Me temo que no pueden permitirse esperar. ¿Ha oído hablar de la legionela? Es repugnante.

Mira por encima del hombro.

—La verdad es que estaba haciendo otra cosa.

Miro por la puerta abierta. No hay rastro de Alfie.

—Uno de cada diez casos es mortal —digo—. ¿Ha notado algo distinto últimamente? ¿Le ha empezado a doler algo hace poco?

Robin gruñe y se frota el hombro izquierdo, con una leve mueca.

—¿Cuánto tardará? —pregunta sin moverse de la puerta.

—Ah, iré rápido. Ni siquiera se dará cuenta de que estoy aquí.

El señor Sexton suelta un último suspiro exasperado y me abre la puerta.

—¡Zapatos fuera! —ladra cuando cruzo el umbral.

En el interior, el piso es cálido y acogedor. Hay una estufa de leña, una buena pila de troncos y un sofá desgastado. Suena música clásica suave. He de admitir que no parece la casa de un secuestrador de niños, pero quizá ese era su objetivo.

Empiezo a preparar mis herramientas en el fregadero de la cocina. Me pongo un par de guantes de látex y desembalo el kit de análisis de legionela que pedí en Amazon con ciento quince críticas de cinco estrellas. De camino a Guildford he visto en YouTube un tutorial sobre la toma de muestras de agua. Bueno, al menos la mayor parte, hasta que ha fallado el Wi-Fi del tren.

Robin me lanza una mirada agraviada y señala la tabla de cortar de madera llena de cebollas y pimientos morrones troceados.

—La verdad es que intentaba cocinar aquí, si no le importa.

—No hay problema. Puedo empezar por arriba. —De todos modos, arriba es a donde intento llegar.

Subo las escaleras de dos en dos. La memoria USB es del tamaño de mi dedo meñique. Me he pasado media noche recopilando fotos de Alfie y he amasado una buena colección.

Robin me sigue escaleras arriba y se queda esperando en el pasillo dando golpecitos en el suelo con el pie mientras yo finjo recoger una muestra del lavabo de su cuarto de baño. No vaya a ser que me deje sola medio segundo para que pueda hacer mi trabajo. Por Dios…

Con mano algo temblorosa lleno la probeta de cristal bajo su atenta mirada. Giro el tapón lo más despacio que puedo, con la esperanza de que se aburra y se largue, pero no para de rondar, como si temiera que le robara uno de sus jabones de lujo o una de sus toallas de mano con volantes. Su reticencia a ocultar sus sospechas hacia mí me parece ofensiva.

Lleno de agua otro tubo de ensayo y me tomo mi tiempo para sellarlo, preguntándome cómo demonios voy a conseguir que se vaya abajo.

—Y… ¿vive aquí solo, señor? —le pregunto.

Frunce el ceño y sus cejas se transforman en una sola.

—¿Y eso qué tiene que ver?

Trago saliva.

—Solo entablaba conversación.

—Mmm —dice. Así, sin más. «Mmm».

Suena un temporizador en la cocina y el hombre da un brinco.

—¡La masa madre! —exclama, y sale corriendo escaleras abajo con el ceño fruncido—. Ahora vuelvo. ¡No toque nada!

Cuento sus pasos mientras baja las escaleras. «Ocho, nueve, diez». Cuando estoy segura de que estoy sola, salgo corriendo del baño y empujo lo que espero que sea la puerta de su habitación. Bingo.

Parece la habitación de un preso. Una cama de metal blanco con una sola colcha, una pequeña cómoda de madera. El único efecto personal es un diploma de Cambridge enmarcado que cuelga sobre la cama.

Abro el primer cajón de la cómoda. Filas y filas de calcetines negros idénticos. Menudo friki. Raro. Meto la memoria USB en un calcetín del fondo y cierro el cajón lo más sigilosamente que puedo. Luego me arrodillo y saco la mochila de Alfie de la bolsa de lona que llevo. Meto la mochila bajo la cama y le doy un empujón. El armazón de la cama es bajo; la mochila se atasca, mitad dentro, mitad fuera. El pánico me sube por la garganta. Le doy una patada, y otra. No se mueve.

Oigo pasos. Robin sube las escaleras de dos en dos. Le doy una última patada de kárate a la mochila y desaparece bajo la cama, justo cuando se abre la puerta.

—¿Qué hace aquí? —me pregunta.

Echo un vistazo a la habitación en busca de una respuesta. Noto el corazón en la boca.

—Estaba… Estaba comprobando si tenía lavabo en el dormitorio. Un baño privado. Muchas casas lo tienen hoy en día. —Miro la habitación—. No, aquí no hay baño —digo alegremente, justo cuando una cosa oscura me llama la atención. Mierda. La correa de la mochila de Alfie asoma por debajo de la cama como un tentáculo azul marino. Mierda. Mierda. Mierda.

Robin frunce el ceño.

—¿De qué parte de Irlanda es usted? —dice de repente.

—¿Perdón? —Toma acento británico. Me devano los sesos buscando el nombre de un lugar que suene irlandés—. ¿Blarney?

—Yo habría dicho que de la costa oeste —dice, sonriendo ante mi confusión—. Tengo oído para los idiomas, por así decirlo.

—Ah, mmm, qué guay —murmuro, manteniendo un prudente contacto visual mientras uso el dedo del pie para empujar la correa bajo de la cama—. Bueno. Aquí he terminado.

Voy derechita a las escaleras antes de que pueda preguntarme nada más.

Robin frunce el ceño.

—¿Y el grifo de abajo, el de la cocina?

—Ah, no pasa nada. Es todo el mismo suministro.

—¿De verdad? Porque pensé que había dicho…

—Bueno, me voy. —Paso a su lado y bajo las escaleras corriendo. El corazón me late tan fuerte que parece que vaya a explotar. Me muero por salir de esta casa e irme lejos, muy lejos.

Robin me sigue escaleras abajo, implacable.

—Estoy confundido, porque usted ha dicho que…

—Asegúrese de beber agua embotellada hasta que tengamos los resultados —le digo de camino a la puerta—. En seis o diez días recibirá una carta con los resultados.

—¿Cómo va a…? —empieza otra pregunta, pero yo ya he salido por la puerta, corriendo acera abajo.

Cuando llego a la estación de tren de Guildford, me meto en el baño de un café Costa y me echo agua fría en la cara. Bajo la luz del fluorescente parezco macabra. Me acerco más al espejo. ¿Me lo imagino yo o cada vez tengo las cejas más escasas? No. No. Estoy paranoica. Esto no es como la última vez. Mis cejas están bien.

Aun así, voy con mucho cuidado de que nada me roce la cara al quitarme el cordón del girasol y el chaleco amarillo, y los tiro a papeleras diferentes de sitios diferentes.

Es primera hora de la tarde cuando mi tren llega a la estación de Waterloo, pero ya parece la hora punta. A mi alrededor, la gente bulle, corre y se empuja. Saco el kit de análisis del agua, separo la bolsa y su contenido y los deposito en papeleras situadas en extremos opuestos del abarrotado andén.

Mientras camino hacia el metro, un hombre me entrega un ejemplar gratuito del *Evening Express*. Miro la portada y veo los tristes ojos marrones de Alfie mirándome fijamente. «EL VIERNES SE CUMPLE UNA SEMANA SIN RESPUESTAS», anuncia el titular. Lo que me recuerda que aún no he terminado.

28

—Hola, Flo —dice Adam, apoyado en el marco de su puerta—. ¿Estás bien?

Parece agotado, con una media luna púrpura bajo cada ojo. Intento no mirarlo.

—¿Quieres ir a dar un paseo? —le pregunto.

Frunce el ceño.

—¿Ahora? Si es casi de noche.

—Tengo que preguntarte una cosa.

A Adam le cambia la expresión. Saca las manos de los bolsillos y se cruje los nudillos.

—Claro. Voy a coger el abrigo. Nos vemos en la puerta.

Le espero en la calle, pateando guijarros con los zapatos. La adrenalina de antes ha desaparecido de mi cuerpo y siento las piernas como si me las hubieran llenado de plomo.

Adam aparece instantes después con un plumífero largo de color verde oscuro.

—¿Hacia dónde te apetece ir? —pregunta.

—¿Hacia las fuentes?

Las White City Fountains ocupan un tramo de hormigón poco querido junto a la estación de metro de Wood Lane, un elemento acuático poco inspirador ideado por un promotor que intentaba obtener la aprobación para construir más horribles pisos de nueva planta. A Dylan le encantaban de pequeño. Los dos pasábamos horas entre el rascacielos y la autopista, observando aquellos ocho chorritos de agua.

Adam y yo nos sentamos juntos en un frío banco de piedra. Un cartel hecho a mano nos informa de que el agua se ha cerrado como «medida de ahorro temporal». Una pandilla de preadolescentes hace piruetas mediocres en monopatín sobre el cemento liso.

Adam me mira con expectación.

—¿Y bien? —dice—. ¿Qué pasa?

Hago una pausa. Por un momento siento el deseo de no contar nada, de guardármelo todo para mí. Pero ya le he arrastrado hasta aquí y lo he puesto todo en plan «dramatismo máximo», como diría Brooke. Tengo que decir algo. Una vez que lo haga, sin embargo, cambiará todo. No hay vuelta atrás.

Fijo la vista en los chavales del monopatín. Son cinco, pero uno es mucho mejor que los demás. Está exhibiéndose, haciendo trucos en solitario que consisten en agarrar la tabla con las manos mientras está en el aire.

Me aclaro la garganta.

—Creo que sé quién…, eh…, quién se llevó a Alfie.

—Continúa —dice, con la mirada fría.

—Había un profesor de matemáticas. Lo despidieron hace un par de años. Por hacerle tocamientos a un niño.

Miro a Adam, que está inexpresivo, ilegible.

—He encontrado la mochila de Alfie en su casa.

Adam se me queda mirando durante lo que parece una eternidad. El sol se está poniendo y el frío se cuela por debajo de mi chaqueta. Adam se inclina hacia atrás en un gesto que aleja su cuerpo de mí.

—Vaya. —Sacude la cabeza con incredulidad—. ¿Cómo has…? Vaya… No puedo creer que Jenny estuviera de acuerdo con eso.

Me sobresalto al oír su nombre.

—No, no. Ella no lo ha hecho. He sido yo sola. De hecho, Jenny…

Los ojos de Adam se clavan en los míos.

—Ella no lo sabe, ¿verdad?

—No —admito—. No lo sabe.

A lo lejos, uno de los patinadores se cae. Sus amigos se reúnen a su alrededor en un pequeño semicírculo, riendo y dándole palmadas en la espalda.

—¿Qué hago? —pregunto—. ¿A quién se lo cuento?

Adam exhala lentamente con las fosas nasales dilatadas.

—Bueno —dice al fin—. Yo no puedo involucrarme. No quedaría bien. Pero hay una línea de información pública. Podrías llamar ahí.

Se mueve en el banco y gira hasta que su cara está a pocos centímetros de la mía. No hay otro sitio donde mirar que no sean sus ojos.

—Pero, en serio, Flo. ¿Estás segura? ¿Realmente segura? ¿Antes de arruinarle la vida a un tío para siempre?

Me retuerzo y pateo el cemento con las zapatillas de deporte. A estas alturas me prendería fuego para mantener a Dylan alejado de líos. Es la única cosa en el mundo de la que estoy segura.

—Sí —digo—. Estoy segura.

Se cruje los nudillos.

—Vale. Bueno, deberíamos volver.

Una vez en el porche, se inclina para abrazarme. Me rodea con sus brazos, envolviéndome en una nube de Old Spice y detergente de la ropa, y hunde la cara en mi pelo.

—No hagas ninguna tontería, por favor —murmura en mi cabeza.

Se oye un poco de música de ascensor y luego un chasquido, como el inicio de una grabación.

Una voz de mujer dice: «Gracias por llamar a la Línea de información Alfie Risby. ¿Puedo tomar nota de algunos datos?». La voz es alegre, como si estuviera tomando pedidos de comida en un autoservicio para coches.

—Hola. Eh…, solo quería… ¿Esto va a…? ¿Esto es anónimo?

—Desde luego que puede serlo —dice la mujer, como si estuviera recitando las ofertas del día—. Sin embargo, si está interesada en reclamar potencialmente la recompensa, entonces necesitaría tomarle algunos datos.

«¡Consigue un combo por solo noventa y nueve céntimos más!».

—Yo, eh…

La cabeza me va a mil por hora. No lo he pensado detenidamente.

—¿Puede hablar más alto, querida? Mis oídos ya no son lo que eran.

Me imagino a una anciana con una rebeca de color pastel, una voluntaria solitaria en el sótano de alguna iglesia.

—Anónimo —digo, recalibrando mi intento de acento de Europa del Este—. Perdón, no habla muy bien su idioma.

—Oh, bendita sea, querida, lo hace muy bien —dice, y a punto estoy de ponerme a llorar.

No tengo que fingir estar alterada. Me tiembla la voz de verdad mientras le cuento mi historia: que gano once libras a la hora limpiando casas. Que envío la mayor parte de ese dinero a casa. Y que encontré la mochila de Alfie Risby debajo de la cama de mi cliente. Mientras le doy la dirección de Robin, empiezo a llorar.

La anciana intenta consolarme.

—Tranquila, querida —me dice—. Está haciendo lo correcto.

«Lo correcto».

Las palabras resuenan en mi oído mucho después de haber colgado el teléfono.

La policía hace una redada en casa de Robin Sexton durante la noche. Cuando me despierto el viernes por la mañana, las fotos están en todos los periódicos. «DETIENEN A UN EXPROFESOR EN LA BÚSQUEDA DEL ALUMNO DESAPARECIDO», clama el titular.

El *Daily Post* debe de haber recibido un chivatazo sobre la redada, porque su página de inicio está llena de decenas de fotos de alta resolución: agentes de policía con chalecos antibalas, un equipo de forenses vestidos de blanco retirando diligentemente bolsas con pruebas, un desconcertado Robin Sexton al que sacan de su casa esposado.

Me tumbo en la cama y veo las imágenes de la redada en YouTube mientras me bebo mi Red Bull matutino. La luz del sol entra ahora por las contraventanas y me acerco el teléfono a la cara, reproduciendo el vídeo una y otra vez para poder estudiar la expresión de Robin Sexton mientras lo sacan de su casa esposado. Parece sorprendido y asustado, como un niño al que llaman de la oficina del director y no sabe por qué. Una oleada de culpabilidad me atraviesa las tripas, como el principio de una gripe estomacal. Aparto el sentimiento. Es un pederasta, me recuerdo. Su detención es un beneficio neto para la humanidad. He hecho «lo correcto». Estoy tentada de llamar a Jenny, pero no puedo arriesgarme a alertar su sentido arácnido de mi implicación. Mejor dejar que ella me dé la noticia.

Cuando Singh llama para decirme que el interrogatorio de Dylan se pospone «a la luz de los recientes acontecimientos», finjo sorprenderme.

—¿Se cancela definitivamente?

—Hasta nuevo aviso —dice con voz grave.

Le envío un mensaje a Will con la buena noticia.

Una hora después me llama Jenny. Estoy en la ducha, intentando que salga suficiente agua por el reticente cabezal.

—¿Lo has visto? —me pregunta, completamente sin aliento—. Lo han detenido. ¡Tenías razón!

Pierdo la esperanza de ducharme y cojo una toalla.

—Ay, sí. Lo he visto.

Jenny hace una pausa.

—Menos mal que no lo seguimos. ¿Te lo imaginas?

—Uy, sí… —murmuro, como un coche que se queda sin gasolina. Ya no me queda adrenalina; mi plan no se extendía hasta manejar la reacción de Jenny.

Jenny baja la voz.

—Pero aún no hay cadáver. Un poco raro, ¿no?

La llamada empieza a parecerme peligrosa, como un examen que podría no aprobar. Me muero por hablar con ella, por dejar que toda la historia salga de mi boca en un diluvio apasionante. Y si sigo al teléfono más tiempo, podría contárselo todo.

—Oye, Dylan vuelve hoy a casa. Tengo que ir a la tienda a comprar comida.

Jenny parece sorprendida.

—Ah, claro —dice—. No te entretengo. De todas formas, yo también debería aparecer por la oficina.

—Muy bien —digo—. Nos vemos pronto.

Cuando cuelgo, siento un extraño dolor, como nostalgia, o mareo o algo así. Vuelvo a abrir el grifo y ajusto la temperatura hasta que está hirviendo y no noto nada de nada.

Esa tarde, Will deja a Dylan en casa con una bolsa de ropa sucia y una expresión de puro desprecio. Dylan me da un abrazo mínimo en el porche y entra corriendo en su habitación. «¿Está comprobando si la mochila de Alfie…?», me pregunto, pero me detengo. Ya no importa. Se acabó. Punto.

Will me da la bolsa de la ropa sucia.

—Qué locura de noticia —dice, cruzando los brazos sobre el pecho.

Asiento.

—Sí. Una locura.

—Así que Dylan está…

—A salvo —digo rápidamente.

—Bien —dice Will, con los hombros relajados—. Bien.

Observo a Will un momento: la ligera papada, los pantalones cortos chinos en invierno, el reloj ridículamente caro que enmascara la sensación de poca importancia que tiene de sí mismo. Ahí, de pie en mi porche, se parece a cualquier padre barrigón de mediana edad del oeste de Londres. Me sorprende, y me avergüenza un poco, que esa persona completamente anodina haya ejercido alguna vez tanto poder sobre mí.

Mi exmarido empieza a caminar por el porche.

—¿Oye, Will? —lo llamo, señalando su camisa.

—¿Sí?

—Te has dejado un botón.

La boda de Brooke es mañana, así que Dylan y yo decidimos pasar el viernes por la noche en el sofá, viendo reposiciones de *¿Quién quiere ser millonario?* Se porta muy bien y ni siquiera se queja cuando increpo al concursante, un contable de cuarenta y un años de Dorset que se niega a rendirse tras ganar la pregunta de las 32.000 libras.

—¡Que son treinta de los grandes! —le grito al televisor—. Eres rico. Da las gracias y vete a casa.

Dylan pone los ojos en blanco y coge otro trozo de pizza vegana de la caja que hay sobre la mesa.

—¿Cuándo volveré al colegio? —pregunta.

Le doy un mordisco a mi trozo de pizza. El falso queso caliente me abrasa el cielo de la boca.

—El lunes, supongo. A ver, han cogido al tipo. Ahora ya no hay peligro.

Dylan me mira con hilos de queso colgando de la boca como una tela de araña.

—Pero no han encontrado a Alfie.

Me quedo helada. «Ve con cuidado», me digo.

—Sí. No sé qué pensar de eso, la verdad.

El sentimiento de culpa candente borbotea en mis tripas. Siento como si me ardieran los intestinos. ¿Cuánto tardará en desaparecer esta sensación?

Me meto otro trozo de pizza en la boca y rezo para que Dylan no me pregunte nada más.

Esa noche, cuando Dylan se ha dormido, entro de puntillas en su habitación. Ronca ligeramente. Me quedo de pie en la puerta y observo su pecho subir y bajar y sus pestañas revolotear como pequeñas mariposas.

«Mi niño». Me acerco a él y le aparto el pelo húmedo de la frente. Unas cálidas lágrimas me punzan en los ojos y, por un momento, la culpa se ve sobrepasada por otra cosa. ¿Alivio? Aunque alivio es una palabra muy poco satisfactoria para lo que siento. Alivio es cuando te pasas un semáforo en rojo y no se activan las cámaras de tráfico o cuando escondes un tubo de crema de manos especialmente bueno al pasar por la caja registradora del duty-free.

Pero esto, Dylan, lo es todo. O la diferencia entre todo y nada. Me quedo en la puerta un buen rato observando el suave aleteo de los párpados de mi hijo.

Estoy a punto de salir de la habitación cuando de repente Dylan abre los ojos. Me mira fijamente, sin rastro de ensoñación ni confusión.

—Gracias, mamá —dice. Su voz es suave y apagada, como si viniera de miles de kilómetros de distancia.

Me quedo helada. El corazón empieza a latirme con fuerza en el pecho. «¿Me está agradeciendo que me haya deshecho de la mochila de Alfie...?». Aparto ese pensamiento de la cabeza.

—Eh... Eh... De nada —vacilo, haciendo acopio de aplomo.

Y lo digo en serio. Me siento fatal por lo que he hecho, pero volvería a hacerlo sin dudarlo si eso significara que mi persona favorita de este mundo está a salvo aquí conmigo.

29

La suite nupcial del hotel Goring huele a gardenias y Aquanet. Brooke se pone delante de mí y da una vueltecita. Lleva un vestido lencero de seda martillada, sujeto sobre sus delicados hombros con tirantes finos como telas de araña. Lleva la cara desnuda y los labios rojo intenso. El velo, una sola hoja de tul, flota tras ella como un volante resplandeciente, sujeto con una horquilla antigua de latón. El efecto es el de una Kate Moss de 1992 combinada con Carolyn Bessette. El tipo de estilismo que solo elegirías si ya fueras tan guapa que ningún adorno pudiera mejorar las cosas.

Me remuevo, inquieta, en mi vestido de dama de honor de color cebollino. Pronto la nerviosa coordinadora de bodas llamará a la puerta y todos nos apiñaremos en una flota de Rolls-Royce de época para dirigirnos a la iglesia. Pero por ahora estamos las dos solas; Pandora y Tilly han salido a por hielo. Dylan está en el brunch de los padrinos que se celebra en el restaurante de abajo.

Soy consciente de que debería decir algo, dedicarle a Brooke algún momento de hermana mayor, pero no encuentro las palabras.

—Estás preciosa —consigo decir, lo cual es quedarse corto. Es la novia más impresionante que he visto en mi vida.

Brooke me aprieta la mano y la suelta para dar otra vuelta frente al espejo de cuerpo entero.

—Sí, ¿verdad? —dice, y ríe un poco—. Gracias por estar aquí —añade—. Estoy tan contenta de que todo haya, ya sabes…, acabado. —Y vuelve a reír nerviosamente con su risa de campanilla de trineo—. Porque se ha acabado, ¿verdad?

Asiento.

—Del todo.

El sol de principios de invierno entra por la ventana e ilumina sus pendientes de perlas; por un momento, todo parece tan cálido, soleado y perfecto que resulta casi insoportable.

—¿Cómo está? —pregunta Brooke con tacto.

—Bien —respondo automáticamente—. Dylan está genial. Pero hoy es tu día, Brookster. Solo por hoy, solo vamos a hablar de ti.

Brooke inspira dos veces muy seguidas, como si tratara de no llorar.

Arqueo una ceja.

—No lo hagas. Te estropearás el maquillaje. De todos modos, tengo que hacerte una pregunta. Algo importante.

—Lo que sea —dice con los ojos muy abiertos.

—¿Estás total y absolutamente convencida de que quieres cambiar tu apellido por Chuntley?

La ceremonia es el clásico «amar, honrar y respetar», oficiada por un sacerdote con papada en una iglesia vieja. Cuando Brooke me pidió que cantara, le sugerí «At Last» de Etta James, como una referencia en clave de humor a los ocho años y medio que Julian tardó en declararse. Pero de pie en el antiguo altar de la iglesia, entonando la letra, la canción me parece absolutamente perfecta.

La recepción tiene lugar en el salón de baile de un gran hotel. Adam, Dylan y yo estamos en la mesa de los novios. Adam no quería venir («Las bodas no son lo mío, Flo», había insistido), pero yo no podía soportar la idea de las miradas de lástima de Pandora y Tilly si me presentaba sola. Al final cedió, se puso un esmoquin alquilado y me hizo prometer que podría marcharse a medianoche, pasara lo que pasara.

Dylan es uno de los padrinos y, aunque ha insistido en combinar el traje con unas zapatillas Converse, se le sigue viendo tan guapo y tan mayor que no puedo evitar imaginarme su propia boda algún día, con una chica o un chico concienciado con el planeta. Al aire libre, probablemente, en un parque público, con tenedores de madera biodegradables. Hace unas semanas, esa visión me habría parecido pequeña y triste. Pero esta noche me resulta increíblemente encantadora; una burbuja reluciente que brilla con luz propia y suerte.

Me reclino en mi asiento y bebo champán mientras contemplo la feliz escena: Adam hablando valientemente con el padre de Julian sobre si el puente de Hammersmith volverá a abrirse a los coches. Dylan jugando a Roblox en mi teléfono. Julian balanceándose por la pista de baile al ritmo de «What a Wonderful World» de Louis Armstrong, con todo el desparrame de elegancia de un inglés borracho. Brooke, bendita sea, no parece darse cuenta. Está abrazada a él y sonríe de oreja a oreja, como si ser un borracho descuidado fuera una de las cualidades personales más entrañables de su esposo.

Bebo otro sorbo de champán. Todo va bien. «Por fin».

El DJ cambia a «It's Like That», de Mariah Carey, y me levanto de la silla de un brinco.

—¡Esta es mi canción! —chillo.

Brooke me guiña un ojo desde la pista de baile y me dice:

—De nada.

Adam sonríe y me tiende la mano.

—¿Puedo?

—La verdad es que no es ese tipo de canción… —protesto, pero él me coge de la mano y procede a darme vueltas por la pista con confianza.

—¡No sabía que supieras bailar!

Sonríe.

—Sí. Marta quiso que fuéramos a clases.

—Vaya. No pareces de esos.

—Soy una caja de sorpresas —dice con una sonrisa irónica. Cuando llega el estribillo, canto la letra.

Adam me acerca a él.

—Tienes una voz preciosa, ¿sabes?

Me sonrojo.

—Sí, bueno, mira lo lejos que me ha llevado.

—Oh, no seas tan dura contigo misma. —Su expresión cambia—. De hecho, quería hablar contigo de algo. Algo serio.

—¿Ah, sí? ¿De qué? —Estoy embelesada, casi borracha de alivio de que todo haya acabado por fin, de que Dylan esté a salvo.

Adam deja de bailar.

—¿Podemos salir un momento?

—Oh. Eh… —No quiero salir. Ni tener una conversación seria. Me muero de ganas de que esta sensación mágica perdure, por quedarme en este salón de baile dorado bebiendo, bailando y teniendo mi pequeña celebración privada porque todo este lío haya quedado atrás. Y si Adam está a punto de confesarme sus sentimientos hacia mí, decididamente no tengo ganas.

Antes de que Adam pueda decir nada más, el DJ cambia de canción. Los primeros compases de «I Wanna Dance with Somebody (Who Loves Me)» de Whitney Houston llenan el salón y noto un golpecito en el hombro.

—¿Quieres? —dice Dylan, extendiendo un brazo flaco en mi dirección. Se me acelera el corazón. Dylan odia bailar, así como la mayoría de las cosas que implican contacto físico. Esto es un Gran Gesto.

Miro a Adam, que hace una graciosa reverencia.

—Por supuesto. Podemos hablar en otro momento —dice gentilmente.

Cojo las dos manos de Dylan y empezamos a balancearnos, primero torpemente y luego girando en la pista, cada vez más rápido. Empiezo a marearme, pero no me atrevo a pedirle que pare. Sonrío tanto que me duelen las mejillas.

—Está bien —le susurro a mi hijo—. Ahora todo va a ir bien.

La sensación de felicidad dura hasta la mañana siguiente. Adam se retiró en cuanto cortaron el pastel, murmurando una excusa sobre el entrenamiento y el madrugón. Pero yo me quedé a la fiesta posterior en la suite del novio. Acosté a Dylan en una habitación contigua, bebí champán de la botella y discutí con uno de los padrinos de Julian sobre los méritos de Prince frente a David Bowie, hasta que su mujer nos encontró y le gritó al oído que era hora de que se fueran.

A la mañana siguiente, cuando el portero nos mete a Dylan y a mí en un taxi negro, ya ha salido el sol. Dylan está de buen humor y va pasando las fotos de la noche anterior.

—¿Qué hacemos cuando lleguemos a casa? —pregunto, muerta de ganas de que la sensación dure un poco más.

—¿Pedir dónuts? —sugiere Dylan.

Le choco los cinco.

—Perfecto.

Cuando el taxi gira por nuestra calle está mirando la aplicación de Deliveroo. Veo una silueta pequeña con un anorak gris bajando a toda prisa por la escalera de casa.

—¿Quién es ese? —pregunto—. ¿En nuestro porche?

Dylan entorna los ojos al mirar por el cristal.

—Seguramente sea el señor Foster. Iba a dejarme un artículo para leer y unos grillos para Greta.

Noto que mi buen humor empieza a cortarse.

—¿Por qué?

Dylan me mira con una tensa molestia grabada en el rostro.

—¿Qué quieres decir? Solo está siendo amable. Es mi amigo.

Sacudo la cabeza.

—No, Dyl. Tu único amigo no puede ser el rarito de nuestro vecino jubilado. Necesitas amigos de tu edad.

Dylan frunce el ceño.

—Es que no me gustan los chicos de mi edad.

—¿Aquí está bien? —pregunta el conductor.

El taxi se detiene y abro la puerta.

—¿No te das cuenta? Así es como todo el lío… —Me callo—. ¿Sabes qué? Entra y ya está.

—Pero ¡mamá!

—Ve. Yo entro enseguida. Y deja los grillos en el porche.

Dylan abre la puerta y me doy la vuelta para seguir a la figura del anorak por la acera.

—¡Eh! —grito, pero no se detiene—. ¡Eh! ¡Señor Foster!

—¡Ah, Florence! —Una mirada tímida se dibuja en su cara al darse la vuelta—. ¡Caramba, vas muy elegante! ¿Has salido a algún sitio?

—A la boda de mi hermana —respondo apretando los dientes—. ¿Qué hacía en mi porche?

—Ah, le dejaba unas cosas a Dylan. Algo de material de lectura, unos cuantos grillos para Greta. Ya sabes que esa tortuga…

La rabia me sube por la garganta y me recorre el cuerpo. Todo esto es culpa suya. Este viejo hippy raro, con sus latas de grillos, sus documentales sobre reciclaje y sus consejos sobre la hibernación de las tortugas. Él es el motivo por el que mi hijo no tiene amigos. El motivo por el que mi hijo terminó metido en todo este lío. El motivo por el que casi lo pierdo. Y esto se va a acabar hoy.

—Oiga, quiero que se mantenga alejado de Dylan —digo con voz algo temblorosa—. Desde ya. Necesita hacer amigos de su edad.

La cara del señor Foster palidece.

—Pero nuestra…

—Soy su madre, ¿me oye? No es apropiado. Y se acabaron los grillos.

El señor Foster se queda quieto un momento y luego asiente. Se da la vuelta y cruza la calle arrastrando los pies, de regreso a su casa. Subo las escaleras del porche dando zapatazos y tiro la lata de grillos amarilla al contenedor de reciclaje. Al golpear el fondo del cubo de plástico produce un ruido metálico y pesado.

Cuando levanto la vista, Dylan está de pie junto a la ventana, observándome. Una sombra oscura le cruza la cara. Suelta la cortina y se va para dentro.

30

Para cuando Dylan vuelve a la escuela el lunes, Alfie ya no es la noticia principal del *Daily Post*. Ha sido desplazado por un terremoto en Asia, las protestas por el clima frente a la sede de BP y MacKenzie Matthews, una influencer de TikTok de veintiocho años que ha estado a punto de morir estrangulada por un desconocido enmascarado mientras volvía a casa de una despedida de soltera. Lleva toda la mañana concediendo entrevistas sobre su experiencia «cercana a la muerte» con el estrangulador de Shepherd's Bush.

Resulta extrañamente reconfortante la velocidad con la que todo el mundo ha pasado página. Si ellos pueden olvidar todo el asunto de Alfie tan rápido, yo también puedo.

Nosotros también lo haremos.

Hago gofres para celebrar el primer día de Dylan de regreso al colegio. Es tan poco propio de mí que parece alarmarle. Al sentarse a la mesa de la cocina me mira con preocupación.

—¿Estás bien, mamá?

—Estoy genial —respondo—. No he estado mejor en mi vida.

Es verdad. Me he despertado sin despertador, como una batería completamente cargada, con la máxima energía. Ni siquiera he necesitado un Red Bull. Quizá esto sea lo mío a partir de ahora. «Desayunos caseros. La mamá del delantal. Una madre activa».

—¿Estás emocionado por volver al cole? —le pregunto mientras echo masa de gofre en la plancha chisporroteante.

Dylan se encoge de hombros.

«Me basta», pienso. Miro a mi hijo inclinarse sobre su plato y meterse un gofre en la boca a toda velocidad. Vuelve a llevar el uniforme del St. Angeles. Tiene buen aspecto. Sano. Ahora todo volverá a la normalidad.

Dylan me mira y frunce el ceño.

—¿Te has hecho algo en las cejas?

Me invade una oleada de pánico gélido. Me llevo la mano a las cejas.

—¿Qué? No.

—Ah —dice tranquilamente, sin dejar de masticar—. Se las ve diferentes.

Me fuerzo a sonreír, ignorando la sensación de presión en el pecho.

—No. Todo está exactamente igual que siempre. —Empujo el plato de gofres hacia él—. Toma otro.

Por una vez, Dylan y yo llegamos pronto al colegio. Allegra, Farzanah y Hope están en un pequeño grupo, susurrando. Hope me llama la atención y emite un cacareo empático.

—Es bueno empezar a facilitarles la vuelta, ¿no crees?

Por poco no me da un síncope de la sorpresa.

—¿Me hablas a mí?

Hope levanta la barbilla ligeramente.

—Le decía a Allegra que es lo mejor. Los niños necesitan rutina.

—Uy, sí, por supuesto.

Allegra asiente y tengo la sensación de haber aprobado un pequeño examen sorpresa. La tragedia parece haberme hecho más apetecible para las otras madres, ahora que han detenido a alguien. O quizá sea solo que Hope se siente culpable por haber sospechado de mi hijo.

—¿Alguien sabe algo de Cleo? —pregunta Hope, vacilante.

Desde la detención del señor Sexton, Cleo no ha tenido su comportamiento impecable habitual. Primero publicó en el grupo de WhatsApp de las madres preguntando por la fecha límite para apuntarse al viaje de esquí de las vacaciones de febrero. Después colgó un enlace a un artículo sensacionalista titulado «Los cinco niños desaparecidos que más tarde aparecieron vivos». Varias personas le pusieron un emoji de corazón, pero nadie supo qué decir.

Entonces Hope tuvo la temeridad de sugerir que el GRFV de este año se convirtiera en una recaudación de fondos para crear una «Beca en memoria de Alfie Risby», y Cleo perdió la cabeza completamente.

¡¡¡¿¿¿Puede dejar de actuar todo el mundo como si mi hijo estuviera muerto???!!!, escribió. Fue tan impropio de ella que nadie supo cómo responder. En su lugar, el chat se quedó en silencio.

—Que Dios la bendiga —dice Allegra, mientras su perro deforme tira de la correa—. No me lo puedo ni imaginar.

Farzanah asiente.

—No ha de ser fácil perder a tu hijo y a tu marido, todo a la vez.

Hope se aclara la garganta.

—Es tan inoportuno ahora, con la GRFV, ahora que Cleo no está... a favor del nuevo plan.

Me atrevo a hacer la pregunta que nadie más hará:

—¿Por qué no cancelarlo?

Farzanah frunce los labios.

—Faltan diez días. Ya está todo pagado...

Hope la interrumpe.

—Creo que la cuestión más importante es: ¿qué mensaje transmitiría que lo canceláramos? Las tradiciones son importantes. Para la comunidad y para los niños. —Echa un vistazo a la zona de entrega de niños y baja la voz hasta un susurro conspirativo—. Es decir, que Dios la bendiga, pero ¿Cleo sigue formando parte de la Asociación de Madres y Padres de Alumnos? Técnicamente, si no es madre...

Miro a Allegra, esperando que proteste o, mejor aún, que defienda a su vieja amiga Cleo, pero se limita a sonreír débilmente y a cambiar de tema.

—¿Os he comentado que este año estoy en la comisión de Goffs London Sale, la subasta de purasangres? ¿Alguien quiere un purasangre?

La conversación cambia de rumbo y nos dirigimos hacia la puerta del colegio. En otro tiempo habría juzgado a estas mujeres:

«¡Ha desaparecido un niño y no quieren cancelar su fiesta!». Pero ahora me identifico con su transparente deseo de que todo siga exactamente tal como estaba. Además, después de lo que he hecho no estoy en posición de juzgar a nadie. De todos modos, es solo una fiesta. Cancelarla no va a traer a Alfie de vuelta.

Mientras nos acercamos a la puerta, escudriño el horizonte en busca de la silueta familiar de la señora Schulz, pero no veo por ninguna parte a la vieja hacha de guerra. En su lugar hay un hombre calvo de aspecto severo que lleva un traje azul marino y mocasines de cuero marrón.

Me vuelvo hacia Hope.

—¿Quién es ese…? —empiezo a preguntar, pero entonces el hombre tiende la mano para estrecharme la mía.

—Bert Sanders —dice con voz suave y segura—. En nombre de toda la comunidad Omega Plus, quiero agradecerle su continua confianza.

—¿Dónde está la señora Schulz?

Parece sorprendido por mi pregunta.

—Oh, lo siento. Creía que la dirección del colegio lo habría comunicado. Helen ha optado por la jubilación anticipada. Con efecto inmediato.

—¿Qué?

El hombre cambia el peso de pierna.

—El… disgusto por la situación ha sido demasiado para ella, me temo. Pero le estamos tremendamente agradecidos por sus muchos años de servicio.

Bert me dedica una sonrisa tensa. Quiere que continúe mi camino, pero aún no estoy preparada.

—¿Por qué no ha habido algún tipo de anuncio? Una ceremonia. Ha trabajado en esta escuela treinta años.

Bert frunce los labios y el ceño. No está acostumbrado a que le desafíen.

—Seguro que la habrá, en un momento menos… delicado. —Se aclara la garganta y fija la vista en las madres que hay detrás de mí—. Hoy de lo que se trata es de los chicos. De que reemprendan el curso, ¿no le parece? Las pruebas de admisión están a la vuelta de la esquina.

Abro la boca para protestar, pero Dylan está cruzando las puertas a toda velocidad y Bert ha iniciado una nueva conversación con Hope sobre un torneo de golf benéfico.

—Que vaya bien el día —le digo a Dylan, pero ya ha desaparecido.

El resto del día se despliega ante mí como una vasta extensión de papel en blanco. ¿De verdad me pasaba todo el día yendo al salón de belleza y viendo *realities*?

Llamo a la puerta de Adam varias veces, pero no está en casa. Seguramente esté en el gimnasio. O trabajando.

Le mando un mensaje a Brooke: ¿QUÉ TAL LA LUNA DE MIEL? Me responde con media docena de fotos bañadas por el sol: una playa de arena blanca, un lémur, un baobab al atardecer. Julian brilla por su ausencia. Me lo imagino aparcado en el bar tiki del complejo, bebiendo margaritas y viendo críquet en su teléfono. Me pregunto si Brooke estará tan aburrida como yo. Ni siquiera hay pedidos de globos que atender. El tipo de mujeres que encargan arcos de globos no son tan descuidadas como para dar a luz en vísperas de Navidad y condenar al pequeño a una vida de cumpleaños eclipsados.

Me da vergüenza admitirlo, pero echo de menos a Jenny. Ha vuelto al trabajo y desde que detuvieron al señor Sexton me ha enviado exactamente un mensaje de texto, un mensaje de comprobación despreocupado con una vaga mención a «tomar algo pronto». Pero sin la desaparición de Alfie que investigar, ¿qué tenemos que decirnos? ¿Seguimos siendo amigas? ¿Lo fuimos alguna vez?

Hacia mediodía decido que podría ir a hacerme la manicura. Para matar el tiempo. Pero cuando llego a Uñas Perfectas, la puerta está cerrada. Sacudo el picaporte, pero no se mueve. Miro a través del cristal oscuro, buscando la silueta familiar de Linh acurrucada en un sillón de masaje, pero está vacío. No es propio de ella cerrar el salón así como así. ¿Se ha ido de vacaciones? Me planteo llamarla, pero ni siquiera sé si tengo su número de teléfono.

Vuelvo a casa caminando pesadamente, desesperada y patética, hasta que me acuerdo: Elliott. Ahora puedo llamarle y poner las cosas en marcha de nuevo. Me siento en el borde de la cama, con el corazón agitándose en mi pecho, y marco su número. Pero me salta el buzón de voz. No pasa nada. Todavía es temprano en Los Ángeles. Probablemente esté de excursión o algo así. Ya me devolverá la llamada.

Me dejo caer en el sofá y echo un vistazo a los canales. Me recuerda a cuando Will se fue: los días parecían infinitos y sin forma. Al menos entonces tenía un bebé que cuidar. Pueden decir lo que quieran sobre los bebés, pero mantenerlos vivos desde luego llena las horas.

Paso el resto de «el primer día del resto de mi vida» en el sofá, tratando de recordar qué diablos hacía todo el día antes de Jenny, de Alfie y de que empezara toda esa tontería.

31

El martes estoy que me subo por las paredes. Se está apoderando de mí una sensación extraña, una certeza, en lo más profundo del estómago, de que algo muy malo está a punto de suceder. Compruebo varias veces que las cerraduras de la puerta estén cerradas, confirmo dos y tres veces que la cocina de gas esté apagada. Paso horas estudiándome la cara en el espejo del baño, examinándome las cejas en busca de signos de pérdida de vello.

Jenny aún no me ha escrito un mensaje, Uñas Perfectas continúa inexplicablemente cerrado y Dylan va por ahí con cara mustia, poniendo ojitos tristes porque le he prohibido ver al señor Foster. Así que cuando Matt B. me manda un mensaje para decirme que abren un nuevo restaurante de sushi en el sótano de un hotel boutique de Mayfair, me dejo atraer por el canto de sirena de los rollos de anguila y las sábanas de mil doscientos hilos. La verdad es que no pensaba salir esta noche: Brooke está todavía en su luna de miel, así que no tengo niñera. Diez años es el límite para quedarse solo en casa, lo sé. Pero me merezco un descanso. Una vuelta de la victoria. En fin, yo me quedaba sola en casa cuando tenía diez años, y encima tenía que vigilar a Brooke, mientras nuestra madre hacía el turno de noche en Denny's.

Arropo a Dylan en la cama antes de salir y le mando un mensaje a Adam para que esté atento. «De vuelta a las andadas», me dice una vocecita en la cabeza, pero la aparto.

El restaurante está en un sótano sin ventanas, oscuro, lujoso y libertino. El tipo de sitio que prácticamente te suplica que tengas un lío. Matt B. está sentado en un reservado, oculto por una cortina, pero reconozco sus zapatos. Cuando levanto la cortinita, me mira de arriba abajo y finge desmayarse.

—Madre mía, mírate.

Sonrío. Una de las cosas que más me gustan de Matt B. es lo mucho que valora mi aspecto. Muchos chicos intentan hacerse los indiferentes y nunca te dicen piropos, pero Matt B. muestra admiración abiertamente. Aun así, no me pondrá un dedo encima hasta que subamos, ni siquiera un abrazo o una mano en el hombro. Negación plausible, supongo, por si nos topamos con alguien de su oficina.

Me siento en el reservado enfrente de él. El tapizado es suave y oscuro. Aparece una camarera y Matt B. pide dos botellas de sake y el menú degustación del chef para los dos, además de «cualquier otra cosa que ella crea que esté bien». Después se recuesta en el asiento y me lanza una mirada evaluadora.

—Y, ¿qué? ¿Qué travesuras has hecho últimamente?

Me devano los sesos en busca de algo que le divierta. Matt B. es el típico hombre que lleva dos móviles, que tiene que «ponerse en contacto» con el trabajo durante el fin de semana. Por lo que a él respecta, yo bien podría ser una especie alienígena: una adulta crecidita sin un trabajo de verdad.

Le doy un sorbo al primer sake, dejando que la dulzura helada me impregne la lengua.

—Bueno, veamos: he inculpado a un hombre por un crimen espantoso. Pero no te preocupes, era un pederasta, así que se lo merecía.

Matt B. echa la cabeza hacia atrás y suelta una carcajada profunda.

—¿Ah, sí? ¿Cuántos años le esperan?

—No lo sé. Todos, probablemente. —Me bebo el resto del sake de un trago—. ¿Y tú?

—Ah, ya sabes, haciendo a los ricos más ricos.

Una vez encontré a la mujer de Matt B. en Instagram. La mayoría de sus fotos eran de sus tres hijos. El más pequeño, un niño, tiene una discapacidad grave: va en silla de ruedas, cuenta con una enfermera profesional, todo el lote. Matt B. nunca me ha explicado nada de eso. Conmigo siempre actúa como un soltero despreocupado, otro financiero que disfruta de la vida de la ciudad. Seguirle la corriente me parece una cuestión de amabilidad.

Sonrío, me quito el zapato y empiezo a subir el pie con cuidado por la pierna de Matt B.

Él chasquea la lengua y hace un gesto hacia mi plato.

—No has tocado la cola amarilla. —Matt B. se toma la comida muy en serio. Toda su personalidad no laboral consiste en saber mucho de restaurantes.

Pincho un trozo de pescado frío con la punta del palillo y me lo meto en la boca. Se derrite en mi lengua como mantequilla fría y salada.

Ronroneo de gusto.

—Toma —dice Matt B., acercándome el segundo sake—. Acompáñalo con esto. Combina mejor con el perfil de sabor. —Se lanza a una pequeña disertación sobre los cinco tipos básicos de sake y sus diversos procesos de fermentación, y dejo que mi mente divague hacia Ian. Me pregunto cómo sería en una cita. Apuesto a que así, no.

Para cuando Matt B. aparca los palillos y mueve la llave del hotel delante de mí, ya está un poco borracho. Una fina capa de sudor brilla en su frente.

—¿Vamos? —dice con una sonrisa torcida.

Se me revuelve el estómago. Estoy piripi, aunque no lo bastante. Aun así, lo sigo hasta la habitación. Cuando se desabrocha la camisa, echo un vistazo a su rostro ansioso y siento una oleada de repulsión. No es el alcohol, me doy cuenta. Es que follarme al marido de mierda de otra ya no me parece excitante y lascivo. Es patético. No puedo creer que haya dejado a Dylan en casa para esto. ¿Qué demonios estoy haciendo?

Murmuro una excusa, cojo mis zapatos y salgo por la puerta, corriendo por el pasillo hacia el ascensor.

Intento pedir un taxi con el móvil, pero la aplicación me rechaza. *Hay mucha demanda —dice—. Vuelva a intentarlo dentro de unos minutos.* Mucha demanda. Debe de ser bonito.

A la mierda, cogeré el autobús nocturno. Subo al piso superior y ocupo un asiento del centro, justo detrás de las escaleras. El autobús está lleno de los sospechosos habituales: trabajadores por turnos que visten polos con logos corporativos manchados, juerguistas agotados que transitan el territorio escarpado que hay entre la embriaguez y la resaca, y algunas almas desesperadas que buscan refugio del frío aire de la noche. Me pongo los cascos y desconecto mientras nos deslizamos por la oscuridad de Hyde Park.

La huelo antes de verla. Una mujer diminuta, encogida, no más grande que un niño, que lleva puesto un enorme abrigo de cachemira. Cuando se acerca más, me doy cuenta de que el abrigo esconde un carísimo pijama arrugado. Me quito los auriculares, insegura de si me puedo fiar de mis ojos.

—¿Cleo? ¿Qué haces en el autobús?

He oído que la pena hace cosas raras en la gente, pero la transformación de Cleo es impresionante. Su brillante melena rubia ha desaparecido y ha sido sustituida por un halo de pelo blanco. Lleva en la mano una botella de Chablis y una brillante bolsa de Harrods llena de hojas de papel sueltas.

Antes de que yo pueda decir nada, se deja caer en el asiento de mi lado, envolviéndome en una nube de sudor de vino. No está claro si me reconoce, pero parece haber decidido que, de momento, soy una presencia amistosa.

—¿Sabe Rollo dónde estás? —le pregunto amablemente.

Cleo se hunde aún más en su asiento.

—¿Ese cabrón infiel? —Da un sorbo directamente de la botella de vino que tiene sobre el regazo—. La otra tiene veinticinco años. ¡Veinticinco!

—Lo siento mucho —le digo—. Lo de Alfie. Sé que hemos tenido nuestras diferencias, pero no puedo ni imaginar por lo que estás pasando.

—Sé lo tuyo —dice, girando en el asiento para mirarme directamente a los ojos.

Me quedo paralizada.

—¿Qué quieres decir?

—Tú y Jenny estabais intentando encontrarlo. La señora Schulz me lo dijo. ¿Por qué?

—¿Por qué? Solo… nos sentíamos mal, supongo. Es algo horrible.

Cleo mete la mano en la bolsa de la compra y se inclina hacia delante, como si estuviera a punto de contarme un secreto.

—Mira —me dice, y me pone un papel delante de la cara.

Es el dibujo de un niño, hecho con bolígrafo azul. Una casa, un jardín, un perro. Debajo están las palabras *Te quiero mami*.

—Eh... No lo entiendo.

Cleo se limpia la cara con la manga del abrigo.

—Alguien lo envió por correo a casa. Anónimamente. Dos días antes de que detuvieran a ese hombre.

Me estremezco.

—¿Qué quieres decir?

—¿No lo ves? —sisea—. Esta es su letra. Alfie está vivo.

La esperanza que brilla en sus ojos es brutal. Siento que una pequeña parte de mí muere.

—Cleo, yo...

Entorna los ojos.

—¿No me crees?

Cambio de táctica.

—¿Has hablado con la policía?

—¿La policía? —escupe—. ¿La policía? —Cada vez habla más alto. Se levanta de nuevo—. La policía no quiere saber nada de esto. Dicen que es un engaño, que algún enfermo se aprovecha de la situación. Dicen que estoy histérica. Que soy una madre afligida.

—¿Y no lo eres? —digo apenas con un susurro.

—Tienes que ayudarme —replica ella.

Ahora todos en el autobús nos miran, preguntándose qué está pasando, si va a estallar una pelea.

—Cleo, por favor, yo... no soy detective, ¿vale? Todo eso fue un error.

Levanta la vista hacia mí, con el dolor grabado en la cara.

—Por favor —dice—. Por favor. Te lo suplico. Ayúdame.

—La policía tiene a su hombre —insisto.

Cleo me muestra el dibujo una última vez. Después se levanta y empieza a bajar las escaleras, justo cuando el autobús frena. La botella de vino se le escapa de la mano. Ella se tambalea hacia delante, pierde pie en los últimos cuatro escalones y cae desplomada al final de la escalera. Los demás pasajeros ahogan un grito. Voy hacia ella corriendo y le tiendo la mano, pero ella la aparta.

Las puertas se abren y Cleo se pone en pie tambaleándose.

—Voy a encontrar a mi hijo —dice—. Aunque nadie me ayude.

Sale por la puerta a trompicones y se adentra en la oscuridad. Una pequeña parte de mí se pregunta si debería seguirla. Pero la otra parte de mí, más grande, siente alivio. Está loca, me recuerdo. Loca de dolor. Nada de lo que diga puede ser tomado en serio.

Pero incluso yo he de admitir que la letra de ese trozo de papel se parecía muchísimo a la letra del *Diario de sentimientos* de Alfie.

Ya sabes, el que quemé en el lavabo de casa.

32

A la mañana siguiente, a Dylan y a mí se nos pegan las sábanas. Típico de mí, pero Dylan suele despertarse con el sol, como un despertador humano.

Cuando tiro de sus sábanas se queja.

—Cinco minutos más —suplica.

Accedo, pero llegamos tarde al colegio. Tarde, tarde. La puerta está cerrada; tengo que llamar al timbre y luego ir a secretaría y firmar un papelito declarando el motivo de nuestro retraso, todavía rezumando sake por los poros. Hope y Farzanah están en el vestíbulo charlando con Verity Parker, una de las administradoras de recepción. Hope lleva el mismo abrigo de cachemira color crema que le vi a Cleo la noche anterior, pero el de Hope está limpio y la hace parecer una oruga que se ha quedado atrapada en su capullo.

Evito hacer contacto visual, pero Verity se abalanza sobre mí, sin darse cuenta de que no formo parte del club de las madres. Supongo que para ella todas parecemos iguales.

—Grandes noticias —dice Verity sin aliento—. ¡Ya está!

Me apoyo en una pared cubierta de obras de arte e intento averiguar de qué está hablando.

—¡La GRFV está en marcha! —dice sonriendo, como si todo fuera obra suya—. La escuela tiene el apoyo de Rollo para llevar a cabo el evento conmemorativo de recaudación de fondos.

Me viene a la mente la imagen de Cleo en pijama subiendo al autobús.

—¿Qué pasa con Cleo? Creía que ella…

Farzanah me interrumpe sin levantar la vista de su teléfono.

—¿Sabes que se están divorciando? Que Dios la bendiga. Es una situación terrible.

Hope interviene para no quedarse atrás.

—¿Verdad? ¡He oído que la nueva solo tiene veinticinco! ¿Te lo imaginas?

Me invade una oleada de indignación.

—Bueno, ¿quizá alguien debería ir a ver cómo está Cleo? Ya sabéis, como estamos todas tan preocupadas…

Los ojos de Hope se desvían hacia Verity.

—Ay, Florence —dice con su acento australiano—, no estoy segura de que sea apropiado. Al parecer ha amenazado con emprender acciones legales contra la escuela.

Sus palabras se posan sobre la recepción como un nubarrón. Murmuro una excusa y me alejo de ellas, salgo del edificio y me voy manzana abajo.

Intento por todos los medios no pensar en Cleo durante el resto del día. Mi atención debe centrarse en Dylan, en ayudarle a empezar de nuevo. Tal vez hable con Will sobre cambiarlo de escuela. El St. Angeles ha tenido un incidente de tocamientos y ha perdido un niño. Si eso no es motivo para romper con la tradición, no sé qué lo es. Aunque cambiar a Dylan a mitad de curso podría parecer sospechoso. Probablemente sea mejor dejarlo todo como está.

El resto del día transcurre en una mezcla confusa de *El tiburón de las propiedades* y siestas. En algún momento me quedo dormida en el sofá y sueño que Cleo se ha ahogado en mi bañera, que intento despertarla dándole bofetadas en la cara sin parar, aunque sé que está muerta.

Esa noche preparo la cena favorita de Dylan: palitos de pescado veganos y guisantes.

Se sienta a la mesa y asiente en un pequeño gesto de aprobación hacia el plato.

—¿Cómo te ha ido el día? —le pregunto con nerviosismo, como una patinadora que se aventura a un lago que se acaba de congelar.

—Bien —gruñe Dylan. Alarga el brazo para coger el kétchup y vuelca su vaso de leche de avena. El líquido se vierte sobre la mesa y empieza a gotear al suelo.

Señalo el charco creciente.

—¿Podrías limpiarlo?

No se mueve.

—¿Dylan?

Me mira fijamente, sin pestañear, como si estuviera haciendo un retrato forense para consultarlo posteriormente.

—Hazlo tú —dice finalmente.

—¡Dylan! —exclamo, y me levanto de un salto para coger la esponja del fregadero—. ¿Qué pasa contigo?

No contesta.

—¿Te preocupa algo? Sabes que puedes hablar conmigo.

Se pone a empujar los guisantes por el plato con el tenedor.

—¿Puedo irme? —pregunta.

Asiento y se va corriendo a su habitación sin acabarse lo del plato. Bajo la vista y me froto los ojos: ¿son imaginaciones mías o ha colocado cuidadosamente los guisantes que le quedaban en forma de A verde gigante?

Aprieto los dientes mientras tiro los guisantes al cubo de la basura. No debería ser tan dura con él. Ha sido una semana horrible. Debe de ser duro volver a la escuela, sentarte junto a un pupitre vacío, pensar en tu compañero desaparecido. Estoy segura de que es una reacción normal al estrés.

No hay de qué preocuparse.

Esa noche, después de que Dylan se vaya a la cama, me dejo caer en el sofá y enciendo la tele. Me obligo a mirar la pantalla, pero no puedo quitarme a Cleo de la cabeza. ¿Dónde estará ahora? ¿Seguirá vagando por las calles en pijama? El dolor sordo de mis entrañas se hace más fuerte al recordar el aspecto que tenía anoche. Indefensa. ¿Y si la atropella un coche? ¿Por qué me importa? Cleo Risby no es mi amiga. Y el señor Sexton decididamente lo hizo. En todo caso, incriminarlo solo aceleró un poco las cosas. Así pues, ¿por qué me siento tan tremendamente culpable?

Cojo el móvil y me meto en Instagram. Veo las fotos de la luna de miel de Brooke, la decoración de uñas que hacen en un salón de belleza al que no he ido nunca y un primer plano de un cóctel con la mano de Ian alrededor.

Hago una pausa. Qué demonios. Le doy un me gusta a su foto.

Inmediatamente aparece un mensaje privado. EY. ¿ESTÁS LEVANTADA?

SÍ. VIENDO LA TELE. ABURRIDÍSIMA.

WHITE CITY HOUSE. 9A PLANTA. ¿NOS VEMOS EN LA BARRA?

Es tentador. Más que tentador. Una copa y un poco de distracción es justo lo que necesito. Y Adam está en casa. Puede estar atento a Dylan.

VALE —respondo—. ¿POR QUÉ NO?

Entro en la habitación de Dylan para comprobar cómo está por última vez. Ronca suavemente bajo su edredón de astronauta, sin ninguna preocupación. Me pinto un poco los labios, luego cambio de idea y me los limpio. No hace falta que parezca que me he dedicado mucho esfuerzo.

Cuando llego, Ian está inclinado sobre la barra de mármol, sumido en una conversación con el camarero. Es una postura que parecería incómoda en la mayoría de la gente, pero él se las arregla para que resulte guay, como la cosa más natural del mundo.

—Flo-rence —dice al verme, separando las sílabas de mi nombre—. ¿Vienes a disculparte, supongo?

Inspiro y asimilo profundamente su colonia. El tipo huele realmente muy, muy bien. Me acerca un taburete.

—¿Por qué iba a disculparme? —pregunto, hundiéndome en la suave tapicería de terciopelo.

—Vi que arrestaron a ese cabrón. Pensé que quizá te sentirías culpable. Ya sabes, por sospechar de mí.

Detrás de la barra, un hombre barbudo con un aro en la ceja está mezclando bebidas. Tiene un par de dados tatuados en dos nudillos de la mano derecha y cuando agita el mezclador de cócteles parece casi como si los tirara.

Ian hace un pequeño gesto con la barbilla al camarero.

—¿Qué vamos a beber, Ricky?

Ricky hace una pausa, evaluándome con la mirada.

—Parece una chica negroni.

—Oh, buena idea —dice Ian con una sonrisa—. Refrescante pero amargo. Sí. Lo veo.

Frunzo el ceño.

—¿Qué?

—Ricky tiene un don. Es capaz de combinar tu bebida con tu esencia básica. El negroni es un clásico, por cierto. La última chica a la que traje aquí —hace una mueca y baja la voz hasta un susurro conspirativo—: mojito. Trágico, la verdad.

—Así que es como un horóscopo.

—Más bien como un test de personalidad.

Me encojo de hombros.

—Bueno, pues un negroni.

Ricky me sonríe, coloca dos vasos de cristal tallado delante de nosotros y se pone manos a la obra.

Ian se gira hacia mí y me pone una mano despreocupada en el muslo.

—Me alegro mucho de verte.

Cada vaso sanguíneo de mi cuerpo se dilata.

—Sí, mmm, yo también.

Ricky llena nuestros vasos con un líquido color sangre y adorna cada uno con una rodaja de naranja.

Ian levanta su vaso en dirección a mí.

—¿Por qué brindamos?

—¿Por Alfie? —digo de forma automática, sin siquiera pensarlo.

Ian pone una cara hasta el suelo. Retira la mano de mi pierna. Se ha roto el hechizo.

—Por Alfie —dice solemnemente, y hacemos chocar nuestras copas.

Me aclaro la garganta.

—Anoche vi a Cleo en el autobús nocturno.

Ian entorna los ojos.

—¿Cleo, la futura exmujer de mi padre? ¿En un autobús? —Sonríe—. Vaya, cómo han caído los poderosos.

—Sí, no estaba demasiado bien. Parecía… trastornada. Fue bastante triste.

—Mírate. Compasión por el diablo. —Chasquea la lengua y empieza a doblar una servilleta de cóctel—. De todos modos, ¿por qué te importa?

—No me importa. Es que esa mujer ha perdido a su hijo. Y a su marido. —Noto que subo el tono, que ahora es estridente y desesperado, pero no puedo parar—. Está sola, dando vueltas en pijama, enseñando a la gente los dibujos de su hijo desaparecido. ¿No crees que tendría que ayudarla alguien?

Ian deja su bebida sobre la mesa.

—Oye. Es bonito que quieras ayudar. Pero yo no soy más que el hijo «ilegítimo». Cleo sería la primera en decirte que no soy de la familia. Sin duda no soy un heredero de la fortuna de la familia Risby. Ella no querría que me involucrara. Además, ese divorcio lleva mucho tiempo en proceso. Mucho antes de lo de Alfie…, ya sabes. Estaban volviendo a barajar las cartas, por así decirlo.

«El testamento». Me doy cuenta lentamente, y al hacerlo no puedo creer que haya tardado tanto tiempo en verlo.

—Espera. ¿De eso iba la carta? La que mencionaste aquella noche en el club, la que enviaste por consejo de tu abogado. ¿Le pediste a tu padre que te incluyera en su testamento? Ya que lo estaba rehaciendo de todos modos… a causa del divorcio.

Ian frunce el ceño, arrugando la nariz.

—¿Yo dije eso? —Se remueve en su taburete, incómodo—. No recuerdo haberlo mencionado.

La servilleta de cóctel que estaba doblando es ahora un avión de papel completo.

—Pero sí, es verdad. El abogado de la tía Helen dijo que podíamos pedirlo amablemente primero. Cleo lo bloqueó, por supuesto. Al parecer su precioso Alfie realmente necesita heredar los cuarenta y ocho millones, uno a uno.

La tía Helen. El nombre se me clava en el oído como una garra. Joder. Jenny tenía razón. La señora Schulz ocultaba algo. Y deberíamos haberlo investigado hace días.

—¿Helen? ¿Como Helen Schulz? ¿Es tu tía?

Ricky pone un cuenco de aceitunas verdes entre nosotros, cada una de ellas gorda como un higo. Ian se mete una en la boca.

—Sí. Más que una tía, de hecho. Prácticamente me crio tras la muerte de mi madre.

Noto que se me acelera el corazón. La habitación empieza a dar vueltas.

—Espera, así que si Rollo se divorcia de Cleo y Alfie desaparece, solo quedas… tú. Serías el único heredero plausible.

Ian se me queda mirando fijamente un buen rato y después sacude la cabeza.

—Vaya. ¿En serio? Crees que yo…

«Mierda».

—No, no quería decir…

—Sabes que hay un tipo detenido, ¿verdad? —Ian se levanta y se mete las manos en los bolsillos—. ¿Sabes? Pensé que esto, que tú… Pensé que esto era otra cosa. Culpa mía. —Sacude la cabeza con tristeza y le hace un gesto a Ricky—. Ponlo en mi cuenta, ¿vale?

Me arde la cara de vergüenza.

—Ian… Espera…

Quiero gritar, decirle que vuelva, pero no me salen las palabras. Verle alejarse es como un cuchillo retorciéndose en mi pecho. «¿Por qué soy tan cabrona?». Si solo intentaba ayudar a Cleo. En quien, por alguna extraña razón, no puedo dejar de pensar. Pero en vez de eso he acusado a Ian de un crimen atroz.

Uno de los muchos sermones de Brooke resuena en mis oídos. «No tienes que comunicar cada pensamiento que revolotea por tu cabeza».

Ricky el camarero aparece con una bebida que no he pedido y la deja sobre un posavasos delante de mí.

—Ha huido rápido —murmura, mirando en dirección a los ascensores.

Suspiro.

—Sí, suelo causar ese efecto en la gente.

Ricky levanta una ceja en señal de invitación.

—Bueno, mi turno acaba dentro de media hora. Por si quieres compañía.

Me lo pienso. Puede que me haga sentir mejor, al menos durante un minuto.

Ricky me mira expectante. Y entonces empieza a sonarme el teléfono.

El número 213. Se me dispara el corazón. Elliott.

—No se pueden coger llamadas aquí arriba —dice Ricky en tono de disculpa—. Política de la casa. Hay una cabina abajo.

—No pasa nada —digo, levantándome para irme. Llamaré a Elliott cuando llegue a casa. De hecho, será mejor. Me hará parecer ocupada. No quiero dar la impresión de estar demasiado ansiosa.

El timbre se detiene. *1 nuevo mensaje de voz.*

Echo un último vistazo a Ricky.

—Gracias —le digo—, pero tengo que irme. Tengo trabajo por la mañana.

33

Cuando llego a casa, compruebo que Dylan esté bien. Después me sirvo un vaso de agua y me llevo el teléfono al sofá. Tengo que escuchar el buzón de voz de Elliott y devolverle la llamada, pero me duele la cabeza por el negroni, por la decepción de Ian conmigo y por el estrés de tener que mantener todo en orden. Me tumbo en un cojín y me obligo a pensar en álbumes, listas de éxitos y regresos. Mi regreso.

El mensaje de Elliott es largo. Dos minutos y medio. Su voz es tan brillante y alegre que al principio pienso que no he entendido bien las palabras. En cuanto termina lo vuelvo a escuchar para asegurarme. Pero no he entendido nada mal. Me inunda la vergüenza candente. «¡Claro que no te está ofreciendo un regreso musical, idiota!». Tiro el teléfono al otro lado de la sala y me arrastro hacia mi dormitorio, demasiado cansada para llorar. Solo quiero dormir y no pensar en nada más.

No llevo mucho tiempo dormida cuando el sonido de unos pasos me despierta con sobresalto. Son pequeños y suaves. Como si alguien intentara no hacer ruido. Me siento en la cama, con el corazón golpeándome en el pecho.

«Alguien ha entrado en casa».

Me quito el antifaz y corro por el pasillo a oscuras hasta la habitación de Dylan. Su cama está vacía.

Me encuentro mal, mareada.

—Dylan —grito—. ¿Dylan?

No hay respuesta.

Corro a la cocina. Está vacía. La puerta de la nevera está abierta. Instintivamente, de un modo automático, alargo el brazo para cerrarla. Al darme la vuelta, Dylan está de pie detrás de mí, completamente vestido con abrigo y zapatillas de deporte.

—¡Dylan! Joder…, me has asustado. Creía que había alguien…

—Calma, mamá. Solo iba a por un vaso de agua.

Miro el reloj.

—Son las dos de la madrugada.

Se encoge de hombros.

—Tenía sed.

Voy hasta la puerta de la calle. El cerrojo sigue bien echado. Respiro con fuerza por la nariz, esperando a que la adrenalina se disipe, a que el corazón deje de aporrearme el pecho.

—Calma, mamá —dice Dylan—. En serio.

Observo su cara. Solo va a por agua. Estoy paranoica. Debería tranquilizarme.

Solo cuando regreso a la cama se me ocurre preguntarme: «¿Por qué llevaba los zapatos puestos en mitad de la noche?».

34

El jueves por la mañana me despierto más decidida que nunca a tirar adelante. A empezar de nuevo. A la mierda Elliott. E Ian. Y esa mentirosa de la señora Schulz. Puede que yo sea antipática y profesionalmente irredimible, pero al menos mi hijo está a salvo. Es hora de dejar todo esto atrás y centrarme en Dylan. Su comportamiento de los últimos días es a todas luces un grito de ayuda. Y voy a prestársela. No importa que Ian me odie, ni que yo no vuelva a ser cantante jamás, ni que la señora Schulz nos mintiera descaradamente. La prioridad es Dylan.

Lo encuentro en la cocina comiendo muesli con leche de avena y jugando a Minecraft en su teléfono.

—¿Has dormido bien? —le pregunto.

—Sí —dice, asintiendo.

—¿Qué vas a hacer en casa de papá este fin de semana?

Se encoge de hombros.

—Videojuegos.

Se me tensa todo el cuerpo.

—¿Y amigos? ¿Hay alguien que te guste por allí?

—No —dice con aire taciturno. Me lanza una mirada suplicante—. Mamá, ¿puedo pasarme por casa del señor Foster después de clase? Solo un momentito. Greta necesita grillos…

—Vamos, Dylan —le interrumpo—. Te compraré grillos, ¿vale? Tienes que dejar de juntarte con ese tipo. Necesitas amigos de tu edad.

—Es que no le gusto a nadie.

Sacudo la cabeza.

—Eso no es verdad. Si te conocieran, les gustarías. Solo tienes que esforzarte un poco.

Dylan pone los ojos en blanco y espero que no me llame la atención por mi flagrante hipocresía: una persona con aproximadamente cero amigos dando consejos sobre relaciones.

«Maldito señor Foster».

Dejo a Dylan en la puerta del colegio y voy directa al autobús 328. Él sigue siendo la prioridad, por supuesto, pero está en la escuela siete horas y media al día. Tengo que hacer algo con ese tiempo.

La señora Schulz vive en un tramo de tierra de nadie entre Earl's Court y West Brompton, en la quinta planta de una antigua mansión victoriana. Verity Parker, de recepción, me dio su dirección después de que le explicara que la Asociación de Madres y Padres de Alumnos quería enviarle flores para celebrar su jubilación.

El edificio debía de ser precioso en su día, con su fachada de ladrillo rojo y sus adornos de estuco, pero ahora está desmoronándose y sucio, con el exterior cubierto de una fina capa de hollín procedente de los dos carriles de tráfico que pasan a toda velocidad.

Contemplo la posibilidad de llamar al timbre, pero decido optar por el factor sorpresa. No se alegrará de verme. Me sitúo frente a la puerta principal y empiezo a hojear mi teléfono, hasta que un hombre mayor con un labradoodle sale del edificio.

—¿Me sostiene la puerta? —le pido con mi voz más lograda de damisela en apuros, y lo hace. Los británicos son muy educados.

En el vestíbulo de mármol, entro en el anticuado ascensor y pulso el botón de la quinta planta. La puerta se cierra y mi corazón empieza a latir con fuerza.

En el edificio reina un silencio espeluznante. La mayoría de la gente está trabajando. El único sonido que se oye es el chirrido metálico del ascensor.

Me detengo un momento delante de su piso, escuchando. Tiene puestas las noticias de la tele y hablan sobre MacKenzie Matthews. Pico dos veces, con fuerza, y me quedo esperando el ruido sordo de sus zapatos ortopédicos dirigiéndose hacia la puerta. La abre con cautela, sin soltar la cadena.

—Señora Grimes —dice con una sonrisa forzada.

Encajo mi cuerpo en la grieta que queda entre el marco y la puerta.

—¿Puedo pasar?

Una mueca le cruza el rostro.

—Me temo que iba a salir. Quizá en otro momento.

—Por favor. Es importante. —Me aclaro la garganta—. Y no me gustaría montar una escena.

La mujer suspira y abre la cadena.

—Supongo que ya está usted medio dentro, ¿no es cierto?

Me acomodo en un sillón que es el mueble más duro con el que me he topado nunca y examino la habitación. Es extrañamente formal, con muebles de estilo Reina Ana, un reloj de pie antiguo y pesadas cortinas tapizadas. Un gato blanco indiferente me mira desde debajo de la mesa de café. No hay rastro de Alfie. Tampoco es que esperara que estuviera allí.

Dirijo mi mirada a la señora Schulz, que está sentada frente a mí en un sofá color crema.

—Hablé con Ian.

Frunce el ceño.

—¿Y?

—¿Por qué no me dijo que era su sobrino? Actuó como si ni siquiera lo conociera.

El reloj de pie suena con fuerza desde un rincón. Los ojos de la señora Schulz siguen el segundero que gira en un círculo cerrado.

—No sé de qué me habla —dice—. Y me temo que tengo que irme. Tengo entrada para una charla en la Real Sociedad de Horticultura. —Se levanta y hace un gesto hacia la puerta—. Si no le importa...

Se me tensa la espalda.

—No. No hasta que me diga qué está escondiendo. ¿Por qué nos envió a Jenny y a mí a una misión imposible para buscar al supuesto «hijo secreto» de Rollo cuando sabía perfectamente quién era. ¡Es su sobrino!

Da un paso hacia mí y se le humedecen los ojos.

—¿Sabe? —dice en voz baja—, usted se parece mucho a ella.

—¿A quién?

—A mi hermana Mary.

Trago saliva.

—¿Qué tiene que ver ella con todo esto?

La señora Schulz vuelve a sentarse.

—Mi hermana era un ángel. Una completa inocente. Se acostó con Rollo Risby una vez, cuando tenía dieciséis años. Y eso le arruinó la vida. Él la dejó sin blanca, con un hijo que mantener, y luego tuvo el descaro de irse y vivir su vida como si nada hubiera pasado.

Trago saliva. De repente me identifico con Mary más de lo que me gustaría admitir.

—¿Qué tiene que ver eso con nada?

La señora Schulz se remueve en su asiento. El gato blanco salta sobre su regazo.

—En aquella época las cosas eran diferentes. Las mujeres no iban por ahí presumiendo de barriga y de hijos ilegítimos. La vergüenza la sumió en una profunda depresión y se quitó la vida. Incluso entonces, Rollo se negó a reconocer a su hijo. Rollo Risby —dice lentamente, escupiendo su nombre como una maldición— es una persona horrible.

Me aclaro la garganta.

—¿Le han hecho algo a Alfie Ian y usted? ¿Para intentar meter a Ian en el testamento de Rollo?

Se ríe, una carcajada seca y polvorienta.

—Menuda tontería. —Hace una pausa y acaricia las orejas del gato—. Ian es como un hijo para mí. Mi única familia viva. Lo único que quiero para él es que pueda reclamar lo que le pertenece por derecho. Así que sí, cuando usted me abordó en el banco del parque aquel día en la vigilia, divagando sobre su pequeña investigación, vi una oportunidad. Pensé que tal vez, si era uno de los ligues de Rollo, podría ejercer alguna presión, alguna influencia. Como mínimo hacerle ver que reconocer a su otro hijo, incluirlo en su testamento, era lo que tenía que hacer por decencia. A todas luces sobrestimé sus capacidades, señora Grimes. Tuve que darle las pistas con una cuchara como a una niña pequeña.

—Yo no soy uno de los ligues de Rollo.

—Ya —dice la señora Schulz, acariciando las orejas del gato—. Qué decepción para todos.

El reloj de pie empieza a sonar. La gata se asusta y sale corriendo de nuevo bajo la mesa de café.

La señora Schulz se inclina hacia delante en su silla.

—Sin embargo, aún hay una cosa que me gustaría saber.

—¿Qué cosa?

—¿Cómo demonios acabó Robin Sexton con la mochila de Alfie?

La sala empieza a dar vueltas a mi alrededor. Las cortinas de flores, la alfombra beige, la mesa de café de madera de cerezo, todo se arremolina ante mis ojos.

La señora Schulz sonríe, una sonrisa glacial que de repente parece una amenaza.

—Está claro que a Robin Sexton le tendieron una trampa.

Me agarro a los brazos de la butaca para estabilizarme.

—¿Cómo…?

Se aclara la garganta.

—Hace dos años de aquello. Todo aquel asunto de los tocamientos no tuvo ningún sentido. Fue obra de Rollo y Cleo.

—¿Rollo y Cleo le tendieron una trampa? ¿Por hacer tocamientos? No la sigo.

La señora Schulz suspira.

—Alfie copió en un examen de matemáticas. Robin lo suspendió y se negó a dejarle repetir el examen. Robin era un hombre de principios. Al día siguiente, los Risby se plantaron en el despacho de Nicola acusándolo de tocamientos.

Siento que se me va la sangre del cuerpo.

—¿Está diciendo que el señor Sexton no hizo tocamientos a nadie?

—Claro que no. Aquella acusación no tenía ningún sentido. Era una venganza.

—¿Por qué la señora Ivy se mostró de acuerdo con despedir a un profesor inocente?

La señora Schulz me mira como si fuera lerda.

—Para proteger la venta, evidentemente.

—¿Qué venta?

La señora Schulz coge un caramelo de menta de un plato de porcelana que hay sobre la mesa y se lo mete en la boca.

—Por el amor de Dios, Florence, manténgase informada. Todo el mundo sabía que las finanzas de la escuela estaban en un estado espantoso. Es por eso que la junta votó a favor de vender la escuela a Omega Plus. Una demanda, especialmente una de los Risby... Bueno, habría hundido la venta.

Trato de unir los puntos.

—Así que Robin Sexton dimitió, los Risby acordaron no presentar cargos y la venta a Omega Plus...

—Continuó como estaba prevista —interrumpe la señora Schulz—. Ahora lo está entendiendo. Personalmente, sospecho que Nicola debió de rascar algo, porque está viviendo como el maldito conde de Montecristo en Buckinghamshire. Pero no tengo pruebas.

—No lo entiendo. ¿Qué tiene que ver todo esto con Alfie?

La señora Schulz me mira con expresión perpleja.

—Nada, querida. No tengo la menor idea de dónde está. Pero me sorprendería mucho que Robin Sexton la tuviera.

No puedo recobrar el aliento. La señora Schulz frunce los labios.

—Aquella acusación de tocamientos fue horrible. Arruinó la vida de ese hombre. Robin Sexton se licenció con matrícula de honor en Cambridge. Lo último que supe de él es que trabajaba en una granja de árboles de Navidad en Surrey.

Las palabras calan en mi oído.

—Perdone, ¿ha dicho una granja de árboles de Navidad?

La señora Schulz asiente.

—Supongo que fue el único trabajo que pudo conseguir. Qué pena. Y ahora, bueno... —Sus ojos bailan por la alfombra, sin atreverse a encontrarse con los míos—. Me cuesta imaginar que alguien como él dure mucho en la cárcel.

35

No recuerdo haber regresado a casa caminando. Mi cabeza no para de dar vueltas, como un tiovivo que se ha acelerado mucho más de lo que debería. Robin Sexton no es un pederasta. La sierra, la furgoneta, el fertilizante... era todo para una granja de árboles de Navidad. Mierda. Jenny tenía razón. Pruebas circunstanciales.

Contrariamente a la creencia popular, no soy mala persona. No voy por ahí incriminando a la gente por delitos graves. Pensé que el tipo era un pedófilo. En lo que a mí respecta, hacer tocamientos a un niño debería castigarse con la castración química inmediata. Dime de una madre que piense otra cosa, en el fondo de su corazón. Pero el señor Sexton no era un acosador. Tan solo era un estricto cumplidor de las normas que molestó a los Risby. Y ahora voy yo y le arruino completamente la vida.

Para cubrir... ¿qué, exactamente?

El rostro atormentado de Alfie baila ante mis ojos. ¿Y si continúa vivo y he estropeado la investigación inculpando a un hombre inocente?

«Mierda, mierda, mierda».

En cuanto llego a casa, me dirijo al baño y me quito toda la ropa. Un psicólogo de diván te diría que estoy tratando de lavarme la culpa, y no se equivocaría. Me quedo quieta en la ducha, dejando que el agua caliente caiga en cascada sobre mí. Justo cuando empiezo a relajarme, el chorro se vuelve helado, como cuchillas de afeitar sobre mi piel.

Golpeo la alcachofa con la palma de la mano. ¿Podría funcionar algo de mi vida, aunque solo fuera una cosita insignificante, por favor? Se oye un gorgoteo y el agua se corta por completo. Vuelvo a golpear la alcachofa. Nada. Entonces hay una explosión de fango. El chorro me da de lleno en la cara, una capa de lodo húmedo y marrón. Chillo, más fuerte de lo que quería.

—¡Joder!

Cojo una toalla y me limpio la cara. Es una sustancia viscosa y grumosa con olor a tierra, como a arcilla mezclada con algo químico e intenso. Espero que no venga del alcantarillado. Sea lo que sea, me va a echar a perder las toallas. Puto Adam. Se suponía que iba a arreglar las tuberías. «No llames a un fontanero —dijo—. Yo lo arreglo». Y ahora estoy cubierta de barro.

Me envuelvo en una toalla, salgo volando de mi piso y aporreo la puerta de Adam. Estoy descalza y la alfombra áspera que hay entre nuestros pisos me araña los pies. ¿Por qué no contesta? Su coche está aparcado fuera; debe de estar en casa.

Vuelvo a llamar, esta vez con el puño.

—¡Emergencia! ¡Abre, Adam!

La puerta se abre. Al otro lado hay una mujer. Va despeinada, como si acabara de salir de la cama, y se ha echado una gabardina apresuradamente sobre los hombros. Debajo de ella veo los tirantes de un vestido negro ceñido. Cerca de la puerta hay un par de Jimmy Choos rojos de tiras tirados despreocupadamente. «¿Dónde ha conocido Adam a una zorra tan elegante como esta?», me pregunto.

La miro a la cara. La mujer está nerviosa. Empieza a alejarse de la puerta. Mi cerebro va a toda máquina, intentando conectar lo que estoy viendo con la realidad.

—¿Jenny? —digo, con la boca abierta, estupefacta.

Su cara se vuelve del color de una frambuesa madura.

—Eh…, eh…, puedo explicarlo.

«Dios. Dios. ¿Cómo no me he dado cuenta?».

—¿Tú y Adam? —consigo decir.

Jenny niega con la cabeza.

—Eh… No es… —Se detiene y cruza los brazos sobre el pecho—. No es para tanto. No estamos saliendo, ni nada.

«Estamos. Nosotros». Uf. Me cae como una patada en el hígado. La cabeza se me va a aquel día en mi cocina, hace diez años. El día que Will me dijo que había estado enamorado de Rose todo el tiempo. Siento como si me ardiera la piel, como si todos en el mundo entero me estuvieran mirando, señalando y riendo.

—¿Por qué no me lo habías dicho?

De repente recuerdo aquel momento en la boda de Brooke, cuando Adam quería hablar de algo «serio» y yo me eché atrás pensando que iba a confesarme lo que sentía por mí. ¿Era de esto de lo que quería hablarme?

Los ojos de Jenny revolotean sobre mi cuerpo y se percatan del fango, la toalla y el pelo mojado.

—Ay, Dios, ¿qué ha pasado? ¿Estás bien?

La ignoro.

—¿Cuánto hace…?

—Ha sido cosa de una sola vez —dice rápidamente—. O, bueno, de dos veces, supongo. —¿Me lo estoy imaginando o su cara tiene un aire de ensoñamiento, de enamoramiento?

—¿Por eso me has estado ignorando, para follarte a Adam? ¿Dónde está?

—En la ducha. —Jenny mira por encima del hombro y baja la voz—. Joder, Florence, solo me he quitado una espinita. Además, dijiste que no había nada entre vosotros. ¿Por qué estás tan enfadada?

Quiero explicarle que Adam es mío; mi plan de reserva, mi manta de seguridad, mi plan B permanente. Pero no puedo. Estoy demasiado enfadada para hablar. En lugar de eso, la miro fijamente, deseando que haga combustión espontánea y tratando de recordar si eso existe siquiera.

Jenny se me acerca y me pone la mano en el brazo.

—¿No puedes alegrarte por mí? Fuiste tú quien dijo que necesitaba echar un polvo.

Me arde la cara. Yo dije eso. Pero no lo dije pensando en Adam.

Jenny saca el labio inferior, intentando hacer una mueca. No le sale bien.

—¿Por qué siempre eres tú la divertida? Yo también soy divertida, ¿sabes?

Doy media vuelta y me voy hacia la puerta de mi casa.

—Fulana —murmuro en voz baja, esperando que me oiga.

36

Mis ojos se posan en el montón de libros de detectives que me dio Jenny. Funcionará. Las tijeras están afiladas, pero los libros son más duros de lo que parecían. Hundo las tijeras más hondo en las páginas. Chas, chas, chas. Me invade una sensación mezquina, infantil, maravillosa. El batir de las tijeras de cocina es como el aloe sobre una quemadura solar. Me siento fuera de control, como un monstruo. Empiezo a llorar, los mocos me corren cara abajo mientras corto los estúpidos libros de Jenny en trozos cada vez más pequeños.

Cuando acabo, examino los trocitos. «Ja. Chúpate esa, Jenny».

Me la imagino a ella y a Adam enamorados en el sofá cutre de él, fingiendo estar preocupados por mí.

—Me siento muy mal —susurrará Jenny.

—Pero si no has hecho nada malo —responderá Adam, besándola en lo alto de la cabeza.

La imagen me da náuseas. Jenny follándose a Adam es una traición del más alto nivel. Al menos podría habérmelo dicho ella misma. Yo lo habría entendido. Pero descubrirlo así es la bofetada definitiva. Al menos Rose tenía algún derecho previo sobre Will: él fue suyo primero. Y nunca hubo ninguna pretensión de que ambas fuéramos amigas, no de verdad.

Pero esta… Jenny. No la perdonaré jamás en la vida.

Lo que pasó después de que Will me dejara por Rose fue lo siguiente:

Perdí la cabeza brevemente.

La gente lo dice a la ligera, «perdió la cabeza», sin querer decir eso en realidad. Pero cuando yo digo que perdí la cabeza, quiero decir que mi conciencia dejó de habitar en mi cuerpo y se instaló de forma permanente en un callejón oscuro y empapado de orines, lleno de botellas rotas y envoltorios de comida rápida. En ese fragmento de universo paralelo, después de que Will se fuera de casa y me enterara de que iba a relanzar Noche de Chicas sin mí, me puse un desafortunado vestido blanco y negro de Topshop y me presenté en sus nuevas y relucientes oficinas del Soho, conseguí pasar por seguridad y, con Dylan dormido en un brazo y una sobrecargada bolsa de pañales en el otro, me planté en la sala de conferencias acristalada y le supliqué a Will, le supliqué de verdad, que me mantuviera en el grupo. Cuando se negó, dejé a Dylan en el suelo con cuidado, me subí a la mesa de la sala de conferencias, y vacié cuatro biberones de leche materna antes de que interviniera seguridad.

Eran los primeros tiempos de los teléfonos con cámara y alguien me hizo una foto granulada que acabó en todos los tabloides. «Por favor, que no pare la múúú-sica». ¿Lo pillas? Porque parecía una vaca. Puto vestido de Topshop. De todos modos, después de eso todo el mundo supo que estaba loca. No iba a volver a trabajar nunca.

Desde el punto de vista legal, no estaba claro si Will tenía derecho a relanzar la banda sin mí. Pero cuando me amenazó con reclamar la custodia total de Dylan, utilizando el colapso emocional de la sala de conferencias como prueba de mi incapacidad, firmé todos los papeles inmediatamente. Nunca me arrepentí de mi decisión ni por un segundo. Aun así, el día que renuncié oficialmente a Noche de Chicas fue el peor de mi vida. Dejé de comer, de ducharme, de preocuparme. Brooke tuvo que mudarse conmigo. Fue una alteración del orden natural, la hermana menor cuidando a la mayor. Brooke solo tenía dieciocho años. Durmió en mi sofá cinco meses, guardó leche en la nevera y le cambió los pañales a Dylan. Nuestra relación nunca volvió a ser la misma. Para ella siempre seré una bomba de relojería que puede explotar en cualquier momento.

Diez años después, el argumento de Elliott fue replantear mi arrebato en la sala de conferencias como una protesta feminista basada en los principios. Lo expuso todo en el mensaje de voz. «Los tiempos han cambiado», dijo. La gente se sentía mal por cómo se había tratado a las estrellas femeninas de aquella época. Mira a Britney, dijo. El icono de los colapsos públicos ahora era ampliamente vista como una superviviente de un sistema roto. El público estaba ansioso por expiar sus pecados.

Era, insistió Elliott, el momento cultural perfecto para un libro de memorias.

Así que esa era su gran idea. No una gira de regreso. No un nuevo álbum. Un asqueroso libro. Destinado a la cesta de las ofertas.

Sabía de corazón que nunca funcionaría porque yo nunca había sido un icono feminista. Aquel día de la sala de conferencias solo estaba enfadada. Aunque dime de una mujer que no lo esté. Dime de una mujer que, debajo de todas las extensiones de pestañas, el tinte para el pelo y las ondas de playa al viento no esté hirviendo de puta rabia por la pura injusticia de todo esto, y yo te diré de alguien que no presta suficiente atención.

Echo un último vistazo a la pila de manuales de detectives, recojo los trozos de papel entre los brazos y los llevo a la basura de la cocina. Luego abro el grifo, cojo una manopla de baño y empiezo a limpiarme suavemente el cieno de la cara y el pelo. Cuando me he quitado la mayor parte de la pringue, me meto en la cama, me tapo la cabeza con el edredón y me envuelvo como en un ataúd.

Me quedo allí inmóvil durante mucho rato, escuchando el sonido de mi propia respiración.

37

Cuando me despierto, fuera hay luz. El reloj de la cómoda marca las nueve de la mañana. ¡Viva! He conseguido llegar al sábado. Ayer conseguí salir de la cama el tiempo suficiente para llevar a Dylan al colegio y traerlo y luego facturarlo a casa de Will. Mi plan es pasar las próximas treinta y seis horas en la cama. Unas minivacaciones. Cuando Dylan vuelva a casa el domingo por la tarde, me levantaré, como Lázaro, y reuniré fuerzas para seguir adelante. Pero todavía no.

Sin embargo, en algún momento me empieza a doler el cuerpo. Me levanto, me echo agua en la cara y miro el móvil. Dos llamadas perdidas y un mensaje de Jenny (ME VOY EL FIN DE SEMANA, ¿PODEMOS HABLAR CUANDO VUELVA, POR FAVOR?) y otro de Adam (ME VOY A BRISTOL A UNA COMPETICIÓN DE CROSSFIT. ¿HABLAMOS PRONTO?).

Cabrones. Intentan hacer ver que no se han ido juntos a pasar un fin de semana romántico. ¡Cómo se atreven! Y Adam todavía no me ha arreglado la ducha.

Miro el reloj. Todavía no son ni las diez de la mañana. Todavía queda mucha luz del día por pasar. También podría comer algo.

Me dirijo a la cocina y empiezo a apilar comida en una bandeja: nachos Planet Organic de Dylan, un poco de queso vegano, una lata de jalapeños. Lo pongo todo en un plato y lo caliento treinta segundos en el microondas. Suena el teléfono y me sobresalto. Puede que sea Jenny que envíe un largo mensaje de disculpa sobre lo equivocada que estaba y lo mucho que lo siente. Pero no es ella. Es Allegra, en el chat del grupo de madres, invitando a cualquiera que quiera un poco de «equinoterapia» a unirse a ella y a Wolfie en Norfolk el próximo fin de semana. «Sé que es un momento difícil —añade—. Espero que todo el mundo lo esté llevando bien».

Suena el microondas y me llevo el festín de nachos a la cama y me lo como con las manos, con el jugo de jalapeño picándome en las comisuras de los labios.

Justo cuando acabo de comer suena el timbre de la puerta. Casi me muero del susto. Miro la cámara del móvil pero solo veo una mata de pelo oscuro. Quizá sea Jenny, que viene a disculparse en persona. A suplicar mi perdón.

Pulso el botón del teléfono.

—¿Sí? —digo con frialdad, como una cabrona de clase A.

La mujer levanta la vista, buscando con la mirada. Es joven, veintipocos, piel cerosa y pelo oscuro. En la mano derecha lleva media docena de globos de helio rojos. Probablemente sea algún tipo de estafa. Como esas personas que llaman al timbre diciendo ser de Battersea Animal Rescue, pero que en realidad están reconociendo tu casa para robarte.

—¡Feliz cumpleaños! —chilla la mujer, seguido de algo más en un idioma que no entiendo. Ruso, quizá. ¿O polaco?

—Te has equivocado de casa —digo. «Puto bicho raro».

—¡Feliz cumpleaños! —repite—. ¡Sorpresa!

—No es mi cumpleaños. Te. Has. Equivocado. De. Casa —digo despacio, con el dedo aún en el botón del micrófono.

Su insistencia me resulta personalmente ofensiva. Estoy de duelo. Déjame en paz.

La mujer frunce el ceño, confusa, pero no se mueve. En lugar de eso, vuelve a llamar al timbre. Diiiing-donnng.

Pufff.

—¡TE HAS EQUIVOCADO DE CASA! —le grito a la cámara del timbre, pero la mujer se limita a mirarme confundida. Suspiro y bajo a rastras de la cama.

De cerca, la mujer parece aún más joven. Lleva puesto un plumífero plateado con el ribete de pelo sintético y tira de una maleta de ruedas barata. Parece sorprendida de verme.

—¿Quién eres? —Su inglés es perfecto, pero se le nota algo de acento.

—¿Que quién soy yo? ¡Has llamado a mi timbre! ¿Quién demonios eres tú?

—Zofia. Pero puedes llamarme Zo —dice lentamente—. He venido a ver a mi hermana.

—Te has equivocado de dirección.

Zo saca un sobre rojo arrugado del bolsillo de su chaqueta. Parece una postal de Navidad.

—¿Es el 184…?

Le arrebato el sobre de la mano.

—Déjame ver eso.

Al otro lado de la calle, las cortinas se mueven en la ventana del señor Foster: el viejo sapo sale de su agujero para mirar más de cerca.

Le doy la vuelta al sobre.

—¿Quién te ha enviado esto?

—Marta —dice—. Mi hermana. Es su cumpleaños. He venido a darle una sorpresa.

Me fijo en la etiqueta de equipaje de Wizz Air que cuelga del asa de su maleta.

—¿Qué? ¿Vienes directa del aeropuerto?

La joven asiente.

—De Luton. He cogido tres autobuses para llegar hasta aquí.

Me estremezco.

—Oye. Marta vivía en el piso de arriba. Con Adam. Compartimos la puerta de fuera, es algo confuso. Pero se mudó. Hace siglos.

La mujer frunce el ceño.

—¿Perdón?

—Marta ya no vive aquí —digo, hablando más despacio—. Se mudó.

Zo se queda pálida.

—¿Qué? No.

Al otro lado de la calle empieza a abrirse la puerta del señor Foster. No puedo soportar otra conversación con ese bicho raro. Cojo a la extranjera de la mano.

—Mira, pasa, ¿vale? Podemos hablar dentro.

Zo se sienta a la mesa de la cocina, agarrada al asa de su maleta como si fuera un animal de apoyo. Se mueve de forma nerviosa, con torpeza, sus ojos recorren la habitación.

—Oye —digo con toda la calma que puedo—, seguramente Marta se olvidó de darte su nueva dirección. Podemos subir y preguntarle a Adam… —empiezo a decir, olvidando temporalmente su traición, y a Jenny, y el hecho de que se ha ido el fin de semana.

Zo se levanta y empieza a pasearse por la cocina. Sus zapatillas de deporte baratas chirrían contra el suelo de madera. Cuando me mira tiene los ojos llenos de lágrimas.

—¿Cuándo fue la última vez que viste a Marta?

Intento recordar. Marta había vivido años en el piso de arriba. Pero la verdad es que no era el tipo de persona a la que prestas atención. Era guapa pero dolorosamente tímida. El tipo de mujer que no caminaba, sino que corría de un lado para otro. Después de que ella y Adam rompieran, no había pensado mucho en ella.

—¿En verano, tal vez?

Zo se estremece.

—¿En qué mes? Por favor. Intenta recordar.

Cierro los ojos. Marta era peluquera. A veces le cortaba el pelo a Dylan en el patio trasero. Cuando se fue tuve que empezar a llevarlo a Supercuts, donde le dejaban como a un pastor mormón y le cobraban 30 libras. ¿Cuándo le había cortado el pelo por última vez? Hacía calor, justo antes de que Dylan volviera a la escuela.

—¿A finales de agosto?

La cara de Zo se inunda de pánico.

—¿Hace tres meses?

Empieza a mirar por mi piso, como si Marta pudiera estar escondida en un rincón. Los globos de helio rojos se le han escapado y flotan por el piso como fantasmas. Pienso en el estrangulador de Shepherd's Bush. ¿Cuándo empezó todo aquello? Últimamente he estado tan distraída que no he prestado atención.

Me aclaro la garganta.

—Oye, ¿estás segura de que no ha vuelto a Polonia? ¿Quizá es solo que no te ha llamado? Sé cómo pueden ser las hermanas.

Zofia niega con la cabeza.

—No, de ninguna manera. Ayer nos escribimos. No paraba de

hablar de lo mucho que le gusta Londres, su trabajo, la barbería. Estaba muy contenta. Lleva tanto tiempo aquí que ahora solo quiere hablar inglés —añade Zo con una risa nerviosa.

—Espera, ¿te ha estado mandando mensajes? —El alivio inunda mi cuerpo—. Pues entonces debe de estar bien.

Joder. Menuda reina del drama. Y yo que empezaba a preocuparme de que el estrangulador hubiera pillado a la exnovia de Adam.

—Mira, es pleno día. Estoy segura de que estará en el trabajo. ¿Por qué no te pasas por la barbería y le das una sorpresa? Está en Hampstead, una zona bastante pija. Al parecer, Cumberbatch va a cortarse el pelo allí. Puedes coger el Overground…

Zo me mira con unos ojos redondos como platos.

—¿Vienes conmigo? Por favor…

—¿Cómo? No, yo…

Me devano los sesos buscando una excusa. ¿Qué puedo decir? «Tengo que quedarme en casa y obsesionarme con el hecho de que he inculpado a un inocente de un crimen atroz y quizá haya obstaculizado una investigación de asesinato y mi única amiga me ha apuñalado por la espalda, así que pienso quedarme en la cama hasta mañana por la tarde»? Además, tal vez esta sea mi oportunidad. De redimirme.

Miro la cara llorosa de Zo, su expresión perdida y desorientada, y siento algo parecido a… ¿empatía?

—Está bien —digo con un suspiro—. Voy a vestirme.

La antigua barbería de Marta está en Hampstead Village, un barrio del norte de Londres lleno de cafés independientes, calles adoquinadas y abundantes cestas de flores colgantes. Comparado con él, Notting Hill es un caos. Si los buscadores de localizaciones de Hollywood hubieran hecho bien su trabajo, Hugh Grant habría tenido aquí su librería.

Es terrible admitirlo, pero sienta muy bien volver a tener una misión. Y esta vez tengo que ser Jenny: la adulta, la experta, la calmada voz de la razón. Es estimulante.

Cuando llegamos a la barbería, me vuelvo hacia Zo.

—Tú sígueme la corriente —le digo, y abro la puerta. El sonido de Tina Turner llena mis oídos.

—¡Buenos días, señoras! —dice una voz cantarina desde detrás del mostrador. Pertenece a un hombre que lleva unos pantalones negros sueltos, una camisa holgada de seda blanca y un único pendiente de aro dorado. «Cillian», anuncia su chapa identificativa. Un pirata irlandés varado en el norte de Londres.

—Me temo que aquí solo hacemos cortes para hombre —nos informa Cillian con una cara de tristeza exagerada—. Pero estaré encantado de reservaros una cita en nuestra peluquería hermana del Soho. ¿En qué estamos pensando? ¿Corte? ¿Color?

Me aclaro la garganta.

—En realidad hemos venido a ver a Marta.

La cara de Cillian se ensombrece. Se pasa una mano nerviosa por su coleta castaña y mira por encima del hombro. Detrás de él, en la barbería, una estilista que lleva un corte a lo pixie rubio blanquecino está recortando a navaja el pelo del cuello de un cliente. Una tensión eléctrica empieza a llenar el espacio en el que nos encontramos.

Cillian apoya los codos en el mostrador de recepción.

—Oídme —dice, bajando la voz—, si cree que va a cobrar su último sueldo… —Se calla y sacude la cabeza—. Lo que hizo Marta no estuvo bien.

—¿Qué quieres decir? —pregunto, lanzando a Zo una mirada que dice: «Ahora, calma».

—Me vuelco en cuerpo y alma en este lugar once meses al año. Pero agosto es mi momento. Me voy tres semanas a Miconos. Marta y Natalia tenían que llevar la barbería. Y Marta no dio ni un solo día de aviso. Ni siquiera canceló sus citas. Recibí un mensaje suyo. ¡Un maldito mensaje!

Zo palidece.

—¿Estás diciendo que Marta no está aquí?

Cillian abre un calendario de papel en el escritorio y pasa sus dedos sobre los espacios vacíos.

—Su último día fue… ¿El 27 de agosto?

Zo parece a punto de desmayarse.

—¿Hace tres meses? ¿No la has visto en tres meses?

—Así es —dice Cillian—. Perdona, ¿tú quién eres?

Zofia da un paso hacia el mostrador.

—Soy su hermana. ¿Por qué no denunciaste su desaparición?

—Porque no ha desaparecido. Se fue, como he dicho. —Cillian suspira—. Allí estaba yo, acostado en una tumbona en JackieO' y recibo un mensaje: «Lo siento, tengo que volver a Polonia lo antes posible. A mi madre le han diagnosticado un cáncer».

Suaviza la expresión y se dirige a Zo.

—Siento lo de tu madre, por cierto. Yo perdí a la mía demasiado joven. Pero la forma en que Marta…

Zo ya no escucha. Parece como si le hubieran prendido fuego. Con una voz tan baja que apenas es un susurro, dice:

—A nuestra madre no le han diagnosticado cáncer. Lleva muerta doce años.

Consigo sacar a Zo a la acera antes de que empiece a hiperventilar, con las lágrimas cayéndole por las mejillas como agua de un grifo. Ante su ataque de nervios, no tengo más remedio que mantener la calma. Es un papel nuevo para mí. La acomodo en un trozo de acera no demasiado sucia, ignorando las miradas de preocupación de los transeúntes que hacen sus recados del sábado.

Luego espero. Zo llora durante un buen rato. No la apremio.

Cuando sus sollozos empiezan a bajar de intensidad y a convertirse en gemidos sordos, me aclaro la garganta.

—Oye, sé que esto parece malo, pero Marta todavía tiene su teléfono, ¿verdad? Te sigue mandando mensajes. O sea que le mintió a su jefe. Tal vez solo necesitaba un descanso.

Zo se limpia la cara en la manga.

—La última vez que vino a casa, a Polonia, discutimos.

—Lo entiendo. Tengo una hermana.

Zo mete la mano en el bolsillo.

—Voy a llamarla de nuevo. Le diré que estoy aquí…

—¿Sabes qué? Tal vez sea mejor que no lo hagas. —Me acomodo en la acera junto a ella. El suelo está frío y duro. Me esfuerzo por no pensar en todos los perros y borrachos que habrán orinado en este mismo trozo de hormigón. Me aclaro la garganta—: Esté donde esté, es evidente que Marta no quiere que la encuentren. ¿Por qué no intentamos obtener más información primero?

Zo se limpia la cara manchada de lágrimas con la manga.

—¿Cómo hacemos eso?

—La verdad es que tengo algo de experiencia con personas desaparecidas. Había un niño…

—¿Eh?

—Olvídalo —digo rápidamente. No es el momento—. Lo que intento decir es que puedo ayudarte.

Zo se ilumina, solo un poquito.

—¿De verdad?

—Sí.

Y, por una vez, lo digo en serio.

38

La decoración del Holly Bush no ha cambiado nada desde el siglo
XVIII, a excepción de que han añadido datáfonos para cobrar con tarjeta. Todo son pesadas cortinas de terciopelo y alfombras raídas sobre
suelos desgastados. Zo todavía está en estado de shock cuando nos
sentamos en uno de los bancos de cuero agrietado a esperar a Natalia.

Ha sido bastante fácil conseguir su número de teléfono de Cillian, que habría hecho cualquier cosa para deshacerse de nosotras en
el momento en que he vuelto a entrar y se lo he pedido.

—Natalia y Marta eran amigas —me ha asegurado—. Ella sabrá lo que pasó. —Estaba deseando lavarse las manos de Zo y de mí,
y no le culpo. Tener a una mujer sollozando desconsoladamente en
la acera de delante no es bueno para los negocios.

A nuestro lado hay un fuego crepitante sin pantalla de seguridad, lo que Jenny se apresuraría a señalar como una violación de la
salud y la seguridad. («Las llamas abiertas y el público en general no
se llevan bien. Créeme, veo el papeleo cuando las cosas van mal», me
comentó una vez). Al pensar en ella siento una punzadita. La aparto
y, en su lugar, envío un mensaje a Brooke, que ahora está en Mauricio, probablemente tumbada en una hamaca y abanicada por ayudantes uniformados.

EY, ESTABA PENSANDO EN TI. ESPERO QUE EL RESORT ESTÉ BIEN.
No contesta.

A la una en punto, una mujer delgada de pelo oscuro entra por
la puerta. Lleva el pelo recogido en pulcras trenzas y una parka roja
larga que se traga su diminuta figura. Tras ella va un perro de pelo

blanco y correa roja. Natalia mira nerviosa a su alrededor, como si la hubieran convocado para una evaluación por sorpresa.

—¿Sois dos? ¿Está Marta metida en algún lío? —Su voz tiene una maravillosa cualidad ronca, como una de aquellas estrellas de cine de los años cuarenta. No esperaba que de un cuerpo tan enjuto y nervudo saliera una voz tan grandiosa. Me descoloca, solo por un segundo.

Miro a Zo.

—Marta... Eh... Podría estar desaparecida. No está claro.

Natalia parece querer preguntar algo más, pero Zo carga adelante estoicamente.

—¿Cuándo fue la última vez que supiste de Marta?

Natalia piensa en ello.

—Diría que a finales de verano. Se volvió a Polonia, creo.

—¿Crees?

—Sí. Me mandó un mensaje.

Zo me lanza una mirada de pánico, pero yo continúo.

—¿Había algo de Marta que te preocupara? ¿No parecía... —bajo la voz— deprimida?

Natalia echa la cabeza hacia atrás, sorprendida.

—¿Deprimida? ¿Marta? No. Estaba enamorada. —Empieza a juguetear con la correa del perro—. Perdonad, ¿quiénes habéis dicho que sois?

De pronto desearía haber traído un cuaderno, cualquier cosa que me hiciera parecer más oficial.

—Yo soy su vecina. Bueno, lo era. Zo es su hermana. ¿Así que no había nada que te preocupara?

Natalia sacude las piernas y sus ojos recorren el pub.

—Hubo una noche. No recuerdo exactamente cuándo. Me llamó muy tarde para preguntarme si podía venir. Se había peleado con su novio.

Asiento para animarla a continuar.

—Sigue.

—Me figuré que debía de estar desesperada para pedírmelo: no éramos tan amigas, ya sabes, y yo vivo en Barnet con tres compañeras de piso. En fin, Marta apareció pasada la medianoche; parecía que había estado llorando.

—¿Qué pasó?

Natalia se encoge de hombros y se remueve en el asiento.

—No quería hablar. No la presioné. Le di un cargador de móvil, un vaso de agua y la dejé dormir en el sofá.

—¿Y después?

—Eso fue todo. Cuando me desperté a la mañana siguiente, se había ido. Casi como si lo hubiera soñado todo.

—¿Sabes sobre qué habían discutido?

Ahora que lo pienso, sí que oí que Marta y Adam tenían una fuerte discusión una noche, justo antes de que ella lo dejara. Golpes, gritos, portazos. ¿Podría haber sido esa misma noche?

Cojo el teléfono y le envío un mensaje frenético a Adam. LLÁMAME. NO ES LO QUE CREES, añado.

Natalia empieza a juguetear con un fino anillo dorado que lleva en el dedo.

—No lo sé. Supongo que fue una riña de enamorados. No le pregunté.

—Por favor. ¿No recuerdas nada? —Zo le está suplicando. Es doloroso de ver.

Natalia palidece y aparta la vista.

—Mira, yo no sé de qué iba aquello en realidad. El tipo, bueno, creo que estaba casado. Llevaba alianza.

Las palabras se me clavan en el oído como un padrastro en un jersey de cachemira. Me quedo helada.

—¿Llevaba alianza? ¿Cómo lo sabes?

Natalia se encoge de hombros.

—Era cliente de la barbería. Venía todos los jueves. Marta no era… —me mira—. No era mala persona. Estaba enamorada de verdad.

En mi cabeza suenan las alarmas. Nunca he visto a Adam con alianza, ni con joya alguna en absoluto, para el caso.

—¿Cómo se llamaba?

Natalia se mira las manos.

—No me acuerdo. A veces la recogía en la barbería. En su llamativo cochecito.

Se me agudizan los oídos, como si alguien estuviera cantando.

—¿Qué tipo de coche?

—La verdad es que no lo sé. Los coches no son lo mío. ¿Un deportivo, tal vez? Creo que era verde oscuro.

Mi corazón empieza a latir con fuerza. El Volkswagen Polo blanco de Adam nunca jamás ha sido descrito por nadie que tenga ojos en la cara como «un deportivo». Me levanto y al hacerlo tiro un tenedor al suelo sin querer.

—Ahora vuelvo —le digo a Zo—. Tengo que hacer una llamada.

Me mira desconcertada.

—¿Justo ahora?

—Solo serán dos segundos.

—Te acompaño —me ofrece, ya de pie.

—No —replico, tal vez demasiado rápido—. O sea, no pasa nada, tranquila. Vuelvo en un santiamén. Vosotras seguid hablando.

Fuera del pub, me apoyo en la pared de ladrillo y marco el número de la barbería. Cillian contesta al segundo tono. Cher suena de fondo en el equipo de música. Me imagino a Cillian preocupándose en exceso por el expositor de champú seco de detrás del mostrador.

—¿A qué debo el placer? —dice, en tono que denota cualquier cosa menos placer.

—¿Marta tenía novio?

Se queda en silencio y coge aire entre los dientes.

—¿Por qué lo preguntas?

—Lo reformularé: ¿Marta tenía dos novios?

Ahora hay una larga pausa.

—Mira, no es asunto mío. Era una buena chica.

Me lo imagino apoyado en el mostrador de recepción, aspirando el olor a pelo mojado y a Barbicide.

—Descríbemelos.

Cillian duda.

—Creo que uno era policía. Estaba súper en forma. Con unos bíceps como el Dios del Trueno.

—Bien. ¿Y el otro?

—Más del tipo Príncipe Azul. Mayor. Solía enviarle arreglos florales gigantescos. En serio, eran enormes. La dejábamos ponerlos en el mostrador de recepción. Era todo muy romántico.

—¿Qué aspecto tenía ese príncipe azul?

Cillian hace una pausa.

—Pues, chica, de rico.

—¿Puedes ser más específico?

—Viejo. Pálido. Reloj de pulsera elegante. Cita permanente el jueves.

El corazón me aporrea el pecho. Oigo un zumbido en los oídos, como un pitido, una alarma que suena en mi cerebro.

—¿Sabes su nombre? O espera: si era cliente, debes de tener su número de teléfono.

El tono de Cillian pasa de chismoso a nervioso.

—No recuerdo su nombre. Dejó de venir cuando Marta se marchó. De todos modos, el número de teléfono de un cliente no es el tipo de cosa que pueda dar así como así.

—¿Por favor? —digo con mi voz más amable—. Creo que ese hombre podría saber dónde está Marta.

No le menciono a Zo lo de los dos novios. Todavía no. No tiene sentido alterarla más antes de tener todos los datos. Y, de todos modos, a estas alturas, manejar sus emociones da más trabajo que la propia investigación. Nos despedimos de Natalia y me llevo a Zo a un hotel, un Premier Inn que hay a cierta distancia, con la promesa de enviarle un mensaje en cuanto sepa algo más.

De vuelta en casa, me acomodo en el sofá. En la mano derecha tengo un papelito con el número del segundo novio de Marta. En la izquierda, una lata de Smirnoff y Diet Cola, solo para calmarme.

Es sábado por la noche. Mañana es domingo. Mañana Will traerá a Dylan de vuelta a casa y mi investigación se acabará, lo quiera yo o no. Esta es mi oportunidad.

Respiro hondo, me bebo el resto del Smirnoff e introduzco el número en mi teléfono. «Allá vamos».

Suena tres veces, luego cuatro. Cuando me doy cuenta de que nadie va a cogerlo, me invade una oleada de alivio. Se me relajan un poco los hombros. No había pensado qué decir si alguien contestaba. Entonces, al quinto tono, se oye un clic y contesta una voz informatizada.

«Ha llamado al buzón de voz de… Rollo Risby. Por favor, deje su mensaje al oír la señal».

39

Shepherd's Bush
Sábado, 21.35

Rollo Risby. Pero ¿qué coño? Vuelvo a marcar el número, solo para asegurarme. Vuelve a sonar el mismo mensaje.

Me hundo más en el sofá. La habitación empieza a dar vueltas a mi alrededor. ¿Así que Marta tenía una aventura con Rollo Risby? No puede ser una coincidencia, ¿verdad? Es decir, ¿qué posibilidades hay de que lo sea?

Mierda. He gastado tantas energías tratando de sacar a mi propio hijo del punto de mira que no he prestado atención a nada más. «Piensa, Florence, piensa».

Si Marta tenía una aventura con Rollo... ¿le hizo algo Rollo a Marta? No tiene ningún sentido. Los ricos no tienen que andar matando a la gente. Pueden comprarla sin más. Quizá Marta amenazó con decírselo a Cleo y ahora está sentada en una playa tropical, abanicándose con billetes de cien dólares. Adiós a la barbería, al pisito enano y a Londres.

Quiero llamar a Jenny y contarle lo que acabo de descubrir, que me guíe, que reconstruya todo este rompecabezas. Pero Jenny y yo ya no somos amigas. Porque se está follando a Adam.

Adam.

¿Sabía él que Marta lo engañaba? ¿Es por eso por lo que rompieron? ¿Acaso...?

Sin pensarlo, me levanto del sofá de un brinco y me doy un golpe en la espinilla contra la mesa de café. Ignoro el dolor punzante y corro hacia el vestíbulo. Pego la oreja a la puerta de Adam. Silencio. Levanto la mano para llamar, pero me detengo. Son casi las diez de la noche del sábado. ¿Qué voy a decir? «¿Sabías que tu exnovia te estaba engañando?». Pensará que estoy celosa, que intento sabotear su relación con Jenny. De todos modos, no están en casa. Están de miniescapada, probablemente en una cabaña con techo de paja en los Cotswolds, acurrucados bajo una manta de lana, dándose de comer fresas entre risitas.

Marta. Alfie. Marta. Alfie. Nada de eso tiene sentido. Joder. «Piensa, Florence, piensa».

Me arrastro de vuelta a mi piso, al sofá. No le encuentro sentido. Soy demasiado tonta, me duele la espinilla y nada tiene sentido. Me pongo a ver *El tiburón de las propiedades* y me duermo a ratos.

El domingo por la mañana, cuando me despierto, la tele continúa encendida. Un presentador de noticias parlotea acerca de un grupo ecologista que se ha pegado a la autopista y bloquea el tráfico en ambas direcciones. Entonces la pantalla parpadea y aparece la foto policial de Robin Sexton. Su comparecencia es mañana, en el Juzgado de Primera Instancia de Westminster. Una nueva oleada de vergüenza me invade. Apago el televisor y cojo el teléfono. Hay una serie de mensajes de texto de Zo. GRACIAS POR TRATAR DE AYUDAR, PERO HE DECIDIDO IR A LA POLICÍA.

La policía. No puedo culparla por querer que se involucren adultos. Yo quiero que se involucren adultos. Aun así, duele. Como si no confiara en mí para encontrar a su hermana.

BUENA SUERTE —respondo a la ligera—. SEGURO QUE UNA EXTRANJERA «QUIZÁ DESAPARECIDA» ESTARÁ A LA CABEZA DE SU LISTA. —Entonces me siento culpable y añado apresuradamente—: ESPERO QUE VAYA BIEN. MANTENME INFORMADA. X.

Me tumbo en el sofá y me miro el moratón de la espinilla. Se ha vuelto de color berenjena intenso. Lo aprieto con el dedo índice y un pinchazo agudo de dolor me recorre el cuerpo.

«¿Dónde estás, Marta?».

A mediodía sigo tirada en el sofá, con la mirada perdida en el techo, cuando oigo el ruido de unas llaves en la puerta. Dylan. Gateo hasta ponerme en pie y aliso el profundo surco del sofá.

—¡Llegas pronto!

—Quería ver a Greta —dice, y pasa a mi lado en dirección a

su cuarto. Por la ventana, el coche de Will ya se aleja a toda velocidad. Puta tortuga. ¿Por qué no le regalé al crío un perro?

Dylan reaparece con Greta en una mano y un trozo de papel metálico rojo en la otra.

—¿Y todos esos globos de helio?

—¿Eh?

—Hay un montón de globos rojos medio desinflados por todas partes. —Dylan entrecierra los ojos—. Sabes que el helio es un recurso no renovable, ¿verdad? Con el tiempo se acabará.

Zo. Mierda. Sus globos de cumpleaños.

—Lo siento, cariño. Es una larga historia.

Empieza a decir otra cosa y yo desconecto y me vuelvo a dejar caer en el sofá.

—Por favor, mamá, ¿una última vez? —Y me doy cuenta de que Dylan me está hablando todavía; me ha estado hablando todo este tiempo, de ir a casa del señor Foster a por grillos.

Suspiro. ¿Qué más da? De todos modos, va todo de puta pena. No puedo soportar más conflictos, rechazos ni fracasos.

—Vale. Pero rápido. Dentro y fuera. Y después de esta…

Dylan no me escucha; ya está bajando las escaleras del porche. Le sigo y vigilo mientras llama al timbre. El señor Foster aparece en el umbral; parece confuso y mira nerviosamente hacia el porche, hacia mí.

Le hago un gesto amistoso con la mano.

—No pasa nada —le digo—. Solo por hoy.

El señor Foster asiente, visiblemente aliviado. Los dos empiezan a hablar en voz baja.

Le envío un mensaje a Zo. ¿Alguna novedad?

No contesta. Por capricho, marco el número de Marta. No le va a hacer daño a nadie, ¿verdad? La línea empieza a sonar, me apoyo en el porche y contengo la respiración. A lo lejos, algo me llama la atención. Un eco. Vuelvo a marcar el número y aparto el teléfono de la oreja. No es mi imaginación. Es débil, apenas más fuerte que los latidos de mi corazón, pero sin duda oigo que algo suena.

Entro al vestíbulo y vuelvo a marcar el número de Marta. Ahí está, ahora más fuerte. No es mi imaginación.

El teléfono de Marta está en el piso de Adam.

40

Shepherd's Bush
Domingo, 14,30

Marco el número de Jenny sin ni siquiera pensarlo. Me tiemblan las manos y el miedo invade mi cuerpo mientras mi imaginación se desboca hacia los peores escenarios. Jenny contesta al segundo timbrazo.

—Ay, por Dios, estás bien —jadeo.

—No es un buen momento —dice Jenny con voz tensa, preocupada.

—¿Dónde estás? ¿Estás con Adam?

—¿Qué? No. Acabo de llegar a casa de un agotador «retiro» de trabajo y tengo que ponerme al día con un montón de trabajo de verdad, no he visto a los chicos en todo el fin de semana y, sinceramente...

—Voy para allá. Es urgente.

Le cambia la voz.

—¿Va todo...? ¿Dylan está bien?

—Sí, sí. Pero no va todo bien. Tenemos que hablar en persona.

—De verdad que no es un buen momento.

—Estaré ahí en veinte minutos. Y, hagas lo que hagas, no llames a Adam.

Cuelgo el teléfono justo cuando Dylan cruza la calle dando brincos, agarrando a un montón de latitas amarillas y canturreando alegremente para sí mismo. Casi se le caen al suelo al verme la cara.

—Mamá, ¿qué pasa?

Me quedo paralizada. Dylan no debería preocuparse por esto. Intento que mi voz suene despreocupada.

—¿Te acuerdas de Marta? ¿La que vivía en el piso de arriba?

Dylan se estremece.

—Sí. ¿Qué le ha pasado?

Se me ponen de punta los pelos de los brazos.

—¿Qué quieres decir con: «¿Qué le ha pasado?»?

Se encoge de hombros.

—¿Por qué me preguntas si la recuerdo, si no es que le ha pasado algo malo?

No puedo pensar. Todo esto es demasiado. Marta. Adam. Rollo.

—¿Puedes ponerte un abrigo, por favor? Tenemos que irnos.

Dylan se resiste.

—Pero si acabo de llegar a casa. ¡Estaba a punto de darle de comer estos grillos a Greta!

—Vamos, Dylan.

Se pone terco.

—Pero si siempre me dejas solo en casa.

Me invade una oleada de culpa. El corazón me sigue latiendo en el pecho como una banda de percusión de instituto. Necesito pensar. No puedo pensar.

—Mira, ahora no puedo discutir contigo. Entra en casa y echa el cerrojo. No sé cuánto voy a tardar.

Asiente, victorioso. Intento abrazarle, pero ya está corriendo hacia dentro, agarrando su pila de latas de grillos como un trofeo.

Para cuando el taxi se detiene frente a la casa de Jenny, me tiemblan las manos, pequeños temblores violentos que se apoderan de mí cada pocos minutos, como réplicas de un terremoto. Jenny abre la puerta descalza, con pantalones cortos de correr y una sudadera gris de Stanford andrajosa. Hay una cesta de ropa sin doblar en el sofá, una ensalada para llevar a medio comer en la mesita del café y su portátil abierto con una hoja de cálculo de Excel. Oigo a Max y Charlie peleando en el piso de arriba, gritando con alegría y agresividad a partes iguales.

Me invade una oleada de nervios. ¿Por qué me sudan tanto las manos? No me había planteado cómo decir lo que viene ahora. Cuando la llamé actuaba por instinto. Pero ahora que estoy aquí, se me hace embarazoso. Me quedo mirando fijamente su maleta de mano plateada, abierta en el suelo, a medio deshacer.

—¿Nos sentamos? —le digo, señalando el sofá.

—Adelante —responde ella. Hay cierta cautela en su voz.

—Quizá tú también quieras sentarte.

—Estoy bien así —dice—. Di lo que hayas venido a decir.

Dirijo mis preocupaciones a la alfombra, sin atreverme a mirarla.

—Creo que Adam podría haber…, podría estar… involucrado en la desaparición de su exnovia.

Jenny entorna los ojos.

—¿Es esta tu idea de una broma?

—No —digo rápidamente—. Hablo en serio. Estoy preocupada por ti. Intento decirte…

—No lo entiendo —ladra con la cara enrojecida—. ¿Qué exnovia? ¿De qué estás hablando?

Me empiezan a sudar las manos aún más. ¿Qué sería más raro, que me las secara en el sofá o en mis vaqueros?

—Marta. Adam me dijo que lo había dejado en verano y se había vuelto a Polonia. Pero su… hermana, Zo, vino a buscarla ayer. Fuimos a la barbería donde trabaja, o trabajaba, y no la han visto desde hace meses.

Hablo demasiado rápido, las palabras salen de mi boca a su propia velocidad desquiciada.

—Bueno, resulta que Marta tenía una aventura con el padre de Alfie, Rollo Risby. ¿Qué putas posibilidades hay? Así que he llamado al teléfono de Marta. Y ha sonado. Mmm… Arriba. En el piso de Adam. —Me oigo a mí misma, lo loco que suena, pero no puedo parar. Miro a Jenny—. Me pregunto si tal vez…

Jenny se levanta. Tiene la cara como una roca. Señala la puerta.

—Quiero que te vayas.

Me quedo pegada al sofá.

—Oye, ya lo sé, parece una locura. Pero podrías estar en peligro, ¿vale? Tú escúchame. Creo que todo lo de Alfie…

Me mira como si yo fuera la persona más estúpida del mundo.

—Pero ¿tú te estás oyendo? ¿Que Adam le hizo algo a su exnovia? ¿Y a Alfie? —Se ríe, una risa seca y sarcástica que nunca había oído antes—. A lo mejor Adam es el asesino del Zodiaco. O el estrangulador de Shepherd's Bush. —Sacude la cabeza y su elegante melena ondea con furia—. Sabía que estabas celosa, pero no puedo creer que hayas caído tan bajo.

Le cojo la mano, me abalanzo sobre ella, y la rodeo con las mías.

—Jenny, por favor. Te lo suplico. Pasa algo muy malo. Estoy preocupada por ti.

Retira la mano.

—Sin embargo, no lo estás. No puedes estarlo, porque nunca piensas en nadie más que en ti. Solo estás celosa de que yo sea feliz.

Se me llenan los ojos de lágrimas. Las aparto. Durante un momento, ninguna de las dos habla.

—¿Dónde está? —pregunto—. ¿Dónde está Adam?

Jenny se encoge de hombros.

—¿Cómo voy a saberlo? No lo veo desde el viernes por la mañana. He estado en un retiro de socios. Con la empresa.

—¿Así que no estabais juntos en un fin de semana romántico?

Pone los ojos en blanco.

—Tú sabes lo loca que suenas, ¿verdad? ¿Lo desquiciada? O sea, detuvieron al tipo que se llevó a Alfie. Te acuerdas de todo eso, ¿verdad?

Regresa el dolor en la boca del estómago. Cierro los ojos e ignoro el dolor punzante mientras dejo que la verdad salga a la luz.

—Sí. Eh… Ese tipo, el señor Sexton… No lo hizo él.

Ahora Jenny se está poniendo roja.

—No lo entiendo. Encontraron la mochila de Alfie en su casa.

Me miro las manos, encogidas en mi regazo como pañuelos usados.

—La prueba, lo que encontró la policía en casa del señor Sexton, la puso alguien allí.

Jenny frunce el ceño.

—No te sigo.

La vergüenza inunda mi cuerpo. Me siento tan pequeña, tan mal y tan perversa que me preocupa que pueda implosionar, como una estrella que colapsa bajo el peso de su propia gravedad.

—Alguien la puso allí. Y ese alguien… fui yo.

La expresión de Jenny permanece impasible, tranquila. Se deja caer en el sofá y observa mi cara.

—En mi defensa, diré que creía que era un pedófilo.

—¡Por Dios! —grita, y se vuelve a poner de pie—. ¡Siempre hay una excusa! ¡Tienes excusas para todo! —Empieza a caminar por la sala—. ¿Por qué lo hiciste? ¿De dónde sacaste la mochila de Alfie? —Sus ojos se clavan en mí como láseres.

Me miro las manos. Ya no tiene sentido mentir.

—Eh... La encontré. En la habitación de Dylan. Pero él no...

Jenny entrecierra los ojos.

—Ay, Dios. ¿Has...?

Me levanto y doy un paso hacia ella.

—No. ¡No! Dylan no ha hecho nada. Es un malentendido. Sé que no...

La furia inunda la cara de Jenny.

—Madre mía, y yo ayudándote. ¡Te estaba ayudando! ¿Te das cuenta de que podría perder mi licencia de abogado por esto? —Me agarra por los hombros y me empuja hacia la puerta con una fuerza que no esperaba—. Largo de aquí. Fuera de mi casa. ¡Sal de mi vida!

Retrocedo a trompicones.

—Creía que éramos...

—Adam tenía razón sobre ti. Tú y este... —agita la mano con un movimiento circular alrededor de mi cara—, este..., este caos que creas allá donde vas.

Hace el gesto de dar la vuelta a la mano y, en una cruel imitación mía, dice:

—«Ay, soy Florence, no combino la ropa, no sé usar el reloj y ¡soy un espíritu tan liiiiiiiibre!».

—Eso no es...

Jenny no ha terminado.

—«Soy muy divertida y fascinante y no me importa ser mala...».

—Dilo de una vez —le suelto—. Crees que soy una mala madre.

—No —dice Jenny rápidamente—. No iba a decir eso. Amiga. Eres una mala amiga. —Me mira de arriba abajo—. Pero, ahora que lo dices, ¿dónde está Dylan?

Noto que mi ritmo cardiaco disminuye, que la sangre se me hiela en las venas.

—Ahora me toca a mí —digo despacio, imitando su vapeo, inhalando profundamente—. «Hola, soy Jenny. Soy una zorra de clase A de cuatrocientos años. Nadie me amará nunca porque soy la persona más estirada y controladora del mundo. Hasta mis hijos prefieren a la niñera».

Ahora está temblando, vibrando de rabia.

—¡LARGO! —ruge—. ¡Eres veneno!

Voy hacia la puerta.

—Muy bien. Que te diviertas follándote a Adam. —Y luego no me puedo resistir y añado—: Que sepas que me estará imaginando a mí todo el rato.

Jenny suelta un chillido, como una gaviota partida en dos.

El portazo que doy es tan fuerte que tiembla el marco.

41

Una vez en casa, busco en la calle algún indicio del coche de Adam. Acerco el oído a su puerta. Nada. Esté donde esté, no está aquí. Me planteo llamar a Zo, intentar explicárselo todo, pero ¿qué sentido tiene? Si Jenny no me cree, Zo tampoco lo hará. Nadie me cree. Soy una fracasada, una mentirosa.

Le pido a Dylan una pizza vegana para cenar y me voy directa a la cocina, donde lleno una taza de café con vodka y le añado agua del grifo para rebajar el sabor. La taza no está bien lavada, pero no me importa. Solo necesito algo que suavice los bordes, que pinche por un momento el inmenso globo de vergüenza en el que vivo.

Cuando llega la pizza, Dylan sale de su reino de grillos para comérsela. Me uno a él en la mesa.

—¿Estás bien? —me pregunta Dylan con los codos sobre la mesa, oliendo un trozo de pizza pegajoso.

—Pronto lo estaré —contesto, y le doy otro tiento a la taza.

—¿Os habéis peleado Jenny y tú?

Asiento y se me llenan los ojos de lágrimas.

—Sí.

Bebo otro sorbo. «Que le den a esa zorra», pienso. La mala amiga es ella. Yo intentaba ayudarla. Salvarla. Espero que Adam la corte en mil pedacitos. Se me para el corazón. No, no lo digo en serio. Claro que no.

Dylan levanta la vista hacia mí, con hilos de falso queso goteándole de la boca.

—¿Por qué os habéis peleado?

Pongo cara de valiente.

—Cosas de adultos. Nada de lo que debas preocuparte, cariño.

Me mira con los ojos redondos como platos.

—¿Por Alfie?

—No. Bueno, más o menos… —Me desplomo en la silla, dejando que la vergüenza me envuelva como un abrazo—. Para serte sincera, ya no sé muy bien de qué va nada.

—¿Crees que deberías llamar a la policía?

Lo sopeso un momento. Podría llamar al detective Singh, contarle lo que he averiguado. Dejar que los profesionales se ocupen de ello. Zo ya ha hablado con la policía sobre Marta. Quizá si les cuento lo de su teléfono puedan conectar las piezas que faltan. Las piezas a las que parece que no puedo dar sentido. A la mierda, merece la pena intentarlo.

Me giro hacia Dylan.

—¿Sabes qué, colega? No es mala idea.

El detective Singh no está de servicio, me dice la recepcionista de la comisaría con cara de suficiencia, pero hay un formulario online que puedo utilizar para hacer una denuncia.

—He venido hasta aquí porque necesito de veras hablar con un ser humano. Es urgente —le digo, y lanzo una mirada nerviosa a Dylan.

La recepcionista frunce los labios.

—Bien. Si quiere esperar al agente de guardia, adelante.

—¿Sabe cuánto tiempo…? Ya son casi las ocho de la tarde y tengo a mi hijo, que necesita acostarse pronto…

La recepcionista me mira con recelo.

—Bueno, como le he dicho, puede utilizar el formulario online.

—Bien —digo con una sonrisa tensa—. Esperaré.

Llevo a Dylan a un rincón tranquilo, más allá de las caras cansadas y agotadas que llenan la sala de espera. Me paso una mano por el vestido azul marino de raya diplomática. Cuando lo elegí me parecía serio, de abogada, pero ahora que se me pega la parte trasera de los muslos a la silla de plástico, me arrepiento.

Pasan cuarenta y cinco minutos antes de que aparezca el oficial de guardia.

—¿Señorita… Grimes? —dice, leyendo en un portapapeles—. Por aquí. Soy el agente Wilson.

Abandono a Dylan en la mugrienta sala de espera con instrucciones estrictas de no levantarse de la silla ni hablar con nadie. Odio dejarlo allí, pero no puedo soportar que escuche lo que estoy a punto de decir.

Wilson es un cuarentón corpulento con poco pelo y sin barbilla. Cuando llegamos a su oficina, hace mucha ceremonia del hecho de apartarme la silla.

—¿Qué puedo hacer por usted, señorita? —dice, con los ojos clavados en mis piernas.

Me aclaro la garganta e intento hablar con mi voz más tranquila y profesional.

—Me preocupa que mi amigo, bueno, mi vecino… Creo que él, eh, podría haberle hecho algo a su exnovia.

Wilson frunce el ceño.

—¿Ah, sí? ¿Qué le hace decir eso?

—Bueno, ella ha desaparecido. Y su teléfono…

El teléfono del propio Wilson suena y el hombre mira hacia abajo.

—Lo siento. Es la mujer. —Pone los ojos en blanco—. Nos hemos quedado sin leche. —Escribe un mensaje rápido y vuelve a mirarme—. Bien. Decía… que su vecino, ¿no?

—Sí. De hecho es policía.

La expresión de Wilson cambia, como una puerta que se cierra de golpe. Se reclina en su silla.

—¿Ah, sí? Bueno, verá, eso es otra cosa. Tendrá que hablar con la Oficina Independiente de Conducta de la Policía. Está en Fulham. —Chasquea la lengua—. Ahora no está abierta. Pero mañana a primera hora. —Se queda ahí echado, esperando que le dé las gracias.

—Es que es algo urgente.

Wilson frunce el ceño.

—¿Le ha pegado a usted?

Sacudo la cabeza.

—¿La ha amenazado?

Trago saliva.

—No.

Wilson sonríe.

—Bien. Así que no corre ningún peligro inmediato. —Sonríe con indulgencia—. No querría que nadie le hiciera daño a esa cara bonita.

Se aclara la garganta y mueve algunos papeles en su mesa.

—Fulham, ¿vale, cariño? Ahí es donde tienes que hacer tu declaración.

Asiento, incapaz de levantarme de la silla.

Wilson me guiña un ojo y me pasa una tarjeta de visita por la mesa.

—Y si este tío te da algún problema, el agente Wilson va a tener unas palabras con él, ¿vale?

Me arde la cara de vergüenza. Me levanto y le doy las gracias por su ayuda, sin dejar de odiarme en ningún momento.

De vuelta en casa, espero a que Dylan se haya ido a la cama para echar otro trago de vodka en la taza de café. No puedo hacer nada bien. Ni siquiera puedo declarar correctamente que ha desaparecido una persona. Deseo desesperadamente encontrar algo, lo que sea, que cambie el canal de mi cerebro, pero cada vez que cierro los ojos veo la cara de asco de Jenny y sus palabras resuenan en mis oídos. «¡Eres veneno!».

Le mando un mensaje a Matt B. ¿Estás despierto? No contesta. Dios, hasta Matt B. está harto de mis mierdas. Vale. Paso a las aplicaciones. Leo, 23, quiere salir de fiesta esta noche. Bien, Leo. Vas a hacerlo.

Como si estuviera en trance, voy a mi armario y rebusco hasta encontrar el vestido más pequeño y más brillante. Me lo pongo y doy una vuelta frente al espejo. Aún me queda bien. Recorro el pasillo hasta el cuarto de baño, saco mi estuche de maquillaje salpicado de base y monto mi puesto de combate en el borde del lavabo. Queda tan poca cosa que pueda controlar: ni a Dylan, ni a Adam, ni al agente Wilson, ni mucho menos a Jenny. Pero esto…, mi cara, la profundidad del sombreado de mis ojos, las ondas de mi cabello…, esto todavía lo puedo hacer perfecto.

Me miro en el espejo y un horrible demonio me devuelve la mirada. No puedo negarlo: mis cejas están desapareciendo. Los pelos que quedan son hilillos. No importa. Puedo arreglarlo con maquillaje. Puedo arreglarlo todo con maquillaje.

Tónico. Hidratante. Primer facial. Deja que se seque.

Echo otro chorrito de vodka en la taza de café. El sabor es repugnante, pero está haciendo su trabajo. Tomo otro sorbo.

Echo unas gotas de NARS Vienna en una esponja de maquillaje y empiezo a aplicármelo en la piel, hasta que mi cara parece la de una muñeca suave y sin poros.

Cada pocos minutos miro el móvil para ver si Jenny ha entrado en razón, si me ha enviado un mensaje para disculparse. Pero nada.

Ha llegado la hora del verdadero arte. Elijo un lápiz de ojos negro brillante y empiezo a trazar la forma de mi ojo. Utilizo un pincel sintético apretado para difuminar el color hacia la cuenca del ojo en círculos lentos y suaves. Después, bronceador, colorete, iluminador, spray fijador.

Para las 21.30, me he pintado un rostro completamente distinto. Más oscuro, más nítido, más bonito. Con cejas.

Me paso un rizador caliente por el pelo hecho polvo y lo fijo todo en su sitio con una nube de Elnett a la antigua usanza.

Imagino que vuelvo a estar sentada en el sofá beige de Jenny, pero esta vez lo expreso todo a la perfección. Esta vez, expongo mi caso con seguridad, claridad y soltura. Jenny asiente; lo entiende. Lo capta.

«Gracias por decírmelo —dice con seriedad—. Ya veo lo difícil que ha sido para ti. Te creo. Vamos a idear un plan».

Fuera, mi conductor de Uber toca la bocina.

Recorro el pasillo de puntillas hasta la habitación de Dylan. Está profundamente dormido en su cama. Diez años es edad más que suficiente para quedarse solo en casa. Cuando yo tenía la edad de Dylan, nuestra madre estaba en el trabajo y yo hacía la cena para Brooke y para mí. Perritos calientes al microondas y leche con cacao con sirope Hershey's. El especial de salchichas de Florence, lo llamábamos. Estábamos bien, y Dylan lo estará también. Maldita Jenny y su hacerme sentir culpable.

De todos modos, quedarme no es una opción. Ahora oigo un zumbido en los oídos, como la alarma de un coche que no para de sonar. Tengo que salir de esta casa o voy a perder la cabeza.

Doy un último sorbo a mi taza de café y salgo. Cierro la puerta con dos vueltas de llave.

42

Leo me lleva a un horrible tugurio en un sótano con el suelo pegajoso, justo en la rotonda de Old Street. Está lleno de diseñadores gráficos fofos y camareros profesionales con sombreros irónicos. Me pide un mojito.

—Te va a encantar —dice con seriedad, como si fuera algo nuevo que ha descubierto. Siento un doloroso impulso de contárselo a Ian, a quien sé que le parecería divertido. Entonces recuerdo que Ian también me odia y me bebo toda la copa de un trago. Intento concentrarme en lo que dice Leo, pero solo puedo pensar en Jenny. Repito nuestra conversación en mi cabeza. ¿Por qué no me cree? ¿No ve que intento protegerla? Leo no para de hablar de algo. ¿Una licenciatura de Arqueología?

Ay, Dios, todavía es un estudiante.

Finalmente saca una bolsita de plástico.

—¿Quieres?

El resto de la noche pasa borroso. Leo empieza a acariciarme el cuello con la cara y a preguntarme si «¿quieres salir de aquí?». Incluso en mi estado, puedo imaginar su lúgubre pisito compartido en Peckham con demasiada claridad: un colchón sin estructura de cama, un póster del *Gran Lebowski* en la pared, una vieja caja de botellas de leche como mesilla de noche.

—Voy al baño —farfullo.

Una vez fuera, llamo a un taxi. Recuerdo que le pido al conductor que pare en una tienda. Recuerdo comprar dos botellas de Fanta de naranja y bebérmelas directamente allí, en la acera. Pero eso es lo último que recuerdo.

Cuando Dylan tenía cuatro o cinco años, le había enseñado a dormir utilizando un despertador digital que tenía una lunita azul que se convertía, a una hora preprogramada, en un sol amarillo brillante. Aquel pequeño reloj de plástico tenía más autoridad de la que yo tuve jamás. Las mañanas que se despertaba antes de que apareciera el sol, se tumbaba con valentía en la cama, como un soldadito, esperando a que le dieran permiso para levantarse. En el momento en que aparecía, me llamaba: «¡Mami, mi sol está aquí!». «Mi sol», lo llamaba. Salía solo para él, programado por mi mano invisible.

Cuando me despierto a la mañana siguiente, estoy en mi cama. El sol de invierno brilla con violencia a través de las cortinas abiertas. Aún llevo puesto el vestido de fiesta, que tiene un rasgón gigante en el costado. El moratón que me hice en la espinilla con la mesa de café se ha vuelto azul aciano, tan feo que casi parece bonito.

Me tambaleo hasta la cocina. La casa está en silencio. No hay ruido de televisión, ni ningún pódcast medioambiental que intente hacerme sentir culpable a todo volumen, ni ningún revuelto de tofu frito ardiendo en el fogón.

—¿Dyl...? —llamo—. ¿Te has levantado para ir al colegio?

Miro el reloj. Las ocho y media. La escuela empieza a las ocho y media. Es imposible que haya dormido hasta tan tarde.

Llamo a su puerta.

—Dyl, vamos. Vas a llegar tarde.

No hay respuesta.

Pruebo el pomo. Está cerrado por dentro. Una oleada de indignación recorre mis venas. Yo no soy una fisgona, por el amor de Dios. El crío no tiene ninguna razón para cerrar la puerta por dentro.

Llamo a la puerta con fuerza.

—¡Dylan! ¡Buenos días! ¡Hora de levantarse!

Como no contesta, cojo la llave de encima de la nevera. En cuanto abro la puerta, me quedo blanca como la pared. Abro la boca para gritar pero no sale nada.

Greta está tumbada boca arriba, con sus patitas de tortuga tiesas. Y Dylan no está en su habitación.

Empiezo a gritar, un grito exangüe que me sale de lo más profundo de las entrañas. Llamo a su móvil, pero salta el buzón de voz; el mensaje automático me provoca con el sonido de su voz.

Me quedo de pie en la habitación de mi hijo, aturdida, deseando que Dylan entre por la puerta principal. «Qué coño, qué coño, qué coño».

Siento como si me hubieran arrancado el corazón del pecho, como en aquella terrible escena del sacrificio de la película de Indiana Jones. Quiero correr hacia la puerta, buscar a Dylan, gritar su nombre, pero estoy congelada, paralizada, como un fósil suspendido en ámbar. ¿Por qué no se mueven mis piernas? Mi mente se apresura a reconstruir la situación. La tortuga Greta ha muerto. Y mi hijo ha desaparecido.

De repente, el hechizo se rompe y me encuentro en la puerta principal, sin recordar haber caminado hasta allí. Quizá Dylan esté en el porche, o en casa del señor Foster. Eso es. Tal vez se ha despertado y, al ver que Greta tenía problemas, ha ido directo a casa del señor Foster.

Me tambaleo hacia el porche y entonces lo veo. Sobre la alfombra que hay entre mi puerta y la de Adam hay un trozo de papel blanco que han metido por la ranura del correo.

458 Land's End Road,
Porthcurno, Cornualles

Si llamas a la policía, ¡¡¡él muere!!!

43

Jenny contesta al teléfono al tercer timbre, con una voz que destila desprecio.

—Estoy grabando esto —dice con recelo—, por si tienes pensado confesar más delitos.

Al oír su voz, un sollozo gutural se escapa de algún lugar profundo de mi alma.

—Es Dylan —consigo decir—. Ha desaparecido.

Su tono cambia.

—¿Qué quieres decir?

—Que no está. Ha desaparecido. —Las palabras se me quedan en la boca como papel de lija—. Me acabo de levantar y no está…, no está en su habitación.

—¿Es esto una broma de mal gusto, Florence? —me suelta Jenny, con la duda colándose ya en su voz.

—¿Estoy muerta? —grito—. ¿Qué está pasando?

He abandonado mi cuerpo por completo y, desde mi posición en el techo, tengo una vista aérea perfecta de mis propios hombros encorvados sobre la encimera de la cocina, sollozando al teléfono. Nunca debí salir anoche. ¿En qué estaba pensando? ¿Qué clase de madre sale de copas y deja a un niño de diez años en casa? Soy la peor persona del mundo y me merezco esto. Me derrumbo en el suelo y me odio aún más. Una buena madre se levantaría. Iría a buscarlo. Pero no puedo moverme.

Suena el timbre. Jenny está de pie en el porche.

—¿Ya has llamado a la policía?

Niego con la cabeza.

Entra en casa y sus ojos vuelan por la cocina, haciendo balance.

—¿Cuánto tiempo lleva desaparecido?

Miro el reloj.

—Ehhh… No lo sé. Me he despertado a las ocho y media y no estaba en su habitación.

Sus ojos revolotean sobre mi vestido dorado.

—¿Saliste anoche?

El recuerdo me marea. Me agarro a la fría piedra de la encimera de la cocina para estabilizarme.

—No te estoy juzgando —se apresura a decir Jenny—. Solo intento averiguar cuánto tiempo lleva desaparecido. ¿Lo viste cuando volviste?

Me devano los sesos. ¿Entré borracha a su habitación para darle un último beso de buenas noches? Creo que sí, pero no estoy segura. Puede que me fuera directamente a la cama con la ropa puesta.

—No estoy segura —digo en voz baja, con la vergüenza llenándome el cuerpo.

Jenny se muerde el labio.

—Hablando como abogada, mi consejo profesional es que avises a los cuerpos policiales.

—No puedo. —Levanto la nota—. Hay algo más.

Jenny se abalanza sobre el papel y lo lee. Una expresión de dolor cruza su rostro, como si la hubieran abofeteado.

—Oh —dice con voz rota. Por un momento me da la sensación de que va a llorar.

—¿Qué?

Pasan un par de segundos. Jenny traga saliva y recoloca su rostro en una expresión neutra. Se vuelve hacia mí y, con voz firme y prosaica, dice:

—Adam tiene una casa en Porthcurno. Su madre se mudó allí después de divorciarse.

Apenas puedo seguir lo que dice. Es como si hubiera perdido la capacidad de entender mi idioma.

—Oye —dice Jenny, poniendo su mano en mi hombro—. Voy a llamar a Belinda para que se ocupe de los niños. Quiero que hagas una maleta: ropa, cepillo de dientes y algunas cosas para Dylan.

—¿Para Dylan? —pregunto sin entender. Me siento como un pez destripado, vacío y esperando a que se lo coman para cenar.

Jenny me mira implorante.

—Sí. Vamos a por él ahora.

Me empiezan a pitar los oídos.

—¿Cómo? —pregunto tontamente.

—Podemos hablar en el coche. Pero, Florence.

—¿Sí?

—Hemos de darnos prisa.

Estoy metiendo ropa en una bolsa cuando suena el timbre. Cada pelo de mi cuerpo se eriza. Jenny me mira.

—No te enfades —dice Jenny—, pero he llamado a Allegra.

A punto estoy de decir: «¿Quién es Allegra?», porque todo lo que no sea Dylan y su paradero me parece ahora otra vida, una vida paralela. ¿De verdad gastaba energía en odiar a las otras mujeres de la puerta del colegio? Qué ruin, qué privilegio haber tenido energía para algo tan intrascendente. Ahora lo único en lo que puedo pensar es Dylan. Dylan. Dylan.

—¿Allegra la de los caballos?

Jenny frunce el ceño.

—¿Alguna vez has hablado con ella siquiera? La verdad es que es muy maja. En fin, Allegra tiene algo que vamos a necesitar.

Dicen que el veneno es un arma de mujer. Un asesinato limpio y sin sangre. El veneno te permite mantener la distancia.

Una vez vi un documental en el Canal del Crimen sobre una oleada de envenenamientos con arsénico en la Inglaterra de mediados del siglo XIX. La mayoría eran esposas que mataban a sus maridos. Unas gotas en su café de la mañana, una pizca sobre el puré de guisantes del señor. No se las puede culpar, a aquellas mujeres del siglo XIX, todo el día metidas en la cocina, violadas en su cama por la noche, dando a luz a un bebé tras otro sin epidural, ni leche de continuación, ni pañales desechables. Te las puedes imaginar junto a la tumba, mirando con envidia a sus amigas recién enviudadas y trazando sus planes en silencio.

Y entonces Jenny y yo volvemos a estar en el coche. En su verdadero coche, el Tesla, no en el Kia alquilado. Acelerando por la autopista en dirección a Cornualles.

Tengo el cuerpo totalmente entumecido; mis movimientos los controla una fuerza invisible, como un juguete de cuerda que baila sin pensar una danza preprogramada.

Miro por la ventanilla mientras recuerdo con todo detalle cada una de las veces que le he fallado a Dylan, empezando por cuando tenía cuatro meses y rodó accidentalmente desde el sofá hasta el suelo de parquet. No me había dado cuenta de que ya sabía darse la vuelta. Se pasó una hora llorando.

Pienso en la pequeña y oscura parte de mí que siempre ha deseado que Dylan fuera popular y deportista en lugar de desgarbado y serio. La parte que se avergüenza de sus rarezas, que desearía que se pareciera más a los otros niños, aunque solo fuera porque eso le haría la vida mucho más fácil.

¿Cuántas veces ha intentado mi hijo enseñarme algo?: algún salto nada impresionante desde un murete bajo, alguna nube que se parecía vagamente a un elefante, alguna flagrante violación del reciclaje ¿Y qué he dicho yo? «Muy bien, cariño». ¿Alguna vez le he escuchado de verdad? No le merezco.

Mi cuerpo empieza a enroscarse sobre sí mismo formando un bicho bola de autodesprecio. El cinturón de seguridad se me clava en la clavícula, pero no lo muevo. Merezco sufrir. Todo esto es culpa mía. Por dudar de él, por pensar que podía, solo podía, haber sido capaz de algo horrible. Y ahora ha desaparecido. Es insoportable. Me hundo más en mi asiento.

Jenny me mira y luego vuelve la vista a la carretera.

—Deja de culparte —dice, mirando al frente.

—¿Qué quieres decir?

—Tienes esa mirada de madre culpable en los ojos.

—Bueno, ¿y no debería? Todo esto es culpa mía. Si no hubiera…

—Mira, Florence. Lo que hiciste fue terrible. ¿Incriminar a un inocente? —Sacude la cabeza—. Horrible. Inadmisible. Y en cuanto volvamos a Londres tienes que rectificar y arreglarlo. —Su voz se suaviza—. Pero entiendo por qué lo hiciste.

—¿Lo entiendes?

Jenny fija la mirada en la carretera.

—Claro que lo entiendo. Yo también soy madre, ¿sabes?

El sol de finales de la tarde está pasando del anaranjado al rojizo cuando paramos en una estación de servicio de algún lugar de Devon para cargar el Tesla. Jenny entra para ir al baño y yo me quedo tirada en mi asiento, observando el aparcamiento, que está vacío a excepción de un Skoda plateado destartalado. Una joven madre que lleva unos leggings manchados lucha con un niño enfadado que se niega a sentarse en la sillita del coche.

—Oliver, te juro… —empieza a decir, pero luego se da cuenta de que la estoy mirando y suaviza el tono—. Por favor, amor, sube a tu asiento.

«No le grites —quiero gritar—. Un día te arrepentirás tanto que querrás morirte». Pero antes de que pueda encontrar las palabras, Jenny sale a toda velocidad de la estación de servicio.

—¿Estás lista? —Me lanza una barrita de proteínas con sabor a frambuesa y me devuelve a la realidad. Una realidad horrible, de pesadilla.

—No tengo hambre —digo, tirando la barrita al asiento trasero como un niño petulante. Miro el teléfono, deseando que suene, pero no tiene nada de cobertura.

Jenny alcanza el asiento trasero y recupera la barrita de proteínas.

—Come —me ordena—. Nos espera una larga noche.

Pasan kilómetros de autopista en silencio. El paisaje se vuelve montañoso. Jenny mira fijamente hacia delante, alternando el vapeo con mordisquearse el interior de la mejilla.

Yo miro por la ventanilla, intentando encontrar la respuesta a una pregunta que me ronda la cabeza desde que subimos al coche.

—No entiendo por qué se lo ha llevado Adam. No tiene sentido…

Jenny no dice nada y aprieta el volante con más fuerza. Me siento como si me hubieran dado un cabezazo en el estómago. De repente todo cobra sentido.

—Ay, Dios. —Se me calientan las mejillas—. Claro… Se lo dijiste anoche. Le contaste lo que te dije de Marta.

Jenny se queda blanca. No lo niega.

—Le dijiste a Adam que creo que está involucrado en la desaparición de Marta. Y por eso secuestró a mi hijo, para evitar que dijera nada.

Jenny se vuelve hacia mí.

—Lo siento mucho —susurra—. Pensaba que solo estabas enfadada porque nos habíamos enrollado. Nunca, jamás, ni en un millón de años, pensé que fuera capaz de algo así.

—¿Crees que Dylan está…? —Se me quiebra la voz; soy incapaz de terminar la frase—. Quiero decir, vamos a encontrarlo, ¿verdad?

El rostro de Jenny es una máscara inescrutable.

—No puedo prometerte que vaya a salir bien —dice lentamente—. Ya lo sabes. Pero te juro que haré absolutamente todo lo que esté en mi mano para traer a Dylan a casa. Además, si fuera a…

—¿Quieres decir que si fuera a matar a Dylan, ya lo habría hecho?

Jenny levanta un dedo.

—No. No lo hagas. Tenemos que mantenernos positivas.

Pero ya mientras lo dice pisa el acelerador. El Tesla avanza hacia lo que nos espera en Cornualles.

44

Porthcurno es un pueblecito en el punto más meridional de Cornualles, lleno de casas de campo ordenadas, costas amplias y vistas espectaculares desde las rocas. Al entrar al centro del pueblo, oigo las olas en la distancia; el olor a sal marina y océano inunda el coche. El cielo está más oscuro de lo que lo he visto nunca en Londres.

—Ya veo por qué uno traería aquí a un rehén —murmura Jenny—. No hay cobertura. Está completamente aislado.

Intento asentir con un gruñido, pero apenas puedo hablar. Miro por la ventanilla, transportada a una de las pocas vacaciones que nos tomamos Dylan y yo, cuando él tenía unos seis años, a un triste pueblecito costero británico. Fue una excursión de un día; cogimos el tren por la mañana y, nada más salir de la estación, empezó a llover. Yo estaba furiosa, pero insistimos, acurrucados bajo un único paraguas, comiendo helado con actitud desafiante en la playa rocosa y lanzando piedras al mar a puñados. Aquella tarde, en el tren de regreso a casa, Dylan apoyó la cabeza en mi hombro y, mirándome con su carita pecosa, me dijo: «Ha sido el mejor día de mi vida, mamá». El recuerdo es tan doloroso que me pongo a llorar.

Miro por la ventanilla, en la más absoluta oscuridad, deseando que el tiempo rebobine para poder volver atrás y tomar una decisión diferente. «¿Por qué lo dejé solo en casa? ¿En qué estaba pensando? ¿Cómo pude ser tan estúpida?».

El sonido de los neumáticos sobre la grava me devuelve al presente. Estamos saliendo del pueblo y volvemos hacia el interior por una oscura carretera rural. Un coche nos adelanta en la oscuridad y a punto está de embestirnos.

—Hasta aquí la amabilidad de provincias —dice Jenny, y por primera vez me pregunto si estará nerviosa.

Unos kilómetros después, el GPS emite un pitido. Jenny aminora la marcha y señala en la oscuridad una casita azul rodeada de un gran campo vacío.

—Creo que es ahí.

Entrecierro los ojos. Es la única propiedad en kilómetros. Escudriño la casa, el patio, la calle, en busca de señales de Dylan. Pero las persianas están cerradas y todas las luces apagadas.

Y entonces, de repente, la casa queda atrás.

—Detente —grito, pero Jenny sigue conduciendo. Un profundo instinto animal se apodera de mí—. Da la vuelta —gruño—. Ya. Mi hijo está ahí dentro.

Jenny se muerde el labio, parece incómoda. Enciende el intermitente, se detiene en el arcén y apaga el motor.

—Oye —dice. Echa el freno de mano y enciende las luces de emergencia—. Sé lo mal que estás, pero seguro que te das cuenta… —Se calla y juguetea con la cadena que lleva al cuello—. Solo vas a tener una oportunidad en esto. Adam sabe que vienes. Te estará esperando. Tenemos que ser inteligentes. Por el bien de Dylan.

Miro por la ventanilla. Tiene razón, claro está. Adam no solo sabe que vengo. Me ha atraído hasta aquí con el cebo más fuerte posible. Aun así…

Jenny me mira fijamente con expresión seria.

—¿Seguro que no quieres ir a la policía? No es demasiado tarde. Estoy segura de que hemos pasado por una comisaría.

Niego con la cabeza.

—Adam es la policía. Además, quiero que Dylan sepa que intenté salvarlo. Que no lo dejé allí sin más. —Tengo la cabeza despejada, casi atolondrada. Tras horas de espera incesante e indolente, por fin voy a hacer algo. Incluso aunque podría muy bien ser lo último que hiciera—. Eso es lo único que importa ahora. Tiene que saber que lo intenté. Que hice todo lo posible para sacarlo de allí. Ahora date la vuelta.

Jenny no se mueve. Mira hacia abajo, se observa las uñas.

—Sabes que no puedo…, no puedo ir contigo. Es que, si pasa algo, mis hijos… no tienen a nadie más.

Asiento.

—Lo entiendo.

Jenny arranca el coche y empezamos a avanzar lentamente hacia la casita de campo. Aparca en un arcén a quince metros de la casa, detrás de unos árboles. Salimos del coche y, mientras me da consejos e instrucciones de última hora, juguetea con el cordón de mi sudadera. Pero ya la siento increíblemente lejos, como unas vacaciones que apenas recuerdo. En mi cabeza, ya estoy en la casa. Lo único que importa está dentro de la casa.

—La velocidad es la clave —dice Jenny—. Cada minuto que pasas dentro hace menos probable que salgas. Entras, coges a Dylan y sales corriendo. Yo estaré esperando aquí para llevaros a casa.

Se aclara la garganta. Me doy cuenta de que quiere decir algo significativo, algo que marque el momento.

—Escucha, Florence: pase lo que pase, quiero que…

—Esto no es *Braveheart*, ¿vale? No lo hagas raro.

Me rodea con sus brazos, tan fuerte que apenas puedo respirar.

—Buena suerte, tarada del caos —me susurra en el pelo—. Recuerda el plan. Te veo aquí fuera en unos minutos, ¿vale?

45

Incluso en la oscuridad, la casa en la que mi hijo se encuentra retenido parece anodina, hasta banal. Una casa de campo azul claro de los
años cincuenta con setos sin recortar, con un césped mal querido.
Siempre imaginas que los momentos dramáticos de tu vida tienen
lugar en algún sitio especial. «Pobre de mí, ¡mi hijo está retenido en
una casa anodina!», se burla de mí una voz en mi cabeza, y aprieto
los puños, clavándome las uñas en las palmas de las manos, odiándo-
me a mí misma.

De repente se me hace raro estar sin Jenny, tras un periodo
de unión tan intenso. Es como si me hubieran cortado una extre-
midad.

Subo por un caminito de piedra hacia la puerta. Sobre mí, una
gaviota enfadada chilla. ¿Las gaviotas son nocturnas? Me detengo un
momento en la escalera de entrada, en busca de indicios de Dylan.
Pero la casa está en silencio, retenida. Cojo la aldaba barata y golpeo
tres veces contra la puerta.

Clac, clac, clac.

Exhalo. No había planeado que nadie contestara. Qué inoportuno. Doy un paso atrás y sopeso qué hacer. ¿Llamo otra vez?
¿Grito?

Entonces me empieza a sonar el móvil. Ping, ping, ping. Decenas de mensajes y notificaciones atrasados. Al parecer, esta casa
de campo olvidada de la mano de Dios es el único lugar en Cornualles con cobertura. Miro la pantalla. *18 mensajes nuevos de Dylan;
10 llamadas perdidas de Dylan.*

Me apresuro a devolverle la llamada. Se me corta la respiración cuando el teléfono suena una vez, dos. «Cógelo, cógelo, cógelo». Se oye un clic, pero antes de que pueda decir: «¿Dónde estás?», se oye un fuerte crujido. La puerta de la casa se abre. Sale una mano y me agarra por el cuello, arrastrándome umbral adentro y hacia la oscuridad.

46

Cuando vuelvo en mí, estoy estirada en un sofá de flores desteñidas con una toallita fría en la frente.

—¡Dylan! —grito, pero no sale ningún sonido—. ¡Estoy aquí!

Silencio.

Me zumba la cabeza y cada latido de mi corazón hace que el dolor me penetre más profundamente en el cráneo. Abro los ojos, pero apenas veo nada. Es como si me hubieran untado vaselina en las retinas. Delante de mí hay dos caras, dos pares de ojos azul claro. ¿Gemelos? ¿Veo doble? Entonces las dos siluetas convergen en una.

Es Adam.

Está sentado en una silla frente a mí, con el suéter azul marino que le regalé por Navidad, mirando su teléfono.

Observo la habitación. Esta debía de ser la casa de la madre de Adam. Tiene el toque de una mujer mayor: cestas de mimbre, gansos de madera, acuarelas. Huele a humedad y a moho al mismo tiempo, como si las ventanas llevaran diez años sin abrirse. Casi me espero doblar la esquina y toparme con Miss Havisham, el personaje de Charles Dickens que vive recluida en su casa, ajena al paso del tiempo.

—Dylan —grito de nuevo, a través de la bruma del dolor.

Esta vez, Adam se levanta de un brinco de la silla.

—Ah, estás despierta. —Se inclina sobre mí y su aroma familiar inunda mi nariz—. ¿Cómo te encuentras? Te has dado un buen golpe en la cabeza.

—¿Dónde está Dylan?

301

—¿Dylan? —Adam parece sinceramente confundido—. ¿Cómo voy a saberlo? —Me mira desde arriba—. ¿Seguro que estás bien? Menuda caída te has llevado. —Parece tan preocupado que por un momento me pregunto si no será un malentendido. Entonces me doy cuenta de que tengo las manos atadas delante del cuerpo con cinta americana plateada.

—Lo primero es lo primero —dice Adam dirigiéndose a la cocina y rebuscando en un armario superior sucísimo—. Eres mi invitada. ¿Quieres un té?

—Si está muerto, mátame ya. Me importa una mierda.

Adam coloca una bolsita de PG Tips en una taza blanca desconchada.

—¿Matarte? —Suelta una carcajada hueca—. Te has hecho una idea equivocada, Flo. Solo quiero hablar.

—¿Hablar? Tengo una herida sangrante en la cabeza y las muñecas atadas con cinta americana.

Adam hace una mueca.

—Perdón por eso. Es solo por precaución. Hablando de eso… —Coge un cuchillo de la encimera. El que yo había metido en el bolsillo de mi sudadera antes de salir de casa—. Gracias por esto. No hacía falta que trajeras un regalo de inauguración de la casa. —Golpea la punta suavemente con el dedo.

Se me empieza a acelerar el corazón.

—¡Dylan! —grito—. ¡Dylan! ¿Me oyes?

Silencio.

—No me estás escuchando —dice Adam, con las fosas nasales dilatadas—. Presta atención, Flo. Esto es importante.

Una sensación de pánico empieza a atravesar mi dolor, como un buceador que sale lentamente a la superficie en busca de aire. Vuelvo la cara hacia Adam, hacia la cocina. Bajo la dura luz fluorescente, me parece a la vez familiar y completamente desconocido. También hay algo más. Una dureza que nunca le había visto antes. ¿Había estado esta versión al acecho todo el tiempo?

—¿Qué quieres, Adam? ¿Por qué haces esto?

Adam levanta la vista del té y sus ojos azules están redondos como canicas. Casi parece melancólico.

—Solo quiero que me escuches. Es lo único que he querido siempre, Flo.

Adam se une a mí en el sofá y me da la taza de té. La agarro torpemente con las manos aún atadas. Está tibio, noto decepcionada. No está lo bastante caliente como para escaldarle si se lo tiro.

Adam respira hondo.

—¿Por dónde empiezo?

—Por Dylan —digo yo, pero me ignora.

—Está claro que sabes lo de Marta.

—Sé que te engañaba. Con...

—Rollo Risby —dice Adam, escupiendo el nombre como una maldición—. La pillé con las manos en la masa. En nuestro aniversario.

Asiento mientras mis ojos recorren la habitación en busca de rastros de Dylan: un zapato, cualquier cosa de tamaño infantil. ¿Dónde está? Si pudiera alcanzar mi móvil, ver qué decían esos mensajes de texto...

—Pensaba sorprenderla en la barbería, con flores. Me dijo que esa noche trabajaba hasta tarde. Cuando aparecí, su jefe me dijo que se había ido hacía horas. ¡Con su novio!

Adam se sonroja y su respiración se vuelve fatigada.

—¿Lo has oído, Flo? ¡Con su novio! ¡Yo era su novio! —ruge Adam—. Lo que significa que lo sabían todos. Todos ellos. Todo el mundo sabía que me engañaba. —Me mira como un animal herido—. ¿Tú lo sabías?

—No hasta ayer. —¿Podría noquearlo con la taza si le golpeara en la cabeza lo bastante fuerte?

Adam asiente, satisfecho.

—Cuando me enfrenté a ella, lo negó. Dijo que estaba «imaginando cosas». Le dije que se fuera. Me dijo que me fuera yo. De mi propia casa. ¿Te lo imaginas, Flo?

La forma en que va repitiendo mi nombre es desconcertante. ¿Es algún tipo de táctica policial para ganarse mi confianza?

—La mandé a la mierda. Y entonces me empujó. —Observa mi cara para ver cómo reacciono—. Marta era fuerte. Más fuerte de lo que parecía. Las mujeres de la Europa del Este son duras, ¿sabes? Me empujó contra la pared. —Hace una pausa—. Así que le devolví el empujón. Pero fue en defensa propia. Con la mala suerte de que se dio un golpe en la cabeza con un armario.

—¿Se dio un golpe en la cabeza? ¿Llamaste a una ambulancia?

Adam me mira fríamente.

—¿Que si llamé a una ambulancia? —Se ríe con un sonido hueco y vacío—. El *Daily Post* habría hecho su agosto con algo así. ¿«Hijo de exjefe de policía despedido por golpear a su mujer»? De todos modos, una ambulancia no habría servido de nada para entonces.

Se me revuelve el estómago y luego cae en picado como un ascensor en un hueco vacío.

—Espera, entonces ¿Marta está…?

Adam se mira los pies, calzados con las New Balance 550 grises que estoy tan acostumbrada a ver en su puerta. Se cruje los nudillos.

—Me temo que sí.

Las palabras me golpean como un puñetazo en el estómago. Pienso en Zo, en su cara llorosa, y me dan ganas de vomitar.

—La mataste.

—No. Ya te lo he dicho: fue un accidente.

—Espera un momento. Así que Marta lleva muerta desde… ¿agosto? ¿Y todo este tiempo has estado enviando mensajes de texto desde su teléfono fingiendo que está bien?

Adam coge aire entre dientes.

—Tenía que ganar algo de tiempo. Pensar qué hacer después. No planeé esto, Flo. Simplemente sucedió.

—No…, no lo entiendo. Si Marta está muerta, ¿qué hiciste con su… cuerpo?

Adam duda.

—No quieres saberlo, créeme.

Tiene razón. No quiero saberlo. Solo quiero encontrar a Dylan y largarme de esa casa. Pero se lo debo a Zo.

—Tú dímelo, por favor.

Adam mira al suelo.

—¿Has visto *Breaking Bad*? ¿Lo de la bañera? —Sacude la cabeza y suelta una risa nerviosa—. No voy a mentirte, fue asqueroso. Obstruyó las tuberías. Lo siento, por cierto.

Me viene a la mente la ducha rota y una oleada de náuseas me sube por la garganta. Trago saliva y me reclino en el sofá, con la garganta ardiendo como el fuego. Todavía me duele la cabeza y estoy desesperada por saber dónde está Dylan.

—¡Fue un accidente! —grita Adam—. No tenía otra opción. ¿Quién me habría creído?

Vuelvo a dejar la taza en la mesa, maniobra incómoda con las manos pegadas.

—A ver si lo entiendo: ¿mataste a Marta y luego secuestraste a mi hijo para que yo viniera aquí y escuchara tu confesión?

Frunce el ceño.

—No. ¿Confesión? ¿Es eso lo que crees que es esto? —Eleva la voz bruscamente—. ¡No voy a confesar una mierda! Vamos, Flo. Tú me conoces. ¿Cuántas veces he estado ahí para ti? No soy una mala persona. Te lo estoy diciendo: Fue. Un. Accidente.

Me remuevo en el sofá, incómoda. La herida de la cabeza me palpita. La sangre ha ido resbalando hasta la boca y me ha dejado un rastro salado y metálico en los labios. Lo único en lo que puedo pensar es Dylan.

Adam me pone una mano en el muslo.

—Por favor, Flo. Dime que lo entiendes.

Aprieto los dientes y hago acopio de toda la suavidad que puedo reunir.

—Vale. Claro. Fue un accidente. Lo entiendo.

Adam suelta el aire y el alivio inunda su rostro. Por un momento tengo la sensación de que va a abrazarme.

Me aclaro la garganta.

—Ahora dime dónde está Dylan.

Frunce el ceño y echa la cabeza hacia atrás.

—¿Dylan? ¿Cómo voy a saber dónde está?

Una furia al rojo vivo recorre mis venas.

—¿Que cómo vas a saberlo? Maldita sea, Adam, ¡sé que lo tienes! He encontrado la nota. ¿Qué coño crees que hago aquí?

Adam me mira fijamente y luego suelta una carcajada larga y grave.

—Ahhh. La nota. —Sigue riendo, un aullido amargo y triste que le sacude el pecho—. Dylan. Ja. —Vuelve a sacudir la cabeza, como si no acabara de creerse lo que está oyendo—. No tengo ni idea de dónde está Dylan. —Deja su taza de té en la mesita de café de pino y se vuelve hacia mí, con el rostro sombrío—. Esa nota se refería a Alfie Risby, zorra estúpida.

47

Porthcurno
Lunes noche

Nada tiene sentido. Sigo estando en el sofá de flores, pero tengo la sensación de que alguien me estuviera pateando la cabeza con una bota de puntera de acero, un martilleo sordo e incesante que empeora a cada minuto que pasa.

—¿Alfie? —Me oigo decir—. ¿Cómo?

—¿No has escuchado nada de lo que he dicho? —Adams se pone rojo de enfado—. Su padre se folló a mi novia. ¡Me arruinó la vida! Y solo es cuestión de tiempo que alguien se entere del accidente. —Tiene los ojos llenos de desesperación—. Necesito dinero, Flo. Para largarme de la ciudad y empezar de nuevo en algún lugar cálido y barato. Sabes que soy un buen tipo. ¿No merezco otra oportunidad?

En mi cabeza medio a oscuras se enciende una bombilla.

—Ay, Dios. ¿Has sido...? ¿Está Alfie...? —Miro a mi alrededor con avidez, con un nuevo pánico creciéndome en los pulmones—. ¿Está aquí? ¿Está aquí Alfie Risby? —Mis ojos vuelan por la habitación, por los muebles de pino nudoso, por el antiguo televisor de tubo, por las polvorientas cortinas malva—. ¿Dónde está?

—Calma —dice Adam, y se pone de pie—. Está bien, te lo prometo. Mejor que bien, de hecho. Digamos que soy el mejor secuestrador de la historia. El chaval tiene una PlayStation nueva y cajas de LEGO de Star Wars. Hablo del Halcón Milenario completo. Incluso le he comprado la suite...

El corazón me aporrea el pecho.

—¿Has secuestrado a Alfie Risby? Pero entonces... ¿dónde está Dylan?

Adam se queja.

—¡Siempre con lo de Dylan! ¿Te morirías si pensaras en alguna otra persona aunque solo fuera un minuto? —Hace un gesto hacia un pasillo oscuro—. Acabo de decirte que Alfie Risby, el niño del billón de dólares, está al otro lado de la pared y lo único que te importa es Dylan. Además… —Adam abre el teléfono y lo deja colgando delante de mí—, según la cámara del timbre de casa, Dylan salió esta mañana a las… cinco y diecisiete. Justo después de que tú regresaras a casa de tu pequeña aventura. —Me lanza una mirada lujuriosa—. Un poco tarde para las clases nocturnas, ¿no crees? Por cierto, ¿con quién estabas?

Me siento extrañamente vacía, como si la sangre, los huesos y las tripas me hubieran desaparecido del cuerpo. Me abalanzo sobre el teléfono, lo agarro torpemente entre las manos aún atadas y miro fijamente la pantalla. La persona que aparece en la grabación de la cámara del timbre lleva una sudadera oscura con capucha y lo que parece ser una mochila pesada. Se parece mucho a Dylan.

—¿Qué coño…?

Adam me guiña un ojo.

—No te preocupes. La cámara del timbre también muestra que regresó a casa una hora después y que volvió a salir con el uniforme del colegio a las siete y cuarto de la mañana. Pero supongo que tú estabas cansada de tu cita.

Me da vueltas la cabeza. «¿De verdad que Dylan ha estado en el colegio todo el día? ¿Y qué hacía yendo a dar un paseo antes del amanecer?».

No puedo esperar a coger mi móvil, a leer los mensajes que me ha enviado Dylan, para averiguar qué demonios está pasando. Antes de que pueda hacer nada, Adam me lanza un pasamontañas barato de poliéster rojo que me cae en el regazo.

—Será mejor que te asegures de que no te vea la cara.

—¿Qué?

—Supongo que querrás hablar con Alfie, ¿no? Para asegurarte de que está bien.

Alfie. Alfie. Me había olvidado por completo de él. Lo único que realmente quiero es largarme de aquí y volver a Londres, con Dylan. «¿Qué estoy haciendo aquí, a cientos de kilómetros de mi hijo?».

—Eh… Pues…

Adam me levanta bruscamente del sofá y lo sigo a regañadientes por un pasillo oscuro hacia una puerta que tiene una cadena por la parte de fuera. La luz se filtra por los bordes. Mi captor manipula la cadena y me hace un gesto para que entre.

Se me corta la respiración.

—Un momento, ¿no vas a entrar conmigo? ¿Cómo sé que no me vas a encerrar ahí dentro?

Adam me lanza una mirada herida.

—Vamos, Florence, que soy yo. Solo quiero que veas por ti misma que no soy ningún monstruo horrible, que estoy cuidando bien de él. —Cambia el peso de pierna—. Tú pregúntale, ¿de acuerdo? Él te lo dirá.

Adam me ayuda a ponerme el pasamontañas y entro en la habitación. Alfie está sentado en una cama sin hacer, de espaldas a mí, y juega a un juego de disparos en primera persona. Es más pequeño de lo que yo recordaba y tiene el cabello pelirrojo apelmazado y grasiento. Lleva puesto un pijama de cohetes espaciales, unas zapatillas y un albornoz de rayas encima, como un niño que no ha ido al cole porque estaba enfermo. Es chocante estar tan cerca de él en la vida real, después de haber visto su foto del colegio en todos los periódicos del país. Es como ver a una celebridad de cerca.

Alfie levanta la vista del juego y frunce el ceño.

—Tú no eres él. ¿Quién eres?

—Soy amiga, mmm…, de tu madre. Más o menos. Solo quería ver cómo estabas. Asegurarme de que estás bien.

Alfie gruñe.

—Sí.

La habitación es más grande de lo que había imaginado. Hay un armario empotrado y un baño en suite, además de una cama doble y un televisor de pantalla plana conectado a una PlayStation.

Bajo la voz hasta un susurro.

—Estás bien, ¿verdad? ¿No te está… molestando nadie?

No levanta la vista de su juego.

—Ugh, qué asco.

Me invade una oleada de alivio. Claro que no.

—Bien. Eso está bien.

—Y ¿has venido a salvarme?

—¿Qué?

—Ya sabes, ¿a rescatarme?

Bajo el pasamontañas acrílico, las primeras gotas de sudor empiezan a pincharme en la frente. Trago saliva.

—¿Qué? Eh…, no. De hecho estaba buscando a mi hijo.

A Alfie se le cae el alma a los pies. Se vuelve a su juego y yo siento algo parecido a la culpa. ¿Debería rescatarlo? ¿Funcionaría?

—Lo siento. Es que no sé cómo ayudarte. Además, yo también estoy atrapada aquí. —Levanto las manos aún atadas como prueba.

Alfie suelta una carcajada burlona sin apartar los ojos de la pantalla.

—Sí, pero tú eres una adulta. ¿No se te ocurre nada?

En la pantalla se produce una explosión y Alfie suelta un suspiro frustrado y tira el mando contra el televisor.

—Fulana —murmura—. Mira lo que me has hecho hacer.

Está claro que dos semanas de secuestro no le han cambiado. Por un momento no lamento en absoluto que esté encerrado en la habitación de invitados de Adam. Tal vez una o dos semanas más aquí le enseñen una lección.

Me dirijo hacia la puerta.

—Bien. Bueno, mmm, cuídate. —Golpeo la puerta de madera con el codo.

—¡Ya estoy lista para salir!

Alfie se gira y me mira por encima del hombro y por primera vez noto que tiene los ojos enrojecidos. Con una voz apenas más alta que un susurro, pronuncia unas palabras que dudo que haya utilizado antes.

—Por favor…

De repente parece más pequeño, más indefenso.

—Por favor —repite—. Echo de menos a mi madre.

Empiezo a decir algo, pero entonces se abre la puerta y el brazo fornido de Adam entra, me agarra del hombro y me lleva de vuelta al sofá del salón. Me quito el pasamontañas acrílico, que pica, y me hundo en los cojines, tratando de procesar lo que acabo de presenciar.

—¿Lo ves? —alardea Adam, triunfante, plantándose a mi lado en el sofá—. ¿Qué te había dicho? El chaval tiene pizza, Fortnite y toda la Monster Energy que pueda beber. ¡Me juego algo a que ni siquiera quiere irse!

Me muerdo el labio. El deprimente «por favor» de Alfie retumba en mi cerebro como una maldición.

Adam me coge las manos aún atadas y pone expresión seria.

—Yo solo quiero empezar de cero. Tienes que creerme, Flo. Nunca quise hacerle daño a Marta. Fue un accidente, un terrible accidente. Si alguien puede entender que quiera una segunda oportunidad, sin duda esa eres tú.

Asiento, sin tener claro si estoy de acuerdo o no, pero deseosa de ganar tiempo.

—No lo entiendo. ¿Cómo lo encontraste?

—Uy, fue pura suerte que Dylan mencionara la excursión que haría su clase aquel día. ¿Sabías que el Centro de Humedales es uno de los únicos lugares en todo Londres sin cámaras de videovigilancia? Eso lo facilitó todo bastante.

—Así que lo secuestraste y lo llevaste en coche… ¿cuánto? ¿Cinco, seis horas hasta Cornualles? No lo entiendo. ¿Te ha ayudado alguien? ¿Cómo lo has mantenido aquí?

Adam se encoge de hombros.

—Bueno, tampoco es que el chaval estuviera deseando volver al cole. Ya te he dicho que aquí lo tiene bastante bien montado. Yo lo único que hacía era cerrar la puerta con el candado y dejarle mucha comida. Le dije que hay cámaras por todas partes y que si intentaba algo lo localizaría y lo mataría.

Me guiña un ojo.

—Además, a esa edad los chavales no necesitan supervisión constante, ¿verdad?

Me arde la cara de vergüenza, pero continúo presionándole.

—Pero ¿y Dylan? ¿Por qué tenía la mochila de Alfie?

—Ah, eso. Me temo que ese día Dylan interrumpió un poco en el Centro de Humedales. Yo llevaba la cara tapada, claro, así que no me reconoció. Pero, por si acaso, hice que los chicos intercambiaran las mochilas. —Adam sonríe al recordar su propia astucia—. Le dije a Dylan que si decía algo a alguien me aseguraría de que fuera a la cárcel.

La rabia me inunda.

—¿Incriminaste a mi hijo?

El extraño comportamiento de Dylan últimamente de repente tiene mucho más sentido. No me extraña. El pobre crío vio a un hombre con la cara tapada secuestrar a su compañero de clase. Debió de quedar del todo traumatizado.

Adam sacude la cabeza enérgicamente.

—No. Solo me hice un pequeño seguro. ¿Cómo iba a saber yo que husmearías en su habitación y sacarías conclusiones precipitadas? De todos modos, hay que reconocer que el chaval sabe guardar un secreto. Supongo que la amenaza de la cárcel lo asustó e hizo que mantuviera la boca cerrada.

Pienso en Dylan. Mi bichito raro perfecto, que solo quiere mejorar el mundo. ¿Cuántos sábados de sol y helados pasa un niño antes de que su espíritu sea aplastado por abusones, malos jefes y cartas amenazadoras de los recaudadores de impuestos? ¿Cuántas mañanas de Navidad en calcetines, bajando de puntillas hacia un montón de regalos bajo el árbol? No es una pregunta retórica. Yo puedo contar mis recuerdos felices de la infancia con una mano. Adam ha robado lo que quedaba de la inocencia de Dylan, le ha hecho cruzar prematuramente el puente que separa la Feliz Ignorancia de la Infancia del Páramo Vil de la Edad Adulta, y ha quemado el puente tras él. Y lo que es peor, le ha enseñado a mi hijo a mentirme. Solo por eso ya le asesinaría alegremente: unos cuantos hachazos rápidos, una bolsa de congelación, una lona. No me costaría nada.

Ahora me tiembla todo el cuerpo, vibra de furia. Me vuelvo hacia él.

—¿Por qué me has traído aquí, Adam? ¿Qué estoy haciendo aquí?

Mira al suelo.

—Necesito tu ayuda.

—¿Qué?

—Ya oíste a Cleo Risby en la rueda de prensa: «Pongan el precio». Estaba pensando en cinco millones. Tres para mí, dos para ti. Suficiente para que los dos empecemos de nuevo, pero no tanto como para que lo echen de menos y vengan a por nosotros.

—¿Nosotros? —Me empiezan a sudar las palmas de las manos—. ¿Qué tiene que ver nada de todo esto conmigo?

Adam resopla.

—Ah no, tienes razón. Voy a enviarles a esos multimillonarios una notita de rescate hecha con recortes de cartas de revistas y se la echaré en el buzón. «Tengo a tu hijo. Por favor, deja un par de bolsas de dinero en efectivo en los arbustos».

Sacude la cabeza.

—Dame algo de crédito, Florence. No soy tan idiota. Ya intenté contactar con Cleo por mi cuenta. Le envié un par de dibujos de Alfie como prueba de vida. Pero eso solo enturbió las aguas.

Se me cae el alma a los pies al recordar los dibujos que me enseñó Cleo aquella noche en el autobús. Mierda. Tenía razón.

Adam baja la voz, como si alguien pudiera oírle.

—El hecho es que la negociación de rehenes es un arte delicado. El acercamiento debe hacerse con suavidad, por alguien que conozcan. De lo contrario, irán directamente a la policía o a cualquier matón exmossad que hayan contratado y todo será para nada.

—Espera, entonces… ¿quieres que les pida a los Risby un rescate?

—Ahora empiezas a pillarlo.

—¿Por qué no Jenny? Ahora que estáis tan unidos…

Adam echa la cabeza hacia atrás y se ríe.

—¿Jenny? ¿Estás de broma? Llamaría a la policía tan rápido que haría que te diera vueltas la cabeza. Pero tú… —Hace una pausa y recorre mi cuerpo con la mirada—. Tú eres diferente. Moralmente flexible.

Se me ponen los pelos de punta. A pesar de todo, me parece ofensivo.

—La verdad es que no soy así. Ya no.

—¿Ah, no? ¿Es eso lo que piensa Robin Sexton?

Me inunda una sensación como de cubo de agua helada. Adam arquea una ceja.

—Oh, vamos. Los dos sabemos lo que hiciste. Sinceramente, estoy impresionado. ¿Incriminar a un inocente para salvar a tu hijo? Eso es una mierda bíblica. —Hace una pausa—. Piénsalo: dos millones de libras. Podrías conseguir una casa más grande, grabar un álbum. Te estoy ofreciendo una salida, Flo, una nueva vida. Solo necesito que me ayudes a hacer esta cosita.

Siento que me desmayo. La habitación empieza a dar vueltas. A mi lado, Adam está cada vez más agitado, habla a toda velocidad.

—¿Sabes? Otro tipo de persona te chantajearía. Pero yo no, yo soy un buen tipo. No voy a obligarte a hacer nada que no quieras. —Antes de que pueda decir nada, Adam se levanta del sofá de un brinco. Saca un cúter de su bolsillo trasero, me agarra por el brazo y rompe la cinta adhesiva de mis muñecas con dos rápidos cortes—. Ya está —dice, y me tiende una mano para ayudarme a ponerme en pie—. ¿Estás bien? Eres libre. Sal por la puerta si quieres. En serio.

Me froto las muñecas. Todavía noto el fuerte martilleo en la cabeza. Marta está muerta. Alfie está en la habitación de al lado. Y Dylan, aparentemente, está a salvo en casa en Shepherd's Bush, después de dar un misterioso paseo antes del amanecer.

«Piensa, Florence, piensa».

¿Cuánto tiempo llevo en esta casa? Podría haber sido una hora o diez. He perdido completamente la noción del tiempo. Me pregunto si Jenny seguirá esperando a la vuelta de la esquina. Podría escabullirme ahora, correr en la oscuridad hacia el coche, conducir las seis horas de vuelta hasta Londres y hasta Dylan. Pero ¿qué le pasaría a Alfie Risby si me fuera ahora? Siento una punzada en el estómago. Necesito más tiempo. Necesito pensar.

—De hecho, Adam... —Hago una pausa, todavía negociando mi incómodo estatus, que se encuentra en algún lugar entre invitada, co-conspiradora y rehén—. ¿Crees que podría ir al baño? Para refrescarme un poco.

Los ojos de Adam se detienen en mí por un momento y se fijan en la sangre seca de mi frente, en mi maquillaje corrido, en mi pelo apelmazado.

—He de admitir que das bastante asco —dice finalmente—. Al fondo del pasillo, a la izquierda. Pero no hagas nada raro, ¿vale?

48

Porthcurno
Lunes por la noche

El cuarto de baño también parece el de una anciana. Papel pintado de color pastel descascarillado. Una pila de jabones de mano en forma de concha en descomposición. Una cesta de popurrí viejo.

Me desabrocho la camisa, con cuidado de no pincharme con la jeringuilla tapada que me había metido en el sujetador. La que contenía el tranquilizante para caballos de Allegra. Es bastante fácil imaginar que se la clavo en el hombro a Adam, que luego cojo a Alfie y salgo corriendo de la casa. Pero ¿podría hacerlo de verdad?

En el lavabo, me echo agua fría en la cara e intento reconciliar al Adam que he conocido todos estos años, mi sincero y enamorado vecino de arriba, con la persona que es en realidad: un asesino, un secuestrador. Ojalá hubiera hecho más preguntas sobre el incidente al que había aludido una vez, al principio de su carrera policial, el que había hecho que le degradaran. Tal vez si hubiera prestado más atención, podría haberle ahorrado esto a todos. Pero ya es demasiado tarde.

Dylan. Me imagino a mi hijo en casa, preguntándose dónde estoy y por qué no contesto al teléfono. ¿Qué demonios hacía escabulléndose de casa en la oscuridad?

Cojo una pastilla de jabón de aspecto dudoso y empiezo a frotarme la cara, a quitarme todo rastro de maquillaje hasta que la espuma me quema los ojos. Tal vez sea mejor seguir el plan de Adam. Después de todo, Dylan está a salvo. ¿Qué sentido tiene intentar rescatar a Alfie? Ni siquiera me cae bien.

Miro el azulejo desconchado y pienso en la oferta de Adam. Un nuevo comienzo. Una oportunidad de cerrar la puerta a todo este lamentable capítulo de mi vida, de dejar de ser Florence la Fracasada y empezar mi era de «Emancipación de Mimi». Dos millones de libras es mucho dinero, pero no suficiente para una casa en Notting Hill. Quizá el sótano de una. Podría poner un estudio de grabación en el jardín trasero. Transferir a Dylan a uno de esos colegios privados «de apoyo» en los que no hay uniformes ni calificaciones. Por fin Dylan podría hacer amigos, dejar de pasar todo su tiempo con ese viejo espeluznante del señor Foster.

Me miro en el sucio espejo. Ya no hay rastro de maquillaje y tengo los ojos hinchados y escocidos por el jabón. El pelo mojado se me pega al cráneo como espaguetis. La herida de la cabeza vuelve a sangrar. Parezco un monstruo. Me siento un monstruo. Pequeño, inapropiado y malo. Adam lo vio. «La oscuridad reconoce la oscuridad». Por eso él me ha pedido ayuda a mí y no a Jenny.

Me seco la cara con una toalla tiesa y me vuelvo a colocar la fría jeringuilla de plástico en la banda del centro del sujetador. Mis ojos se detienen en el espejo mugriento. Por un momento veo a otra persona. No a un monstruo, sino a alguien a quien ya no le importa su aspecto, a quien no tiene por qué importarle. La diosa Medusa, peligrosa, poderosa y horripilante.

A la mierda. He pasado los últimos diez años tomando el camino fácil y mira dónde me ha llevado. Sola en el baño de una anciana, atrapada entre un asesino de novias y un niño rico secuestrado. No tengo carrera, ni perspectivas románticas, y todas las otras madres me odian. Nadie va a venir a salvarme. Nadie ha venido a salvarme nunca. Esta noche, por una vez en mi vida, voy a hacer lo correcto. Lo difícil.

Es hora de salvar a Alfie Risby. Esta vez de verdad.

49

Me encuentro con Adam en la cocina. Está de pie delante del horno, sacando una pizza congelada de encima de una bandeja metálica.

—Es duro tener un rehén tan pijo —dice con una pequeña carcajada—. El chaval solo come la comida gourmet de Marks & Spencer.

Sus ojos se detienen en las marcas de las ataduras de mis muñecas, unas quemaduras de un morado encendido que parecen brazaletes.

—Por cierto, perdón por eso —dice, mirándome a los ojos—. Era una medida de precaución. Ya me entiendes.

—No pasa nada —respondo con toda la ligereza de que soy capaz. Ahora tengo que actuar despreocupadamente. Todo depende de ello.

Me apoyo en la encimera y me preparo para una última actuación.

—Lo entiendo, Adam. De verdad. Lo entiendo todo.

El alivio inunda su rostro. Desliza la pizza en un plato y me rodea con los brazos, envolviéndome en una nube familiar de Old Spice y detergente para la ropa y apretando más la jeringuilla de plástico contra mi pecho. Cada molécula de mi cuerpo retrocede ante su contacto, pero me obligo a permanecer perfectamente quieta.

—Gracias —dice, hundiendo la cara en mi pelo—. De verdad, Flo. No te arrepentirás.

«Calma —me recuerdo—. Mantente fría».

—Todo va a salir bien —miento.

Adam me suelta y vuelve a la bandeja, a la que añade una botella de cristal de Perrier.

—La hora del té para Su Alteza. Vuelvo enseguida y entramos en detalles. —Me guiña el ojo antes de ponerse el pasamontañas rojo.

Me siento a la mesa de la cocina y espero. El tranquilizante no hará efecto inmediatamente, lo que significa que en cuanto le pinche tengo que estar lista para correr. Y Alfie también.

Miro por la ventana de la cocina hacia la oscuridad. El cristal está emborronado; lo único que veo es el tenue resplandor de la brumosa luz de la luna. Me pregunto si Jenny sigue ahí fuera, esperando. Ojalá que sí. Si estoy sola en la oscuridad, pintan bastos.

Oigo de lejos el ruido de la puerta del dormitorio al cerrarse de nuevo, el tintineo de la cadena, seguido de los pasos planos y pesados de Adam volviendo a la cocina. Doy un respingo. Lo ideal sería pincharle mientras estamos en el salón, para que solo sean unos pasos hasta la habitación de Alfie y luego hasta la puerta principal. Cuanto más cerca, mejor. Cada segundo contará.

Adam reaparece, se quita el pasamontañas rojo y se sienta a mi lado en la mesa.

—Bien, entonces… El enfoque. Te pondrás en contacto con Cleo Risby en solitario. Tal vez invitarla a café. A vosotras las madres os encanta Gail's Bakery, ¿verdad? Asegúrate de encontrarte con ella en público, en algún lugar concurrido. Plantéalo como algo social. Te enviaré unas cuantas fotos de Alfie con los periódicos de hoy, pero, y esto es importante, enséñaselas solo en tu teléfono. No se las pases por AirDrop ni se las envíes por correo electrónico. Tenemos que ir con cuidado con nuestro rastro digital.

Asiento.

—Entendido. Pero… Adam —río nerviosamente— necesito ir al baño otra vez.

Pone los ojos en blanco.

—Ya sabes dónde está.

En cuanto salgo de la cocina, me meto la mano en el sujetador, destapo la jeringuilla y la aprieto en el puño con cuidado de no clavármela.

Avanzo por el pasillo, paso el baño y me dirijo a la habitación de Alfie. Deslizo la cadena de la puerta lo más silenciosamente que

318

puedo. El corazón me aporrea el pecho con tanta fuerza que imagino que Adam puede oírlo desde la cocina. «Has de ir rápido, rápido, rápido».

Cuando abro la puerta, Alfie está sentado a escasos centímetros del televisor, con un mando de videojuegos en la mano. Me mira sorprendido al verme la cara destapada.

—¡Eh, yo te conozco! Eres una de las madres…

Me llevo un dedo a los labios y asiento.

—Soy la madre de Dylan. Y voy a sacarte de aquí. Ponte los zapatos.

Alfie frunce el ceño y la nariz, molesto.

—¿Qué, ahora mismo? Es que estoy en el nivel 17, y solo…

De fondo oigo a Adam dando golpes en la cocina y se me aceleran los latidos.

—Alfie, esto es serio. Ponte los zapatos y prepárate para correr. Estamos en peligr…

Me interrumpe el sonido de unos pasos rápidos y pesados. La puerta de la habitación se abre de golpe y choca contra la pared con un ruido sordo. Adam lleva el pasamontañas rojo y una pistola plateada en la mano derecha. Al verla me sobresalto.

Me aclaro la garganta.

—Lo siento, solo estaba comprobando si necesitaba…

—¡Idiota! —grita Adam, abalanzándose sobre mí. Para ser tan musculoso, es increíblemente rápido. Su cara está a centímetros de la mía; noto su aliento caliente en la mejilla—. ¡Idiota! No puede verte la cara. ¿No lo entiendes? Ahora sabe…

No estoy preparada, pero ya está. Es ahora o nunca. Levanto la jeringa por encima de mi cabeza y la bajo de golpe; la hundo en el firme músculo del trapecio de Adam. Le pilla completamente por sorpresa. Se tambalea hacia atrás, con la jeringa sobresaliendo por el jersey azul marino como un dardo en una diana.

Me vuelvo hacia Alfie, que continúa sentado frente al televisor, paralizado por el miedo.

—¡Corre, Alfie! —grito, con las palabras ardiéndome en la garganta—. ¡Corre!

Aunque tarde, Alfie al fin parece comprender la urgencia de nuestra situación. El niño se levanta, tira el mando del videojuego al suelo y sale corriendo; pasa junto a Adam, atraviesa la puerta abierta del dormitorio y llega al salón.

Adam se agacha y se arranca la jeringuilla del hombro.

—¿Qué coño? —se burla, y tira la jeringuilla al suelo—. ¿Has intentado apuñalarme?

Intento oír el sonido de la puerta de la calle abriéndose, desesperada por saber si Alfie ha conseguido salir de la casa. ¿Seguirá Jenny ahí fuera con el coche? ¿Encontrará a Alfie?

Ahora la jeringuilla medio vacía está encima de la alfombra, fuera de mi alcance. Me abalanzo sobre ella pero es demasiado tarde. Adam se me pone encima.

—¡Puta estúpida! —grita—. Lo has estropeado todo. —Noto una explosión de dolor que me deja sin aliento. Estoy en el suelo, boca abajo, con la cara aplastada contra la alfombra—. ¿Por qué? —grita Adam. Ha soltado la pistola y me está pegando con las manos desnudas, como si no pudiera soportar la distancia que la pistola pondría entre nosotros, como si quisiera la satisfacción de sentir su carne conectada con la mía de la forma más dolorosa posible—. ¿Por qué, Flo? Lo has estropeado todo.

Mi cuerpo entero se contrae de miedo mientras los golpes continúan. Una mano. Un pie. Algo pesado, tal vez la PlayStation. Al principio me siento extrañamente entumecida y desconectada. Entonces el dolor aparece de repente, como una ola que se levanta en la playa. Está en todas partes. Agonía. Adam sigue gritando, pero ya no distingo las palabras. Aflojo el cuerpo. Los golpes continúan. Me pregunto, en abstracto, cómo es que sigo consciente. ¿No debería apagarse mi cuerpo, protegerme de esto? Pienso en Marta y espero que su final fuera menos doloroso. A lo lejos oigo un golpeteo, como de madera contra metal, procedente de la fachada de la casa. Intento abrir los ojos, pero solo veo sangre. Noto que pierdo el conocimiento y que me arrastran al fondo de una piscina caliente.

Aparece una imagen de Dylan encorvado sobre la mesa de la cocina, preguntándose cuándo volveré a casa.

«¿Quién se lo explicará a Dylan?». Ese es el último pensamiento coherente que tengo antes de caer en picado en un pozo oscuro y aterrizar en el fondo con un plop. Mi madre está allí, vestida con su uniforme de Denny's.

—Mírate —dice, radiante—, mostrando compasión por ese chico. No pensé que la tuvieras.

Marta también está allí. O Marta la Fantasma, supongo. Me da un pañuelo de papel y me ofrece una mirada compasiva.

—Estar muerta es una mierda, ¿a que sí? —dice.

Niego con la cabeza.

—Para mí no. Aún no. —Me obligo a abrir los ojos de nuevo. Adam ha dejado de lamentarse encima de mí y está sentado en la cama. Está de cara a mí, de espaldas a la puerta, sollozando entre sus manos. El tranquilizante veterinario no ha tenido ningún efecto perceptible. Mis ojos se dirigen a la pistola, que está en el suelo, justo a la derecha de la cama. Si pudiera arrastrarme unos metros…, tal vez. Intento mover el brazo pero no pasa nada. «Ay, Dios, ¿estoy paralizada?».

Justo detrás de Adam, en la puerta, aparece una silueta. Pelo oscuro, ropa oscura. Se me corta la respiración. ¿Jenny? ¿Estoy alucinando? Jenny abre unos ojos como platos mientras asimila la situación. Se lleva un dedo a los labios y se lanza a por la pistola.

En ese preciso instante, Adam se da la vuelta y la ve.

—Mierda —dice. Se levanta de la cama y me da una última patada en la cabeza—. ¿Ves lo que has hecho?

El sonido de un disparo llena la habitación. El estruendo es mucho más fuerte de lo que esperaba y todo se queda a oscuras.

Silencio.

50

Me despierto con una canción de Noche de Chicas metida en la cabeza, pero no sé cuál es. La letra flota en algún lugar fuera de mi alcance, como la cinta de un globo de helio que sube y sube, a la deriva.

El aire huele a lirios y antiséptico. Parpadeo. La luz brillante me abrasa las retinas. Es un hospital, estoy en un hospital. La última vez que estuve en un hospital fue cuando nació Dylan, en una sórdida maternidad del Sistema Nacional de Salud con otras nueve mujeres y sus maridos, corpulentos y peludos. Pero esto es diferente. Esto es el Tiffany's de las habitaciones de hospital. Unas cuantas velas Diptyque más y podría pasar por un balneario.

Dylan está sentado a mi lado, con la cabeza inclinada y los ojos fijos en una Game Boy. Le llamo por su nombre, pero me sale abultado, como «Gm-pgn».

—¡Mamá! —grita, y se pone de pie de un salto—. Voy a buscar a la enfermera. —Se detiene un microsegundo y me pasa un brazo por encima del pecho—. Te he echado de menos —murmura.

Respiro el aroma jabonoso de su pelo. Las ganas de abrazarlo me consumen, pero cuando intento mover los brazos no pasa nada. Miro hacia abajo y los veo enyesados, como orugas inmóviles en pequeños capullos blancos.

En la puerta aparece una enfermera de aspecto alegre con un uniforme verde impoluto.

—Bueno, hola —dice alegremente, como si le hablara a un bebé que acaba de nacer—. ¿Cómo nos encontramos?

Abro la boca para contestar, pero las palabras me salen como papilla.

—No pasa nada —dice la enfermera mientras garabatea algo en su portapapeles—. ¡Es lo que tiene estar una semana en coma! —Se vuelve hacia Dylan—. Dylan, mi amor, las enfermeras acaban de poner galletas en la sala de personal; por si quieres coger una mientras están calientes.

Me pone un estetoscopio helado en el pecho.

—Relájate, por favor. Así. La doctora está de camino. Te tomaré las constantes vitales.

Revolotea a mi alrededor como un colibrí, clavándome un dedo aquí, levantando allá, garabateando de nuevo. Sus movimientos son rápidos, eficientes, competentes. Me recuerda a Jenny.

—Mmpf. Mpfh.

La enfermera me dedica una mirada compasiva.

—Puede que te cueste hablar los próximos días. No te preocupes. Intenta descansar.

Asiento. Noto los párpados muy pesados, como si me los hubieran forrado con cemento.

—Ah, y ya he llamado a tu hermana —dice con un guiño conspiratorio—. No a la de Mauricio. A la otra.

La miro fijamente, sin comprender.

Ella prosigue:

—Normalmente con los pacientes críticos solo dejamos entrar a la familia, pero ella y los gemelos te han venido a visitar casi cada día desde que llegaste.

Me echo hacia atrás y dejo que mi cabeza se hunda más en la almohada. Intento recordar cómo llegué aquí, pero parece como si tuviera la memoria untada en manteca de cacahuete. El suave lamento de los monitores me adormece en un estado meditativo. Dylan reaparece en la periferia de mi visión, delgado y pálido, con la sudadera oscura medio tapándole la cara.

—¿Qué ha pasado? —intento decir, pero me sale como: «Cah poshoo».

Dylan mira al suelo, pero no contesta. Sabe exactamente qué es lo que quiero saber.

—¿Adam? (¿Atham?) —balbuceo.

Dylan hace una mueca y se pasa el dedo índice por la garganta. Trago saliva.

—¿Alfie? (¿Mathie?)

—Está bien. —Dylan se encoge de hombros—. Libre para torturar reptiles otro día, gracias a ti. —Señala un arreglo floral del tamaño de un todoterreno pequeño que hay en la mesa de enfrente—. Es de los Risby —dice—. Ya sabes, por salvar a su hijo y todo eso.

Asiento, intentando asimilarlo todo. Adam está muerto. Alfie está vivo. Ahora Rollo y Cleo me quieren.

—¿Dónde estabas? —digo finalmente. (¿Onhde ehzdawaz?)— ¿Aquella mañana? —(¿Equeye uañana?)

Dylan baja la vista hacia las baldosas blancas del suelo y no me mira.

—Salí a dar un paseo, mamá. Eso es todo.

Observo su cara, intentando decidir si creerlo. Todavía tengo muchas más preguntas, pero noto que mi cuerpo empieza a hundirse en el colchón como una pesada piedra. Estoy muy cansada. ¿Están dándome morfina? El suelo del hospital se abre y empiezo a caer en picado hacia el sótano, donde permanezco mucho tiempo.

La siguiente vez que me despierto, Jenny está sentada a mi lado en la silla donde antes estaba Dylan. Es por la mañana. La luz del sol entra por la ventana y forma un halo alrededor de la cabeza de Jenny. Ante ella hay esparcida una carpeta de papeles. Libretas amarillas con renglones llenas de notas escritas a mano con la letra estirada de Jenny. «Preguntar por un especialista en implantes dentales». «Buscar las últimas investigaciones sobre intervenciones en hematomas subdurales agudos».

Jenny se vuelve hacia mí y se quita las gafas de leer. Una sonrisa se dibuja en su rostro.

—Estás despierta.

—Mmfhg —consigo decir.

—Ahora no te preocupes por los dientes. Te encontraremos un buen dentista. —Sonríe con indulgencia—. En poco tiempo volverás a masticar Big Red, estoy segura.

¿Los dientes? ¿Por eso no puedo hablar? Me paso la lengua

por la boca, pero tengo las encías gruesas y lanudas, como si las hubieran forrado con bolas de algodón.

—Intenta no preocuparte —me dice—. Ahora todo el mundo lleva carillas. Los Risby se asegurarán de que tengas lo mejor de lo mejor. —Hace un gesto alrededor de la habitación—. Son ellos quienes te han alojado en este sitio tan lujoso.

—Mmfhg —digo.

Jenny me da una pizarrita.

—He pensado que igual te resultaría más fácil escribir.

Agarro el rotulador de pizarra con torpeza. Aún tengo los brazos escayolados, pero consigo garabatear: *¿Qué ha pasado?*

Jenny aspira entre dientes.

—Vale. Sí. Claro. ¿Qué es lo último que recuerdas?

Antes de que pueda responder, Dylan reaparece y me pone una caja de cartón en la cara.

—Mira, mamá —dice—. ¡Es Greta! Creía que estaba muerta, pero solo estaba hibernando. El señor Foster ha dicho…

—Hola, Dyl —dice Jenny—. ¿Quieres ir a buscar algo de comer a la máquina? —Saca un billete de veinte libras—. Los gemelos están en la sala de espera, llévatelos.

Cuando Dylan se ha ido, Jenny se vuelve hacia mí. Está demacrada y seria.

—Esperé fuera, como acordamos. —Se mira los pies mientras elige las palabras cuidadosamente—. Pero también llamé a la policía. No iba a dejar que mi mejor amiga cayera en una trampa mortal, ¿verdad?

Se me hincha el corazón. *¿Me salvaste?*, garabateo.

—No exactamente. Verás, era un pueblo pequeño, el policía no entendía la gravedad de la situación. Quizá fuera por el acento estadounidense, no sé. Fue como si pensara que era una broma. En fin, que no vino nadie. Acabé saliendo del coche y agazapándome entre unos arbustos del jardín de delante, intentando ver qué pasaba en la casa. Entonces se abrió la puerta principal y Alfie salió disparado, chillando como una banshee. Pasó corriendo a mi lado. Oí gritos dentro. La puerta seguía abierta, así que… entré en la casa. Y entonces…

—¿Qué? —digo. (¿Ca?)

Me mira fijamente.

—¿De verdad no te acuerdas?

Niego con la cabeza.

Una mirada extraña cruza su rostro, algo entre la sospecha y el alivio.

—Bueno, tanto da. Lo que importa es que estás bien.

Sus ojos se clavan en mí como láseres, deseando que entienda algo que no se atreve a decir en voz alta.

—Aunque imagino que la policía querrá una declaración tuya. Sobre el… suicidio de Adam.

Cambio de tema.

¿Dylan?, garabateo, vacilando.

Ella duda.

—Esa parte no la tengo tan clara. ¿Qué te ha contado?

Sacudo la cabeza. Nada.

—Bueno, según él, no podía dormir y salió a dar un paseo —dice Jenny, eligiendo cuidadosamente sus palabras—. Dice que llegó a casa y te encontró profundamente dormida, así que se vistió y se fue al colegio.

«¿Al colegio?». Supongo que eso explicaría por qué nadie de recepción llamó para avisar de su ausencia. Pero ¿qué diablos hacía yendo a dar un paseo de madrugada?

El sonido de unos gritos alegres en el pasillo interrumpe mis pensamientos. Vuelven los chicos con los brazos cargados de refrescos y caramelos. Jenny se levanta y, como si me leyera el pensamiento, dice:

—Tendrás que preguntarle a Dylan por el paseo. —Se agacha junto a mi cama de hospital y baja la voz hasta susurrar—: Pero escucha: Dylan está bien. Tú estás viva. Igual mejor dejarlo estar por ahora. ¿Qué bien puede salir de ello?

Me aprieta la mano con suavidad.

—Ahora descansa, Florence.

Los días pasan borrosos. Hay fisioterapia. Caminar con cuidado con muletas, haciendo estiramientos suaves. Comer pequeños cuencos de puré de manzana que me traen las enfermeras. Alguien viene a mi habitación y me hace un molde de la boca.

—Para tus nuevos dientes.

La antigua yo se habría puesto histérica ante la idea de perder seis dientes. Y tal vez sea por los analgésicos, pero no soy capaz de mostrar mucha indignación. Estoy viva. Mi hijo está a salvo. ¿Qué son unos trozos de esmalte, en realidad? Como dijo Jenny, puedo comprarme unos nuevos.

Unos días después aparece la policía. Un agente con una enorme sobremordida se pone a los pies de mi cama y hace un montón de preguntas superficiales antes de declarar que la muerte de Adam fue un suicidio.

¡Asesinó a su novia!, garabateo en mi pizarra.

El agente asiente bruscamente.

—Informaremos a sus familiares —dice—. Y a la embajada polaca.

Ni siquiera ahora nadie parece especialmente interesado en el asesinato de Marta. Marta, que no obtuvo ni un solo titular.

Una recién bronceada Brooke viene a visitarme, arrastrando a un enfurruñado Julian y un ramo marchito. Se apresura a mencionar que ha sacrificado su asiento en primera clase para poder regresar a Londres antes. («Pero no ha sido ningún problema», me asegura).

—Qué mala suerte lo de los dientes —murmura un Julian quemado por el sol, e intento asentir dignamente—. Y perdona por lo de la pelota de críquet. —Levanta la barbilla hacia Brooke—. Me obligó a hacerlo ella.

Brooke le fulmina con la mirada.

—¿En serio? ¿Te parece que es el momento?

—¿Eh? —consigo decir.

Brooke se sienta en el borde de mi cama.

—Mira, lo siento. De verdad. Estaba muy preocupada por ti y por Dylan. Y pensé que tal vez la nota te asustaría y te sacaría de tu pequeña investigación, que te convencería de contratar un abogado. Quería lo mejor para ti. —Su voz pasa de arrepentida a alegre—. ¡Pero no importa! Ya es agua pasada, ¿no? —Antes de que pueda protestar, mi hermana mete la mano en un bolso de paja y mueve en abanico varios periódicos sobre la cama—. ¿Has visto las buenas noticias? ¡Mira! ¡Vuelves a ser famosa!

Observo los titulares.

UNA MADRE HEROÍNA ENCUENTRA
AL CHICO DESAPARECIDO

ANTIGUA ESTRELLA DEL POP TRAS EL DRAMÁTICO
RESCATE DEL HEREDERO DE LOS CONGELADOS

EL JEFE DE POLICÍA METROPOLITANA PIDE
INVESTIGACIÓN SOBRE UN POLICÍA SECUESTRADOR

Algún editor de fotos emprendedor ha desenterrado fotos de mi época de Noche de Chicas. Viejas fotos de promoción, de cuando una era diez años más joven y varios tonos más rubia. No puedo evitar sonreír, aunque me provoque una punzada de dolor en la mandíbula.

Brooke me sonríe.

Todavía me debes una ventana, garabateo en la pizarra.

Esa misma noche, más tarde, hojeo los periódicos. Supongo que haber estado a punto de morir me ha hecho sentir curiosidad por el mundo que casi había dejado atrás. Las noticias son previsiblemente desoladoras: los incendios forestales han destruido la casa de un multimillonario en California. Los rebeldes han atacado un portacontenedores en el Mar Rojo. Y enterrado en la parte inferior de la página 5, un breve artículo revela que Robin Sexton ha sido liberado de la cárcel, con todos los cargos retirados. Me invade una oleada de culpa. Puede que nunca deje de sentirme mal por lo que le hice a ese hombre. Pero al menos ahora tengo el resto de mi vida para intentar arreglarlo.

A la mañana siguiente empiezan las entregas: arreglos florales, cestas de fruta y ositos de peluche enviados por los responsables de los programas matinales de Nueva York y los ambiciosos productores junior de Londres, todos con la esperanza de conseguir la primera entrevista con la «heroína mamá detective» que encontró a Alfie Risby.

Elliott envía una caja de Taittinger y una nota que dice: «*¡GUAU! Quién iba a decir que eras tan polifacética. ¿Qué será lo próximo? ¿Un nuevo álbum? ¿Una línea de belleza? ¿Un puesto de invitada en* Torture Jungle? Llámame, vamos a aprovechar tus 15 minutos».

Llega un sobre de cartón con una edición limitada de *La emancipación de Mimi* en vinilo transparente. No hay tarjeta, solo una nota adhesiva amarilla escrita a mano que dice: «Que te recuperes pronto, chica Negroni».

Le enseño todas las flores y los recortes de periódico a Jenny, con un ligero sentimiento de culpa. *Tú eres quien debería llevarse el mérito* —garabateo en mi pizarra—. *Si no fuera por ti, estaría enterrada en el patio trasero de aquella casita.*

—Vamos, por favor —dice, apartándose el pelo por encima del hombro—. Como si yo quisiera salir en la tele. Los de la oficina no dejarían de reprochármelo en la vida. —Su expresión se pone seria—. Me alegro de que estés bien. —Me aprieta la mano—. Y siento que haya pasado esto, Florence. No te lo merecías. Nada de eso.

Las lágrimas calientes me pinchan en los ojos. Pero la verdad es que, aunque me siento fatal por lo que Adam le hizo a Marta, y por lo que yo le hice a Robin Sexton, si no hubiera ocurrido todo lo de Alfie, Jenny y yo nunca nos habríamos hecho amigas. Seguiría viendo realities en la tele yo sola todo el día, repartiendo arcos de globos y soñando con un regreso musical. Seguiría añorando mi antigua vida, viviendo bajo una nube de arrepentimiento por mis errores del pasado, saboteándome a cada paso.

Por supuesto que es una mierda lo que le ha pasado a Alfie, pero oye: ¿es posible que sufrir un secuestro «suave» no fuera lo peor que podría sucederle a un niño rico mimado? Por lo menos, ahora tiene alguna «dificultad» sobre la que escribir en su ensayo de admisión a la escuela secundaria. Supongo que, si soy del todo sincera, no lamento que haya sucedido. Pero esto no se lo cuento a Jenny. No quiero que piense que soy una psicópata.

En lugar de eso, le aprieto la mano.

—Te debo una —murmuro.

Al día siguiente aparecen los Risby: Cleo, Rollo y Alfie, unidos por un alivio eufórico y acompañados por una pandilla de asistentes agotados y un guardaespaldas. Me pregunto si habrán aparcado el divorcio, pero me parece imprudente preguntar.

Cleo está vacilante y tímida. Vuelve a tener el pelo rubio, como si no hubiera pasado nada. Se queda cerca de Alfie, no quiere perderlo de vista. Me aprieta la mano y solloza sobre un enorme jersey de cachemira con cuello vuelto.

—Nunca podré recompensarte —dice en voz baja—. Que te devuelvan a tu hijo es…, lo es todo.

Asiento. La entiendo mejor de lo que probablemente nunca sabrá. Alfie se mira los zapatos, como si su madre le estuviera avergonzando.

—Vamos, cariño —dice Cleo, y Alfie se me acerca arrastrando los pies y me tira en el regazo un enorme ramo de lirios blancos.

—Para ti —dice—. Ya sabes, por salvarme. —¿Me lo estoy imaginando, o hay una leve sonrisa en su cara pecosa?

—Muy cierto —interviene Rollo, rezumando brandy y gratitud, y la fuerza de su personalidad llena la habitación como helio. Me coge la mano y me zarandea el brazo arriba y abajo como si se presentara a alcalde, ignorando mis gestos de dolor.

—Te deseo lo mejor —brama mientras su ayudante saca una foto.

—No te entretendremos —dice Cleo, rodeando a Alfie con un brazo protector—. Venga, dejemos que la señora Grimes descanse.

Rollo se aclara la garganta.

—La oficina de la familia se pondrá en contacto contigo. Para tratar la parte económica del tema —dice con un guiño.

Se me acelera el corazón. ¿Significa eso… que voy a recibir una recompensa? Lo había olvidado por completo. Pero, con la misma rapidez, lo recuerdo: el señor Sexton. Y antes de que la puerta se cierre tras los Risby, ya sé que no me lo voy a quedar. El dinero nunca deshará lo que hice, pero es un comienzo.

Al día siguiente me quitan las escayolas. Consigo agacharme para coger un lápiz del suelo, lo que hace que mi fisioterapeuta rompa a aplaudir. Un equipo de médicos lleno de caras nuevas decide que estoy lo bastante sana como para que me den el alta. Tendré que seguir haciendo fisioterapia ambulatoria, pero no hay motivo para que no pueda pasar la Navidad en casa.

En mi última noche en el hospital, la alegre enfermera del primer día llega para hacer la ronda, seguida de una figura pequeña con una gran sudadera morada.

—Dice que es una amiga —me anuncia la enfermera.

Entrecierro los ojos. Linh se baja la capucha con una sonrisa cómplice. No me suelta que tengo buen aspecto ni intenta abrazarme. En lugar de eso, me tiende un estuche de cosméticos de viaje.

—Imaginaba que tendrías las uñas hechas una mierda —comenta con una sonrisa, y empieza a colocarlo junto al cabecero.

¿Dónde estabas? —garabateo en mi pizarra—. *Pasé por Uñas Perfectas y no te encontré. ¡Creí que te había atrapado el estrangulador!*

Los ojos de Linh se abren de par en par.

—¿No te has enterado? Le han cogido. —Suspira—. Sí. Era un friki desaliñado de Wandsworth. Al parecer le robó el móvil a una de sus víctimas y trató de regalárselo a otra mujer a la que conoció por internet. Pero olvidó borrar su iCloud. ¿Te lo puedes imaginar? Es casi como si quisiera que lo pillaran.

Asiento pacientemente. Nunca he compartido la obsesión de Linh por los crímenes.

Pero ¿dónde estabas?, garabateo.

Linh aparta la mirada tímidamente.

—Ah. Tuve una entrevista. Con Alexander McQueen. Solo para unas prácticas. Pero, chica, te hacen trabajar para conseguirlas. Tres rondas de entrevistas, día completo de prueba en el estudio. —Empieza a alinear sus herramientas en mi bandeja de comida y se encoge de hombros—. Bueno, me han cogido.

Esbozo una amplia sonrisa que hace que me duela la cara.

¡FELICIDADES!, garabateo.

Linh sonríe y me coge las manos entre las suyas, estudiando atentamente el lecho de mis uñas como si leyera las hojas del té en busca de pistas sobre mi futuro.

—Vamos con el verde —dice al cabo de un momento—. Para los nuevos comienzos.

Linh se pone manos a la obra, con cuidado de no empujar la vía intravenosa que suministra mi medicación para el dolor.

—En fin, tengo una nueva obsesión —dice mientras echa quitaesmalte en un algodón—. ¿Has oído hablar de ese nuevo colectivo medioambiental militante? Es como si se unieran Just Stop Oil y la Facción del Ejército Rojo.

Niego con la cabeza.

Linh lanza el algodón húmedo al cubo de la basura que hay al otro lado de la habitación y la bolita vuela limpiamente por el aire y aterriza en el cubo al primer intento.

—Es básicamente ecoterrorismo. Su objetivo son los peces gordos de las diez empresas más contaminantes. Ejecutivos de petroleras, cosas así. Empezó con pequeñas travesuras como azúcar en el depósito de gasolina del Bentley de algún director general. Pero últimamente —se le iluminan los ojos de la emoción— han empezado a volar cosas por los aires. —Destapa un frasco transparente de Seche Vite y aplica la última capa con trazos suaves y uniformes—. En fin, es por una buena causa. —Vuelve a tapar el frasco y hace una pequeña reverencia—. *Et voilà!*

Me miro las uñas. Nueve óvalos perfectos de color menta.

—He tenido que saltarme el del pulsioxímetro —dice disculpándose—. Pero ¿qué te parece?

—*Nehehita illi-illi* —digo.

Linh abre los ojos de par en par al oír mi voz.

—¿Qué es eso?

Lo intento de nuevo.

—*Illi-illi.*

En sus labios se dibuja una sonrisa de reconocimiento.

—Ah, purpurina. —Me mira las uñas—. No podría estar más de acuerdo.

Después de todo, estoy viva. Motivo suficiente para celebrarlo.

51

Shepherd's Bush
25 de diciembre

Regreso a casa a tiempo de pasar la Navidad. En un arrebato de alegría de vivir, acepto que Dylan compre un árbol de Navidad de verdad. Elige un abeto que mide metro ochenta y viene en su propia maceta replantable. Cuesta doscientas cincuenta libras y parece un arbusto, pero da igual. Lo instala en un lugar privilegiado del salón y lo decora con guirnaldas «sostenibles» hechas de palomitas de maíz y naranjas secas que me preocupa que atraigan a las ratas. Tras ver un vídeo viral sobre cómo un árbol de Navidad sin regar puede incendiar el salón en menos de cinco segundos, empiezo a regarlo compulsivamente.

Uno pensaría que sería extraño volver a nuestro antiguo piso, entrar por la puerta principal compartida cada día, pero, para ser sincera, me siento como siempre, como en casa, para bien o para mal.

La mañana de Navidad, Dylan se despierta temprano y entra en mi habitación haciendo bailar delante de mi cara una lata de Red Bull envuelta en una cinta de terciopelo carmesí.

—Ja, ja, muy gracioso —digo poniendo los ojos en blanco, pero en el fondo me alegro de que me regale algo. Dylan no cree en Papá Noel, nunca lo ha hecho, pero los dos salimos al salón para fingir. Preparo tazas de chocolate caliente con leche de avena para sorber mientras Dylan se sumerge en la pila de regalos.

Brooke y Julian van a pasar las vacaciones en Santa Lucía («¡para compensar nuestra luna de miel interrumpida!»), pero han enviado regalos: una cesta de Navidad de Selfridges y un par de zapatillas peludas para mí, y un juego de walkie-talkies y un cargador solar para Dylan. Me he preocupado de comprar de su lista: un dron, una cámara instantánea y, en contra de mi buen juicio, un tirachinas. Solo hay un regalo que me he atrevido a elegir yo: un nuevo terrario para Greta. Dylan lo desenvuelve con mirada escéptica antes de afirmar encantado que es su regalo favorito de todos.

—¡Un auténtico palacio para tortugas!

Pasamos la mañana trasladando a Greta a su nuevo hogar y por la tarde vienen Jenny y los chicos. Pedimos dim sum de Tian Fu, abrimos la cesta de Navidad de Brooke y descorchamos la botella de champán que ha traído Jenny. Los gemelos corretean por el patio trasero pegándose mutuamente con palos, mientras que Dylan se esconde en su habitación y coloca piedras en el nuevo terrario de Greta.

—¿Qué van a hacer con su piso? —pregunta Jenny, mordiendo un trozo de panettone.

Se me disparan los ojos hacia el techo.

—Pues había pensado que podría… Bueno, originalmente era todo una casa, ¿sabes? He pensado que podría intentar recomponerla.

Esa no es toda la verdad. De hecho, ya he llamado al padre de Adam y, tras darle el pésame, le he ofrecido comprarle el piso. No le he echado en cara que haya criado a un asesino. Al fin y al cabo, no elegimos a nuestros hijos.

Jenny levanta las cejas.

—¡Vaya! ¿En serio? ¿Puedes permitírtelo?

—Claro, aún me queda un poco de… —me detengo.

Jenny deja su copa en la mesa.

—Espera, creía que le habías dado el dinero de la recompensa a Robin Sexton.

—Sí, claro. Pero ¿realmente necesitaba los cinco millones? ¡Ha estado en la cárcel como una semana! Cuatro millones me parecen suficiente.

Jenny pone los ojos en blanco, pero se le empieza a dibujar una sonrisa en los labios. Intento cambiar de tema.

—¿Qué hay de ti? ¿Qué hay de nuevo en el trabajo?

Jenny baja la mirada.

—Pues mira, me han ofrecido un ascenso. Dirigir la oficina de Frankfurt.

Se me cae el alma a los pies.

—¿De verdad? ¡Pero si acabas de llegar! —Me detengo—. O sea…, es genial. Enhorabuena.

—Sí. —Se sirve otra copa de champán. Miramos por la ventana a Max y Charlie, que han dejado de pegarse con palos y ahora los están lanzando por encima de la valla del jardín como si fueran bumeranes—. Creo que no lo voy a aceptar.

—¿Qué?

Arruga la nariz.

—¿Has estado alguna vez en Frankfurt? Además, a los chicos les gusta esto. Están instalados. Estaba pensando que podría concederme un año sabático. Probar algo nuevo. ¿Quién sabe? —Se encoge de hombros y bebe otro trago de champán—. Puede que empiece mi propio negocio.

Cuando se van, Dylan y yo nos instalamos en el sofá. Jugamos dos rondas al Uno, comemos las sobras de dim sum con las manos y vemos *La jungla de cristal* en la tele. Probablemente sea un poco joven para disfrutar de Bruce Willis luchando contra terroristas en el Nakatomi Plaza, pero da igual. Will vendrá a buscarlo mañana para San Esteban y estoy decidida a asegurarme de que las que pase conmigo sean las vacaciones que recuerde.

Debemos de habernos quedado dormidos los dos en el sofá, porque cuando me despierto la casa está a oscuras y en silencio. Dylan está repantingado. La película ha terminado y dan las noticias de las once. Un reportero con cara de niño está de pie en un aparcamiento frente a un edificio en llamas. Es la sede de Shell Oil en el sur de Londres, informa al presentador del estudio.

—No se ha informado de víctimas mortales, pero al menos un miembro de la junta directiva ha resultado gravemente herido —continúa el reportero, señalando el infierno en llamas que tiene detrás—. Las autoridades lo califican de incendio provocado. Se cree que el artefacto explosivo es una bomba de clavos.

En la pantalla aparece una foto borrosa: una figura encorvada con un anorak gris.

—La policía pide ayuda al público para identificar a este hombre —añade.

Un hilillo de miedo empieza a rezumar en mi conciencia. ¿Por qué esa imagen me resulta tan... familiar? Miro fijamente la pantalla, deseando que mi cerebro se encienda y una la línea de puntos. Conozco de algo esa chaqueta. Pero ¿de dónde? ¿De uno de los padres del colegio? ¿De alguien de Raya?

Me invade una oleada de náuseas.

Es el señor Foster.

En el momento en que me doy cuenta, algo hace clic en mi cabeza. Los grillos. La lata llena de clavos. El misterioso paseo de madrugada de Dylan. Las palabras de Linh resuenan en mis oídos: «Un nuevo colectivo ecologista militante».

Miro a mi hijo, profundamente dormido en el sofá, y se me erizan todos los pelos del cuerpo.

«¿Ha...? ¿Podría...?».

Me vuelvo hacia el televisor y hacia el edificio de Shell. La cadena está exprimiendo al máximo las imágenes del incendio. En el reflejo de la pantalla veo a Dylan roncando suavemente, con su sudadera verde de capucha, con el lema «Da una oportunidad a los guisantes», levantándose con cada respiración. Cuando duerme parece tan perfecto, tan angelical.

Una cosa de la que no te das cuenta hasta que tienes hijos es de cuántas veces tu propia madre ha imaginado tu muerte. Es uno de los oscuros secretos de la maternidad: desde el momento en que nace tu hijo, y a veces incluso antes, te persiguen visiones de cosas horribles que le suceden: tu hijo de dos años metiéndose en una piscina sin que nadie le vea; tu hijo de seis años en una brillante bicicleta roja, lanzándose delante de un autobús; tu adolescente rebelde aceptando que le lleve un desconocido con las intenciones más oscuras. Y no se acaba nunca jamás. Un día Dylan será un barrigón calvo de mediana edad y estaré despierta por la noche en mi residencia de ancianos preocupándome por si se ha tomado la medicación para el colesterol. Por eso a las madres les encanta ver dormir a sus hijos. Porque es lo más cerca que estamos de sentir que están realmente a salvo.

Observo la cara tranquila de Dylan. ¿Cuántas noches más como esta me quedan antes de que crezca y se vaya al mundo por su cuenta? ¿Antes de que «lo malo», lo que no puedo detener, ni prever, ni arreglar, acabe por alcanzarlo, como nos ocurrirá a todos algún día?

Me quedo sentada en la oscuridad mucho rato, observando a Dylan dormido, saboreando cada una de sus inhalaciones y exhalaciones, como solo una madre puede hacerlo.

Finalmente me levanto, apago la tele, echo un poco más de agua en la maceta del árbol de Navidad y tapo a Dylan con una manta.

Mi niño.

«A salvo. Perfecto. Entero».

Agradecimientos

Este libro no existiría si mis planes de vida originales hubieran funcionado. Así que gracias, universo, por joderme todos esos planes tan bien trazados.

Se lo debo todo a mi marido, que me recogió del suelo cuando el Plan A se vino abajo y luego pagó nuestra hipoteca para que yo pudiera sentarme en un escritorio a inventar historias. Optimista eterno y exasperante, él creía en este libro incluso cuando yo no tenía ninguna fe en él. Todos mis sueños se hicieron realidad gracias a ti.

Gracias a Hellie Ogden por decirme que cambiara el título primero y mi vida después. Eres una agente increíble, y lo supe nada más entrar en la sala de conferencias de WME y ver todos aquellos globos. Gracias a Ma'suma Amiri, que probablemente los petó. Gracias a Alyssa Reuben, cuyo pelo brillante y agudas habilidades negociadoras tanto admiro. Te debo muchas cosas buenas. Gracias a Hilary Zaitz-Michael por intentar explicarme cómo es Hollywood y por ponerme en contacto con mi *dream team* televisivo: Chris Storer, Josh Senior y Cooper Wehde. Gracias a Florence Dodd por acercar a su homónima a lectores de tantos países.

Mi más profundo agradecimiento a mi editora, Kate Dresser. Me siento increíblemente afortunada de trabajar contigo. Tus notas hicieron que todo fuera mejor. Gracias por entregarlas con tanta delicadeza y gracias por no poner niebla en la portada.

No podría pedir un grupo de gente más inteligente y con más talento que el equipo de Putnam: Tarini Sipahimalani, Andrea Monagle, Noreen McAuliffe, Katy Miller, Sanny Chiu, Claire Sullivan,

Maija Baldauf, Emily Mileham, Lorie Pagnozzi, Erin Byrne, Molly Pieper, Ashley McClay, Katie McKee, Alexis Welby, Lindsay Sagnette e Ivan Held.

Gracias a Katie Bowden, de Fourth Estate, que comprendió enseguida lo que yo intentaba hacer y me ayudó a mejorarlo mucho. Eres la Mariah de los editores y me alegro mucho de poder aprender de ti.

Gracias a Gillian Stern por defender este libro, de palabra y de obra. Gracias a todos los del Premio de Ficción Lucy Cavendish, por ver más allá de las erratas y darme una razón para creer en mí misma. Gracias a Johanna Clarke y a la Sociedad de Autores por el apoyo práctico durante todo el proceso.

Gracias a mi primer lector, Ralph Martin; a mi mamá tigre, Kiko Itasaka; y a mis queridas amigas Hillary Evans, Francesca Harrison, Brittaney Kiefer y Mae Wiskin por el apoyo moral. Gracias a Smita Bhide por leer mis cartas de consulta y a Elle Harrison por las largas llamadas telefónicas y los buenos consejos. Gracias a Oliver Wilson y a Chris Corbett por echarme una mano con el correo electrónico durante el proceso de presentación. Un saludo a Berit Cassis, la madre detective original.

Un choca esos cinco para el extraordinario tutor de escritura creativa Nikesh Shukla y para todos los de mi curso de Faber (Asra, Nicky, Inez, Suzanne, Nick, An, Phil, «Sandy», Larissa, Zoe, Ilana, Mel, Sam) que leyeron los primeros borradores y me dijeron que Florence no era británica. Teníais razón.

«Para viajar lejos no hay mejor nave que un libro».

Emily Dickinson

Gracias por tu lectura de este libro.

En **penguinlibros.club** encontrarás las mejores
recomendaciones de lectura.

Únete a nuestra comunidad y viaja con nosotros.

penguinlibros.club

Penguin
Random House
Grupo Editorial

penguinlibros